PEARL S. BUCK

La Terre chinoise

TRADUCTION DE THÉO VERLET
COURONNÉE PAR L'ACADÉMIE FRANÇAISE

Préface de G. Lepage

LE LIVRE DE POCHE

Titre original :

THE GOOD EARTH

PRÉFACE À L'ÉDITION DE 1933

Depuis que les sinologues européens, parmi lesquels il convient de citer les Français, Abel Rémusat, M. Bazin, Stanislas Julien, etc., ont fait connaître les romans chinois par les traductions qu'ils en ont données, la Chine a été ouverte aux autres nations.

Les voyageurs ont afflué dans le pays et certains d'entre eux ont publié leurs impressions sous des formes diverses et même dans des romans. La plupart de ces derniers sont l'œuvre de fonctionnaires, de résidents ou d'hommes de lettres qui, après avoir coudoyé les Chinois dans les villes où ils ont passé ou après avoir entretenu des relations avec les personnages officiels, ont cru que le pays et les habitants n'avaient plus de secret pour eux. Ces romans sont le fruit de l'imagination et de la fantaisie de leurs auteurs bien plus que le résultat d'une étude sérieuse de la société chinoise et surtout de la connaissance des coutumes et des rites qui jouent un rôle capital dans son organisation. Tout différent est The Good Earth *de Pearl Buck qui vient de paraître à Londres et a été accueilli avec le plus vif intérêt.*

*Mrs. Pearl Buck, collaboratrice d'*Asia, *la revue*

anglaise bien connue, est l'auteur de romans sur la Chine qui sont très appréciés. Fille d'un pasteur protestant, elle est née en Chine. Elle y fut élevée avec les enfants chinois de son âge. Devenue jeune fille, elle alla faire ses études en Angleterre, y obtint ses diplômes et revint en Chine. Elle est actuellement professeur à l'université de Nankin. Parlant le chinois aussi correctement que sa langue maternelle, possédant une connaissance complète des livres classiques de la Chine, douée d'un don d'observation remarquable et d'un jugement très sûr, Mrs. Pearl Buck est à même, mieux que quiconque, d'émettre une opinion définitive sur les milieux où elle a vécu. La Chine qu'elle dépeint n'est pas du tout celle qu'on pourrait imaginer d'après les panneaux de soie pendus à nos murs et qui représentent des paysages idylliques où des solitaires, assis dans les montagnes de jade, méditent sur l'éternité. C'est une Chine d'un profond réalisme, dévastée par l'inondation, balayée par les vents desséchants, déchirée par la guerre et bouleversée dans ses idées par la civilisation de l'Occident.

Quand on lit The Good Earth, on oublie dès les premières pages que l'auteur est un Européen. Le style et certaines tournures de phrases inspirées du chinois donnent l'illusion d'avoir affaire aux fameux romans Kin-kou-k'i-kouan ou Hong-leou-mong. Les personnages sont campés de main de maître. Leurs caractères, leurs idées, leurs paroles, leurs gestes même sont bien ceux de leur race. Tous leurs actes sont accomplis conformément aux lois rigoureuses que sont les coutumes, les rites et les relations sociales. L'idée dominante exposée dans le roman est l'emprise exercée sur le paysan par la terre, la terre mère d'où il vient, qui le nourrit et dans laquelle il retournera. Le héros du livre est, en effet, Wang Lung, un pauvre paysan du An-hoei – province qui confine à celle de Shanghaï – laborieux et économe, qui vit avec son vieux père sur son maigre bien familial qu'il cultive à la sueur de son front. Néanmoins, il tient par-dessus tout à sa terre « qui est le sang et la chair de chacun ». Et chaque fois que les circonstances l'auront forcé à s'en éloigner pour un temps, il y reviendra toujours avec plus d'amour. Dans l'entourage du paysan vit sa femme qui le seconde avec dévouement et mène l'existence pénible et effacée des paysannes chinoises. Il y a aussi un oncle oisif et paresseux qui en vertu des règles de la parenté, se fait nourrir ainsi que sa famille par Wang Lung, puis sa femme qui s'entremet pour procurer à celui-ci une seconde femme qui changera profondément sa vie. Ces personnages et quelques autres évoluant, chacun suivant leur caractère propre, dans des milieux divers et habilement choisis, donnent une idée précise de la vie et de la société chinoises.

The Good Earth est, à mon avis, le meilleur roman de mœurs chinoises qui ait paru jusqu'ici. Je souhaite que la belle traduction qu'en a faite M. Théo Varlet sous le titre La Terre chinoise obtienne en France le magnifique succès de l'original en pays de langue anglaise.

G. LEPAGE
Ancien attaché à l'École
Française d'Extrême-Orient.

I

C'était le jour du mariage de Wang Lung. Tout d'abord, en ouvrant les yeux dans l'obscurité des rideaux qui entouraient son lit, il n'arrivait pas à comprendre pourquoi cette aube lui semblait différente de toutes les autres. La maison était silencieuse, à part la toux faible et haletante de son vieux père, dont la chambre faisait face à la sienne de l'autre côté de la salle du milieu. C'haque matin le premier bruit qu'il perçût était la toux du vieillard. D'ordinaire Wang Lung restait à l'écouter, et attendait pour se lever qu'elle se fût rapprochée et qu'il eût entendu la porte de son père grincer sur ses gonds de bois.

Mais ce matin-là il n'attendit pas. Il se dressa d'un bond et écarta les rideaux de son lit. L'aube était sombre et rougeâtre, et par le petit trou carré tenant lieu de fenêtre, où palpitait le papier en lambeaux, on entrevoyait un coin de ciel cuivré. Il s'approcha du trou et arracha le papier, en murmurant :

« C'est le printemps, je n'ai plus besoin de cela. »

Il avait honte de dire qu'il tenait à voir la maison propre ce jour-là. Le trou était juste assez large pour

9

lui permettre d'y passer la main, et il l'avança au-dehors pour sentir l'état de l'air. Un petit vent tiède soufflait doucement de Lorient, un petit vent moite et susurrant qui présageait la pluie. C'était de bon augure. Il fallait de la pluie pour féconder les champs. Elle ne tomberait sans doute pas aujourd'hui même, mais si ce vent durait, dans quelques jours on aurait de l'eau. C'était bien. Hier il avait dit à son père que si ce soleil ardent et implacable continuait, le froment ne grainerait pas ses épis. A présent on eût dit que le Ciel avait choisi ce jour-là pour le favoriser. La terre porterait son fruit.

Il passa en hâte dans la pièce du milieu, tout en rajustant son pantalon bleu de dessus, et nouant autour de ses hanches sa ceinture de cotonnade bleue. Il laissa son torse nu en attendant d'avoir fait chauffer de l'eau pour se baigner. Il passa dans la cuisine, un appentis adossé à la maison, et à sa vue un buffle caché dans l'angle voisin de la porte allongea la tête hors des profondeurs ténébreuses et poussa un meuglement grave. La cuisine ainsi que la maison était bâtie en brique de terre, de grands carrés de terre extraits de leurs champs mêmes, et couverte de chaume qui provenait de leur froment. De leur propre terre son grand-père avait dans sa jeunesse façonné ainsi le four, à présent calciné et noirci par la cuisson des repas depuis tant d'années. Sur cet édifice de terre se dressait un chaudron de fer, profond et ventru.

Ce chaudron, il l'emplit à moitié d'une eau qu'il puisait à l'aide d'une demi-calebasse dans une jarre de terre qui se trouvait auprès, mais il puisait avec précaution, car l'eau était précieuse. Puis, après une hésitation, il souleva la jarre et la vida entièrement dans le chaudron. Aujourd'hui il se baignerait tout le corps. Depuis sa petite enfance où sa mère le tenait sur ses genoux, personne n'avait jeté les yeux sur son corps. Aujourd'hui quelqu'un allait le voir et il tenait à l'avoir propre.

Contournant le four, il s'en alla au fond de la cuisine prendre une poignée d'herbe sèche et de brindilles dans un coin, et la disposa soigneusement dans la bouche du four, en utilisant jusqu'à la moindre feuille. Puis d'un vieux briquet à silex il tira du feu et l'enfonça dans la paille qui se mit à flamber.

C'était le dernier matin qu'il lui faudrait allumer du feu. Il l'avait allumé chaque matin depuis six ans que sa mère était morte. Il avait allumé le feu, fait bouillir et versé l'eau dans un bol qu'il portait dans la chambre où son père, assis sur son lit, toussait et cherchait à tâtons ses chaussures sur le plancher. Chaque matin depuis six ans le vieillard avait attendu que son fils lui apportât de l'eau chaude pour le soulager de son catarrhe matinal. Désormais le père et le fils pourraient se reposer. Il allait venir une femme à la maison. Jamais plus Wang Lung ne devrait se lever hiver comme été à l'aube, pour allumer le feu. Il resterait tranquillement dans son lit, et à lui aussi on apporterait un bol d'eau, et si la terre était féconde, il y aurait des feuilles de thé dans l'eau. Cela n'arrivait qu'une fois en plusieurs années.

Et quand la femme serait à bout de forces, il y aurait ses enfants pour allumer le feu, les nombreux enfants qu'elle allait procréer à Wang Lung. Wang Lung s'arrêta, tout saisi d'imaginer des enfants trottinant de l'une à l'autre de leurs trois chambres. Trois chambres leur avaient toujours paru beaucoup, dans cette maison à moitié vide depuis la mort de sa mère. Il avait toujours fallu résister aux parents qui étaient moins au large : son oncle, avec toute sa ribambelle d'enfants, qui tentait de les persuader :

« Voyons, est-ce qu'il faut tant de chambres à

11

deux hommes ? Le père et le fils ne peuvent-ils pas coucher ensemble ? La chaleur corporelle du jeune apaiserait le catarrhe du vieux. »

Mais le père répondait chaque fois :

« Je garde mon lit pour mon petit-fils. C'est lui qui réchauffera mes vieux os. »

Maintenant les petits-fils allaient venir... des petits-fils en quantité ! On serait forcé de mettre des lits le long des murs et dans la pièce du milieu. La maison serait pleine de lits. Pendant que Wang Lung songeait à tous les lits qu'il y aurait dans cette maison à moitié vide, le feu était tombé et l'eau du chaudron commençait à refroidir. Dans le cadre de la porte parut la silhouette indistincte du vieillard qui retenait autour de lui ses vêtements non boutonnés. Toussant et crachant, il bégaya :

« Comment se fait-il que je n'aie pas encore eu d'eau pour me réchauffer les poumons ? »

Rappelé à la réalité, Wang Lung rougit et balbutia de derrière le four :

« Ce fagot est humide... Le temps pluvieux... »

La toux du vieillard continuait, opiniâtre, et pour la faire cesser il fallait que l'eau bouillît. Wang Lung en puisa dans un bol, après quoi au bout d'un instant il ouvrit une jarre vernissée qui se trouvait sur le rebord de la cheminée et y prit une pincée de feuilles sèches et recroquevillées dont il saupoudra la surface de l'eau. Le vieillard ouvrit des yeux avaricieux et se mit aussitôt à gronder :

« Pourquoi les gaspilles-tu ? Boire du thé c'est manger de l'argent.

– C'est le jour à cela, répliqua Wang Lung avec un rire bref. Mangez et grand bien vous fasse. »

Le vieux, de ses doigts noueux et flétris, empoigna le bol en marmonnant et poussant de petits grognements. Il ne pouvait se résigner à boire le précieux breuvage, et regardait les feuilles se dérouler et s'étaler à la surface.

« Cela va refroidir, dit Wang Lung.

– C'est vrai... c'est vrai », dit le vieux en émoi.

Et par grandes gorgées il se mit à avaler le thé brûlant. Il s'absorba dans une satisfaction animale, comme un enfant hypnotisé sur sa nourriture. Mais il lui restait assez de présence d'esprit pour voir Wang Lung verser insouciamment l'eau du chaudron dans un profond cuveau de bois. Il releva la tête et considérant son fils d'un air sévère prononça brusquement :

« Avec toute cette eau il y a de quoi féconder une moisson. »

Wang Lung continua de verser l'eau jusqu'à la dernière goutte. Il ne répondit pas.

« Mais parle donc ! s'écria le père avec force.

– Je ne me suis pas lavé tout le corps à la fois depuis le Nouvel An », répondit Wang Lung, d'une voix timide.

Il avait honte de dire à son père qu'il désirait avoir son corps propre pour le laisser voir à une femme. Il sortit au plus vite, emportant le cuveau à sa chambre. La porte, mal ajustée sur un cadre de guingois, ne fermait pas exactement. Le vieillard traversa à petits pas la salle du milieu, et collant sa bouche à l'ouverture, brailla :

« Ça ira mal si nous habituons la femme ainsi : du thé dans l'eau du matin et tout ce lessivage !

– Ce n'est que pour un jour », lança Wang Lung. Et il ajouta : « Quand j'aurai fini, j'irai jeter l'eau sur la terre et elle ne sera pas perdue. »

A cette réponse le vieillard se tut, et Wang Lung défit sa ceinture et quitta ses vêtements. Dans la lumière qui tombait du trou en un faisceau, il sortit de l'eau fumante une petite serviette, la tordit et en frotta vigoureusement son corps brun et élancé. L'air lui avait paru chaud, mais quand sa chair fut mouillée, il eut froid, et il accéléra sa manœuvre de va-et-vient avec la serviette, jusqu'au moment où tout son corps finit par exhaler un léger nuage de vapeur. Puis allant à un coffre qui avait appartenu à sa mère, il en tira un costume de cotonnade bleue tout propre. Il aurait peut-être un peu froid aujourd'hui sans ses vêtements d'hiver ouatés, mais il lui répugnait tout à coup de les remettre sur sa chair propre et nette. Leur tissu extérieur était crasseux et déchiré et l'ouate passait par les trous, grisâtre et lamentable. Il ne voulait pas que cette femme le vît pour la première fois ainsi en loques. Plus tard elle aurait à laver et à raccommoder, mais pas le premier jour. Par-dessus la blouse et le pantalon de cotonnade bleue il revêtit une robe longue de même étoffe... son unique robe longue, qu'il ne portait qu'aux jours de fête, dix jours ou environ dans l'année, tout compte fait. Puis d'un doigt rapide il détortilla la longue tresse de cheveux qui lui retombait dans le dos, et prenant un peigne de bois dans le tiroir de la petite table boiteuse, il entreprit de se démêler les cheveux.

Son père s'approcha de nouveau, appliqua sa bouche à la fente de la porte et gronda :

« Est-ce que je n'aurai rien à manger aujourd'hui ? A mon âge le matin on a les os sans force tant qu'on ne leur a pas donné à manger.

– J'y vais », dit Wang Lung, se tressant vivement les cheveux et entrelaçant dans les mèches un cordonnet de soie noire à gland.

Puis au bout d'un moment il enleva sa robe longue, enroula la tresse autour de sa tête et sortit, emportant le cuveau d'eau. Il avait totalement oublié le déjeuner. Il en serait quitte pour délayer de la farine dans un peu d'eau et donner cette bouillie à son père. Quant à lui, il se sentait incapable de manger. Il porta péniblement le cuveau jusqu'au seuil et versa l'eau sur la terre tout auprès de la porte. Au même moment il se rappela qu'il avait employé toute l'eau du chaudron pour son bain et qu'il allait devoir rallumer le feu. Il fut pris de colère contre son père.

« Cette vieille cervelle ne pense plus qu'à manger et à boire », murmura-t-il dans la bouche du four. Mais tout haut il ne dit rien. C'était la dernière fois ce matin qu'il aurait à préparer le repas du vieillard. Il puisa un tout petit peu d'eau dans le seau du puits près de la porte, la versa dans le chaudron et, quand elle se fut mise à chanter, il y délaya la farine et la porta au vieillard.

« Nous aurons du riz ce soir, mon père, lui dit-il En attendant, voici du maïs.

– Il ne reste plus qu'un peu de riz dans la corbeille, repartit le vieillard en s'asseyant à la table de la pièce du milieu et remuant avec ses bâtonnets la bouillie épaisse et jaune.

– Nous en serons quittes pour en manger un peu moins à la fête du Printemps », répliqua Wang Lung.

Mais le vieillard ne l'entendit pas. Il déglutissait à grand bruit le contenu de son bol.

Wang Lung s'en alla dans sa chambre personnelle, revêtit à nouveau la robe bleue et laissa retomber sa tresse. Il passa sa main sur son front rasé et sur ses joues. Peut-être valait-il mieux être rasé de frais ? Le soleil se levait à peine. Il avait tout le temps de passer par la rue des Barbiers et de se faire raser avant d'aller à la maison où la femme l'attendait. Reste à voir s'il avait l'argent suffisant.

Il prit dans sa ceinture une petite bourse crasseuse de toile grise et fit le compte de ce qu'elle renfermait. Il y avait six dollars d'argent et une grosse poignée de sapèques de cuivre. Il n'avait pas encore averti son père qu'il avait prié des amis à souper ce soir-là. Il avait invité son cousin, le jeune fils de son oncle, et son oncle à cause de son père, et trois fermiers de ses voisins qui habitaient dans le même village que lui. Il comptait ce matin-là rapporter de la ville du porc, un petit poisson de vivier et une poignée de châtaignes. Il pourrait même acheter aussi quelques pousses de bambou du midi et un morceau de bœuf pour mettre en pot-au-feu avec un chou de son jardin. Mais ce serait seulement s'il lui restait de l'argent après avoir acheté l'huile de fèves et la sauce de soya. S'il se faisait raser la tête, il ne pourrait peut-être plus acheter de bœuf. Tant pis, décida-t-il brusquement, il se ferait raser la tête.

Il quitta le vieillard sans rien dire et sortit dans le jeune matin. En dépit de l'aurore rouge sombre, le soleil se dégageait des nuages de l'horizon et faisait scintiller la rosée sur l'orge et sur le froment déjà hauts. Paysan avant tout, Wang Lung s'arrêta un instant et se pencha pour examiner les épis en bourgeon. Ils étaient encore vides et attendaient la pluie. Il flaira l'air et considéra inquiètement le ciel. La pluie était là, chargeant ces sombres nuages amenés par le vent. Il résolut d'acheter un bâtonnet d'encens et de l'allumer dans le petit temple de la Bonne Terre. Un jour comme celui-ci on pouvait bien se permettre cela.

Il suivait un étroit sentier qui sinuait à travers champs. A proximité se dressaient les murs gris de la ville. Au-delà de cette porte par laquelle il allait franchir les murs s'élevait la maison de Hwang, la grande maison où la femme avait été esclave depuis son enfance. Des gens lui avaient dit : « Il vaut mieux vivre seul que d'épouser une femme qui a été esclave dans une grande maison. » Mais quand il avait demandé à son père : « Est-ce que je ne vais jamais avoir de femme ? » son père lui avait répondu : « Les temps sont durs et les noces coûtent des prix fous et toutes les femmes exigent des anneaux d'or et des toilettes de soie avant de consentir à prendre un mari, ce qui fait que le pauvre doit se rabattre sur les esclaves. »

Son père donc s'était remué, et s'en allant à la maison de Hwang il demanda s'il y avait une esclave disponible.

« Une esclave pas trop jeune, et surtout pas jolie », avait-il spécifié.

Wang Lung avait souffert parce qu'elle ne devait pas être jolie ; il eût aimé d'avoir une gentille femme dont les autres hommes l'auraient félicité. Son père, voyant sa mine révoltée, lui cria :

« Et qu'est-ce que nous ferions d'une jolie femme ? Il nous faut une femme qui prenne soin du ménage et qui fasse des enfants, tout en travaillant aux champs et une jolie femme ferait-elle cela ? Elle serait toujours à penser à des toilettes qui s'accordent avec son teint ! Non, pas de jolie femme dans notre maison. Nous sommes des paysans. Et puis, a-t-on jamais ouï dire qu'une jolie esclave soit restée vierge dans une maison riche ? Tous les jeunes seigneurs ont pris leur plaisir avec elle. Il vaut mieux être le premier avec une femme laide que le centième avec une beauté. T'imagines-tu qu'une jolie femme estimera tes mains de paysan aussi agréables que les mains douces d'un fils de riche, et ta figure tannée du soleil aussi belle que la peau dorée des autres qui ont pris leur plaisir avec elle ? »

Wang Lung comprit que son père disait vrai. Quand même, il dut lutter avec sa chair avant de pouvoir lui répondre. Et alors il dit avec violence :

« Au moins je n'aurai pas une femme marquée de la petite vérole, ou pourvue d'un bec-de-lièvre ?

– Nous allons voir ce qu'on peut nous donner », répliqua le père.

Or, la femme n'était pas marquée de la petite vérole, et elle n'avait pas de bec-de-lièvre. Il savait du moins cela, mais rien de plus. Son père et lui avaient acheté deux anneaux d'argent plaqués d'or, et des boucles d'oreilles d'argent, et son père avait porté le tout au maître de la femme en gage d'accordailles. A part cela, il ne savait rien de la femme qui allait être sienne, si ce n'est que ce jour même il pouvait aller la prendre.

Il s'enfonça dans la fraîche obscurité de la porte de ville. Tout à l'entrée, des porteurs d'eau, charriant sur leurs brouettes de grands bidons d'eau, allaient et venaient tout le jour, et l'eau giclant des bidons s'éclaboussait sur les dalles. Dans le tunnel de la porte, sous l'épais mur de terre et de brique, il faisait toujours humide et frais, même en un jour d'été, si bien que les marchands de melons étalaient leurs fruits sur les dalles, les melons fendus en deux pour absorber la fraîcheur humide. Il n'y en avait pas encore, car il était trop tôt en saison, mais on voyait le long des murs des corbeilles de petites pêches vertes et dures, et les marchands criaient :

« Les premières pêches du printemps... les premières pêches ! Achetez, mangez, purgez vos entrailles des poisons de l'hiver ! »

Wang Lung se dit en lui-même :

« Si elle les aime, je lui en achèterai une poignée quand nous reviendrons. »

Il avait peine à croire que, quand il repasserait par cette porte, il serait accompagné d'une femme marchant derrière lui.

Au-delà de la porte il tourna à droite et il arriva bientôt dans la rue des Barbiers. Vu l'heure matinale, il était un des premiers, on ne voyait guère que quelques paysans qui avaient apporté leurs produits dans la ville la nuit précédente afin de pouvoir vendre leurs légumes aux marchés de l'aurore et s'en retourner aux champs pour le travail de la journée. Ils avaient dormi frissonnants et blottis sur leurs paniers, et les paniers etaient maintenant vides à leurs pieds. De crainte que l'un d'eux ne le reconnût, Wang Lung les évita, car leurs plaisanteries lui auraient déplu en ce jour. Alignés tout le long de la rue, les barbiers attendaient les clients derrière leurs petits étaux. Wang Lung alla au plus éloigné, s'assit sur l'escabeau et fit signe au barbier qui restait à bavarder avec son voisin. Le barbier arriva aussitôt et s'empressa de verser de l'eau chaude, d'une bouilloire qu'il prit sur son réchaud de braise, dans son bassin de cuivre.

« Raser tout ? demanda-t-il d'un ton professionnel.

– Ma tête et ma figure, répondit Wang Lung.

– Dégager les oreilles et les narines ? reprit le barbier.

– Combien cela me coûtera-t-il de supplément ? demanda Wang Lung méfiant.

– Quatre sous, répondit le barbier, qui trempait déjà une serviette noire dans l'eau chaude.

– Je vous en donnerai deux, repartit Wang Lung.

– Alors je dégagerai une oreille et une narine, riposta le barbier du tac au tac. De quel côté de la figure désirez-vous que j'opère ? »

Tout en parlant il adressa un clin d'œil au barbier voisin, et celui-ci éclata d'un gros rire. Wang Lung comprit qu'il était tombé entre les mains d'un farceur, et se sentant inférieur sans trop savoir pourquoi, comme toujours, à ces citadins, fussent-ils simples barbiers et gens de la plus basse condition, il reprit vivement :

« Comme vous voudrez... comme vous voudrez. »

Puis il se laissa docilement savonner, frotter et raser par le barbier, et comme celui-ci était après tout bon garçon, il administra sans supplément à son client une série d'habiles massages sur les épaules et dans le dos pour lui assouplir les muscles. Tout en rasant le haut front, il fit des réflexions sur Wang Lung :

« Ce fermier n'aurait pas mauvais air s'il se faisait couper les cheveux ras. La nouvelle mode est de supprimer la tresse. »

Son rasoir effleura de si près le cercle de cheveux

réservé sur le sinciput de Wang Lung, que celui-ci s'écria :

« Je ne peux pas me la faire couper sans demander la permission à mon père ! »

Le barbier se mit à rire et respecta la touffe de cheveux.

Quand ce fut terminé et l'argent compté dans la main du barbier, ridée et gonflée par l'eau, Wang Lung eut un instant d'effroi. Que d'argent ! Mais en redescendant la rue il sentit l'agréable fraîcheur du vent sur sa peau rasée, et se dit en lui-même :

« Ce n'est que pour une fois. »

Il alla au marché, acheta deux livres de porc et regarda le boucher l'envelopper dans une feuille de lotus sèche, puis, après une hésitation, il acheta également six onces de bœuf. Quand tout fut acheté, jusques et y compris des quartiers de caillé de fèves tout frais tremblotant sur leur feuille comme de la gélatine, il alla à une boutique de cirier et y acheta une paire de bâtonnets d'encens. Puis tout intimidé il dirigea ses pas vers la maison de Hwang. Une fois à la porte de la maison il fut pris de terreur. Pourquoi donc était-il venu ? Il aurait dû demander à son père... ou à son oncle... ou voire même à son plus proche voisin, Ching... à quelqu'un, enfin, de l'accompagner. Jamais encore il n'avait mis les pieds dans une grande maison. Comment serait-il capable d'entrer avec son festin de noces au bras et de dire : « Je suis venu chercher ma femme » ?

Longtemps il resta devant la porte, à la considérer. Elle était hermétiquement close ; deux grands battants de bois, peints en noir, bardés et cloutés de fer, rabattus l'un sur l'autre. Deux lions de pierre montaient la garde chacun d'un côté. On ne voyait personne d'autre. Il s'éloigna. Décidément il n'y avait rien à faire.

Soudain il se sentit faible. Il lui fallait s'acheter un peu de nourriture. Il n'avait rien mangé... il avait oublié de manger. Il entra dans un petit restaurant, mit deux gros sous sur la table et s'assit. Un crasseux garçon de service en tablier noir luisant s'approcha de lui et il commanda : « Deux bols de nouilles ! » Quand on les lui eut servis, il les mangea avidement, les enfournant dans sa bouche avec ses bâtonnets de bambou, tandis que le garçon restait à faire pirouetter les pièces de billon entre son pouce et son index.

« En voulez-vous encore ? » demanda le garçon avec indifférence.

Wang Lung secoua négativement la tête. Il se leva et regarda autour de lui. Il n'y avait personne de connaissance dans la petite salle sombre et encombrée de tables. Quelques hommes seulement étaient assis à manger ou à boire du thé. C'était un établissement pour pauvres gens, et par contraste Wang avait l'air net et propre et presque dans l'aisance, si bien qu'un mendiant qui passait se mit à geindre :

« Ayez bon cœur, monsieur le professeur, et donnez-moi une petite sapèque ; je meurs de faim. »

Wang Lung n'avait jamais vu un mendiant lui demander l'aumône, ni entendu personne l'appeler « Monsieur le professeur ». Il en était flatté et il jeta dans l'écuelle du mendiant deux petites sapèques, qui valent chacune un cinquième de gros sou. Le mendiant ramena bien vite sa main noire comme une serre, et la referma sur les sapèques, qu'il enfouit dans ses haillons.

Wang Lung se rassit et le soleil monta dans le ciel. Le garçon de service s'impatientait. « Si vous ne consommez plus, dit-il enfin avec beaucoup d'audace, vous aurez à payer la location de l'escabeau. »

Une pareille insolence irrita Wang Lung, et il faillit se lever, mais à la seule idée d'entrer dans la grande maison de Hwang et d'y demander sa femme, la sueur envahit tout son corps comme s'il eût travaillé dans un champ.

« Apporte-moi du thé » dit-il au garçon d'une voix mal assurée.

Il n'avait pas eu le temps de se retourner que la consommation était servie. Le petit garçon demanda sèchement :

« Où sont les deux sous ? »

Et Wang Lung, à son horreur, se vit réduit à tirer de sa ceinture encore un autre gros sou.

« C'est du brigandage », murmura-t-il sans le vouloir.

Mais voyant alors entrer dans la boutique son voisin qu'il avait invité à la noce, il s'empressa de poser le gros sou sur la table, but son thé d'une goulée, sortit vivement par la porte latérale et se trouva une fois de plus sur la rue.

« Il faut en finir », se dit-il avec résolution.

Et lentement il se dirigea vers la grande porte.

Cette fois, comme il était plus de midi, les battants étaient entrouverts, et le gardien de la porte flânait sur le seuil après son repas, en se curant les dents avec un éclat de bambou. C'était un grand gaillard pourvu d'une grosse verrue sur la joue gauche, et de la verrue pendaient trois longs poils noirs qui n'avaient jamais été coupés. Quand Wang Lung parut, cet homme pensa d'après le panier qu'il venait vendre quelque chose, et l'interpella brutalement :

« Et alors, qu'est-ce que c'est ? »

A grand-peine, Wang Lung répondit :

« Je suis Wang Lung, le fermier.

– Eh bien, Wang Lung le fermier, qu'est-ce que c'est ? riposta le gardien, qui n'était poli avec personne d'autre que les riches amis de ses maître et maîtresse.

– Je suis venu... je suis venu..., balbutia Wang Lung.

– C'est ce que je vois, dit le portier avec une patience affectée, en tortillant les longs poils de sa verrue.

– C'est pour une femme », reprit Wang Lung, la figure mouillée de sueur et d'une voix qui se réduisait, malgré ses efforts, à un souffle.

Le portier éclata de rire.

« Ah! c'est toi le nouveau marié! pouffa-t-il. On m'avait dit qu'il viendrait aujourd'hui. Mais je ne m'attendais pas à te voir avec un panier au bras.

– C'est simplement quelques victuailles », dit Wang Lung en manière d'excuse.

Il s'attendait à voir le portier l'introduire. Mais le portier ne bougeait pas. A la fin Wang Lung reprit avec inquiétude :

« Dois-je aller seul ? »

Le portier simula un haut-le-corps d'effroi.

« Le vieux Seigneur te tuerait. »

Puis voyant que Wang Lung était trop ingénu pour comprendre, il ajouta :

« Un peu d'argent est une bonne clef. »

Wang Lung s'aperçut enfin que l'homme voulait lui soutirer de l'argent.

« Je suis pauvre, dit-il pour sa défense.

– Fais-moi voir ce que tu as dans ta ceinture », dit le portier.

Et il ricana quand Wang Lung dans sa naïveté déposa son panier sur les dalles et soulevant sa robe tira la petite bourse de sa ceinture et versa dans sa main gauche le peu de monnaie qui lui restait après ses emplettes. Il avait une pièce d'argent et quatre gros sous de cuivre.

« Je me contenterai de l'argent », dit froidement le portier.

Et sans laisser à Wang Lung le temps de protester, l'homme glissa l'argent dans sa manche et franchit la porte à grands pas en annonçant très haut :

23

« Le nouveau marié... le nouveau marié ! »

Malgré sa colère de ce qui venait de se passer et son effroi d'entendre ainsi proclamer sa venue, Wang Lung n'avait d'autre ressource que de suivre le portier, ce qu'il fit, après avoir ramassé son panier et sans regarder ni à droite ni à gauche.

C'était la première fois qu'il faisait son entrée chez des gens du grand monde, et il ne garda de cet événement qu'un souvenir confus. Rouge pourpre et la tête basse, il traversa des cours à n'en plus finir, précédé de cette voix formidable, et entendant des rires fuser de tous côtés. Puis soudain, alors qu'il lui semblait avoir traversé au moins cent cours, le portier se tut et le poussa dans un petit salon d'attente. Il y resta seul tandis que le portier pénétrait dans la pièce suivante, d'où il revint au bout d'un instant lui dire :

« La Vieille Maîtresse ordonne que tu paraisses devant elle. »

Wang Lung fit un pas en avant, mais le portier l'arrêta, s'écriant avec indignation :

« Tu ne peux pas paraître devant une grande dame avec un panier au bras... un panier de porc et de caillé de fèves ! Comment ferais-tu la révérence ?

– C'est vrai... c'est vrai... », dit Wang Lung bouleversé.

Mais il n'osait lâcher son panier parce qu'il avait peur qu'on y volât quelque chose. Il se figurait sans doute que tout le monde devait convoiter d'aussi rares friandises que deux livres de porc et un petit poisson de vivier. Le portier vit sa crainte et s'écria d'un ton de grand mépris :

« Dans une maison comme celle-ci on donne ces mangers-là aux chiens ! »

Et s'emparant du panier il le fourra derrière la porte et poussa Wang Lung devant lui.

Traversant une longue véranda étroite au toit supporté par des colonnes finement sculptées, ils arrivèrent dans une salle dont Wang Lung n'avait jamais vu la pareille. On aurait pu y faire tenir vingt maisons comme la sienne et elles s'y seraient perdues, tant les dimensions étaient grandes et le plafond haut. Ayant levé la tête dans son admiration pour voir au-dessus de lui les grandes poutres sculptées et peintes, il buta sur la marche de la porte et il serait tombé si le portier ne l'avait pas retenu par le bras en s'écriant :

« Tiens, tu es donc si poli que tu te jettes à plat ventre comme ça devant la Vieille Maîtresse ? »

Se ressaisissant tout honteux, Wang Lung regarda en face de lui. Sur une estrade au milieu de la pièce il vit une très vieille dame, au petit corps fluet vêtu de satin luisant et gris perle, et à côté d'elle sur un tabouret bas une pipe à opium qui était en train de grésiller au-dessus de sa petite lampe. Elle considérait Wang Lung de ses yeux noirs et perçants, aussi vifs et renfoncés que ceux d'un singe dans son visage ridé et ratatiné. La peau de sa main qui tenait le bout de la pipe était tendue sur des os grêles, aussi lisse et aussi jaune que la dorure d'une idole. Wang Lung se jeta à genoux et frappa de son front le carrelage.

« Relève-le, dit gravement la vieille dame au portier ; ces prosternements ne sont pas nécessaires. Il est venu chercher la femme ?

– Oui, ô Vénérable, répondit le portier.

– Pourquoi ne parle-t-il pas lui-même ? demanda la vieille dame.

– Parce que c'est un imbécile, ô Vénérable », répondit le portier, en tortillant les poils de sa verrue.

Cette injure piqua au vif Wang Lung qui jeta au portier un regard de ressentiment, et dit :

« Je ne suis qu'un homme sans éducation, Grande

et Vénérable Dame. Je ne sais pas les mots qu'il faut employer en une telle présence. »

La vieille dame le considéra attentivement et avec une entière gravité. Sans doute allait-elle parler, mais sa main se referma sur la pipe toute préparée que lui tendait une esclave et aussitôt elle parut oublier son visiteur. Elle se pencha, aspira avidement la fumée pendant une minute et ses yeux perdirent leur éclat et se recouvrirent d'une taie d'oubli. Wang Lung resta debout devant elle jusqu'au moment où par hasard les yeux de la fumeuse rencontrèrent son visage.

« Qu'est-ce que fait ici cet homme ? » demanda-t-elle avec une colère soudaine.

L'on eût dit qu'elle avait oublié tout. Le portier, impassible, se taisait.

« J'attends la femme, Grande Dame, dit Wang Lung tout abasourdi.

– La femme ? Quelle femme..., commença la vieille dame. (Mais la jeune esclave à son côté se pencha vers elle et murmura quelque chose ; la vieille dame se ravisa :) Ah ! je n'y songeais déjà plus... l'affaire est si minime... Tu es venu chercher l'esclave nommée O-len. Je me souviens que nous l'avons promise en mariage à un fermier. C'est toi ce fermier ?

– C'est moi, répliqua Wang Lung.

– Appelle vite O-len », dit la vieille dame à son esclave.

Elle semblait tout à coup pressée d'en finir et de rester seule dans la paix de la grande salle avec sa pipe à opium.

Au bout d'un instant l'esclave reparut menant par la main une femme de carrure hommasse, plutôt grande, proprement vêtue d'une blouse et d'un pantalon de cotonnade bleue. Wang Lung jeta les yeux sur elle et les détourna aussitôt. C'était là sa femme.

« Arrive ici, esclave, dit négligemment la vieille dame. Cet homme est venu te chercher. »

La femme s'avança vers la dame et resta la tête penchée et les mains jointes.

« Es-tu prête ? » demanda la dame.

La femme répondit lentement comme un écho :

« Prête. »

En entendant sa voix pour la première fois, Wang Lung regarda son dos, car elle se tenait devant lui. C'était une voix assez agréable, ni trop forte ni trop faible, neutre et sans mauvaise humeur. La chevelure de la femme était nette et lisse et son costume propre. Il vit avec un désappointement passager qu'elle n'avait pas les pieds comprimés. Mais il ne put s'y appesantir, car la vieille dame disait au portier :

« Mets-lui son coffre à la porte et qu'ils s'en aillent. » Puis elle interpella Wang Lung et dit : « Tiens-toi à côté d'elle tandis que je parle. » Et quand Wang Lung se fut avancé, elle reprit : « Cette femme n'était qu'une enfant de dix ans lorsqu'elle est entrée chez nous et elle y a vécu jusqu'aujourd'hui, où elle est âgée de vingt ans. Je l'ai achetée en une année de famine quand ses parents sont partis pour le midi parce qu'ils n'avaient plus rien à manger. Ils étaient du nord du Chantoung et ils y sont retournés, c'est tout ce que je sais d'eux. Tu vois qu'elle a le corps robuste et les pommettes saillantes de sa race. Elle saura bien travailler pour toi aux champs et tirer l'eau et faire tout ce que tu désireras. Elle n'est pas belle, mais cela n'est pas indispensable pour toi. Les oisifs seuls ont besoin de belles femmes pour les distraire. Elle n'est pas non plus très maligne. Mais elle est bien obéissante et elle a bon caractère. Autant que je sache, elle est vierge. Même si elle n'eût pas été cantonnée dans la cuisine, elle n'avait pas assez d'attraits pour tenter mes fils et petits-fils. Si elle a eu un amoureux, ce n'a été qu'un domestique. Mais avec les innombrables jolies esclaves qui fréquentent librement les cours, je doute même qu'elle en ait eu un. Prends-la et traite-la bien. Quoique un peu lente et bornée, c'est une bonne esclave, et si je n'eusse souhaité m'acquérir des mérites au temple pour mon existence future en aidant à propager la vie dans le monde, je l'aurais gardée, car elle est suffisante pour la cuisine. Mais je marie mes esclaves au-dehors si quelqu'un veut d'elles, et si les seigneurs ne tiennent pas à elles. »

Elle dit ensuite à la femme :

« Obéis-lui et engendre-lui des fils et encore des fils. Tu viendras me faire voir ton premier enfant.

— Oui, Vénérable Maîtresse », répondit la femme avec soumission.

Ils restaient hésitants. Wang Lung, très embarrassé, ne savait pas s'il devait parler ou se retirer.

« Eh bien, allez-vous-en, voyons ! » dit la vieille dame avec irritation.

Et Wang Lung, s'inclinant bien vite, fit demi-tour et s'en alla, suivi de la femme, qu'escortait le portier, portant le coffre sur son épaule. Ce coffre, il le déposa dans la pièce où Wang Lung était retourné prendre son panier et refusa de le porter plus loin. Il disparut même sans ajouter un mot.

Alors Wang Lung se tourna vers la femme et la regarda pour la première fois. Elle avait un visage franc et honnête, un nez court et épaté aux larges narines noires, et une large bouche fendue en tirelire. Ses petits yeux d'un noir terne étaient emplis d'une confuse tristesse. Ce visage semblait muet et inexpressif par habitude, et incapable de s'exprimer s'il l'eût voulu. Elle supporta patiemment l'examen de Wang Lung sans embarras ni sans l'imiter, attendant simplement qu'il eût fini. Il vit qu'en effet elle n'avait aucun attrait dans le visage... un visage brun, vulgaire et résigné. Mais sa peau foncée n'était pas marquée de la petite vérole, et elle n'avait pas de bec-de-lièvre. A ses oreilles il vit se balancer les boucles de vermeil qu'il lui avait achetées, et elle portait aux mains les anneaux qu'il lui avait donnés. Il se détourna avec une joie secrète. Enfin, il avait sa femme !

« Tiens, prends ce coffre et ce panier », dit-il d'un ton rogue.

Sans un mot elle se baissa, empoigna le coffre par un bout, le mit sur son épaule et, vacillant sous le poids, tenta de se relever. Il la regardait faire, et dit brusquement :

« Je prendrai le coffre. Voici le panier. »

Et soulevant le coffre, il le prit sur son dos, sans souci de sa belle robe, et elle, toujours en silence, prit l'anse du panier. Il pensa aux cent cours qu'il avait traversées en venant et à l'aspect ridicule qu'il offrait sous son fardeau.

« S'il y avait une porte de derrière... », murmura-t-il.

Après un instant de réflexion, comme si elle n'avait pas compris tout de suite ce qu'il disait, elle fit un signe affirmatif. Puis elle le guida dans une petite cour à l'abandon tout envahie d'herbes qui comblaient même le bassin. Là sous un pin penché s'ouvrait une vieille porte en arcade, qu'elle dégagea de sa barre, et ils la franchirent et se trouvèrent dans la rue.

Une ou deux fois il se retourna pour la regarder. Son large visage était dénué d'expression, et elle le suivait tranquillement sur ses grands pieds comme si elle n'avait fait que cela toute sa vie. Sous la porte des remparts il fit halte, indécis et, retenant d'une main le coffre sur son épaule, il fouilla de l'autre main dans sa ceinture pour y prendre la monnaie qu'il avait de reste. Il tira deux gros sous, dont il acheta six petites pêches vertes.

« Prends ça et mange, c'est pour toi », dit-il d'un ton bourru.

Avec l'avidité d'un enfant, elle les agrippa et les tint dans sa main sans rien dire. Quand il la regarda un peu plus tard tandis qu'ils marchaient sur la lisière des champs de maïs, elle en grignotait une discrètement, mais quand elle s'aperçut qu'il la regardait, elle referma sa main sur le fruit et cessa de remuer les mâchoires.

Et ils allèrent ainsi jusqu'au moment où ils atteignirent le champ de l'occident où se dressait le temple à la Terre. Ce temple, pas plus haut en tout que l'épaule d'un homme, était un petit édicule construit en brique grise et couvert de tuiles. Le grand-père de Wang Lung, en prenant à ferme les champs mêmes sur lesquels Wang Lung passait maintenant son existence, l'avait bâti, en charriant les briques de la ville sur sa brouette. Les murs étaient crépis de plâtre à l'extérieur et en une année fertile on avait chargé un artiste de village de peindre sur le plâtre blanc un paysage de collines et de bambous. Mais la pluie de plusieurs générations avait délavé cette peinture si bien qu'à présent on n'y voyait plus qu'une vague silhouette plumeuse de bambous, et les montagnes étaient presque entièrement effacées.

A l'abri sous le toit, dans le temple, trônaient gravement deux petites idoles de terre, qui provenaient de la terre des champs autour du temple. C'étaient le dieu et son épouse. Ils portaient des robes de papier rouge et or, et le dieu avait une moustache clairsemée et retombante en cheveux véritables. Chaque année au Nouvel An, le père de Wang Lung achetait des feuilles de papier rouge et découpait et collait soigneusement de nouvelles robes pour le couple sacré. Et chaque année la pluie et la neige passaient sous le toit et le soleil de l'été y dardait, ce qui abîmait leurs robes.

A ce moment, toutefois, les robes étaient encore neuves, car l'année commençait à peine, et Wang Lung était fier de leur aspect pimpant. Il retira le panier du bras de la femme et chercha délicatement sous le carré de porc les bâtonnets d'encens qu'il avait achetés. Il craignait de les trouver cassés, ce qui eût été de mauvais présage ; mais ils étaient entiers. Quand il les eut dénichés, il les planta l'un à côté de l'autre dans les cendres d'autres bâtonnets d'encens amoncelées devant les dieux, car tout le voisinage adorait ces deux petites idoles. Puis tirant son briquet à silex, avec une feuille sèche en guise d'amadou, il fit du feu pour allumer l'encens.

Côte à côte cet homme et cette femme rendaient hommage aux dieux de leurs champs. La femme surveillait les bouts d'encens qui, de rouges, devenaient gris. Quand la cendre s'allongea, elle se pencha dessus et de l'index fit tomber le bout de cendre. Puis comme si elle eût craint d'avoir mal agi, bien vite elle regarda Wang Lung, de ses yeux muets. Mais il avait aimé son geste. Elle sentait, eût-on dit, que l'encens leur appartenait à tous deux. Ce fut un instant de communion. Ils restèrent là dans un complet silence, côte à côte, tandis que l'encens se consumait et se réduisait en cendres ; et puis comme le soleil se couchait, Wang Lung rechargea le coffre sur son épaule et ils s'en allèrent au logis.

Le vieillard se tenait sur le seuil de la maison pour profiter des derniers rayons de soleil. Quand Wang Lung s'approcha en compagnie de sa femme, il ne fit aucun mouvement. Il eût été au-dessous de sa dignité de paraître la voir. Au contraire, il feignit de s'intéresser beaucoup aux nuages et il cria :

« Ce nuage accroché à la corne gauche du croissant de la lune annonce la pluie. Elle viendra pas plus tard que demain soir. » Et alors voyant Wang

Lung prendre le panier des mains de la femme, il s'écria de nouveau : « Tu as dépensé de l'argent ? »

Wang Lung déposa le panier sur la table et dit brièvement :

« Il y aura des invités ce soir. »

Et il emporta le coffre dans la chambre où il couchait et le déposa à côté du coffre où étaient ses propres habits. Il le considéra d'un air singulier. Mais le vieillard parut sur le seuil et dit avec volubilité :

« On n'en finit pas de dépenser de l'argent dans cette maison. »

Au fond il était bien aise que son fils eût invité des hôtes, mais il se croyait tenu de ne faire entendre que des récriminations devant sa nouvelle belle-fille, de crainte de la mettre dès le début en veine de prodigalité. Sans rien dire, Wang Lung s'en alla porter le panier dans la cuisine et la femme l'y suivit. Il tira du panier l'une après l'autre les victuailles, les déposa sur le rebord du fourneau refroidi et dit à sa compagne :

« Voici du porc et voici du bœuf et du poisson. On sera sept au repas. Sais-tu préparer à manger ? »

Il ne regarda pas la femme en lui parlant. Ce n'eût pas été convenable. La femme répondit de sa voix neutre :

« J'ai été esclave de cuisine depuis mon arrivée dans la maison de Hwang. Il y avait des viandes à chaque repas. »

Avec un hochement de tête approbatif Wang Lung la laissa, et ne la revit plus avant l'heure où les invités arrivèrent en troupe, son oncle jovial, sournois et famélique, le fils de son oncle, un effronté adolescent de quinze ans, et les fermiers rustauds et ricanant par timidité. Deux de ceux-ci étaient des gens du village, avec lesquels Wang Lung échangeait des graines et de la main-d'œuvre au temps de la moisson, et un autre était son plus proche voisin, Ching, un petit homme taciturne, qui ne parlait guère que contraint et forcé. Quand ils se furent installés dans la salle du milieu, après avoir fait des difficultés pour s'asseoir, par politesse, Wang Lung alla dans la cuisine ordonner à la femme de servir. Et il fut bien aise quand elle lui dit :

« Je vous passerai les bols si vous voulez bien les mettre sur la table. Je n'aime pas de me montrer devant des hommes. » Wang Lung se sentit tout fier de ce que cette femme était sienne et ne craignait point de paraître devant lui, mais s'y refusait devant d'autres hommes. Il prit les bols de ses mains à la porte de la cuisine, les posa sur la table dans la pièce du milieu et lança à pleine voix :

« Mangez, mon oncle et mes frères. »

Et quand l'oncle, qui aimait à plaisanter, lui demanda :

« N'allons-nous pas voir la jeune mariée légère comme une phalène ? »

Wang Lung répondit avec fermeté :

« Nous ne sommes pas encore unis. Il n'est pas bienséant que d'autres hommes la voient tant que le mariage n'est pas consommé. »

Et il les exhorta à manger, et ils mangèrent avec appétit du bon menu. L'un faisait l'éloge de la sauce rousse accompagnant le poisson et l'autre du porc cuit à point, et Wang Lung répondait à chaque fois :

« C'est de la piètre marchandise... c'est mal préparé. »

Mais en lui-même il était fier des plats, car la femme avait assaisonné les viandes mises à sa disposition avec du sucre et du vinaigre et un peu de vin et de sauce de soya, ce qui relevait la saveur de chaque mets, si bien que Wang Lung n'avait jamais goûté pareils plats à la table de ses amis.

Ce soir-là, tandis que les hôtes s'attardaient longuement à prendre le thé et n'en finissaient pas d'échanger des plaisanteries, la femme s'obstina toujours à rester derrière le fourneau, et quand Wang Lung eut reconduit le dernier hôte, il la trouva en rentrant blottie dans les bottes de paille et endormie à côté du buffle. Quand il s'approcha pour la réveiller, il vit qu'elle avait de la paille dans les cheveux, et quand il l'appela, elle leva soudain le bras dans son sommeil comme pour se protéger d'un coup. Lorsqu'elle ouvrit enfin les yeux, elle le considéra de son étrange regard inexpressif, et il eut l'impression d'être en face d'un enfant. Il la prit par la main, l'emmena dans la chambre où ce matin-là il s'était baigné pour elle, et alluma une chandelle rouge sur la table. Dans cette lumière il se sentit tout à coup intimidé de se trouver seul avec la femme et il fut contraint de se rappeler :

« Cette femme que voilà est à moi. Il faut s'exécuter. »

Et il commença résolument à se déshabiller. Quant à la femme, elle se glissa derrière le rideau et se mit sans bruit à faire sa toilette de nuit. Wang Lung lui dit d'un ton bourru :

« Quand tu te coucheras, éteins d'abord la lumière. »

Puis il se coucha, ramena sur ses épaules l'épaisse couverture, et fit semblant de dormir. Mais il ne dormait pas. Il restait frémissant, toutes les fibres de sa chair en éveil. Au bout d'un long temps, l'obscurité se fit dans la pièce, et il sentit la femme se glisser à côté de lui d'un lent et silencieux mouvement. Alors, une joie triomphante l'envahit, à lui briser le corps. Il poussa dans les ténèbres un rire rauque et s'empara d'elle.

II

Il avait découvert la joie de vivre. Le lendemain matin il resta couché sur son lit et observa la femme qui était maintenant toute à lui. Elle se leva, rassembla sur elle ses vêtements en désordre et après les avoir boutonnés au cou et à la taille, les ajusta sur son corps à l'aide d'une secousse et d'un tortillement discrets. Puis elle entra ses pieds dans ses chaussures de drap qu'elle assujettit au moyen de courroies attachées par-derrière. La lumière du trou minuscule projeta sur elle son rayon et Wang Lung vit confusément sa figure. Elle ne paraissait pas changée. Ce fut un étonnement pour lui. Il sentait que lui-même la nuit devait l'avoir changée ; et voici pourtant que cette femme se levait de son lit à lui comme si elle n'avait fait que cela tous les jours de son existence. La toux du vieillard s'éleva quinteusement dans le petit jour crépusculaire et il dit à sa compagne :

« Porte d'abord à mon père un bol d'eau chaude pour ses poumons. »

Elle demanda, de la même voix exactement qu'elle avait hier en parlant :

« Faut-il y mettre des feuilles de thé ? »

Cette simple question troubla Wang Lung. Il eût aimé de répondre : « Certes oui, il faut y mettre des feuilles de thé. Nous prends-tu pour des mendiants ? » Il eût aimé que la femme pensât qu'on ne regardait pas au thé dans cette maison. Dans la maison de Hwang, évidemment, tout bol d'eau était vert de feuilles. Là, même une esclave, peut-être, ne buvait pas que de l'eau pure. Mais il savait que son père se fâcherait si dès le premier jour la femme lui servait du thé au lieu d'eau. De plus, ils n'étaient réellement pas riches. Il répliqua donc négligemment :

« Du thé ?... Non, non, cela le ferait tousser encore plus. »

Et puis il resta béatement au chaud dans son lit tandis que dans la cuisine sa femme activait le feu et faisait bouillir l'eau. Il eût aimé de se rendormir à présent qu'il le pouvait, mais, chose ridicule, son corps qu'il avait obligé à se lever si tôt chaque matin depuis tant d'années, refusait de se rendormir bien qu'il en eût la permission. Il restait donc là, goûtant et savourant dans son esprit et dans sa chair la volupté de la paresse. Une partie du temps, il pensait à ses champs, et aux grains du froment et au bien que les pluies prochaines feraient à sa moisson et à la graine du navet blanc qu'il désirait acheter à son voisin Ching s'ils pouvaient s'entendre sur le prix. Mais à toutes ces pensées qui lui venaient à l'esprit chaque jour s'entremêlait la pensée neuve de ce qu'allait être maintenant son existence, et il lui arriva soudain, en repensant à la nuit, de se demander s'il plaisait à sa femme. Ce fut là un étonnement nouveau. Il ne s'était encore posé que la question de savoir si elle lui plairait et si oui ou non il serait satisfait d'elle dans son lit et dans sa maison. Malgré la vulgarité de son visage et la rugosité de ses mains, la chair de son grand corps était douce et virginale, et il riait en y pensant, du rire bref et saccadé qu'il avait poussé dans les ténèbres le soir précédent. Les jeunes seigneurs n'avaient donc pas vu plus loin que ce visage vulgaire de l'esclave de cuisine. Son corps était beau, avec de gros os, mais, quand même, arrondi et doux. Il désira soudain être aimé d'elle en tant que mari, et puis il eut honte.

La porte s'ouvrit et, muette comme toujours, elle entra, lui apportant à deux mains un bol fumant. Il se mit sur son séant dans le lit et le prit. Des feuilles de thé flottaient à la surface de l'eau. Il leva vivement les yeux vers elle. Elle prit peur aussitôt et dit :

« Je n'ai pas mis de thé pour le vieux... j'ai fait comme vous aviez dit... Mais pour vous j'en ai... »

Wang Lung vit qu'elle le craignait et il en fut bien aise, et sans la laisser achever il répondit : « J'aime le thé... je l'aime », et il but son thé à petites gorgées bruyantes de plaisir.

Il y eut en lui cette nouvelle joie triomphale qu'il n'osait formuler même en son cœur : « Cette femme qui est à moi m'aime bien ! »

Il lui sembla durant les mois suivants qu'il ne faisait plus autre chose que d'observer cette femme à lui. En réalité il travaillait comme à son ordinaire. Il mettait son hoyau sur son épaule, s'en allait à ses lopins de terre, cultiver les sillons de céréales, ou bien il attelait le buffle à la charrue et labourait le champ destiné à l'ail et aux oignons. Mais le travail était désormais un plaisir, car quand le soleil atteignait le zénith, il trouvait, en rentrant chez lui, sa nourriture toute prête, et sur la table, nette de poussière, les bols et les bâtonnets disposés en bon ordre. Jusqu'alors, quand il rentrait, il avait dû préparer ses repas, malgré sa fatigue, à moins que le vieillard, ayant faim avant l'heure, n'eût improvisé un petit repas ou fait cuire un morceau de galette plate et sans levain qu'on enroule autour d'une tige d'ail.

Maintenant le repas était toujours prêt pour lui, et il n'avait qu'à s'asseoir sur l'escabeau près de la table et manger aussitôt. Le sol de terre battue était balayé et le tas de bois à brûler regarni. Pendant son absence de la matinée la femme prenait le râteau de bambou et un bout de corde et munie de ces instruments elle parcourait la campagne, récoltant un peu de broussaille par-ci et une branche ou une poignée de feuilles par-là, et s'en revenait à midi avec de quoi faire cuire le dîner. L'homme était bien aise de n'avoir plus besoin d'acheter de combustible.

Dans l'après-midi elle prenait un hoyau et un couffin, les mettait sur son épaule et s'en allait jusqu'à la grand-route menant à la ville où mulets, ânes et chevaux transportent des fardeaux, et là elle ramassait le crottin des bêtes, le rapportait au logis et mettait l'engrais en tas dans la cour pour fertiliser les champs. Elle exécutait ces travaux sans dire mot et sans en avoir reçu l'ordre. Et la fin du jour elle ne s'accordait pas de repos avant d'avoir donné à manger au buffle dans la cuisine et avant d'avoir puisé de l'eau qu'elle lui tenait sous le museau pour le laisser boire tout son soûl.

Elle prit aussi leurs vêtements déchirés et avec du fil qu'elle filait elle-même sur un fuseau de bambou au moyen d'une bourre de coton, elle les raccommoda et vint à bout de repriser les déchirures de leurs vêtements d'hiver. Leur literie, elle l'exposa au soleil devant la porte, décousit les enveloppes des couvertures ouatées, les lava et les pendit sur un bambou pour les faire sécher, et le coton intérieur des couvertures qui, depuis des années, était devenu dur et grisâtre, elle l'éplucha, tuant les insectes qui s'étaient multipliés dans les replis cachés, et aérant le tout. Chaque jour elle faisait un nouveau travail, si bien qu'à la fin les trois chambres étaient propres et respiraient presque l'aisance. Le vieillard ne toussait plus autant, et il restait au soleil contre le mur de la maison exposé au midi, à se chauffer, somnolent et béat.

Mais jamais elle ne parlait, cette femme, sauf pour les petites nécessités de la vie. Wang Lung, qui la voyait aller et venir lentement et posément par les chambres sur ses grands pieds, observait à la dérobée son visage plat et inerte, le regard à demi craintif de ses yeux sans expression, et il n'arrivait pas à la comprendre. La nuit il connaissait la douceur et la fermeté de son corps. Mais dans la journée, ses vêtements, sa blouse et son pantalon de cotonnade bleue cachaient tout ce qu'il connaissait et elle avait l'air d'une servante fidèle et muette, qui n'est qu'une servante et rien de plus. Et il n'était pas convenable de lui demander : « Pourquoi ne parles-tu pas ? »

Il devait lui suffire qu'elle accomplît son devoir.

Quelquefois, travaillant aux guérets dans les champs, il se perdait en méditation sur son compte. Qu'avait-elle vu dans les cent cours ? Quelle avait été son existence, cette existence qu'elle ne partageait pas avec lui ? Il ne parvenait pas à la comprendre. Et puis il avait honte de sa curiosité et de l'intérêt qu'il prenait à elle. Ce n'était, après tout, qu'une femme.

Mais trois chambres et deux repas par jour, ce n'est pas suffisant pour tenir occupée continuellement une femme qui a été esclave dans une grande maison où elle travaillait de l'aube au crépuscule. Un jour où Wang Lung était très affairé par la croissance du froment et qu'il le sarclait avec son hoyau, sans trêve, au point d'en être courbaturé de fatigue, il vit l'ombre de la femme s'allonger en travers du sillon sur lequel il se penchait. Elle s'arrêta, le hoyau sur l'épaule, et dit brièvement :

« Il n'y a plus rien à faire dans la maison jusqu'à la tombée de la nuit. »

Et sans plus de discours elle s'attaqua au sillon à la gauche du sien et se mit à sarcler d'arrache-pied.

Le soleil dardait sur eux, car l'été commençait, et elle eut bientôt le visage ruisselant de sueur. Wang Lung, dépouillant sa blouse, s'était mis le torse nu, mais elle travaillait sans quitter son léger vêtement qui se trempait et lui collait à la peau. Sans un mot ils allaient tous deux à la même cadence, les heures passaient, et il en arriva à une telle communion avec elle qu'il ne sentait plus la fatigue. Il n'avait ni pensée ni sentiment distincts, il percevait seulement cette parfaite sympathie de rythme, avec laquelle ils retournaient leur terre et l'exposaient au soleil, cette terre qui formait leur demeure, nourrissait leurs corps et façonnait leurs dieux. La terre était grasse et noire, et se divisait sans peine sous la pointe de leurs hoyaux. Parfois ils déterraient un fragment de brique, une esquille de bois. Ce n'était rien. Jadis, au cours des siècles, on avait enterré là des corps d'hommes et de femmes, des maisons qui se dressaient là étaient tombées, et retournées à la terre. De même leurs mains retourneraient un jour à la terre, ainsi que leurs corps. Chacun à son tour usait de cette terre. Ils se remettaient au travail, allant avec ensemble..., produisant ensemble le fruit de cette terre... en silence et à l'unisson.

Lorsque le soleil fut couché, Wang Lung redressa son dos avec lenteur et regarda sa femme. Elle avait le visage humide et balafré de terre. Elle était aussi brune que l'humus même. Ses vêtements trempés collaient à son corps carrément taillé. Elle égalisa posément un dernier sillon. Puis sa voix neutre et sans plus d'inflexions qu'à l'ordinaire s'éleva dans le calme du soir, et avec son indifférence habituelle elle dit tout à trac :

« Je vais avoir un enfant. »

Wang Lung resta muet. Que répondre à cela ! Elle se baissa pour ramasser un morceau de brique cassée et le jeta au loin. Elle avait dit ça du même ton que : « Je vous apporte votre thé », ou : « On peut manger. » Ça lui semblait aussi simple que cela, à elle ! Mais pour lui... il n'aurait su dire ce qu'il ressentait. Son cœur se gonfla et s'arrêta comme s'il n'allait plus jamais battre. Allons, c'était leur tour de profiter de cette terre !

Il lui ôta brusquement le hoyau des mains et lui dit, d'une voix qui s'embarrassait dans sa gorge :

« Cela suffit pour maintenant. La journée est finie. Nous allons annoncer la nouvelle au vieux. »

Ils rentrèrent donc au logis, elle à six pas derrière lui, comme il sied à une femme. Le vieillard se tenait sur le seuil, attendant son repas du soir, qu'il ne préparait plus jamais lui-même depuis que la femme était à la maison. Impatienté, il s'écria :

« Je suis trop vieux pour attendre ainsi mes repas ! »

Mais Wang Lung, entrant avant lui dans la salle, prononça :

« Elle va déjà avoir un enfant. »

Il avait essayé de dire cela d'un air détaché comme qui dirait : « Aujourd'hui j'ai semé la graine dans le champ de l'occident », mais il en fut incapable. Bien qu'il eût parlé à voix basse, il lui semblait avoir lancé les mots plus fort qu'il ne le voulait.

Le vieillard clignota des yeux un instant, puis comprit et gloussa de rire.

« Hé, hé, hé, fit-il à sa bru quand elle arriva, ainsi donc la moisson est en vue ! »

Le crépuscule empêchait de distinguer ses traits, mais elle répondit uniment :

« Je vais maintenant préparer à manger.

– Oui... oui... manger », reprit avec vivacité le vieillard, qui la suivit tel un enfant dans la cuisine.

Tout comme la pensée d'un petit-fils lui avait fait oublier son repas, de même à cette heure la pensée de la nourriture qu'on allait lui servir lui faisait oublier l'enfant.

Mais Wang Lung s'assit sur un escabeau près de la table dans l'obscurité et posa sa tête sur ses bras croisés. De ce corps qui était le sien, de ses propres reins, il était né de la vie !

III

Quand l'heure de la naissance approcha, il dit à la femme :

« Le moment venu il nous faudra quelqu'un pour t'aider... une sage-femme. »

Mais elle secoua négativement la tête. Elle était en train de débarrasser les bols après le repas du soir. Le vieillard était parti se coucher, et ils restaient à eux deux seuls dans la nuit, éclairés uniquement par la flamme vacillante d'une petite lampe de fer-blanc garnie d'huile de fèves, dans laquelle trempait en guise de mèche un tortillon de coton.

« Tu ne veux pas de sage-femme ? » demanda-t-il consterné.

Il avait commencé à prendre l'habitude de ces conversations où elle bornait à peu près son rôle à esquisser un geste de la tête ou de la main, et où tout au plus une fois par hasard un mot tombait à regret de sa large bouche. Il en était même arrivé à ne plus percevoir les lacunes de ce mode d'entretien. Il reprit :

« Mais ce sera bizarre de n'être que deux hommes dans la maison ! Ma mère a eu une sage-femme du village. Je ne connais rien à ces choses-là. N'y a-t-il personne dans la grande maison... une vieille esclave avec qui tu étais amie... qui pourrait venir ? »

C'était la première fois qu'il faisait allusion à la maison d'où elle venait. Elle se tourna vers lui d'un air qu'il ne lui avait jamais vu, ses petits yeux en amande étaient dilatés, son visage animé d'une sourde colère.

« Non, personne de cette maison-là ! » lui cria-t-elle.

Il laissa tomber sa pipe, qu'il était en train de bourrer, et considéra fixement la femme. Mais déjà elle avait recouvré son visage habituel et elle ramassait les bâtonnets comme si elle n'avait rien dit.

« Eh bien, en voilà une histoire ! » dit-il stupéfait. Mais elle se taisait. Alors il tenta de la raisonner : « Nous deux qui sommes des hommes, nous n'avons pas qualité en matière d'accouchements. Pour mon père il n'est pas convenable d'entrer dans ta chambre... pour moi, je n'ai même jamais vu une vache vêler. Mes mains maladroites risqueraient d'abîmer l'enfant. Quelqu'un de la grande maison, voyons, où il y a sans cesse des esclaves qui accouchent... »

Elle acheva de disposer les bâtonnets, en un tas bien rangé sur la table, leva les yeux vers son mari et après l'avoir regardé un moment elle repartit :

« Quand je retournerai à cette maison, ce sera avec mon fils dans mes bras. Je lui mettrai un habit rouge et un pantalon à fleurs rouges et il aura sur sa tête un chapeau avec un petit Bouddha doré cousu sur le devant et à ses pieds des souliers à face de tigre. Et je mettrai aussi des souliers neufs et un habit neuf en satin noir, et j'irai dans la cuisine où j'ai passé mes journées, et j'irai dans la grande salle où la Vieille reste à fumer son opium, et je nous montrerai moi et mon fils à eux tous. »

Il ne lui avait jamais entendu prononcer tant de mots d'un coup. Ils jaillissaient, d'un débit assuré et ininterrompu, quoique lent, et il comprit qu'elle avait depuis longtemps projeté à part elle toute cette mise en scène. Elle l'avait projetée tout en travaillant aux champs à côté de lui ! Comme elle était déconcertante ! En la voyant vaquer si paisiblement à sa besogne de chaque jour, il s'était figuré qu'elle pensait à peine à l'enfant. Et au contraire elle imaginait cet enfant, déjà né et tout vêtu, et elle-même, la mère, dans un costume neuf ! Il resta cette fois lui aussi privé de la parole. Avec application il roula son tabac en boulette entre le pouce et l'index, et ramassant sa pipe il enfonça le tabac dans le four-neau.

« Tu vas sans doute avoir besoin d'argent, dit-il enfin, d'un ton qu'il s'efforçait de rendre bourru.

– Si vous voulez bien me donner trois pièces d'argent..., répliqua-t-elle craintivement. C'est beau-coup, mais j'ai compté au plus juste et je n'en gas-pillerai pas un sou. J'exigerai du drapier qu'il me donne par aune le pouce de supplément. »

Wang Lung fouilla dans sa ceinture. La veille il avait vendu au marché de la ville une charretée et demie de roseaux provenant de la mare du champ de l'occident et il avait dans sa ceinture un peu plus que sa femme n'en désirait. Il posa sur la table les trois dollars d'argent. Puis, après une courte hési-tation, il ajouta un quatrième écu qu'il gardait depuis longtemps sur lui pour le cas où il eût voulu risquer un peu au jeu un matin à la maison de thé. Mais craignant de perdre, il s'était toujours borné à rôder autour des tables et à regarder jeter les dés. Il finissait d'habitude par passer ses heures de loisir en ville à la baraque du conteur où l'on peut écouter une vieille légende sans payer plus d'un sou quand il fait la quête avec sa sébile.

« Tiens, prends une pièce de plus, dit-il tout en allumant sa pipe et soufflant vivement sur l'allu-mette de papier pour aviver la flamme. Il n'y aurait pas de mal à ce que tu lui fasses sa blouse d'un petit coupon de soie, à ce marmot. Après tout c'est le premier. »

Au lieu de prendre tout de suite l'argent, elle resta à le considérer, le visage immobile. Puis, quasi en un souffle, elle prononça :

« C'est la première fois que j'ai en main de la mon-naie d'argent. »

Brusquement elle la prit, la serra dans sa main et s'enfuit dans la chambre à coucher.

Wang Lung restait à fumer sa pipe, pensant à

l'argent qu'il avait déposé sur la table. Cet argent était sorti de la terre... de la terre qu'il s'échinait à labourer et à retourner. Il tirait sa subsistance de cette terre ; goutte à goutte par sa sueur il en tirait de la nourriture, et de celle-ci provenait l'argent. Jusqu'à ce jour chaque fois qu'il avait sorti de l'argent pour le donner à quelqu'un, c'était comme s'il eût pris un morceau de sa vie et l'eût donné à ce quelqu'un. Mais aujourd'hui pour la première fois ce don n'était pas une souffrance. Il voyait son argent, non pas livré à la main étrangère d'un marchand de la ville, mais transmué en quelque chose d'une valeur beaucoup plus grande : des habits sur le corps de son fils. Et c'était son étrange femme qui, en travaillant sans rien dire et apparemment sans rien voir, c'était elle qui avait d'abord imaginé l'enfant ainsi vêtu !

Quand l'heure fut venue, elle refusa d'avoir personne avec elle. C'était un soir, tôt, et le soleil venait à peine de se coucher. Elle travaillait à côté de son homme dans le champ à moissonner. On avait coupé le froment, inondé le champ et repiqué le jeune riz, et maintenant le riz portait sa moisson, et les épis étaient mûrs et bien garnis après les pluies d'été et le chaud soleil du début de l'automne. Ensemble tout le jour ils avaient coupé les chaumes, penchés et travaillant avec des faucilles. Elle se courbait avec difficulté, à cause du faix qu'elle portait, et elle allait plus lentement que lui, si bien qu'ils coupaient inégalement, et que son sillon à lui était en avance sur le sien. Après midi, à mesure que le soleil déclinait elle se mit à couper de plus en plus lentement, et il se retournait pour lui jeter des regards d'impatience. Puis elle s'arrêta et se redressa, en laissant tomber sa faucille. Sur son visage ruisselait une sueur nouvelle, la sueur d'une nouvelle souffrance.

« L'heure est venue, dit-elle. Je m'en vais à la maison. N'entrez pas dans la chambre avant que je vous appelle. Apportez-moi seulement un roseau décortiqué de frais, et taillez-le en biseau, afin que je puisse couper le cordon et séparer la vie de l'enfant de la mienne. »

Elle partit à travers champs vers la maison comme si de rien n'était, et après l'avoir suivie des yeux il alla au bord de la mare dans le champ extérieur, choisit un mince roseau vert, le décortiqua soigneusement et le tailla en biseau sur le tranchant de sa faucille. Et comme le crépuscule de l'automne tombait rapidement, il mit sa faucille sur son épaule et rentra au logis.

En arrivant à la maison il trouva son souper chaud sur la table et le vieillard en train de manger. Elle s'était interrompue dans son travail d'enfantement pour leur préparer le repas ! Il se dit en lui-même que c'était une femme comme on n'en rencontrait pas souvent. Puis il s'approcha de la porte de leur chambre et cria :

« Voici le roseau ! »

Il attendit, supposant qu'elle allait lui crier de le lui apporter. Mais elle n'en fit rien. Elle vint à la porte, passa la main par la fente et prit le roseau. Elle ne dit mot, mais il l'entendit haleter comme une bête qui a couru longtemps.

Le vieillard leva les yeux de son bol pour dire :

« Mange, ou tout va être froid. (Et puis il ajouta :) Ne te préoccupe pas encore... cela va durer longtemps. Je me rappelle bien quand mon premier fils est né, l'aurore était venue avant que ce fût fini. Ah ! pauvre de moi, et dire que de tous les enfants que j'ai engendrés et que ta mère a portés, l'un après l'autre... une vingtaine ou environ... je ne sais plus au juste. Tu es le seul qui aies vécu ! Tu vois pourquoi il faut qu'une femme enfante et enfante. (Et puis, comme s'il venait seulement de s'en aviser, il dit encore :) Demain à cette heure-ci je serai peut-être grand-père d'un enfant mâle ! »

Il se mit tout à coup à rire et il s'arrêta de manger et continua à ricaner pendant longtemps dans le crépuscule de la chambre.

Mais Wang Lung restait devant la porte à écouter les douloureux halètements de bête. Par la fente lui arrivait un relent de sang chaud, une odeur écœurante qui l'effrayait. A l'intérieur le halètement de la femme devint rapide et fort, pareil à une série de hurlements étouffés, mais elle n'élevait pas la voix. A la longue il n'y tint plus et il était sur le point de pénétrer dans la chambre quand jaillit un petit cri grêle et impérieux, qui lui fit oublier tout.

« C'est un garçon ? » cria-t-il avec insistance, sans souci de la femme.

Le cri grêle retentit de nouveau, vibrant, autoritaire.

« C'est un garçon ? cria-t-il encore, réponds au moins à cela... C'est un garçon ? »

Et la voix de la femme répondit, faible comme un écho :

« C'est un garçon ! »

Alors il s'en alla et s'assit à la table. Comme tout cela s'était fait vite ! Le repas était depuis longtemps refroidi et le vieillard dormait sur son escabeau, mais comme cela s'était fait vite ! Il secoua le vieux par l'épaule et l'interpella, triomphal :

« C'est un enfant mâle ! Vous êtes grand-père et je suis père ! »

Le vieux se réveilla aussitôt et se mit à rire comme il avait ri avant de s'endormir.

« Oui... oui... bien sûr, gloussa-t-il, grand-père... je suis grand-père. »

Il se leva et alla se coucher, riant toujours.

Wang Lung prit le bol de riz froid et se mit à manger. Il avait tout à coup très faim et il n'arrivait pas à enfourner assez vite les aliments dans sa bouche. Dans la chambre il entendait la femme se traîner de côté et d'autre et le cri de l'enfant résonnait, incessant et perçant.

« M'est avis que nous n'aurons plus la paix dans cette maison désormais », se dit-il avec fierté.

Quand il eut mangé tout son soûl, il s'en revint à la porte et la femme lui cria d'entrer et il entra. Il régnait dans l'air une odeur de sang répandu et encore chaud, mais on n'en voyait pas trace ailleurs que dans le cuveau de bois. Elle avait versé de l'eau dans celui-ci et l'avait poussé sous le lit de sorte qu'on le voyait à peine. Elle avait allumé la chandelle rouge et elle reposait sur le lit décemment couverte. A côté d'elle, emmailloté d'un vieux pantalon à elle, comme c'était la coutume dans la région, reposait son fils.

Il s'approcha et resta tout d'abord incapable de parler. Dans sa poitrine son cœur battait à se rompre. Il se pencha sur le petit pour l'examiner. Sa figure ronde et ridée paraissait très brune, et il avait sur le crâne de longs cheveux noirs et mouillés. Il avait cessé de pleurer et reposait, les yeux hermétiquement clos.

Wang regarda sa femme et elle le regarda aussi. Elle avait les cheveux encore trempés de sa sueur d'agonie et ses petits yeux en amande étaient cernés. A part cela, elle n'avait pas changé. Mais il s'attendrit de la voir couchée là. Son cœur s'élança vers ces deux êtres, et il dit, ne trouvant rien d'autre à dire :

« Demain j'irai en ville acheter une livre de sucre rouge et je le ferai fondre dans l'eau bouillante que tu boiras. »

Et puis regardant de nouveau l'enfant, cette phrase lui échappa soudain comme s'il venait seulement d'y penser :

« Il nous faudra acheter une bonne panerée d'œufs et les teindre en rouge pour les distribuer dans le village. Ainsi chacun saura que j'ai un fils ! »

IV

Le lendemain de la naissance de l'enfant, la femme se leva comme d'habitude et fit à manger pour les deux hommes, mais elle n'alla pas aux champs moissonner avec Wang Lung. Il travailla donc seul jusqu'après l'heure de midi. Alors il revêtit sa robe bleue, et se rendit en ville. Il alla au marché et acheta cinquante œufs, pas frais pondus, mais encore assez bons et coûtant deux sous la pièce, et il acheta du papier rouge pour faire bouillir dans l'eau avec les œufs et les teindre en rouge. Puis avec ces acquisitions dans son panier, il alla chez le marchand de sucreries et y acheta un peu plus d'une livre de sucre rouge qu'il fit emballer soigneusement de gros papier. Sous la ficelle de paille qui nouait le paquet, le marchand de sucreries tout en souriant glissa un feuillet de papier rouge.

« C'est pour la mère d'un enfant nouveau-né, sans doute ?

– Un fils premier-né, répondit fièrement Wang Lung.

– Ah ! c'est du bonheur », repartit l'homme négligemment, l'œil fixé sur un client bien habillé qui venait d'entrer.

Cette formule il l'avait débitée maintes fois à d'autres, voire même chaque jour à quelqu'un mais elle parut nouvelle à Wang Lung. Charmé de la politesse du confiseur, il s'inclina, et s'inclina de nouveau en sortant de la boutique. Quand il se retrouva au grand soleil de la rue poussiéreuse, il lui semblait qu'il n'y avait jamais eu d'homme aussi comblé de bonheur que lui.

Cette idée lui inspira d'abord de la joie et puis un mouvement de crainte. Il ne convient pas en cette vie d'être trop heureux. L'air et la terre fourmillent de mauvais génies qui ne peuvent souffrir le bonheur des mortels, en particulier des pauvres. Il entra brusquement dans l'échoppe du cirier, qui vendait aussi de l'encens, et il y acheta quatre bâtonnets d'encens, un pour chaque personne de sa maison, et muni de ces quatre bâtonnets il se rendit au petit temple de la Bonne Terre où il les planta dans les cendres froides de l'encens qu'il y avait brûlé déjà, en compagnie de sa femme. Il attendit que les quatre bâtonnets fussent bien allumés, après quoi il rentra chez lui, réconforté. Ces deux petites idoles tutélaires, qui trônaient gravement sous leur petit toit... quelle puissance elles avaient !

Et alors, sans qu'il eût eu presque le temps de se rendre compte, la femme se retrouva aux champs à côté de lui. Les moissons étaient faites, et ils battaient le grain sur l'aire à battre qui formait aussi la cour d'entrée de la maison. Ils le battaient avec des fléaux, lui et la femme ensemble. Et quand le grain était battu, ils le vannaient, en le mettant sur de grandes corbeilles plates en bambou et le jetant au vent. On recueillait le bon grain qui tombait, et la balle s'envolait en un nuage avec le vent. Puis il fallut travailler de nouveau les champs pour le froment d'hiver, et quand il attela le buffle et laboura la terre, la femme marchait derrière la charrue avec son hoyau et brisait les mottes dans les sillons.

Elle travaillait maintenant tout le jour et l'enfant restait couché à terre sur une vieille couverture ouatée, endormi. Quand il pleurait, la femme s'interrompait et s'asseyant à même le sol découvrait son sein pour donner à téter à l'enfant. Le soleil tombait sur eux deux, le soleil tardif de la fin de l'automne qui ne renonce à la chaleur de l'été que contraint et forcé par le froid de l'hiver proche, et sous ses rayons la femme et l'enfant, aussi bruns que la glèbe, ressemblaient à des statues de terre.

La poussière des champs saupoudrait les cheveux de la femme et la tendre tête noire de l'enfant.

Mais du grand sein brun de la femme le lait giclait pour l'enfant, et quand l'enfant tétait à un sein, le lait blanc comme neige coulait de l'autre telle une fontaine. Elle le laissait couler. Tout gourmand qu'était l'enfant, il y en avait plus qu'assez pour lui, assez pour nourrir plusieurs enfants, et dans l'orgueil de son abondance O-len le laissait couler insoucieusement. Il en venait toujours de plus en plus. Parfois, soulevant son sein, elle le laissait couler sur le sol pour éviter de salir son vêtement, et il se perdait dans la terre et faisait dans le champ une tache plus foncée, molle et onctueuse. L'enfant était gras et bien portant et absorbait la vie inépuisable que sa mère lui versait.

Quand l'hiver survint, ils s'étaient prémunis contre lui. Les récoltes avaient été plus abondantes que jamais, et la petite maison aux trois chambres regorgeait. Aux solives du toit de chaume pendaient d'innombrables rangs d'oignons et d'aulx séchés, et le long des murs de la salle du milieu et de leur propre chambre on voyait des nattes de roseau tordues en forme de grandes jarres qui contenaient du froment et du riz. La plus grande partie de ce grain devait être vendue, mais Wang Lung était frugal et il ne faisait pas comme tant d'autres villageois, qui dépensent leur argent sans compter à jouer ou à s'offrir des mets trop fins pour eux, et qui sont forcés, en conséquence, de vendre leur grain à la moisson alors que les prix sont bas. Au contraire il épargnait le sien et le vendait à l'époque où la neige couvrait la terre au Nouvel An quand les gens de la ville paient n'importe quel prix pour avoir à manger.

Son oncle était toujours forcé de vendre son grain avant qu'il fût tout à fait mûr. Quelquefois même, pour obtenir un peu d'argent liquide, il le vendait sur pied dans le champ, ce qui lui épargnait la peine de moissonner et de battre. Mais aussi la femme de son oncle était une sotte créature, grasse et indolente, et qui sans cesse réclamait à grands cris des friandises, et des plats de ceci et de cela, et des chaussures neuves achetées à la ville. La femme de Wang Lung confectionnait tous les souliers de la maison, pour lui et pour le vieux et pour ses pieds à elle comme pour ceux de l'enfant. Il n'y aurait plus rien compris si elle eût désiré acheter des chaussures !

Dans la vieille maison croulante de son oncle, il n'y avait jamais rien de pendu aux solives. Mais chez lui il y avait jusqu'à un jambon de porc acheté à son voisin, Ching, quand il avait tué son cochon qui menaçait de tomber malade. On s'y était pris assez tôt pour ne pas laisser à la bête le temps de dépérir et le jambon était énorme et O-len l'avait salé à fond et pendu pour le sécher. Il y avait également deux poulets de leur élevage tués, vidés et séchés non plumés, et bourrés de sel à l'intérieur.

Quand les vents d'hiver, glacés et pénétrants, arrivèrent du désert situé à leur septentrion-levant, ils restèrent donc chez eux au milieu de toute cette abondance. L'enfant ne tarda pas à pouvoir presque se tenir sur son séant tout seul. Au mois anniversaire de sa naissance, alors qu'il était âgé d'une pleine lune, on avait fait un repas de nouilles, qui signifient longue vie, et Wang Lung avait invité ceux qui étaient venus à son repas de noces, et il leur avait donné à chacun une douzaine entière d'œufs rouges cuits et teints par lui, et à tous ceux qui vinrent du village pour le féliciter il donna deux œufs.

Et chacun lui enviait son fils, un grand et gros bébé à figure de pleine lune et aux pommettes saillantes comme sa mère. Depuis que l'hiver était venu, on l'installait non plus dehors mais sur la couverture ouatée disposée sur le sol en terre battue de la maison et on ouvrait la porte au midi pour avoir de la lumière, et le soleil entrait, tandis que le vent du nord s'acharnait en vain contre les murs de terre de la maison.

Les feuilles furent bientôt arrachées au dattier du seuil comme aux saules et aux pêchers voisins des champs. Seuls les bouquets de bambous épars à l'orient de la maison gardaient toutes leurs feuilles et le vent avait beau courber les tiges en deux, les feuilles tenaient bon.

Avec ce vent sec le froment semé en terre ne pouvait pas germer, et Wang Lung attendait les pluies avec impatience. Et alors les pluies survinrent tout à coup par une journée grise et calme où le vent manquait et où l'air était doux et tiède et ils restèrent tous dans la maison pleine de bien-être, à regarder la pluie tomber drue et forte et s'imbiber dans les champs autour de la cour et ruisseler des bords du toit de chaume au-dessus de la porte. L'enfant étonné tendait les mains pour attraper les rais d'argent de la pluie qui tombait, et il riait et on riait avec lui. Le vieillard se mit à quatre pattes sur le sol à côté de l'enfant et dit :

« Il n'y a pas dans une douzaine de villages un enfant aussi malin que lui. Les marmots de mon frère ne remarquent rien avant de savoir marcher. »

Et dans les champs la semence de froment germait et des dards d'un vert fin surgissaient de la terre brune et mouillée.

A une époque comme celle-là on se rendait des visites, parce que chaque paysan comprenait que pour une fois le ciel faisait la besogne aux champs et que les récoltes s'irriguaient sans qu'on dût pour cela s'échiner à porter des seaux enfilés sur une perche en travers des épaules. Dans la matinée on se réunissait chez l'un et chez l'autre, buvant le thé ici et là, allant de maison en maison sous de grands parapluies de papier huilé, pieds nus sur l'étroit sentier à travers champs. Les femmes restaient au logis à confectionner des chaussures et à raccommoder des vêtements, si elles étaient bonnes ménagères, et songeaient aux préparatifs de la fête du Nouvel An.

Mais Wang Lung et sa femme n'étaient pas assidus aux visites. Dans le village de petites maisons disséminées qui se composaient de la leur avec une douzaine d'autres, on ne trouvait nulle part un intérieur aussi plein d'abondance et de cordialité que chez eux, et Wang Lung savait que s'il devenait trop intime avec les autres, on lui ferait des emprunts. Le Nouvel An approchait et qui donc avait tout l'argent nécessaire pour payer les habits neufs et le festin ? Il restait chez lui et tandis que la femme reprisait et cousait, il prenait ses râteaux en lamelles de bambou et les examinait, et si la ficelle était usée, il y en entortillait une neuve faite de chancre cultivé par lui-même, et à l'endroit où manquait une cheville il enfonçait habilement un nouvel éclat de bambou.

Ce qu'il faisait pour les instruments aratoires, sa femme O-len le faisait pour les ustensiles ménagers. Si une jarre de terre fuyait, elle n'agissait pas comme d'autres femmes, qui la jettent au rebut et parlent d'en acheter une nouvelle. Loin de là, elle malaxait de la terre et de l'argile, enduisait la fissure et chauffait à feu doux, et la jarre était aussi bonne qu'une neuve.

Ainsi donc, ils restaient chez eux, et ils se réjouissaient de leur approbation mutuelle, bien que leur conversation se bornât le plus souvent à des phrases détachées, telles que celles-ci :

« As-tu mis de côté les graines de la grosse courge pour les nouveaux semis ? » Ou : « Nous allons vendre la paille de froment et brûler les tiges de haricots à la cuisine. » Ou encore mais plus rarement Wang Lung disait : « Voici un bon plat de nouilles. » Et O-len lui répondait en détournant l'éloge : « C'est que les champs nous ont donné de bonne farine cette année. »

De leur produit, en cette bonne année, Wang Lung avait retiré une poignée de dollars d'argent de plus et au-delà de leurs besoins, et ces pièces il n'osait pas les garder dans sa ceinture ni avouer leur possession à quelqu'un d'autre que sa femme. Ils cherchèrent une cachette pour le magot et finalement, en femme avisée, elle creusa un petit trou derrière le lit dans le mur intérieur de leur chambre, Wang Lung y mit l'argent et elle reboucha le trou avec une motte d'argile, si bien qu'on n'y voyait pas la place. Mais Wang Lung et O-len en retiraient tous deux un sentiment de richesse et de sécurité secrètes. Wang Lung pouvait se dire qu'il avait plus d'argent qu'il n'en devait dépenser, et quand il se trouvait parmi ses compagnons, il relevait la tête avec plus d'assurance.

V

Le Nouvel An approchait et dans toutes les maisons du village on faisait des préparatifs. Wang Lung se rendit en ville à la boutique du cirier et il acheta des carrés de papier rouge qui portaient tracés à l'encre d'or les uns le caractère du bonheur et d'autres le caractère de la richesse, et ces carrés il les colla sur ses instruments aratoires pour lui porter chance pendant la nouvelle année. Sur sa charrue et sur le joug du buffle et sur les deux seaux dans lesquels il transportait son engrais et son eau, sur chacun de ces objets il colla un carré. Et puis sur les portes de sa maison il afficha de longues banderoles de papier rouge décorées de devises de bonne chance, et sur le cadre de sa porte il colla une bordure de papier rouge savamment découpée en forme de fleurs, d'un très joli dessin. Et il acheta du papier rouge pour faire aux dieux de nouveaux costumes, tâche dont le vieillard s'acquitta avec assez d'adresse pour ses vieilles mains tremblotantes, et Wang Lung les prit et en revêtit les deux petits dieux du temple à la Terre et il fit brûler un peu d'encens devant eux en l'honneur du Nouvel An. Et pour sa maison il acheta aussi deux chandelles rouges qui devaient brûler la veille de l'an sur la table devant l'image d'un dieu, affichée au mur de la salle du milieu au-dessus de l'endroit où était la table.

Et Wang Lung se rendit de nouveau en ville et il acheta de la graisse de porc et du sucre blanc, et la femme fit fondre la graisse qui devint un blanc saindoux et elle prit de la farine de riz, qu'ils avaient extraite de leur propre riz moulu sous la meule de pierre à laquelle on attelait le buffle en cas de besoin, et elle prit le saindoux et le sucre, et elle les tritura et en pétrit de superbes gâteaux de Nouvel An, appelés gâteaux-lunes, tels qu'on en mangeait dans la maison de Hwang.

Quand les gâteaux furent alignés sur la table, prêts à enfourner, Wang Lung sentit son cœur se gonfler de fierté. Pas une autre femme du village n'était capable d'en faire autant que la sienne : de confectionner des gâteaux tels que les riches seuls en mangent à la fête. Dans quelques-uns des gâteaux elle avait incrusté des chapelets de petites azeroles rouges et des pointes de prunes vertes séchées, qui formaient des fleurs et des guirlandes.

« C'est malheureux de manger ceux-là », dit Wang Lung.

Le vieillard rôdait autour de la table, amusé comme un enfant par les couleurs vives. Il dit :

« Appelle ton oncle, mon frère, et ses enfants... Il faut qu'ils voient ça ! »

Mais la prospérité avait rendu Wang Lung prudent. On ne peut pas inviter des gens affamés à venir simplement voir des gâteaux. Il expliqua bien vite :

« C'est de mauvais augure de regarder des gâteaux avant le Nouvel An. »

Et la femme, les mains enduites de farine et grasses de saindoux, prononça :

« Ces gâteaux ne sont pas faits pour que nous les mangions, sauf un ou deux des ordinaires dont goûteront les invités. Nous ne sommes pas assez riches pour manger du sucre blanc et du lard. Je les ai préparés pour la Vieille Maîtresse de la grande maison. J'y emmènerai l'enfant le second jour du Nouvel An et je porterai les gâteaux en présent. »

Alors les gâteaux prirent encore plus d'importance, et Wang Lung se réjouit à l'idée que dans la grande salle où il s'était montré si timide et si pauvre, sa femme irait bientôt en visiteuse, portant son fils, vêtu de rouge, et des gâteaux faits comme ceux-ci de la meilleure farine avec du sucre et du lard.

Tout autre détail de ce Nouvel An se réduisait pour Wang Lung à l'insignifiance à côté de cette visite. Quand il le revêtit, son nouveau costume de cotonnade noire, confectionné par O-len, lui fit seulement se dire :

« Je le mettrai quand je les mènerai jusqu'à la porte de la grande maison. »

Ce fut même d'un air insoucieux qu'il reçut son oncle et ses voisins le premier jour du Nouvel An lorsqu'ils arrivèrent chez lui en tumulte, tout surexcités d'avoir bien mangé et bien bu, pour souhaiter du bonheur à son père et à lui. Il avait lui-même veillé à ce que les gâteaux en couleur fussent mis de côté dans le panier de crainte de devoir les offrir à des gens du commun, mais quand on eut fait l'éloge des gâteaux blancs ordinaires et vanté leur parfum de saindoux et de sucre, il regretta fort de ne pouvoir s'écrier :

« Ah ! vous devriez voir ceux en couleur ! »

Mais il s'en abstint, car il désirait par-dessus tout faire une entrée triomphale dans la grande maison.

Puis le second jour du Nouvel An, jour où les femmes se rendent mutuellement visite, les hommes ayant bien bu et bien mangé la veille, ils se levèrent à l'aube et la femme revêtit l'enfant de son costume rouge et des souliers à face de tigre qu'elle lui avait confectionnés, et elle mit sur sa tête, rasée de frais par Wang Lung lui-même, le dernier jour de la vieille année, le chapeau rouge sans fond avec le petit Bouddha doré cousu sur le devant, et elle déposa l'enfant sur le lit. Wang Lung alors s'habilla rapidement tandis que sa femme peignait à nouveau sa longue chevelure noire et piquait dans le chignon l'épingle de cuivre argenté qu'il lui avait achetée, et elle revêtit son nouveau costume en noir, tiré de la même pièce que la nouvelle robe de son mari, vingt-quatre pieds de bonne étoffe pour les deux, et deux pieds d'étoffe par-dessus le marché pour faire bonne mesure, selon la coutume des marchands drapiers. Puis, lui portant l'enfant et elle les gâteaux dans le panier, ils se mirent en route par le sentier à travers les champs à cette heure dénudés par l'hiver.

Puis à la grande porte de la maison de Hwang, Wang Lung reçut sa récompense, car en arrivant à l'appel de la femme le portier ouvrit de grands yeux à leur spectacle et en tortillant les longs poils de sa verrue s'écria :

« Ah ! Wang le fermier, on est trois au lieu d'un, cette fois-ci ! » Et puis voyant qu'ils étaient tous trois vêtus de neuf et que l'enfant était un fils, il reprit :

« Inutile de vous souhaiter plus de bonheur cette année que l'an dernier. »

Wang Lung répondit négligemment, comme on parle à quelqu'un qui est à peine un égal :

« Bonnes récoltes... Bonnes récoltes... »

Et il franchit le seuil avec assurance.

Impressionné de tout ce qu'il voyait, le portier dit à Wang Lung :

« Veuillez vous asseoir dans ma misérable loge tandis que je vais à l'intérieur annoncer votre femme et votre enfant. »

Wang Lung suivit des yeux sa femme et son fils pendant qu'ils traversaient la cour, portant des cadeaux au chef d'une grande maison. Tout l'honneur lui en revenait. Quand ils se furent réduits à des silhouettes minuscules au fond de la perspective de cours emboîtées l'une dans l'autre, et qu'ils eurent disparu à un tournant, il entra dans la loge du portier et accepta comme allant de soi la place d'honneur que la femme du portier, marquée de petite vérole, lui offrait à la gauche de la table dans la pièce du milieu. Il la remercia d'un simple signe de tête en prenant le bol de thé qu'elle lui offrait et il le posa devant lui et s'abstint de le boire, comme si les feuilles de thé n'étaient pas d'assez bonne qualité pour lui.

Le temps lui parut long jusqu'au retour du portier qui ramenait la femme et l'enfant. Un instant Wang Lung regarda attentivement sa femme au visage pour voir si tout s'était bien passé, car il avait enfin appris à discerner dans ces traits impassibles de minimes changements dont il ne s'apercevait pas au début. Mais elle avait l'air toute contente, et aussitôt il devint impatient de l'entendre raconter ce qui s'était passé dans ces cours du gynécée où il n'avait pas pu pénétrer aujourd'hui, bien qu'il y eût affaire.

Avec des saluts brefs, en conséquence, au portier et à sa femme marquée de petite vérole, il pressa

O-len de partir, et il prit lui-même dans ses bras l'enfant qui s'était endormi et qui s'abandonnait tout recroquevillé dans son costume neuf.

« Eh bien ? » lança-t-il par-dessus l'épaule à sa femme qui le suivait.

Pour une fois il s'impatientait de sa lenteur. Elle se rapprocha un peu de lui et répondit à voix basse :

« Je crois, si vous voulez savoir, qu'on est un peu mal en point cette année dans cette maison-là. »

Elle parlait d'un ton scandalisé comme qui dirait des dieux qu'ils ont faim.

« Que veux-tu dire ? » demanda Wang Lung, la pressant de s'expliquer.

Mais elle ne se hâtait pas. Les mots étaient pour elle des choses précieuses qu'on prend une à une et qu'on lâche avec peine.

« La Vieille Maîtresse portait la même blouse cette année que l'an dernier. Je n'ai jamais vu cela jusqu'ici. Les esclaves non plus n'avaient pas de costumes neufs. » Et après un silence elle reprit : « Je n'ai pas vu une seule esclave avec un costume neuf comme le mien. » Elle prit encore un temps et ajouta : « Quant à notre fils, même parmi les concubines du Vieux Maître il n'y avait pas un enfant qui lui fût comparable pour la beauté et pour la toilette. »

Un lent sourire s'épanouit sur son visage et Wang Lung rit tout haut et serra tendrement le bébé contre lui. Qu'il avait bien agi... qu'il avait bien agi ! Mais tandis qu'il triomphait il fut frappé de crainte. Quelle sotte imprudence il commettait, de marcher ainsi à ciel ouvert avec ce bel enfant mâle que risquait de voir un mauvais génie passant par hasard dans les airs ! Ouvrant bien vite sa blouse, il cacha la tête de l'enfant dans son sein et prononça d'une voix forte :

« Quel dommage que notre enfant soit une fille

dont nous ne voulions pas, et toute grêlée en outre de petite vérole ! Prions pour qu'elle meure !

– Oui, oui », dit sa femme le plus vite qu'elle put, comprenant vaguement l'imprudence qu'ils avaient commise.

Rassuré par ces précautions, Wang Lung pressa derechef sa femme de s'expliquer :

« As-tu découvert pourquoi ils se sont appauvris ? »

Elle répondit :

« Je n'ai eu qu'une minute d'entretien particulier avec la cuisinière sous les ordres de laquelle je travaillais auparavant, mais elle m'a dit : « Cette maison ne peut résister indéfiniment avec tous ces jeunes seigneurs, ils sont cinq, qui sont en pays étranger à répandre l'argent comme de l'eau sale et qui renvoient chez elles l'une après l'autre les femmes dont ils sont fatigués, et avec le Vieux Seigneur qui vit chez lui et qui ajoute à son harem une concubine ou deux chaque année, et avec la Vieille Maîtresse qui consomme chaque jour une quantité d'opium dont le prix remplirait d'or deux pantoufles. »

– Est-il possible ? murmura Wang Lung sidéré.

– Puis la troisième fille doit se marier au printemps, continua O-len, et sa dot, une rançon princière, suffirait à acheter une charge officielle dans une grande ville. Ses toilettes, il les lui faut de rien moins que des satins les plus chers, avec des dessins spéciaux tissés à Sou-Chou et à Hang-Chou, et il lui faut un tailleur envoyé de Changhaï avec sa suite de sous-tailleurs, tant elle craint de trouver ses toilettes moins à la mode que celles des femmes en pays étranger.

– Qui va-t-elle donc épouser, avec toute cette dépense ? demanda Wang Lung, frappé d'admiration et d'horreur à un tel déversement de richesse.

– Elle va épouser le second fils d'un magistrat de

Changhai », répondit la femme. Et après un long silence elle ajouta : « Il faut bien qu'ils se soient appauvris, car la Vieille Maîtresse elle-même m'a dit qu'ils désiraient vendre des terres, une partie des terres situées au midi de leur propriété, juste en dehors des murs de la ville, où ils ont toujours semé du riz chaque année parce que c'est une bonne terre et qu'on l'inonde facilement au moyen du fossé entourant les remparts.

– Ils vendent leurs terres ! répéta Wang Lung convaincu. Alors certes ils se sont appauvris. La terre est la chair et le sang de chacun. »

Il resta pensif un instant et tout à coup une idée lui vint et il s'appliqua une claque sur le côté du crâne.

« Mais j'y pense ! s'écria-t-il en se tournant vers la femme. Nous allons acheter cette terre ! »

Ils s'entre-regardèrent, lui enchanté, elle stupé-faite.

« Mais la terre... la terre..., balbutia-t-elle.

– Je vais l'acheter ! s'écria-t-il d'un ton de maître. Je vais l'acheter de la grande maison de Hwang !

– Elle est trop loin de chez nous, dit-elle cons-ternée. Il nous faudrait marcher la moitié de la matinée pour y arriver.

– Je veux l'acheter », répéta-t-il avec entêtement comme il aurait, étant petit, répété une demande à sa mère qui le contrariait.

« C'est une bonne chose que d'acheter de la terre, dit-elle, conciliante. Cela vaut mieux que de cacher de l'argent dans un mur de terre. Mais pourquoi n'achèteriez-vous pas plutôt une parcelle de la terre de votre oncle ? Il demande à cor et à cri de vendre ce lopin attenant au champ de l'occident que nous avons déjà.

– Cette terre de mon oncle, dit Wang Lung avec force, je n'en voudrais pas. Depuis vingt ans, il en a tiré des récoltes tant bien que mal, et il n'y a pas mis un brin d'engrais ni de tourteau de fèves. Le terrain est sec comme de la chaux. Non, je veux acheter la terre de Hwang. » Il disait « la terre de Hwang » d'un air aussi détaché qu'il aurait dit : « La terre de Ching »... Ching qui était le paysan son voisin. Il se voyait déjà plus que l'égal de ces stupides gens de cette grande maison dépensière. Il irait les trouver l'argent en main et leur dirait tout de go :

« J'ai l'argent, quel est le prix de la terre que vous désirez vendre ? » Il croyait s'entendre lui-même dire en présence du Vieux Seigneur et à l'intendant du Vieux Seigneur : « Comptez-moi comme à n'importe qui. Quel est le juste prix ? J'ai l'argent en main. »

Et sa femme, qui avait été esclave dans les cuisines de cette orgueilleuse famille, elle serait femme d'un homme possesseur d'une parcelle de la terre qui avait fait durant des générations la grandeur de la maison de Hwang. On eût dit qu'elle devinait sa pensée, car elle cessa tout à coup sa résistance et reprit :

« Soit, qu'on l'achète. Après tout, la rizière est bonne, et elle est près du fossé et nous aurons de l'eau chaque année. C'est sûr. »

Et de nouveau le lent sourire s'étala sur son visage, le sourire qui n'éclairait jamais la mélancolie de ses petits yeux noirs, et au bout d'un long moment elle dit :

« L'an dernier, à cette époque j'étais esclave dans cette maison-là. »

Et ils se remirent en marche, muets et pleins de cette pensée.

VI

La possession de cette pièce de terre amena un grand changement dans l'existence de Wang Lung. Au début, après avoir déterré l'argent du mur et l'avoir porté à la grande maison, après avoir connu l'honneur de parler en égal à l'égal du Vieux Seigneur, il fut envahi d'une dépression mentale qui confinait au regret. Quand il pensait au trou du mur à présent vide et naguère plein d'un argent que rien ne le forçait à employer, il souhaitait de ravoir son argent. Après tout, cette terre, cela prendrait encore des heures de travail et comme disait O-len, c'était loin, plus d'un li, qui fait trois quarts de kilomètre. Et d'ailleurs, l'achat de cette terre n'avait pas été aussi glorieux qu'il l'avait attendu. Il était allé trop tôt à la grande maison et le Vieux Seigneur dormait encore. A vrai dire, il était midi, mais quand il prononça d'une voix forte :

« Dites à Son Honneur que j'ai à lui parler d'une affaire importante... dites-lui que c'est une question d'argent ! » le portier avait répondu positivement :

« Tout l'argent du monde ne suffirait pas à me donner la tentation de réveiller ce vieux tigre. Il dort avec sa nouvelle concubine, Fleur de Pêcher, qu'il n'a achetée que depuis trois jours. Je risquerais ma vie à la réveiller. » Et il ajouta non sans quelque malice, en tiraillant les poils de sa verrue : « Et ne vous figurez pas que cet argent va le réveiller... Il a eu de l'argent sous la main depuis sa naissance. »

Pour finir, il avait fallu se rabattre sur l'intendant du Vieux Seigneur, une pateline canaille aux mains de qui adhérait une bonne part de l'argent qui passait par elles. Aussi semblait-il parfois à Wang Lung qu'après tout l'argent était plus précieux que la terre. L'argent, on le voit briller.

Oui, mais la terre était à lui ! Par un jour gris du

second mois de la nouvelle année il se mit en route pour aller la voir. Personne ne savait encore qu'elle lui appartenait, et il s'y rendit seul. C'était un rectangle de lourde glèbe noire qui s'allongeait à côté du fossé entourant les remparts de la ville. Il arpenta soigneusement le terrain, trois cents pas en longueur et cent vingt en travers. Quatre bornes repéraient encore les coins des limites, bornes marquées du grand sceau au caractère de la maison de Hwang, il faudrait changer cela. Plus tard il enlèverait les bornes et y ferait mettre son nom... pas tout de suite, car il ne tenait pas à montrer aux gens qu'il était assez riche pour acheter de la terre à une grande maison, mais plus tard, quand il serait tellement riche qu'il pourrait tout se permettre. Et considérant le rectangle de terre, il se dit :

« Pour ceux de la grande maison cela ne signifie rien, cette parcelle de terrain, mais pour moi cela signifie beaucoup ! »

Puis il y eut un revirement et il se méprisa de pouvoir attacher tant d'importance à une petite pièce de terre. Oui, quand il avait versé son argent avec fierté devant l'intendant, cet homme l'avait rassemblé négligemment dans ses mains en disant :

« Avec cela, la Vieille Maîtresse pourra quand même se payer quelques jours d'opium. »

Et l'énorme différence qu'il y avait entre lui et la grande maison lui apparut tout à coup aussi infranchissable que le fossé plein d'eau là en face, et aussi haute que le mur d'au-delà qui s'allongeait devant lui droit et altier. Une résolution rageuse l'envahit, et il se jura de remplir d'argent à nouveau et indéfiniment le trou du mur jusqu'au moment où il aurait acquis de la maison de Hwang tant de terres que la sienne en comparaison ne représenterait même plus un pouce.

C'est ainsi que cette parcelle de terre devint pour Wang Lung un signe et un symbole.

Le printemps vint avec ses vents impétueux et ses nuages verseurs de pluie et aux jours de demi-oisiveté de l'hiver succédèrent pour Wang Lung de longs jours de travail forcené. Le vieillard surveillait l'enfant, et la femme travaillait avec l'homme depuis l'aube jusqu'à l'heure où le crépuscule se répandait sur les champs. Quand Wang Lung s'aperçut un jour qu'elle était de nouveau enceinte, sa première pensée fut de s'irriter de ce qu'elle allait être incapable de travail durant la moisson. Grincheux de fatigue, il lui cria :

« Ah ! çà tu as bien choisi ton moment pour accoucher encore, dis donc ! »

Elle répondit avec force :

« Cette fois-ci, ce n'est rien. C'est seulement la première fois que c'est dur. »

A part cela on ne fit plus allusion au second enfant depuis l'époque où Wang remarqua l'arrondissement de la taille de sa femme jusqu'au jour d'automne où un beau matin elle déposa son hoyau et s'esquiva dans la maison. Il ne rentra pas pour son repas de midi ce jour-là, car le ciel était chargé de nuées orageuses et son riz était mûr à point pour le réunir en javelles. Plus tard, avant le coucher du soleil, il vit revenir O-len, le corps aplati, épuisée, mais le visage muet et intrépide. Il fut tenté de lui dire :

« Tu en as fait assez pour aujourd'hui. Retourne te mettre au lit. » Mais la courbature de son propre corps harassé le rendait dur, et il songea qu'il avait souffert autant ce jour-là de son travail qu'elle de son accouchement. Il se contenta de demander entre les coups de sa faucille :

« Est-ce un garçon ou une fille ? »

Elle répondit calmement :

« C'est encore un garçon. »

Ils ne dirent rien de plus, mais il était enchanté,

et il lui semblait moins pénible de se courber et de se baisser sans cesse. Continuant à travailler jusqu'au moment où la lune levante se dégagea d'un banc de nuages violacés, ils terminèrent le champ et s'en retournèrent au logis.

Après son repas, quand il eut lavé à l'eau froide son corps brûlé du soleil et se fut rincé la bouche avec du thé, Wang Lung entra jeter un coup d'œil à son second fils. O-len s'était étendue sur le lit après avoir cuisiné le repas et l'enfant reposait à côté d'elle : un enfant gras et placide, bien proportionné mais pas aussi grand que le premier. Après l'avoir considéré, Wang Lung regagna la salle du milieu bien content. Encore un fils, et ainsi de suite indéfiniment chaque année... on ne pouvait pas tous les ans se ruiner en œufs rouges ; il suffisait d'en distribuer pour le premier. Des fils chaque année ; la maison était comblée de bonheur... cette femme ne lui apportait que du bonheur. Il cria à son père :

« A présent que vous avez un autre petit-fils, Vieux, nous allons devoir mettre le grand dans votre lit. »

Le vieillard fut enchanté. Il désirait depuis longtemps avoir cet enfant dans son lit la nuit pour réchauffer sa vieille chair glacée au contact vivifiant des os et du sang jeunes, mais le petit refusait de quitter sa mère. Mais cette fois, encore mal affermi sur ses jambes, il entra dans la chambre, et quand il eut considéré de ses yeux graves ce nouveau bébé auprès de sa mère, il sembla comprendre qu'un autre avait pris sa place, et se laissa sans protestation placer dans le lit de son grand-père.

Et de nouveau les récoltes furent bonnes et de la vente de son produit Wang Lung retira de l'argent qu'il cacha de nouveau dans le mur. Mais le riz qu'il récolta sur la terre des Hwang lui rapporta deux fois autant que celui de sa propre rizière. La terre de cette pièce était humide et grasse et le riz y poussait

comme la mauvaise herbe où l'on n'en a que faire.
Et chacun savait maintenant que Wang Lung possédait cette terre et il était question de le mettre en
quarantaine.

VII

Ce fut alors que l'oncle de Wang Lung commença
à devenir le trouble-fête que Wang Lung avait dès
le début pressenti en lui. Cet oncle était le frère
cadet du père de Wang Lung, et sa parenté lui donnait tous les droits de se faire entretenir par Wang
Lung s'il manquait du nécessaire pour lui et sa
famille. Aussi longtemps que Wang Lung et son père
étaient pauvres et chichement nourris, l'oncle se
contraignait encore à gratter sa terre et à récolter
de quoi nourrir ses sept enfants, sa femme et lui-
même. Mais une fois nourri aucun d'eux ne travaillait plus. La femme trouvait trop fatigant de balayer
le plancher de leur cabane et les enfants ne prenaient pas la peine de se débarbouiller. C'était une
honte de voir les filles, déjà grandes, et même en
âge de se marier, courir les rues du village avec leurs
cheveux non peignés, et quelquefois même parler à
des hommes. Wang Lung, rencontrant un jour ainsi
sa cousine aînée, fut si courroucé de la honte
infligée à sa famille qu'il eut l'audace d'aller trouver
la femme de son oncle et de lui dire :
« Voyons, qui va consentir à épouser une fille
comme ma cousine, sur qui tout homme peut jeter
les yeux ? Depuis déjà trois ans qu'elle est en âge de
se marier, elle continue à courir de tous côtés. J'ai
vu aujourd'hui dans la rue du village un jeune
malotru lui poser la main sur le bras et elle ne lui
a répondu que par un rire effronté ! »

La seule partie du corps que la femme de son oncle remuât volontiers était sa langue et elle s'en servit présentement pour dire son fait à Wang Lung :

« Ouais, et qui est-ce qui paiera la dot et la noce et les honoraires de l'entremetteuse ? C'est très joli à dire pour ceux qui ont de la terre à ne savoir qu'en faire et qui trouvent encore moyen d'acheter d'autre terre aux grandes familles avec leurs économies, mais ton oncle est un malheureux et il l'a toujours été. Il a le mauvais sort, et ce n'est pas sa faute. Le Ciel le veut ainsi. Alors que d'autres produisent du bon grain, pour lui il a beau s'échiner, la semence périt en terre et il ne pousse que de la mauvaise herbe. »

Elle versa bruyamment des pleurs de commande et acheva bientôt de se mettre en furie. Elle empoigna son chignon sur le derrière de sa tête, répandit ses cheveux en désordre sur son visage et entreprit de se les arracher, en hurlant à plein gosier :

« Ah ! c'est une chose que tu ne connais pas, d'avoir le mauvais sort ! Alors que les champs d'autrui donnent naissance à du bon riz et à du bon froment, le nôtre ne produit que des mauvaises herbes ; alors que la maison d'autrui subsistera cent ans, la terre même tremble sous la nôtre dont les murs se lézardent ; alors que d'autres femmes accouchent de garçons, moi, même si j'ai conçu un fils, je n'en donnerai pas moins le jour à une fille... Ah ! le mauvais sort ! »

Elle glapissait si fort que les femmes du voisinage sortirent de leurs maisons pour voir et entendre la scène. Wang Lung tenait bon, cependant, et voulait parler jusqu'au bout.

« Néanmoins, reprit-il, quoiqu'il ne m'appartienne pas de conseiller le frère de mon père, je vous dirai ceci : mieux vaut marier une fille tandis qu'elle est encore vierge. A-t-on jamais ouï dire qu'une chienne ait pu courir les rues sans donner naissance à une portée de chiots ? »

Ayant ainsi parlé clair, il s'en retourna chez lui et laissa la femme de son oncle s'égosiller. Il avait formé le projet d'acheter cette année encore de la terre à la maison de Hwang et chaque année encore de la terre autant qu'il en serait capable, et il rêvait d'ajouter une nouvelle chambre à sa maison, et cela le fâchait, tandis que lui et son fils s'élevaient à la condition de famille terrienne, de voir ses polissonnes de cousines libres de courir les rues et de déshonorer un nom qui était le sien.

Le lendemain son oncle vint le trouver alors qu'il travaillait au champ. O-len n'était pas là, car dix lunes s'étaient écoulées depuis la naissance du second enfant, une troisième naissance était proche, et cette fois elle ne se portait pas si bien, et pour quelques jours elle n'était pas venue aux champs et c'est pourquoi Wang Lung travaillait seul. Son oncle arriva en flânant le long d'un sillon. Ses vêtements, au lieu d'être boutonnés sur lui comme il faut, étaient rassemblés et retenus tant bien que mal par sa ceinture, de sorte qu'il semblait toujours qu'au premier coup de vent il risquerait de se trouver tout d'un coup nu. Arrivé tout près de Wang Lung, il s'arrêta en silence tandis que Wang Lung continuait à sarcler une raie étroite à côté des plants de haricots qu'il était en train de cultiver. A la longue Wang Lung lui dit malicieusement et sans lever les yeux :

« Je vous demande pardon, mon oncle, de ne pas m'interrompre dans mon travail. Ces haricots, si on veut qu'ils rapportent, doivent, comme vous le savez, être cultivés deux ou trois fois. Les vôtres, sans doute, sont déjà finis. Moi, je suis très lent... un pauvre fermier... je n'ai jamais fini ma besogne assez tôt pour pouvoir me reposer. »

L'oncle comprenait très bien la malice de Wang Lung, mais il répondit d'un ton doucereux :

« Moi je suis voué au mauvais sort. Cette année, sur vingt semis de haricots, un seul a levé, et dans un si triste état qu'il est inutile de se servir du hoyau. Si nous voulons manger des haricots cette année, il nous faudra en acheter. »

Et il poussa un profond soupir.

Wang Lung se raidit contre l'attendrissement. Il savait que son oncle était venu lui demander un service. Il abattait son hoyau dans le sol d'un long geste rythmique, brisant avec grand soin la moindre motte restée dans la terre meuble déjà bien cultivée. Les plants de haricots se dressaient au soleil en un ordre impeccable, projetant à leur pied de petits lisérés d'ambre claire. A la fin l'oncle reprit la parole :

« La femme de chez moi m'a fait part de l'intérêt que tu prends à mon indigne esclave aînée. Ce que tu as dit est entièrement vrai. Tu es avisé pour ton âge. Elle devrait se marier. Je crains sans cesse qu'elle ne conçoive par l'opération de quelque mauvais sujet et n'apporte la honte à moi et à notre nom. Vois-tu que cela arrive dans notre respectable famille, à moi le frère de ton père ! »

Wang Lung abattit violemment son hoyau dans le sol. Il eût aimé de parler clair. Il eût aimé de dire :

« Pourquoi donc ne la maîtrisez-vous pas ? Pourquoi ne pas la retenir comme il sied à la maison, et l'obliger à balayer, nettoyer, cuisiner et confectionner des vêtements pour la famille ? »

Mais on ne peut pas dire ces choses-là aux personnes d'une génération plus âgée. En conséquence, il se tut, et il attendit la suite, en sarclant de près autour d'un petit plant.

« Si j'avais eu l'heureux sort, continua mélancoliquement l'oncle, d'épouser une femme comme ton père en a trouvé une, capable de travailler et en même temps d'enfanter des garçons, comme fait aussi la tienne, au lieu d'une femme comme la mienne, qui ne sait que soigner son lard et n'a donné naissance qu'à des filles et mon unique garnement de fils, si paresseux qu'il n'a presque rien de mâle, moi aussi j'aurais pu être riche présentement comme tu l'es. Alors j'aurais pu partager mes richesses avec toi, et je l'aurais fait de bon cœur. Tes filles, je les aurais mariées à de braves gens ; ton fils je l'aurais placé dans une boutique de marchand comme apprenti en versant de bon cœur le prix du cautionnement ; ta maison, j'aurais pris plaisir à la réparer, et je vous aurais nourris de mon mieux, toi, ton père et tes enfants, car nous sommes du même sang. »

Wang Lung repondit sèchement :

« Vous savez que je ne suis pas riche. J'ai déjà cinq bouches à nourrir et mon père est vieux et ne travaille plus, ce qui ne l'empêche pas de manger, et autant que je sache il naît peut-être chez moi une bouche de plus en ce moment même. »

L'oncle répliqua avec acrimonie :

« Tu es riche... tu es riche ! Tu as acheté de la terre de la grande maison à je ne sais quel gros prix... Y en a-t-il un autre que toi dans le village qui aurait pu en faire autant ? »

A ces mots Wang Lung fut outré de colère. Il jeta son hoyau par terre et s'écria tout à coup, en foudroyant son oncle du regard :

« Si j'ai un peu d'argent, c'est parce que je travaille et ma femme aussi travaille, et nous ne faisons pas comme certains, qui restent à fainéanter sur une table de jeu ou à commérer sur des seuils qu'on ne balaie jamais, tandis que les champs s'encombrent de mauvaises herbes et que les enfants courent la rue. »

Le sang monta au visage bilieux de l'oncle, qui

s'élança sur son neveu et le calotta vigoureusement sur les deux joues, en criant :

« Voilà pour t'apprendre à parler ainsi à la génération de ton père ! N'as-tu donc pas de religion ni de mœurs, que tu manques à ce point de sentiments filiaux ? Ne connais-tu donc pas ce commandement des Sacrés Edits qui défend à tout homme de jamais réprimander son aîné ? »

Wang Lung restait sombre et immobile, conscient de sa faute mais fâché jusqu'au fond du cœur contre cet homme qui était son oncle.

« Je redirai tes paroles à tout le village ! glapit l'oncle d'une voix aiguë et chevrotante de fureur. Hier tu t'en prends aux miens et tu cries bien haut dans les rues que ma fille n'est plus vierge ; aujourd'hui tu me fais des reproches, à moi que tu dois considérer, si ton père vient à trépasser, comme ton propre père ! Même si toutes mes filles ont cessé d'être vierges, je ne veux pas entendre parler ainsi d'une seule d'entre elles ! (Et il répéta à plusieurs reprises :) Je le dirai à tout le village... je le dirai à tout le village... »

Si bien que Wang Lung finit par demander à contrecœur :

« Que voulez-vous de moi ? »

Il répugnait à sa fierté que cette affaire pût réellement être évoquée devant le village. C'était après tout une question de famille.

Immédiatement son oncle changea. Sa colère se dissipa. Il sourit et posa la main sur l'épaule de Wang Lung.

« Ah ! je te connais... tu es un bon garçon... un très bon garçon, reprit-il avec douceur. Ton vieil oncle te connaît... tu es mon fils. Fils, un peu d'argent dans cette pauvre vieille main... mettons, dix écus, ou même neuf, et je pourrais commencer à m'entendre avec une entremetteuse au sujet de cette esclave, ma fille. Ah! tu as raison, il est temps... il est grand temps!»

Il soupira et leva pieusement les yeux au ciel.

Wang Lung ramassa son hoyau et le jeta de nouveau par terre.

«Venez à la maison, dit-il brièvement. Je ne porte pas d'argent sur moi comme un prince.»

Et il le précéda, muet d'amertume à songer qu'une partie du bon argent avec lequel il comptait acheter encore de la terre allait passer dans la main de son oncle, d'où il glisserait à la table de jeu avant la tombée de la nuit.

Il entra brusquement chez lui, écartant de son passage ses deux marmots qui jouaient sur le seuil tout nus, à la chaleur du soleil. Son oncle, avec une bonhomie de commande, s'approcha des enfants et tira des profondeurs de son costume chiffonné une sapèque de cuivre pour chacun d'eux. Il serra contre lui les petits corps dodus et luisants, et fourrant son nez dans leurs tendres cous, avec une affection de commande, huma la chair brunie de soleil.

«Ah! vous êtes deux petits gaillards», dit-il en les serrant chacun dans un bras.

Mais Wang Lung ne s'était pas arrêté. Il alla dans la chambre où il couchait avec sa femme et le petit dernier. Il faisait très sombre en venant du grand jour extérieur, et à part le rai lumineux du trou il n'y distinguait rien. Mais l'odeur du sang chaud dont il se ressouvenait si bien emplit ses narines et il s'écria vivement :

«Quoi donc... Est-ce que l'enfant est né?»

La voix de la femme, plus faible qu'il ne l'avait jamais entendue, lui répondit, venant du lit :

«C'est terminé encore une fois. Ce n'est qu'une petite esclave, ce coup-ci... cela ne vaut pas la peine d'en parler.»

Wang Lung resta muet. Il eut le sentiment d'un malheur. Une fille! C'était une fille qui avait causé tout ce tracas chez son oncle. Et voilà qu'il était né une fille dans sa maison aussi.

Sans répliquer donc il alla au mur, chercha à tâtons la rugosité qui formait le repère de la cachette et enleva la motte de terre. Puis il fouilla parmi le petit tas d'argent et compta neuf écus.

« Pourquoi prends-tu cet argent ? demanda tout à coup la femme dans les ténèbres.

– Je suis forcé de le prêter à mon oncle », répondit-il brièvement.

Sa femme resta d'abord sans répondre et puis elle dit de son ton vulgaire et morne :

« Il vaut mieux ne pas dire « prêter ». On ne prête pas dans cette maison-là. On donne seulement.

– Eh ! je le sais bien, repartit Wang Lung avec dépit. C'est me couper un morceau dans la chair que de le lui donner et cela pour la seule raison que nous sommes du même sang. »

Puis ressortant sur le seuil, il jeta l'argent à son oncle et s'en retourna rapidement au champ. Là il se remit au travail comme s'il voulait arracher la terre de ses fondements. A cette heure il pensait uniquement à l'argent ; il se figurait le voir versé négligemment sur une table de jeu, où le raflait quelque main oisive... son argent, l'argent qu'il avait si péniblement amassé du produit de ses champs, pour s'en acheter encore de la terre.

Il faisait déjà noir quand, sa colère épuisée, il se redressa et se ressouvint de son logis et de son repas. Et alors il pensa à cette nouvelle bouche survenue le jour même dans sa maison, et il s'attrista de voir qu'il commençait à lui naître des filles, ces filles qui n'appartiennent pas à leurs parents, mais qui naissent et que l'on élève pour d'autres familles. Dans sa colère contre son oncle il n'avait même pas pensé à regarder la figure de ce nouveau petit être.

Il restait appuyé sur son hoyau et un découragement l'envahit. A présent il lui faudrait attendre une autre récolte avant de pouvoir acheter cette terre, une parcelle adjacente à celle qu'il possédait, et il y avait de plus une nouvelle bouche chez lui. Traversant le ciel pâle et nacré de crépuscule, un vol de corbeaux, d'un noir d'encre, passa au-dessus de lui en croassant très fort. Il les vit disparaître comme un nuage dans les arbres aux alentours de sa maison, et il courut derrière eux, en criant et agitant son hoyau. Ils s'enlevèrent de nouveau un à un, décrivant des cercles au-dessus de sa tête, le narguant de leurs cris rauques et ils s'envolèrent enfin dans le ciel assombri.

Il poussa un grand soupir. C'était un mauvais présage.

VIII

Il semble que les dieux, dès qu'ils se sont détournés d'un homme, se refusent désormais à le favoriser. Les pluies, qui auraient dû survenir au début de l'été, s'en abstinrent, et de jour en jour les cieux brillaient d'un éclat nouveau et sans pitié. Peu leur importait la terre aride et altérée. De l'aube au crépuscule on ne voyait pas un nuage, et la nuit les étoiles d'or scintillaient au firmament dans leur splendeur cruelle.

Les champs, quoique Wang Lung les cultivât en désespéré, se desséchaient et se craquelaient, et les jeunes tiges de blé, qui avaient surgi courageusement à la venue du printemps et avaient préparé leurs épis pour y loger le grain, lorsqu'elles s'aperçurent que rien ne leur venait de la terre ni du ciel, cessèrent de croître et restèrent d'abord inertes sous le soleil, puis finalement se rabougrirent et jaunirent, ne laissant qu'une moisson stérile. Les jeunes couches de riz que Wang Lung avait semées faisaient sur la terre brune des carrés de jade. Après avoir renoncé au froment, il leur porta de l'eau chaque jour dans les lourds seaux de bois enfilés sur une perche de bambou en travers de ses épaules. Un sillon finit par se creuser sur sa chair et une callosité s'y forma aussi large qu'un bol, mais la pluie ne venait toujours pas.

A la longue l'eau de la mare se tarit et même dans le puits l'eau descendit si bas qu'O-len dit à son mari :

« Si on veut que les enfants boivent et que le vieux ait son eau chaude, il faut laisser les plantes à sec. »

Wang Lung repartit avec une colère qui se brisa en un sanglot :

« Oui, mais ils crèveront tous de faim si les plantes meurent de soif. »

C'était vrai : leurs existences à tous dépendaient de la terre.

Seule la pièce de terre voisine du fossé produisit une moisson, et ceci parce qu'à la fin, voyant que l'été allait se passer sans pluie, Wang Lung abandonna tous ses autres champs et resta tout le jour à celui-ci, puisant l'eau du fossé pour en arroser le terreau avide. Cette année-là pour la première fois il vendit son grain aussitôt la moisson, et quand il sentit l'argent sur sa main, il le serra triomphalement avec force. En dépit des dieux et de la sécheresse, il arriverait quand même, se dit-il, à faire ce qu'il avait résolu. Il avait harassé son corps et répandu sa sueur pour obtenir cette poignée d'argent, et il l'emploierait à ce qu'il voudrait. Et il courut à la maison de Hwang et il y rencontra l'intendant des terres et lui dit sans cérémonie :

« J'ai ce qu'il faut pour acheter la terre adjacente à la mienne près du fossé. »

Or Wang Lung avait entendu dire de côté et d'autre que pour la maison de Hwang ç'avait été une année confinant à la pauvreté. Pendant nombre de jours la Vieille Dame n'avait pas eu sa pleine ration d'opium et elle était pareille à une tigresse affamée, de sorte que chaque jour elle faisait venir l'intendant et elle le maudissait et le frappait à la face avec son éventail, en s'égosillant à lui crier :

« Est-ce qu'il ne reste donc plus un seul arpent de terre déjà ? » tant et si bien qu'il en perdait la tête.

Il avait même livré les écus qu'il retenait d'ordinaire pour son propre compte sur les transactions de la famille, tant elle lui avait fait perdre la tête. Et comme si cela ne suffisait pas, le Vieux Seigneur prit encore une autre concubine, une esclave fille d'une esclave qui étant plus jeune avait été sa maîtresse, mais qui était à présent mariée à un domestique de la maison, parce que le Vieux Seigneur avait cessé de la désirer avant de la prendre chez lui comme concubine. Cette fille d'esclave, qui n'avait pas plus de seize ans, il la voyait maintenant avec une luxure nouvelle, car à mesure qu'il vieillissait et prenait de l'embonpoint, il semblait désirer, de plus en plus, des femmes sveltes et jeunes, presque des enfants, et sa concupiscence n'avait pas de relâche. Il en allait de lui avec ses désirs comme de la Vieille Maîtresse avec son opium ; et impossible de lui faire comprendre qu'il n'y avait pas d'argent pour payer des boucles d'oreilles de jade à ses favorites, ni l'or pour garnir leurs jolies mains. Lui qui toute sa vie n'avait eu qu'à allonger la main pour la ramener pleine aussitôt, il n'arrivait pas à saisir les mots : « Pas d'argent. »

Et voyant leurs parents ainsi, les jeunes seigneurs haussaient les épaules et disaient qu'il en resterait toujours assez pour la durée de leur vie. Ils s'accordaient en un seul point, qui était de tancer vertement l'intendant pour sa mauvaise administration des revenus, si bien que cet homme autrefois patelin et onctueux, et doué d'une belle prestance, avait fini par devenir inquiet et grincheux et il avait maigri si fort que sa peau pendait sur lui comme un vieux vêtement.

Le Ciel n'avait pas non plus envoyé de pluie sur les champs de la maison de Hwang, et là non plus il n'y avait pas eu de récoltes. Aussi quand Wang Lung vint crier à l'intendant : « J'ai de l'argent », ce fut comme si on était venu dire à un affamé : « J'ai des vivres. »

L'intendant sauta sur l'affaire, et tandis que la fois précédente, on avait échangé des salamalecs et bu du thé, ce coup-ci les deux hommes échangèrent des chuchotements avides et si précipités qu'ils ne prononçaient que la moitié des mots, l'argent passa d'une main à l'autre, les papiers furent signés et contresignés du sceau, et la terre appartint à Wang Lung.

Et une fois encore Wang Lung ne trouva pas pénible de donner son argent, qui était sa chair et son sang. Il en acquérait l'objet de ses désirs les plus chers. Il possédait à présent une vaste étendue de bonne terre, car le nouveau champ était deux fois aussi grand que le premier. Mais plus encore que la fertilité de son noir terreau il appréciait le fait que le champ avait appartenu jadis à la famille d'un prince. Et cette fois il ne dit à personne, pas même à O-len, ce qu'il avait fait.

Les mois s'écoulèrent et la pluie ne tombait toujours pas. A l'approche de l'automne les nuages se rassemblèrent comme à regret dans le ciel, de légers nuages minuscules, et dans la rue du village on voyait des hommes arrêtés çà et là, désœuvrés et inquiets, le visage tourné vers le ciel, qui examinaient attentivement ces nuages l'un après l'autre, et discutaient ensemble la question de savoir s'il en sortirait de la pluie. Mais avant qu'il se fût rassemblé suffisamment de nuages pour donner de

l'espoir, un vent violent se leva du septentrion-
ponant, l'âpre vent du lointain désert, et dispersa
les nuages du ciel comme on chasse la poussière
d'un plancher avec un balai. Et le ciel était vide et
nu, et le majestueux soleil se levait chaque matin,
suivait son cours et se couchait solitairement
chaque soir. Et la lune dans son plein brillait
comme un autre soleil d'un moindre éclat.

Wang Lung retira de ses champs une maigre
récolte de haricots coriaces, et sur son champ de
maïs qu'il avait semé en désespoir de cause quand
les couches de riz avaient jauni et dépéri avant
même que les plants eussent été repiqués dans la
rizière inondée, il glana de courts épis ligneux aux
grains épars çà et là. Lors du battage il ne laissa
pas perdre un seul haricot. Après avoir battu avec
sa femme les sarments de haricots, il préposa les
deux petits garçons à tamiser la poussière de l'aire
entre leurs doigts, et il égrena le maïs sur le plancher de la salle du milieu, en surveillant chaque
grain qui rebondissait trop loin. Il s'apprêtait à
mettre les épis de côté pour les brûler, quand sa
femme prit la parole :

« Non, il ne faut pas les gaspiller en les brûlant.
Je me souviens que quand j'étais petite dans le
Chantoung, lorsqu'il arrivait des années comme
celle-ci, on broyait les épis mêmes et on les mangeait. C'est meilleur que de l'herbe. »

Quand elle eut parlé, ils gardèrent tous le silence,
même les enfants. Il y avait un sinistre présage dans
l'étrange sérénité de ces jours où la terre leur faisait
défaut. La fillette seule ignorait la peur. Il y avait à
sa disposition les deux grands seins maternels qui
avaient jusqu'ici pourvu à ses besoins. Mais en lui
donnant sa tétée, O-len murmura :

« Nourris-toi, pauvre innocente... nourris-toi,
tandis qu'il me reste encore de quoi te nourrir. »

Et alors, pour comble de maux, O-len fut encore

une fois enceinte, et son lait se tarit, et la maisonnée s'effraya d'entendre continuellement retentir les cris et les pleurs du bébé qui réclamait de la nourriture.

Si l'on avait demandé à Wang Lung : « Et comment vous nourrissez-vous durant l'automne ? » il eût répondu : « Je ne sais pas trop... un peu de nourriture par-ci par-là. »

Mais il n'y avait personne pour lui demander cela. Dans tout le pays personne ne demandait à autrui : « Comment vous nourrissez-vous ? » Nul ne demandait rien si ce n'est à lui-même : « Comment vais-je me nourrir aujourd'hui ? » Et les parents disaient : « Comment allons-nous nous nourrir, nous et nos enfants ? »

Or, Wang Lung avait pris soin de son buffle aussi longtemps que possible. Tant que ses provisions avaient duré, il donnait à l'animal un peu de paille et une poignée de sarments, après quoi il était allé arracher pour lui des feuilles aux arbres jusqu'à la venue de l'hiver, où elles disparurent. Puis comme il n'y avait pas de terre à labourer, puisque le grain, si on l'eût semé, n'aurait fait que se dessécher en terre, et puisqu'ils avaient mangé tout leur grain de semence, il lâcha le buffle dans la campagne pour y chercher lui-même sa subsistance, avec l'aîné des garçons assis sur son dos tout le jour et tenant la corde passée dans le trou de ses naseaux pour éviter qu'on ne le volât. Mais par la suite il n'osa plus recourir à ce moyen, de crainte que des gens du village, voire même ses voisins, ne s'avisassent de maîtriser le gamin et de s'emparer du buffle pour le tuer et le manger. L'animal resta donc désormais attaché devant la porte et il finit par devenir maigre comme un squelette.

Mais vint le jour où il ne resta plus de riz ni de froment et où l'on n'eut plus qu'un peu de haricots et une maigre réserve de maïs, et le buffle meuglait de faim, et le vieillard dit :

« Bientôt, nous allons manger le buffle. »

Alors Wang Lung se récria, car c'était pour lui comme si on eût dit : « Bientôt, nous allons manger un homme. » Le buffle était aux champs son compagnon et il avait marché derrière lui en le félicitant ou l'injuriant suivant son humeur et depuis sa jeunesse il connaissait la bête, qu'on avait achetée petit veau. Et il dit :

« Comment voulez-vous que nous mangions le buffle ? Comment ferait-on après cela pour labourer ? »

Mais le vieillard répondit, sans trop s'émouvoir :

« Oui, mais c'est à choisir, entre ta vie et celle de la bête, et entre la sienne et celle de son petit. On peut racheter un buffle plus facilement que sa vie à soi. »

Mais Wang Lung ne voulut pas le tuer ce jour-là. Et la journée du lendemain se passa et la suivante, et les enfants pleuraient pour avoir à manger et on n'arrivait pas à les apaiser, et O-len regardait Wang Lung d'un air suppliant. Il vit enfin qu'il fallait en passer par là, et il dit avec rudesse :

« Qu'on le tue donc, mais moi je ne saurais pas. »

Il s'en alla dans la chambre où il couchait, se jeta sur le lit et s'enveloppa la tête de la couverture ouatée de façon à ne pas entendre le meuglement de la bête quand elle mourrait.

Alors O-len sortit furtivement, prit dans la cuisine son grand couteau d'acier et ouvrit une large entaille dans le cou de la bête, ce qui lui trancha la vie. Et elle prit un bol et recueillit le sang pour le faire cuire en gâteau et le leur donner à manger, puis elle écorcha et dépeça le grand cadavre. Wang Lung ne consentit à se montrer que quand le travail fut complètement terminé et la viande cuite et servie sur la table. Mais quand il essaya de manger la chair de son buffle, son estomac se révolta et il lui fut impossible de l'avaler et il se contenta de boire un peu de bouillon. Et O-len lui dit :

« Un buffle n'est qu'un buffle et celui-ci devenait vieux. Mangez, car l'avenir est là et nous réserve des jours beaucoup meilleurs que celui-ci. »

Un peu réconforté, Wang Lung mangea une bouchée et puis une autre et ils mangèrent tous. Mais le buffle finit par y passer tout entier et l'on cassa même les os pour en extraire la moelle. Il n'avait que trop peu duré, et il n'en resta plus que la peau sèche et dure, étendue sur la claie de bambou qu'O-len avait confectionnée pour la tenir étalée.

Au début il y avait eu de l'hostilité dans le village contre Wang Lung parce qu'il était censé avoir de l'argent caché et des vivres en réserve. Son oncle, qui fut des premiers à sentir la disette, vint l'importuner chez lui, et en vérité notre homme et sa femme ainsi que leurs sept enfants n'avaient rien à manger. A contrecœur Wang Lung dosa dans le pan de la robe de son oncle un petit tas de haricots et une poignée de son précieux maïs. Puis il lui dit avec fermeté :

« C'est tout ce dont je puis disposer. Même si je n'avais pas d'enfants, je dois d'abord songer à mon vieux père. »

Quand son onde revint une seconde fois, Wang Lung s'écria :

« Ce n'est pas la piété filiale qui nourrira mes gens ! »

Et il renvoya son oncle les mains vides.

A partir de ce jour son oncle lui en voulut comme un chien auquel on a donné des coups de pied, et il allait par le village chuchoter dans une maison et dans l'autre :

« Mon neveu là-bas, il a de l'argent et il a des vivres, mais il ne nous en donnera pas à nous, pas même à moi et à mes enfants, qui sommes ses os et sa chair propres. Il ne nous reste plus qu'à mourir de faim. »

Dans le petit village quand toutes les familles l'une après l'autre eurent fini leurs provisions et dépensé leur dernier sou aux piètres marchés de la ville, quand les vents de l'hiver descendirent du désert, secs et stériles, et froids comme un couteau d'acier, les villageois étaient devenus enragés de faim et de voir leurs femmes hâves et leurs enfants en pleurs. Quand l'oncle de Wang Lung s'en alla par les rues en grelottant comme un chien maigre et chuchota de ses lèvres blêmies : « Il y en a un qui a des vivres... il y en a un dont les enfants sont encore gras », les hommes prirent des bâtons et se rendirent un soir à la maison de Wang Lung où ils frappèrent à la porte. Et quand il eut ouvert aux appels de ses voisins, ils se jetèrent sur lui et l'écartant de la porte expulsèrent de la maison les enfants épouvantés, puis ils fouillèrent dans tous les coins, et ils explorèrent chaque mur avec leurs mains pour savoir où il avait caché ses vivres. Quand ils trouvèrent ses misérables provisions, quelques haricots coriaces et plein un bol de maïs sec, ils poussèrent une grande huée de désappointement et de désespoir, et ils s'emparèrent de ses meubles, la table, les escabeaux et le lit où gisait le vieillard, pleurant d'effroi.

Mais O-len s'avança et prit la parole, et sa voix commune et lente dominait celles des hommes :

« Pas cela... pas encore cela, s'écria-t-elle. Il n'est pas encore temps d'emporter de notre maison notre table, les escabeaux et le lit. Vous avez pris tous nos vivres. Mais chez vous vous n'avez pas encore vendu la table et les escabeaux. Laissez-nous les nôtres. Nous sommes à égalité. Nous n'avons pas un haricot, pas un grain de maïs de plus que vous... ou plutôt non, vous en avez plus que nous à présent, puisque vous avez toutes nos provisions. Le Ciel vous punira si vous en prenez davantage. Maintenant nous allons aller tous ensemble chercher de l'herbe à manger et de l'écorce des arbres, vous pour vos enfants, et nous pour nos trois enfants, et pour le quatrième qui va naître sous peu. »

Tout en parlant, elle appuya sa main sur son ventre, et les hommes eurent honte devant elle et s'en allèrent un par un, car ils n'étaient pas méchants, excepté quand ils avaient faim.

L'un d'eux s'attarda, celui qu'on appelait Ching, un petit homme jaune et taciturne dont la figure de singe était à présent hâve et tirée. Il aurait voulu dire quelque bonne parole de regret, car il était honnête homme et seuls les pleurs de ses enfants l'avaient entraîné au mal. Mais il avait dans son sein une poignée de haricots chipés par lui lorsqu'on avait découvert la réserve et il craignait de devoir les rendre s'il parlait tant soit peu. Il se borna donc à regarder muettement Wang Lung d'un œil hagard, et il sortit.

Wang Lung resta là dans sa cour où une année après l'autre il avait battu ses bonnes moissons, et qui demeurait à présent depuis bien des mois inutile et oisive. Il ne restait plus rien dans la maison pour nourrir son père et ses enfants... rien pour nourrir sa femme qui, en sus de la nutrition de son propre corps, devait subvenir à la croissance d'un autre être, et celui-ci, avec la cruauté d'une vie neuve et ardente, allait puiser à même la chair et le sang de sa mère. Il éprouva un instant d'affres extrêmes. Puis un réconfort coula dans son sang tel un vin généreux. Il dit en son cœur :

« On ne peut pas me prendre ma terre. Le labeur de mon corps et le produit des champs je les ai mis ainsi en sécurité. Si j'avais gardé l'argent, on me l'aurait pris. Si j'avais employé l'argent à acheter des provisions, on me les aurait prises. La terre me reste ! et elle est à moi. »

IX

Assis sur le seuil de sa porte, Wang Lung se disait qu'il fallait nécessairement prendre une décision quelconque. On ne pouvait rester ici dans cette maison vide à attendre la mort. Il sentait une résolution de vivre dans son corps amaigri, autour duquel il resserrait chaque jour d'un cran sa ceinture trop large. Il ne voulait pas s'en laisser dépouiller ainsi tout à coup par un sort stupide, au moment même où il atteignait à la pleine maturité de ses forces. Il y avait désormais en lui une colère telle qu'il ne parvenait pas toujours à l'exprimer. Parfois elle s'emparait de lui comme une démence et il s'élançait au-dehors sur son aire vide où il montrait les poings au ciel qui brillait au-dessus de lui, éternellement limpide et bleu et froid et sans nuage.

« Oh ! Vieillard-du-Ciel, tu es par trop méchant », s'écriait-il. Et si pour un instant il s'effrayait de son blasphème, il se reprenait vite et s'écriait avec révolte : « Et que peut-il m'arriver de pire que ce qui m'arrive ! »

Un jour, traînant péniblement les pieds dans sa faiblesse d'affamé, il s'en alla au temple de la Terre, et de propos délibéré cracha à la face du petit dieu imperturbable qui y trônait avec sa déesse. On n'offrait plus de bâtonnets d'encens à ces deux idoles, et on ne leur en avait pas offert depuis bien des lunes et leurs vêtements de papier étaient en loques et on voyait leurs corps d'argile par les trous. Mais elles trônaient là sans que rien pût les émouvoir et Wang Lung, après avoir grincé des dents devant elles, regagna sa maison en soupirant et se jeta sur son lit.

Ils ne se levaient presque plus à présent, ni les uns ni les autres. A quoi bon ! Et un sommeil entrecoupé leur tenait lieu, du moins provisoirement, de la nourriture absente. Ils avaient mangé les épis de maïs desséchés, et ils dépouillaient les arbres de leur écorce, et par tout le pays les gens mangeaient le peu d'herbe que l'hiver laissait subsister sur les collines. Il n'y avait plus un animal nulle part. On pouvait marcher durant des jours sans rencontrer ni un buffle ni un âne, ni bête ni oiseau d'aucune espèce.

Les ventres vides des enfants étaient gonflés de vent, et on ne voyait plus jamais un enfant jouer dans la rue du village. Dans la maison de Wang Lung c'est tout au plus si les deux garçons se traînaient jusqu'à la porte et s'asseyaient au soleil, le cruel soleil qui ne se relâchait jamais de son éclat impitoyable. Leurs corps naguère dodus étaient à présent anguleux et osseux, et n'eût été leur gros ventre, on eût pu comparer leurs petits os pointus à des os d'oiseaux. La fillette même ne marchait pas encore seule, bien qu'elle en eût déjà passé l'âge, et elle restait couchée sans se plaindre des heures consécutives enveloppée dans une vieille couverture ouatée. Au début elle emplissait la maison de ses pleurs persistants et colères, mais elle avait fini par se taire et suçait languissamment le premier objet venu qu'on lui mettait dans la bouche, sans élever jamais la voix. Son petit visage creusé, aux lèvres bleuâtres et affaissées comme des lèvres de vieille femme édentée, se tournait interrogativement vers eux tous et ses yeux noirs et caves les regardaient avec une insistance navrante.

L'obstination à vivre de ce petit être conquit en quelque sorte l'affection de son père, qui sans doute ne se serait pas soucié d'elle en sa qualité de fille si elle eût été dodue et joyeuse comme les autres à son âge. Quelquefois en la regardant il murmurait doucement :

« Pauvre innocente... pauvre petite innocente. » Et le jour où elle tenta un faible sourire qui découvrait ses gencives sans dents, il éclata en sanglots et prit dans sa main amaigrie et dure la petite menotte qu'il souleva accrochée à son index par les doigts minuscules. Par la suite il lui arrivait fréquemment de la tirer de son lit toute nue, et la fourrant contre sa poitrine dans la chaleur précaire de sa blouse, il s'asseyait avec elle sur le seuil de la maison et considérait au-dehors les champs arides et mornes.

Quant au vieillard, il se portait mieux que quiconque, car dès qu'il y avait quelque chose à manger, on le lui donnait, dussent les enfants s'en passer. Wang Lung songeait avec fierté que nul ne pourrait dire à l'heure de sa mort qu'il avait négligé son père. Dût-il donner sa propre chair pour le nourrir, le vieux aurait à manger. Le vieux dormait jour et nuit et mangeait ce qu'on lui donnait, et il gardait assez de forces pour se traîner çà et là dans la cour quand le soleil était chaud. Il était plus gai que n'importe lequel d'entre eux et une fois il chevrota de sa vieille voix pareille à un zéphyr tremblotant parmi des bambous brisés :

« J'ai connu des jours pires... J'ai connu des jours pires. J'ai vu jadis des hommes et des femmes manger des enfants.

– On ne verra jamais pareille chose dans ma maison », repartit Wang Lung, au comble de l'horreur.

Vint un jour où son voisin Ching, qui n'était plus maintenant que l'ombre d'un être humain, arriva à la porte de la maison de Wang Lung et de ses lèvres sèches et noires comme de la terre il chuchota :

« En ville on a mangé les chiens et partout les chevaux et les volatiles de toute espèce. Ici, après les bêtes qui labouraient nos champs, nous avons mangé l'herbe et l'écorce des arbres. Que nous reste-t-il maintenant comme nourriture ? »

Wang Lung hocha la tête avec découragement. Il

tenait blotti dans son sein le léger corps squelettique de la fillette, et son regard s'abaissa sur le mignon visage osseux, et sur les yeux vifs et tristes qui le guettaient sans cesse du creux de sa blouse. Quand ces yeux rencontraient son regard, infailliblement il passait sur les traits de l'enfant un fugitif sourire qui lui brisait le cœur.

Ching rapprocha de lui son visage et chuchota :

« Dans le village on mange de la chair humaine. Il paraît que ton oncle et sa femme en mangent. Ou sinon comment seraient-ils encore en vie et garde-raient-ils assez de forces pour circuler... eux qui, c'est connu, n'avaient aucune provision ? »

Wang recula devant cette espèce de tête de mort que Ching avait avancée pour lui parler. Il lui était intolérable d'avoir si près de lui les yeux de cet homme. Soudain envahi d'un effroi incompréhensible, Wang Lung se leva vivement comme pour repousser un danger imminent.

« Nous allons quitter cet endroit, dit-il avec force. Nous irons dans le midi ! Partout dans cette contrée il y a des gens qui meurent de faim. O Ciel, si méchant que tu sois, ne détruis pas encore tous les fils de Han ! »

Son voisin le considéra avec indulgence et dit tris-tement :

« Ah ! que tu es jeune. Je suis plus âgé que toi et ma femme est vieille et nous ne possédons rien que notre fille. Nous pouvons mourir sans inconvénient.

– Vous êtes plus heureux que moi, repartit Wang Lung. J'ai mon vieux père et ces trois petites bouches et une autre prête à venir au monde. Il nous faut partir, de crainte d'oublier tous sen-timents humains et de nous dévorer l'un l'autre à la manière des chiens sauvages. »

Et alors il se rendit compte soudain qu'il venait d'exprimer la vérité même, et il interpella O-len, qui restait couchée sur son lit tout le jour sans parler, depuis qu'il n'y avait plus d'aliments à cuisiner ni de combustible pour les faire cuire.

« Arrive, femme, nous allons partir pour le midi. »

Il y avait dans sa voix un entrain qu'on ne lui connaissait plus depuis bien des lunes. Les enfants levèrent les yeux, le vieillard sortit à petits pas de sa chambre, O-len se leva languissamment de son lit et vint à la porte de leur chambre et se retenant au cadre de la porte elle dit :

« C'est une bonne chose à faire. On mourra au moins en marchant. »

L'enfant qu'elle portait dans son corps bosselait ses flancs maigres comme un fruit noueux et sur son visage entièrement décharné les pommettes pointues saillaient sous sa peau comme du roc.

« Mais attends jusqu'à demain, reprit-elle. D'ici là j'aurai accouché. Je le sens aux mouvements de l'être qui est en moi.

— Demain, soit », répondit Wang Lung.

Il vit alors le visage de sa femme et fut ému d'une pitié plus grande qu'il n'en avait jamais ressenti pour lui-même. Cette pauvre créature en traînait encore une autre !

« Comment vas-tu pouvoir marcher, pauvre créature ? » murmura-t-il. Et il dit à contrecœur à son voisin Ching, qui restait appuyé contre la maison près de la porte :

« S'il te reste de la nourriture, par pitié donne-m'en une poignée pour sauver la vie à la mère de mes fils, et je te pardonnerai le vol que je t'ai vu commettre dans ma maison. »

Ching le regarda tout honteux et répondit avec humilité :

« Je n'ai jamais pensé à toi sans remords depuis cette heure-là. C'est ce chien, ton oncle, qui m'avait enjôlé, en me disant que tu avais de bonnes récoltes en réserve. Devant ce ciel impitoyable je te jure qu'il en reste seulement une petite poignée de haricots rouges enterrés sous la pierre de mon seuil. C'est moi et ma femme qui les y avons mis en prévision de notre dernière heure, afin que nous puissions mourir, nos enfants et nous, avec un peu de nourriture dans l'estomac. Mais je vais t'en donner la moitié. Partez demain pour le midi, si vous le pouvez. Moi et les miens nous restons. Je suis plus âgé que toi et je n'ai pas de fils, il n'importe guère si je vis ou si je meurs. »

Il s'en alla et revint bientôt, apportant nouée dans un mouchoir de coton une double poignée de petits haricots rouges salis de terre. A la vue de cette nourriture les enfants se rapprochèrent, et les yeux du vieillard brillèrent, mais Wang Lung les repoussa et porta la nourriture à sa femme qui s'était recouchée et elle mangea un peu, haricot par haricot, à contre-cœur, mais l'heure de son accouchement était proche et elle savait que si elle ne prenait aucune nourriture, elle mourrait dans les affres de la douleur.

Wang Lung tenait cachés dans sa main les quelques haricots restants. Il les mit dans sa bouche et les mâcha pour en faire une bouillie molle, puis appliquant ses lèvres contre les lèvres de la fillette, il lui poussa cet aliment dans la bouche et à la vue des mignonnes lèvres en mouvement il se sentait nourri lui-même.

Il passa cette nuit-là dans la salle du milieu. Les deux petits étaient dans la chambre du vieux, et dans la troisième chambre O-len accouchait seule. Il resta là comme durant la naissance de son premier-né, à écouter. Même au dernier moment, elle refusait toujours de l'avoir auprès d'elle. Elle voulait accoucher seule accroupie sur le vieux baquet qu'elle gardait à cet effet, et se traînant ensuite par la chambre pour effacer les traces de l'événement comme un animal qui cache la naissance de ses jeunes.

Il guettait le petit cri aigu qu'il connaissait si bien, et il le guettait avec désespoir. Garçon ou fille, peu lui importait à présent... c'était de toute façon une bouche de plus qu'il lui fallait nourrir.

« Ce serait une bénédiction s'il ne respirait pas », murmura-t-il. Et alors, il entendit un faible cri... un cri si faible... trouer un instant le silence. « Mais il n'y a plus aucune miséricorde désormais », acheva-t-il amèrement. Et il continua d'écouter.

Il n'y eut pas de second cri, et sur la maison le silence devint impénétrable. Mais depuis bien des jours le silence régnait partout... le silence de l'inertie et des gens qui attendaient la mort chacun chez soi. C'était ce silence-là qui emplissait la maison. Tout à coup Wang Lung n'y tint plus. Il avait peur. Il se leva et alla à la porte de la chambre où était O-len, et il l'appela par la fente, et le son de sa propre voix lui rendit un peu de courage.

« Tu es bien ? » demanda-t-il à sa femme.

Il écouta. Si par hasard elle était morte pendant qu'il attendait là ! Mais il perçut un léger frôlement. Elle circulait dans la chambre et à la fin elle répondit, d'une voix pareille à un soupir :

« Entrez ! »

Il entra donc. Elle était couchée sur le lit, dont son corps soulevait à peine la couverture. Elle était seule.

« Où est l'enfant ? » demanda-t-il.

Elle fit de la main un geste léger et il vit sur le plancher le corps de l'enfant.

« Mort ! s'écria-t-il.

– Mort », chuchota-t-elle.

Il se pencha pour examiner le cadavre minuscule : une pincée d'os et de peau... une fille. Il fut sur le point de dire : « Mais je l'ai entendue crier... elle vivait » ; et puis il regarda le visage de la femme. Ses yeux étaient clos et sa peau avait une teinte cendreuse, et ses os pointaient sous la peau... un pauvre visage muet qui avait souffert toutes les douleurs, et il ne trouva rien à dire. Après tout, durant ces mois affreux il n'avait eu que son propre corps à traîner. Quelle souffrance la disette avait dû infliger à cette femme que rongeait par-dedans un petit être affamé luttant désespérément pour la vie !

Il se tut, mais il emporta l'enfant mort dans l'autre pièce et le déposa sur le sol de terre battue et se mit en quête d'un vieux bout de natte dont il l'enveloppa. La tête ronde ballottait de-ci de-là et il vit sur le cou les taches noires de deux meurtrissures, mais il termina sa besogne funèbre. Il prit le cadavre roulé dans la natte, et allant aussi loin de la maison qu'il en eut la force, il déposa son fardeau contre le flanc creux d'une vieille tombe. Cette tombe se dressait parmi beaucoup d'autres, vermoulues et dont plus personne ne s'occupait, sur un tertre juste à la limite du champ de l'occident de Wang Lung. A peine eut-il déposé le fardeau qu'une sorte de chien-loup affamé vint rôder presque aussitôt derrière lui. Il ramassa une petite pierre, la lui jeta et atteignit son flanc maigre qui résonna sous le coup, mais l'animal était si affamé qu'il refusa de s'éloigner à plus de quelques pas. A la fin Wang Lung sentit ses jambes se dérober sous lui et se cachant le visage entre ses mains il s'en alla.

« C'est mieux ainsi », se murmura-t-il. Et pour la première fois il connut le complet désespoir.

Le lendemain matin, quand le soleil se leva immuable dans son ciel d'azur métallique, cela lui parut un rêve que d'avoir pu songer à quitter sa maison avec ces petits sans forces, cette femme affaiblie et ce vieillard. Comment pourraient-ils encore traîner leurs corps à plus de deux cents kilomètres, même pour trouver l'abondance au bout ?

Et d'ailleurs était-ce bien vrai qu'il y eût de la nourriture même dans le midi ? Ce ciel d'airain semblait s'étendre à l'infini. Peut-être n'épuiseraient-ils leurs dernières forces que pour trouver d'autres gens mourant de faim, et des étrangers en outre. Il valait beaucoup mieux rester ici afin de mourir dans son lit. Il s'assit accablé sur le seuil de la porte et considéra d'un œil atone les champs desséchés et durcis où il ne restait plus la moindre parcelle de rien qui pût servir de nourriture ou de combustible.

Il n'avait pas d'argent. Depuis longtemps le dernier écu était parti. Mais l'argent même ne pouvait plus servir à grand-chose maintenant, car on ne trouvait pas à acheter de nourriture. Il avait naguère entendu dire qu'il y avait en ville des gens riches qui amassaient des vivres pour eux et pour les revendre aux très riches, mais cette injustice même avait cessé de le mettre en colère. Il ne se sentait pas aujourd'hui capable de marcher jusqu'à la ville, dût-il y être nourri pour rien. Il n'avait même plus faim.

Les furieux rongements d'estomac qu'il avait ressentis au début étaient maintenant passés et il lui arrivait d'extraire un peu de terre en un certain point d'un de ses champs et de la donner à manger aux enfants sans en éprouver lui-même le désir. Cette terre on l'avait mangée pendant quelques jours délayée dans de l'eau... la terre déesse de miséricorde divine, comme on l'appelait, à cause de sa légère qualité nutritive, quoique en fin de compte elle n'entretînt pas la vie ; mais réduite en bouillie, elle soulageait momentanément la faim des enfants et mettait quelque chose dans leurs ventres distendus et vides. Il eut la constance de ne pas toucher aux quelques haricots qu'O-len tenait encore dans ses mains, et il éprouva un vague réconfort à l'entendre les croquer, un par un, à de longs intervalles.

Et puis, comme il était assis là sur le seuil, renonçant à l'espérance et songeant avec un plaisir rêveur à se coucher sur son lit et à s'endormir du sommeil de la mort, il vit venir quelqu'un à travers champs : des hommes qui se dirigeaient vers lui. Il les laissa s'approcher sans se lever et il s'aperçut que c'était son oncle accompagné de trois hommes qu'il ne connaissait pas.

« Voilà bien longtemps que je ne t'ai vu, lui lança l'oncle avec une bonne humeur affectée. (Et s'approchant il reprit du même ton trop haut :) Mais comme tu as bonne mine ! Et ton père, mon frère aîné, il va bien ? »

Wang Lung considéra son oncle. Cet homme était maigre, il est vrai, mais non pas famélique, comme il aurait dû l'être. Wang Lung sentit en son corps ravagé le dernier reste de force vitale se rassembler en une colère furieuse contre cet homme, son oncle.

« Comme vous avez mangé... comme vous avez mangé ! » murmura-t-il entre ses dents.

Il ne s'inquiétait pas de ces étrangers ni des règles de la politesse. Il voyait seulement que son oncle avait encore de la chair sur les os. L'oncle ouvrit de grands yeux et leva les mains au ciel.

« Mangé ! s'écria-t-il. Si tu voyais ma maison ! Un moineau même n'y trouverait pas à picorer une miette. Ma femme... tu te rappelles comme elle était grosse ? Comme elle avait une belle peau grasse et lustrée ? Et maintenant elle est comme un vieil habit accroché à une perche... elle n'a plus que les os qui lui cliquettent dans sa pauvre peau. Et nos enfants, il n'en reste plus que quatre... les trois petits sont morts... morts... et quant à moi... tu me vois ! »

Il prit le bord de sa manche et s'en essuya méthodiquement le coin des deux yeux.

« Vous avez mangé, répéta sombrement Wang Lung.

– Je n'ai fait que penser à toi et à ton père, qui

est mon frère, repartit l'oncle avec vivacité, et je vais t'en donner la preuve. Dès que je l'ai pu, j'ai emprunté à ces bonnes gens de la ville un peu de nourriture moyennant la promesse qu'avec les forces qu'elle me rendrait je les aiderais à acheter de la terre dans notre village. Et alors j'ai pensé avant tout à votre bonne terre, et à toi, le fils de mon frère. Ils sont venus pour acheter ta terre et te donner l'argent... la nourriture... la vie ! »

Ayant dit ces mots, l'oncle fit un pas en arrière et se croisa les bras en ramenant majestueusement les pans de sa robe sale et déchirée.

Wang Lung n'avait pas bronché. Il s'abstint de se lever et de saluer même ses visiteurs. Mais il releva la tête pour les regarder et vit que c'étaient en effet des gens de la ville, vêtus de robes de soie malpropres. Leurs mains étaient soignées et leurs ongles longs. Ils avaient la mine d'hommes qui ont mangé et dont le sang coule rapidement dans les veines. Il les haït soudain d'une haine démesurée. Il avait là trois hommes de la ville qui avaient mangé et bu, debout à côté de lui dont les enfants mouraient de faim et mangeaient la terre même des champs ; ils étaient là, venus pour lui extorquer sa terre en profitant de sa détresse. De ses yeux profondément renfoncés dans son visage osseux et pareil à un crâne de mort, il leur jeta un regard sombre et prononça :

« Je ne veux pas vendre ma terre. »

Son oncle fit un pas en avant. A cet instant le plus jeune des deux fils de Wang Lung s'approcha du seuil en se traînant sur les mains et les genoux. Depuis ces derniers jours où il avait si peu de forces, le marmot reprenait parfois l'habitude de se traîner à quatre pattes comme il le faisait étant tout petit.

« C'est ton gamin, s'écria l'oncle, le dodu petit bonhomme à qui j'ai donné une sapèque l'été dernier ? »

Ils regardèrent tous l'enfant, et soudain Wang Lung, qui n'avait jamais pleuré depuis le début de la famine, se mit à pleurer en silence. Les sanglots lui serraient douloureusement la gorge et les larmes roulaient sur ses joues.

« Quel est votre prix ? » chuchota-t-il enfin.

Tant pis, il avait ces trois enfants à nourrir... les enfants et le vieux. Lui et sa femme étaient libres de se creuser une fosse dans la terre et de s'y coucher pour dormir. Soit, mais il y avait ces petits.

L'un des hommes de la ville prit alors la parole, un homme avec un œil crevé et renfoncé dans sa figure, et il dit d'un ton patelin :

« Mon pauvre homme, à cause du petit garçon qui meurt de faim, nous vous donnerons un meilleur prix qu'on n'en pourrait obtenir nulle part, dans ces temps de famine. Nous vous donnerons... (Il s'arrêta et reprit d'une voix enrouée :)... nous vous donnerons par arpent une ficelle de cent gros sous ! »

Wang Lung eut un rire amer et s'écria :

« Autant dire tout de suite que je vais vous faire cadeau de ma terre. Voyons, je paie vingt fois ce prix-là quand j'achète de la terre !

– Ah ! mais pas quand on l'achète à des gens qui meurent de faim », repartit le second homme de la ville.

C'était un petit gringalet au nez en lame de couteau, mais il parlait d'une grosse voix rude et vulgaire à laquelle on ne s'attendait pas.

Wang Lung les regarda tous les trois. Ils étaient bien sûrs de le tenir, ces individus ! Qu'est-ce qu'on ne donnerait pas pour empêcher ses enfants et son vieux père de mourir de faim ! Il sentit en lui l'abattement de la défaite se métamorphoser en une colère folle telle qu'il n'en avait jamais ressenti jusque-là. Il s'élança d'un bond vers les individus comme un chien qui saute sur l'ennemi.

« Jamais je ne vendrai ma terre ! leur hurla-t-il.

Morceau par morceau je creuserai mes champs et je donnerai à manger leur terreau même aux enfants, et quand ils mourront, je les ensevelirai dans ma terre, et moi, ma femme et mon vieux père, nous mourrons sur la terre qui nous a donné la vie ! »

Il éclata en sanglots et sa colère s'envola loin de lui aussi brusquement que du vent et il continuait à trembler et à sangloter. Avec un léger sourire les hommes restaient là, l'oncle au milieu d'eux, impassible. Ils considéraient les propos de Wang Lung comme de la démence et ils attendaient que sa colère fût passée.

Et alors à l'improviste O-len parut sur le seuil et les interpella, d'un ton plat et banal comme si c'étaient là des événements de tous les jours.

« La terre, dit-elle, nous ne la vendrons certainement pas, ou bien nous n'aurions plus de quoi nous nourrir en revenant du midi. Mais nous vendrons la table, les deux lits avec la literie, les quatre escabeaux, et même le chaudron de la cuisine. Mais les râteaux, les hoyaux, la charrue, nous ne les vendrons pas non plus que la terre. » Il y avait dans sa voix un calme qui dénotait plus d'énergie que toute la colère de Wang Lung. L'oncle de Wang Lung reprit sans assurance :

« Vous allez réellement partir pour le midi ? »

A la fin le borgne dit quelque chose à ses compagnons et ils chuchotèrent entre eux, après quoi le borgne se retourna et dit :

« Ce sont des meubles de pacotille et bons tout au plus à faire du bois à brûler. Deux écus d'argent pour le tout. C'est à prendre ou à laisser. » Et il se détournait avec mépris. Mais O-len répondit tranquillement :

« Ce n'est même pas ce que coûte un lit, mais si vous avez l'argent, donnez-le-moi vite et prenez les objets. »

Le borgne fouilla dans sa ceinture et laissa tomber l'argent dans la main tendue, et les hommes entrèrent dans la maison et à eux trois ils enlevèrent la table et les escabeaux, et le lit de la chambre de Wang Lung avec sa literie, et ils prirent le chaudron qui se trouvait sous la cheminée. Mais quand ils entrèrent dans la pièce du vieux, l'oncle de Wang Lung resta dehors. Il ne tenait pas à ce que son frère aîné le vît, et il ne tenait pas non plus à être là tandis qu'on enlevait le lit du vieillard après l'avoir déposé sur le sol. L'opération terminée, il ne resta plus dans la maison que les deux râteaux, les deux boyaux et la charrue dans un coin de la salle du milieu. O-len dit alors à son mari :

« Partons tout de suite tandis que nous avons les deux écus d'argent, car nous finirions par devoir vendre les solives de la maison et nous ne trouverions plus même un trou où nous réfugier quand nous reviendrons. »

Et Wang Lung répondit tristement :

« Partons. »

Mais il suivit des yeux les silhouettes décroissantes des hommes qui s'éloignaient à travers champs et il murmura à plusieurs reprises :

« Il me reste quand même la terre... il me reste la terre. »

X

Tout se borna donc à tirer solidement la porte sur ses gonds de bois et à assujettir le verrou de fer. Ils avaient sur eux toute leur garde-robe. Dans les mains de chaque enfant O-len mit un bol de riz et une paire de bâtonnets et les deux gamins s'en emparèrent avidement et les tinrent fermes comme une promesse de nourriture à venir. Ils s'en allèrent ainsi à travers champs. Le mélancolique petit cortège avançait si lentement que c'était à croire qu'il n'arriverait jamais au mur de la ville.

La fillette, Wang Lung la porta d'abord dans son sein, mais quand il vit le vieux prêt à tomber, il passa l'enfant à O-len et offrant son dos à son père il le souleva et l'emporta, fléchissant sous la carcasse du vieillard sèche et légère comme un souffle. Ils passèrent en un complet silence devant le petit temple abritant les deux petits dieux sereins, qui ne s'occupaient jamais de ce qui se passait. Wang Lung suait de faiblesse en dépit du froid et du vent aigre. Ce vent ne cessait pas de leur souffler au visage, si bien que les deux garçons se plaignirent d'être glacés. Mais Wang Lung les encouragea en disant :

« Vous êtes deux grands gaillards et vous partez en voyage pour le midi. Là-bas il fait chaud et on mange tous les jours, du riz blanc chaque jour pour nous tous et vous pourrez manger tant et plus. »

A la longue, en se reposant tous les quelques pas, ils atteignirent la porte des remparts, et au lieu de savourer sa fraîcheur comme jadis, Wang Lung cette fois se raidissait contre la bouffée de vent d'hiver qui soufflait avec rage dans son tunnel comme un torrent d'eau glacée se rue entre des falaises. Sous leurs pieds la boue épaisse se hérissait d'aiguilles de glace, les petits garçons n'avançaient plus et O-len qui portait la fillette succombait sous le poids de son propre corps. En titubant Wang Lung franchit le passage avec le vieillard. Après l'avoir déposé à terre, il revint sur ses pas et, soulevant chaque enfant à tour de rôle, il les transporta de l'autre côté du mur. Quand il eut enfin terminé, la sueur ruisselait de lui à flots, emportant avec elle toute son énergie, si bien qu'il dut rester un bon moment appuyé contre la muraille humide, tout haletant et les yeux fermés, tandis qu'autour de lui sa famille attendait en grelottant.

Ils arrivèrent devant la porte de la grande maison, mais elle était hermétiquement close, les battants de fer se dressaient de toute leur hauteur et les lions de pierre grise flagellés par le vent montaient la garde de chaque côté. Sur les marches du perron gisaient recroquevillées quelques formes en haillons d'hommes et de femmes, qui considéraient, affamés, la grande porte close et barricadée. Quand Wang Lung passa avec son misérable petit cortège, l'un d'eux cria d'une voix fêlée :

« Les cœurs de ces riches sont durs comme les cœurs des dieux. Ils ont encore du riz à manger et avec le riz qu'ils ne mangent pas ils font encore du vin, tandis que nous mourons de faim. »

Et un autre gémit :

« Oh ! si ma main retrouvait un instant de la vigueur, je mettrais le feu aux portes et aux appartements intérieurs, dussé-je brûler moi-même dans l'incendie. Mille malédictions sur les parents qui ont engendré les enfants de Hwang ! »

Mais Wang Lung ne répondit rien à ces propos et en silence ils continuèrent à marcher vers le midi.

Quand ils eurent traversé la ville et furent ressortis du côté du midi, ce qui leur prit tant de temps que le soir était venu et qu'il faisait presque nuit, ils trouvèrent une multitude de gens qui s'en allaient vers le midi. Wang Lung s'apprêtait à chercher quelque coin où ils pourraient dormir tant bien que mal tous en un tas, quand il se vit tout à coup lui et les siens englobés dans une foule, et il demanda à un homme qui se pressait contre lui :

« Où va donc toute cette foule ? »

Et l'homme répondit :

« Nous sommes des gens affamés et nous allons tâcher d'attraper le char à feu qui nous emmènera dans le midi. Il part de la maison là-bas et il y a des chars pour les gens comme nous en payant moins d'un petit écu d'argent. » Les chars à feu ! On savait ce que c'était. Autrefois dans la boutique à thé, Wang Lung avait entendu des gens parler de ces voitures, enchaînées l'une à l'autre et tirées non par des hommes ni par des bêtes mais par une machine crachant le feu et l'eau comme un dragon. Il s'était maintes fois promis d'aller voir cela un jour de loisir, mais avec tous les travaux des champs il n'en avait jamais trouvé le temps, car il habitait au nord de la ville. Puis il faut toujours se méfier de ce qu'on ne connaît pas et de ce qu'on ne comprend pas. Il n'est pas bon pour un homme d'en savoir plus qu'il n'en faut pour sa vie quotidienne.

Néanmoins, il se tourna vers la femme d'un air interrogateur et dit :

« Est-ce que nous irons aussi sur ce char à feu ? »

Ils entraînèrent le vieux et les enfants un peu à l'écart de la foule, et s'entre-regardèrent inquiets et effrayés. A cet instant de répit le vieux s'effondra sur le sol et les petits garçons se couchèrent dans la poussière, insoucieux des pieds qui foulaient le sol tout autour d'eux. O-len portait toujours la petite fille, mais la tête de l'enfant pendait sur son bras et ses yeux clos lui donnaient si bien l'air d'être morte que Wang Lung, oubliant tout le reste, s'écria :

« Est-ce que la petite esclave est déjà morte ? »

O-len secoua négativement la tête.

« Pas encore. Elle continue à respirer. Mais elle va mourir cette nuit et nous tous à moins que... »

Et comme si elle eût été incapable de dire un mot de plus, elle tourna vers lui son visage massif, hâve et décharné. Wang Lung ne répliqua rien, mais à part lui il songea qu'un second jour de marche comme celui-ci et ils seraient peut-être tous morts avant le soir. D'un ton qu'il s'efforçait de rendre allègre, il lança :

« Debout, mes fils. Et aidez le grand-père à se

relever. Nous allons prendre le char à feu et il nous emmènera dans le midi sans nous fatiguer. »

Mais il n'était pas certain qu'ils auraient fait un mouvement si, avec un fracas de tonnerre et un hurlement pareil à la voix d'un dragon, deux grands yeux flamboyants n'eussent surgi des ténèbres, si bien que chacun se mit à crier et à courir. Et s'efforçant d'avancer dans la confusion, ils furent ballottés de-ci de-là, mais sans cesser de se cramponner désespérément les uns aux autres jusqu'au moment où une poussée les entraîna dans le noir, par une petite porte ouverte et sans savoir comment ils se trouvèrent dans une chambre pareille à une caisse qu'emplissaient les glapissements et les cris de voix nombreuses, et alors avec un grondement continu la chose mystérieuse dans laquelle ils étaient montés se mit en route et fonça dans la nuit, les emportant dans ses entrailles.

XI

Avec les deux écus d'argent Wang Lung paya pour deux cents kilomètres de route et l'employé qui reçut son argent lui rendit une poignée de sapèques de cuivre, et au premier arrêt quand un marchand avança dans le wagon par une fenêtre son plateau de marchandises, Wang Lung employa quelques-unes de ces sapèques à acheter quatre petits pains et un bol de riz au lait pour la fillette. C'était plus qu'ils n'avaient eu à manger d'un seul coup depuis nombre de jours, et bien qu'ils fussent affamés, quand ils sentirent la nourriture dans leurs bouches, l'appétit les quitta et il fallut user de la persuasion pour la faire avaler aux gamins. Mais le vieillard suçotait avec persévérance le pain entre ses gencives édentées.

« On doit manger, gloussa-t-il très familier avec tous les gens encaqués autour de lui tandis que le char à feu roulait en grondant et cahotant. Cela m'est égal que mon sot ventre soit devenu fainéant après être resté si longtemps sans presque rien faire. Il faut qu'il s'alimente. Je ne vais pas me laisser mourir parce qu'il n'a pas envie de travailler. »

Et les gens riaient des facéties de ce petit vieillard souriant et ratatiné dont la barbiche blanche et peu fournie s'ébouriffait sur tout son menton.

Mais Wang Lung ne dépensa pas en nourriture toutes ses sapèques de cuivre. Il en garda le plus possible pour acheter des nattes afin de construire un abri pour lui et les siens quand ils seraient arrivés dans le midi. Il y avait dans le char à feu des hommes et des femmes qui avaient déjà été dans le midi en d'autres temps, et plusieurs qui allaient chaque année dans les riches cités du midi travailler et mendier et gagner ainsi de quoi vivre. Quand il se fut habitué à la nouveauté de ce véhicule et au vertigineux spectacle du paysage se déroulant aux fenêtres, Wang Lung écouta ce que disaient les gens. Ils parlaient avec l'assurance du savoir qui s'adresse à des ignorants.

« D'abord, vous devez acheter six nattes, dit l'un d'eux, un homme aux grosses lèvres pendantes comme une bouche de chameau. Cela coûte deux sous la natte si vous êtes malin et si vous ne vous conduisez pas comme un balourd paysan, auquel cas on vous comptera six sous, ce qui est plus qu'il ne faut, comme je le sais très bien. Je ne me laisse pas moquer de moi par les gens des villes du midi, même s'ils sont riches. »

Il hocha la tête et quêta autour de lui des approbations. Wang Lung l'écoutait avec avidité.

« Et alors ? » interrogea-t-il.

Il était assis à croupetons sur le fond du char, qui n'était, somme toute, qu'une chambre nue faite en bois, sans rien pour s'asseoir et où le vent et la poussière entraient à flots par les fentes du plancher.

« Alors, reprit l'homme avec plus d'autorité encore, en élevant la voix pour dominer le tintamarre des roues de fer qui grondaient au-dessous de lui, alors vous assemblez ces nattes pour en faire une cabane et puis vous allez mendier en commençant par vous barbouiller de terre et d'ordure pour vous rendre aussi pitoyable que possible. »

Or, Wang Lung n'avait jamais de sa vie demandé l'aumône à personne et il n'aimait pas cette perspective de la demander à des étrangers du midi.

« On est forcé de mendier ? répéta-t-il.

– Eh oui, dit l'homme à la grosse lèvre, mais pas avant d'avoir mangé. Ces gens du midi ont tellement de riz que chaque matin vous êtes libres d'aller à une cuisine publique et pour deux sous on vous donne une portion de riz, de quoi vous en fourrer à gogo. Ensuite vous pouvez mendier à votre aise et acheter du caillé de fèves et du chou et de l'ail. »

Wang Lung se retira un peu à l'écart et se tournant vers la paroi il mit à la dérobée la main dans sa ceinture et compta les sapèques qu'il lui restait. Il y en avait assez pour acheter six nattes et pour se payer chacun deux sous de riz et après cela il aurait encore six sous de reste. Il constata avec plaisir qu'ils pourraient ainsi commencer une vie nouvelle. Mais la perspective de tendre un bol et de demander l'aumône à tous les passants ne lui en répugnait pas moins. C'était très bien pour le vieux et pour les enfants et même pour la femme, mais lui il avait ses deux bras.

« N'y a-t-il pas du travail qui permette de s'occuper les bras ? demanda-t-il tout à coup à l'homme, en se retournant.

– Ouais, il y a du travail, répondit l'homme en crachant avec mépris sur le plancher. Si vous y tenez, vous pouvez traîner un pousse-pousse jaune : vous suerez sang et eau de chaleur quand vous courrez et votre sueur se changera sur votre corps en un paletot de glace quand vous resterez à attendre qu'on vous hèle. Moi je préfère mendier ! »

Et il lança un solide juron, si bien que Wang Lung s'abstint de lui en demander davantage.

Mais c'était déjà une bonne chose que de savoir ce que l'homme venait de dire, car lorsque le char à feu les eut emportés jusqu'à leur destination et qu'ils débarquèrent à terre, Wang Lung avait son plan. Il déposa le vieillard et les enfants contre un long mur gris de maison, qui se trouvait là, chargea la femme de les surveiller, et s'en alla acheter des nattes, en demandant à l'un et à l'autre où étaient les rues du marché. Au début il comprenait à peine ce qu'on lui disait, tant l'accent de ces méridionaux était sec et saccadé. A plusieurs reprises quand ils ne comprenaient pas ses questions, ils s'impatientèrent, et il apprit à ne plus s'adresser au premier venu, mais à choisir les personnes à l'air plus aimable, car ces méridionaux étaient d'humeur vive et se fâchaient facilement.

Il trouva enfin le marchand de nattes sur la lisière de la ville, et déposant ses sous sur le comptoir comme quelqu'un qui sait le prix des marchandises, il emporta son rouleau de nattes. Quand il revint à l'endroit où il avait laissé les autres, ils étaient là à l'attendre, mais à sa vue les garçons poussèrent des cris de soulagement, et il comprit qu'ils avaient eu grand-peur en ces lieux inconnus. Seul le vieillard regardait tout avec plaisir et étonnement et il murmura à Wang Lung :

« Tu vois comme ils sont tous gras, ces méridionaux, et comme ils ont le teint pâle et la peau lustrée. Ils mangent du porc tous les jours, sans aucun doute. »

Mais aucun passant ne regardait Wang Lung et sa famille. Sur la grand-route pavée de galets, des hommes allaient à la ville et en venaient, affairés et attentifs et sans jamais détourner les yeux vers les mendiants, et à toute minute arrivait en trottinant une caravane de mulets, dont les petits sabots tapaient sec sur les cailloux, et ils étaient chargés de corbeilles de briques pour la construction des maisons et de grands sacs de grain qui se balançaient en travers de leurs épaules. En queue de chaque caravane venait le conducteur, monté sur la dernière bête, et il tenait un grand fouet, qu'il faisait claquer avec un fracas terrifiant par-dessus les bêtes, en les interpellant à grands cris. Et en passant devant Wang Lung chaque conducteur lui jetait un regard méprisant et hautain, et un prince même n'aurait pas eu l'air plus hautain que ces conducteurs en grossières blouses de travail quand ils passaient devant le petit groupe de personnes, arrêtées bouche bée au bord de la route. Voyant à leur mine que Wang Lung et les siens étaient étrangers, chaque conducteur prenait un malin plaisir à faire claquer son fouet juste arrivé devant eux, et la détonation les faisait sauter en l'air et en les voyant sauter les conducteurs s'esclaffaient. Quand cela se fut renouvelé deux ou trois fois, Wang Lung se fâcha et se détournant il se mit en quête d'un endroit où il pourrait installer sa cabane.

Il y avait déjà d'autres cabanes accolées au mur derrière eux, mais ce qu'il y avait à l'intérieur de ce mur personne ne le savait et il n'y avait pas moyen de le savoir. C'était un mur gris et très haut qui s'étendait au loin, et les petits abris de nattes s'accolaient à sa base comme des mouches sur le dos d'un chien. Wang Lung prit modèle sur les cabanes et il s'efforça de donner la forme convenable à ses nattes, mais celles-ci, d'une fabrication grossière, étaient en lamelles de roseaux, et manquaient de souplesse. Il désespérait, quand soudain O-len lui dit :

« Je sais faire cela. C'est un souvenir de mon enfance. » Elle déposa la fillette sur le sol, ajusta les nattes dans le sens voulu et en confectionna un toit en coupole descendant jusqu'à terre et assez haut pour permettre à un homme de s'asseoir dessous sans se cogner la tête, et sur les bords des nattes qui traînaient à terre elle disposa des briques qui gisaient aux environs et elle envoya les garçons en ramasser d'autres. La construction terminée, ils entrèrent dans la cabane et à l'aide d'une natte qu'elle avait réussi à ne pas employer ils se firent un plancher sur lequel ils s'assirent. Ils étaient à l'abri.

En se voyant ainsi installés, il leur semblait presque incroyable d'avoir quitté la veille leur maison et leur terre et d'en être maintenant à deux cents kilomètres. Pour parcourir cette distance à pied il leur eût fallu des semaines et plusieurs d'entre eux seraient sans doute morts à la peine, avant d'en venir à bout.

Puis ils éprouvèrent un sentiment général d'abondance dans ce pays de cocagne où personne ne semblait même connaître la faim, et quand Wang Lung dit : « Allons voir où sont les cuisines publiques », ils se levèrent presque avec entrain et ressortirent, et cette fois tout en marchant les petits garçons tambourinaient avec leurs bâtonnets sur leurs écuelles, car ils se réjouissaient d'avoir bientôt quelque chose à mettre dedans. Et on ne tarda pas à découvrir pourquoi les cabanes étaient construites au pied du long mur, car un peu au-delà de son extrémité septentrionale s'ouvrait une rue et dans cette rue s'avançaient une foule de gens porteurs de bois, de seaux et de bidons de fer-blanc, tous vides, et ces gens allaient aux cuisines pour les pauvres, qui étaient au bout de la rue et pas bien loin. Ainsi donc Wang Lung et sa famille se mêlèrent aux autres et ils arrivèrent enfin avec eux à deux grands hangars construits en nattes, où la foule s'engouffrait par l'extrémité ouverte.

Dans le fond de chaque hangar il y avait des fourneaux de terre, mais plus grands que Wang Lung n'en avait jamais vu, et dessus chauffaient des marmites de fer aussi grosses que de petits viviers, et quand les grands couvercles de bois se soulevèrent on vit bouillir à gros bouillons le bon riz blanc, d'où s'élevaient des nuages de vapeur odorante. Quand ils flairèrent le parfum de ce riz, plus suave à leur odorat que tout au monde, tous ces affamés se ruèrent en avant d'un seul bloc. Des gens s'interpellaient, des mères glapissaient, de colère et de crainte qu'on ne marchât sur leurs enfants, des nourrissons pleuraient, et les cuisiniers qui ouvraient les marmites vociféraient :

« Hé là-bas ! du calme ! Il y en aura pour tout le monde ! Un à la fois et chacun à son tour ! »

Mais rien ne pouvait arrêter la masse d'affamés, hommes et femmes, et ils se débattaient comme des bêtes féroces dans leur empressement à se faire servir les premiers. Coincé dans la foule, tout ce que Wang Lung pouvait faire, c'était de ne pas lâcher son père et ses deux fils et, quand la poussée l'emporta jusqu'à la grande marmite, il tendit son bol et jeta ses deux sous quand on l'eut rempli, et il eut toutes les peines à se maintenir en place et à ne pas se laisser emporter plus loin avant que ce ne fût fait.

Puis quand ils se retrouvèrent dans la rue et s'arrêtèrent pour manger leur riz, il mangea et il en eut assez avant d'avoir complètement vidé son bol, et il dit :

« Je vais emporter ce petit reste chez nous pour le manger ce soir. »

Mais il y avait là auprès un homme en uniforme bleu et rouge qui était une sorte d'agent de police de l'établissement et qui dit sèchement :

« Non, vous n'avez pas le droit de rien emporter d'autre que ce que vous avez dans le ventre. »

Et Wang Lung s'étonna et dit :

« Mais, si j'ai payé mes deux sous, qu'est-ce que cela peut vous faire que j'emporte mon riz en dedans de moi ou en dehors ? »

L'homme répondit :

« Nous avons dû prendre cette mesure, car il y a des gens dont le cœur est si dur qu'ils viendraient acheter ce riz qui est donné aux pauvres... car pour deux sous on n'a cette portion-là nulle part... et ils emporteraient le riz chez eux pour nourrir leurs cochons à l'engrais. Et le riz est pour les hommes et non pour les cochons. »

Wang Lung l'écoutait avec stupeur. Il s'écria :

« Il y a donc des hommes aussi durs que cela ! (Et il ajouta :) Mais pourquoi fait-on un cadeau pareil aux pauvres, et qui est-ce qui le fait ? »

L'homme répondit :

« Ce sont les riches et la noblesse de la ville. Les uns croient faire une bonne action qui leur vaudra des mérites au Ciel, et d'autres le font par droiture afin que l'on dise du bien d'eux.

— Quelle que soit la raison, c'est quand même une bonne action, reprit Wang Lung, et il y en a certainement qui le font par bonté de cœur. (Et voyant que l'homme ne lui répondait plus, il ajouta à son corps défendant :) Il y en a bien au moins quelques-uns qui sont dans ce cas-là ? »

Mais, fatigué de parler avec lui, l'homme lui tourna le dos et se mit à chantonner un refrain en vogue. Les enfants entraînèrent alors Wang Lung et Wang Lung reconduisit tous les siens à la cabane qu'ils avaient faite, et là ils s'étendirent à terre pour dormir jusqu'au lendemain matin, car c'était la première fois depuis l'été qu'ils avaient mangé leur soûl, et ils se laissèrent aller au sommeil avec béatitude.

Le lendemain ils dépensèrent la dernière sapèque à acheter le riz du matin et il devint nécessaire de se procurer de l'argent. Ne sachant trop ce qu'il convenait de faire, Wang Lung regarda O-len. Mais ce n'était plus le regard de désespoir qu'il lui avait adressé en présence de leurs champs stériles et vides. Ici avec ces gens bien nourris qui parcouraient les rues, avec les marchés fournis de viande et de légumes, avec le marché au poisson où le poisson nageait dans les viviers, il n'était assurément pas possible qu'un homme et des enfants pussent mourir de faim. Ce n'était pas comme dans leur pays, où l'argent même ne permettait pas d'acheter des vivres, puisqu'ils faisaient défaut. Et O-len lui répondit tranquillement comme si cette nouvelle existence lui était familière depuis toujours :

« Moi et les enfants nous pouvons mendier et le vieux aussi. Ses cheveux gris toucheront peut-être ceux qui ne me donneraient pas. »

Et elle rappela auprès d'elle les deux gamins, car, étourdis comme on l'est à cet âge, ils ne se souvenaient plus de rien sauf qu'ils avaient de nouveau à manger et qu'ils étaient dans un endroit inconnu, et ils étaient allés dans la rue où ils regardaient tout ce qui se passait et elle leur dit :

« Vous allez tous les deux prendre vos bols et les tendre comme ceci et vous geindrez comme cela... »

Et prenant en main son bol vide, elle le tendit et psalmodia d'un ton lamentable :

« Pitié, mon bon monsieur... pitié, ma bonne dame ! Ayez bon cœur... faites une bonne action qui vous sera comptée au Ciel ! Le petit sou... la sapèque de cuivre que vous me jetterez... empêchera un enfant de mourir de faim. »

Les petits garçons ouvrirent de grands yeux en l'écoutant et Wang Lung aussi. Où avait-elle appris à geindre de la sorte ? Comme il connaissait peu le passé de cette femme ! Elle répondit à son regard en disant :

« C'est ainsi que je demandais l'aumône quand j'étais petite et c'est ainsi que je me procurais à manger. C'est en une année pareille à celle-ci que j'ai été vendue comme esclave. »

Alors le vieillard, qui dormait, se réveilla, et on lui donna une écuelle, et tous quatre s'en allèrent mendier sur la route. La femme se mit à geindre sa mélopée en secouant son écuelle devant chaque passant. Elle avait pris sur son sein nu la fillette endormie, dont la tête ballottait de-ci de-là au rythme de sa marche, tandis qu'elle courait de l'un à l'autre, son écuelle tendue. Tout en mendiant elle désignait la petite, et geignait bien haut :

« Si vous ne me donnez pas, mon bon monsieur, ma bonne dame... cet enfant va mourir... nous mourons de faim... nous mourons de faim. »

Et de fait, avec sa tête qui ballottait de-ci de-là, la petite paraissait morte, et il y avait des gens, peu nombreux, qui jetaient à regret une sapèque à la mère.

Mais les garçons ne tardèrent pas à considérer la mendicité comme un jeu et l'aîné ricanait sournoisement en demandant l'aumône. Leur mère s'en aperçut et les entraînant dans la cabane elle leur administra sur les joues une paire de calottes et les réprimanda avec colère.

« Ah ! c'est comme ça ? Vous parlez de mourir de faim et vous riez en même temps ! Eh bien, mourez de faim, alors, petits idiots ! »

Et elle les calotta derechef à plusieurs reprises tant et si bien qu'elle en avait mal aux mains et que les petits sanglotaient, tout en larmes. Elle les renvoya dehors en disant :

« Maintenant vous êtes en état de mendier ! Et je recommencerai si vous riez encore ! »

Quant à Wang Lung, il s'en alla dans les rues et s'informant de côté et d'autre finit par découvrir un garage où il y avait des pousse-pousse à louer, et il entra et en loua un pour la journée au prix d'un demi-dollar d'argent à payer le soir, et puis il regagna la rue en traînant le véhicule à sa suite.

Il lui semblait que tout le monde dût le prendre pour un imbécile, à le voir traîner derrière lui cette carriole de bois qui cahotait sur ses deux roues. Il était aussi empêtré dans ses brancards qu'un buffle attelé à la charrue pour la première fois, et il avait peine à marcher ; pourtant il lui faudrait bien courir s'il voulait gagner sa vie, car ici et là et partout dans les rues de cette ville les hommes couraient en traînant d'autres hommes dans ces véhicules. Il gagna une petite rue écartée où au lieu de boutiques on ne voyait que des portes closes de maisons particulières, et il fit la navette pendant un moment pour s'accoutumer à tirer. Il venait juste de se dire avec découragement qu'il ferait mieux de mendier, lorsqu'une porte s'ouvrit, et un vieillard à lunettes et vêtu comme un lettré sortit et le héla.

Wang Lung commença d'abord par lui dire qu'il était trop novice dans le métier pour courir, mais le vieillard, qui était sourd, n'entendit rien de ce que racontait Wang Lung, et lui fit tranquillement signe d'abaisser les brancards pour lui permettre de monter en voiture. Ne sachant comment se dérober, et déconcerté par la surdité du vieillard et par sa mine de lettré cossu, Wang Lung obéit. Raide sur son siège le vieillard ordonnait :

« Mène-moi au temple de Confucius. »

Et il resta là, raide et calme, et son calme était si

imposant qu'il ne permettait pas de question, de sorte que Wang Lung se mit en route comme il l'avait vu faire aux autres, bien qu'il n'eût pas la moindre idée de l'endroit où pouvait se trouver le temple de Confucius.

Mais chemin faisant il s'informa, et comme il lui fallait passer par des rues encombrées, pleines de marchands qui allaient et venaient avec leurs corbeilles, de femmes qui se rendaient au marché, de voitures traînées par des chevaux et de quantité d'autres véhicules pareils à celui qu'il tirait, tout cela faisait une telle bousculade qu'il n'y avait pas possibilité de courir. Il marcha donc aussi rapidement qu'il en fut capable, sans cesse importuné par l'insolite ballottement de la charge qu'il remorquait. Il était habitué à porter des charges sur son dos, mais pas à en traîner, et les murs du temple n'étaient pas encore en vue qu'il avait les bras rompus et les mains écorchées, car les brancards pesaient sur des points où le hoyau ne touchait pas.

Arrivé aux portes du temple, Wang Lung abaissa le pousse et le vieux lettré descendit, puis fouillant dans les profondeurs de son sein il en tira une pièce d'argent qu'il tendit à Wang Lung en disant :

« Voici, je ne paie jamais davantage et il est inutile de réclamer. »

Sur quoi il tourna les talons et disparut dans le temple.

Wang Lung n'avait pas eu l'idée de protester, car il n'avait encore jamais vu cette pièce, et il ne savait pas combien de sous elle représentait. Il avisa non loin une boutique de marchand de riz où on fait le change, et le changeur lui donna pour la pièce vingt-six gros sous, et Wang Lung s'émerveilla de la facilité avec laquelle on gagne l'argent dans le midi. Mais un autre tireur de pousse qui était aux environs se pencha tandis qu'il comptait, et dit à Wang Lung :

« Vingt-six seulement ! Sur quelle distance as-tu traîné ce vieux birbe ? »

Et quand Wang Lung le lui eut dit, notre homme se récria :

« Eh bien vrai, c'est un vieux pingre ! Il t'a donné la moitié seulement du juste prix. Pour combien avais-tu discuté avant de te mettre en route ?

– Je n'ai pas discuté du tout, répondit Wang Lung. Il m'a dit « Va ! » et j'ai marché. » L'autre tireur de pousse jeta à Wang Lung un regard de pitié et lança aux assistants :

« Dites donc, en voilà un lourdaud de campagne, avec sa queue de cheveux et le reste ! Quelqu'un lui dit d'aller et il va, et il ne demande même pas, ce crétin de fils de crétins : « Combien me donnerez-vous si je marche ? » Sache donc, idiot, qu'on ne peut charger sans discussion que les seuls étrangers blancs. Ils ont des caractères comme du salpêtre, mais quand ils ont dit « Va ! » tu peux marcher de confiance, car ils sont si bêtes qu'ils ne savent le vrai prix de rien et laissent l'argent couler de leurs poches comme de l'eau. »

Et tout le monde riait en l'écoutant.

Wang Lung se tut. Il se sentait à vrai dire très humble et ignorant dans cette foule de citadins, et il emmena son véhicule sans répondre un mot.

« Quand même, cela me servira à nourrir mes enfants demain », se disait-il obstinément. Mais il se rappela qu'il aurait la location du pousse à payer le soir et qu'il n'avait même pas la moitié de l'argent nécessaire.

Dans le courant de la matinée, il chargea un second voyageur, avec lequel il discuta et convint d'un prix, et dans l'après-midi deux autres s'adressèrent encore à lui. Mais le soir venu quand il compta son argent dans sa main, il n'avait que deux sous en sus de la location du pousse, et il regagnait sa cabane tout découragé, en se disant que, pour un travail plus grand que celui d'une journée de moissonneur, il n'avait gagné qu'un gros sou de cuivre. Alors le souvenir de sa terre lui revint tout à coup. Il ne s'en était pas ressouvenu durant cette journée insolite, mais à présent l'idée qu'elle était toujours là-bas, au loin il est vrai, mais qu'elle les attendait lui et les siens, lui rendit la paix et ce fut ainsi qu'il arriva à la cabane.

Il constata en rentrant que la journée de mendicité avait rapporté à O-len quarante sapèques, ce qui fait moins de dix sous ; quant aux garçons, l'aîné avait huit sapèques et le plus jeune treize, et le tout réuni on avait de quoi payer le riz du matin. Toutefois quand on mit à la masse les sous du plus jeune, il hurla de telle sorte qu'il fallut lui rendre son bien, et cette nuit-là il dormit avec dans sa main l'argent qu'il avait mendié, et il ne consentit à le lâcher que quand il dut le donner lui-même pour payer sa portion de riz.

Mais le vieux n'avait rien reçu du tout. Il était resté fort docilement assis au bord de la route tout le long du jour, mais il s'abstenait de mendier. Il s'assoupissait et en se réveillant considérait avec surprise le mouvement de la circulation, et quand il en avait assez, il faisait de nouveau un petit somme. Et vu qu'il était de la vieille génération, on ne pouvait pas lui faire de reproches. Quand il s'aperçut qu'il avait les mains vides, il se contenta de dire :

« J'ai labouré la terre, et j'ai semé le grain, et j'ai fait la moisson, et j'ai rempli ainsi mon bol de riz. Et j'ai outre cela engendré un fils et des fils de mon fils. »

Et avec une confiance ingénue d'enfant, il croirait que désormais on devait le nourrir, vu qu'il avait un fils et des petits-fils.

XII

Or, lorsque la faim de Wang Lung eut perdu de sa violence première, quand il vit que ses enfants avaient chaque jour quelque chose à manger, quand il se rendit compte qu'il pouvait chaque matin se procurer du riz et que son labour quotidien et la mendicité d'O-len suffisaient à le payer, l'étrangeté de sa nouvelle existence disparut et il commença à comprendre ce qu'était cette ville dont il habitait les confins. A courir par les rues chaque jour et tout le long du jour il apprit à connaître la ville à sa manière, et il vit quelques-uns des secrets qu'elle lui réservait. Il apprit que dans la matinée les personnes qu'il traînait dans sa voiture, si c'étaient des femmes, elles allaient au marché, et si c'étaient des hommes, ils allaient aux écoles et aux maisons de commerce. Mais en dehors du fait qu'elles s'appelaient de noms comme « La Grande Ecole du Savoir Occidental », ou « La Grande Ecole de Chine », il n'avait aucun moyen d'apprendre ce qu'étaient ces écoles, car il n'en franchissait jamais les portes, et s'il était entré il comprenait bien que quelqu'un serait venu s'enquérir de ce qu'il faisait là et l'aurait prié de déguerpir. Et il ne savait pas non plus ce qu'étaient les maisons de commerce où il conduisait des gens, car du moment qu'il était payé il n'en demandait pas davantage.

Et le soir il savait qu'il conduisait des hommes à de grandes maisons de thé et à des lieux de plaisir, le plaisir qui se laisse voir et qui répand jusque sur la rue des sonorités de musique et de ces jeux où l'on joue avec des morceaux d'ivoire et de bambou sur une table de bois, et le plaisir qui se cache et s'abrite derrière des murs silencieux. Mais Wang Lung ne connaissait par lui-même aucun de ces plaisirs, puisque ses pieds ne franchissaient jamais d'autre seuil que celui de sa cabane; et ses trajets aboutissaient toujours à des portes. Il vivait dans la riche cité comme dans la maison d'un homme riche un rat qui se nourrit de bribes gaspillées et se cache çà et là et ne fait jamais partie de la vie réelle de la maison.

Il en était de même pour Wang Lung, sa femme et ses enfants. Encore qu'on soit moins loin à deux cents kilomètres qu'à deux mille et qu'on soit toujours plus près par terre que par eau, ils se sentaient étrangers dans cette ville du midi. Il est vrai que les gens qu'on voyait dans les rues avaient des cheveux et des yeux noirs comme Wang Lung et toute sa famille, et comme tous les gens du pays où Wang Lung était né, et il est vrai que si l'on écoutait bien le langage de ces méridionaux, on pouvait les comprendre, mais non sans difficulté.

Mais la province d'An-Hoeï n'est pas celle du Kiang-Sou. Dans l'An-Hoeï, où Wang Lung était né, la prononciation est lente et gutturale. Mais dans la ville du Kiang-Sou où ils vivaient présentement les gens parlaient en décochant les syllabes avec les lèvres et le bout de la langue. Et alors que les champs de Wang Lung étalaient deux fois par an à loisir et sans hâte leurs moissons de froment et de riz avec un peu de maïs, de haricots et d'ail, ici dans les cultures environnant la ville les maraîchers étaient sans cesse à répandre sur leur terre l'engrais puant des gadoues humaines pour la forcer à donner une récolte hâtive de tel ou tel légume et cela en surplus de leur riz.

Dans le pays de Wang Lung il suffisait à un homme d'avoir une bonne galette de froment roulée autour d'une tige d'ail pour lui faire un bon repas et il ne lui en fallait pas davantage. Mais ici les gens se régalaient de boulettes de porc, de pousses de bambou, de châtaignes bouillies avec des abattis d'oie et de poulet, et toute une variété de légumes, et quand un homme respectable en passant devant vous flairait l'odeur de l'ail que vous aviez mangé la veille, il levait le nez avec mépris et s'écriait : « Comme il pue, ce septentrional à queue de cheveux ! » Dans les boutiques, en sentant l'odeur de l'ail, les marchands drapiers eux-mêmes surfaisaient le prix de la cotonnade bleue comme ils l'auraient surfait pour un étranger.

Mais aussi le petit village de paillotes accolé au mur n'était jamais devenu partie intégrante de la ville ni de la campagne qui s'étendait au-delà. Un jour Wang Lung écoutait un jeune homme haranguer la foule au coin du temple de Confucius, où quiconque en a le courage a le droit de prendre la parole en public, et quand le jeune homme affirma que la Chine devait faire la révolution et se soulever contre les étrangers détestés, Wang Lung prit peur et s'éclipsa, persuadé qu'il était l'un de ces étrangers contre qui le jeune homme s'exprimait avec tant de véhémence. Un autre jour il entendit à un coin de rue parler un autre jeune homme (car la ville était pleine de jeunes hommes qui péroraient) et lorsque celui-ci affirma qu'à notre époque les Chinois devaient s'unir et s'instruire, il ne vint pas à l'idée de Wang Lung que c'était de lui qu'on parlait.

Ce fut seulement un jour où il était dans la rue des marchands de soieries à attendre le client, qu'il comprit mieux et se rendit compte qu'il y avait des gens plus étrangers que lui dans cette ville. Il lui arriva ce jour-là de passer devant la porte d'une boutique d'où sortaient parfois des dames qui venaient d'y faire des achats de soieries et cela lui valait parfois aussi une cliente qui se montrait plus généreuse que la plupart. Ce jour-là quelqu'un sortit précipitamment devant lui, une personne telle qu'il n'en avait encore jamais vu. Rien ne lui indiquait si elle était mâle ou femelle, mais elle était de haute taille et engoncée dans une étroite robe d'une étoffe raide et dure, et elle avait une peau de bête autour du cou. Quand il passa, la personne, mâle ou femelle il ne savait, lui fit signe d'abaisser les brancards. Il obéit, et quand il se fut redressé, tout éberlué de l'aventure, la personne lui ordonna, en un bizarre baragouin, d'aller rue des Ponts. Sans presque savoir ce qu'il faisait, il prit sa course à toutes jambes, et en apercevant un autre tireur de pousse qu'il connaissait un peu, il le héla :

« Regarde le client que je traîne... Qu'est-ce que c'est que ça ? »

Et l'homme lui cria :

« Une personne étrangère... une femme d'Amérique... Tu as de la veine, elle paiera bien. »

Mais Wang Lung, par peur de l'étrange créature qu'il remorquait, courait de toutes ses forces et quand il arriva à la rue des Ponts, il était tout essoufflé et ruisselait de sueur.

Cette femme descendit alors et dit en son bizarre baragouin :

« Ce n'était pas la peine de courir comme un dératé. »

Et elle lui mit dans la main deux pièces d'argent, ce qui était le double du tarif habituel.

Alors Wang Lung comprit que c'était bien là une femme étrangère, et plus étrangère encore que lui dans cette ville, et qu'en fin de compte il y a d'une part les gens aux cheveux noirs et aux yeux noirs et d'autre part les gens aux cheveux blonds et aux yeux bleus, et après cela il ne se sentit plus entièrement étranger à la ville.

Ce soir-là en rentrant à la cabane avec l'argent qu'il avait reçu, il conta l'aventure à O-len, et elle dit :

« Je les ai vus. Je leur demande toujours l'aumône, car ils sont seuls à laisser tomber volontiers de l'argent plutôt que du cuivre dans mon écuelle. »

Mais ni Wang Lung ni sa femme ne se rendaient

compte que si les étrangers y laissaient tomber de l'argent, ce n'était pas du tout par bonté du cœur mais par ignorance et faute de savoir qu'il est plus correct de donner aux mendiants du cuivre que de l'argent.

Néanmoins, grâce à cette aventure, Wang Lung apprit ce que les jeunes hommes ne lui avaient pas encore enseigné, qu'il appartenait à la même race que ses congénères aux cheveux noirs et aux yeux noirs.

En s'accolant ainsi aux lisières de la grande cité voluptueuse et opulente, on avait du moins chance, semblait-il, de ne jamais manquer de nourriture. Wang Lung et les siens étaient venus d'une province où, si l'on meurt de faim, c'est parce que les vivres font défaut et que la terre ne peut en produire sous un ciel inclément. Même avec de l'argent, on ne pouvait rien acheter parce qu'il n'y avait rien.

Ici dans la ville ce n'étaient que mangeailles de tous côtés. Dans les rues du marché au poisson sur le pavé de galets s'alignaient de grandes corbeilles de gros poissons d'argent pris dans la nuit sur le fleuve qui en regorgeait ; et il y avait aussi des cuveaux de petits poissons luisants, qu'on puise dans les viviers avec un filet ; des monceaux grouillants de crabes jaunes, qui se dressaient en ouvrant les pinces ; des anguilles frétillantes pour la table des gourmets. Aux marchés au grain il y avait des corbeilles de grain dans lesquelles un homme qui eût mis le pied aurait pu disparaître étouffé sans que personne autre que les témoins s'en doutât ; du riz blanc et du riz brun, du froment jaune foncé et du froment jaune clair, des haricots rouges et de gros haricots verts, du millet couleur canari, et du sésame gris. Et aux marchés à la viande des porcs entiers suspendus par le cou, fendus de toute la longueur de leurs grands corps, la peau molle, épaisse et blanche, montraient la viande rouge et les bardes de lard savoureux. Et chez les marchands de canards, accrochés aux plafonds et aux portes, s'alignaient en rangs serrés les canards rôtis et roux qui avaient tourné à la broche devant les braises, et les canards salés et blancs, et les chapelets d'abattis de canards ; et de même chez les marchands qui vendaient des oies, des faisans et des volailles de toute espèce.

Quant aux légumes, il y avait tout ce que la main de l'homme peut extorquer au sol ; de scintillants radis rouges et blancs, de la racine creuse de lotus et de taro, des choux verts et du céleri, des pousses tirebouchonnées de haricots et des châtaignes brunes et des garnitures de cresson odorant. Tout ce que la gourmandise de l'homme peut désirer se trouvait sans exception dans les rues des marchés de cette ville. Et en allant de côté et d'autre on rencontrait les marchands de sucreries, de fruits frais et de fruits secs et de beignets tout chauds de patates douces sautées dans l'huile douce et de petites boulettes exquisément assaisonnées de porc, roulées dans la farine et cuites à la vapeur, et de gâteaux sucrés faits de semoule de riz ; et les enfants de la ville, des sous plein les mains, couraient chez les vendeurs acheter de ces friandises et en mangeaient tellement qu'ils se barbouillaient la peau de sucre et d'huile.

Pourtant, chaque matin un peu après l'aurore, Wang Lung et les siens sortaient de leur paillote et avec leurs bols et leurs bâtonnets ils formaient un petit groupe dans une longue procession de gens, tous sortis de leurs paillotes, grelottant dans leurs vêtements trop légers pour l'humide brouillard du fleuve, qui marchaient tout courbés contre la froide bise matinale, pour se rendre aux cuisines populaires, où moyennant deux sous on peut acheter un bol de bouillie de petit riz. Et Wang Lung avait beau courir en tirant son pousse-pousse et O-len avait beau mendier, ils ne parvenaient jamais à gagner assez pour faire cuire eux-mêmes chaque jour du riz dans leur paillote. S'ils avaient deux sous de reste après avoir payé le riz aux cuisines pour les pauvres, ils achetaient un peu de chou. Mais le chou était cher à n'importe quel prix, car les deux garçons étaient obligés d'aller à la chasse au combustible pour le faire cuire sur les deux briques qu'O-len avait installées en guise de fourneau, et ce combustible il leur fallait le chaparder par poignées comme ils pouvaient aux charrettes des paysans qui amenaient les cargaisons de roseaux et de broussailles aux marchés aux combustibles de la ville. Quelquefois les enfants étaient pris sur le fait, ce qui leur valait de solides taloches, et un soir l'aîné, plus timide que le cadet et plus honteux de ses larcins, revint avec un œil au beurre noir et poché par un coup de poing d'un paysan. Mais le cadet finit par devenir adroit et même plus adroit aux menus larcins qu'à la mendicité.

Pour O-len cela n'avait pas d'importance. Si les garçons étaient incapables de mendier sans rire et jouer, ils n'avaient qu'à voler pour s'emplir le ventre. Wang Lung ne savait que lui répondre, mais ces voleries de ses fils lui soulevaient le cœur, et il ne blâmait pas l'aîné quand il rechignait à la besogne. La vie dans l'ombre du grand mur n'était pas la vie aimée de Wang Lung. Il avait sa terre qui l'attendait.

Un soir qu'il rentrait tard, il vit dans la soupe aux choux un bon gros carré de porc. C'était la première fois qu'ils avaient de la viande à manger depuis qu'ils avaient tué leur buffle, et Wang Lung ouvrit de grands yeux.

« Tu dois avoir demandé l'aumône à un étranger aujourd'hui », dit-il à O-len.

Suivant son habitude, elle ne répondit pas. Mais

le fils cadet, trop jeune pour savoir se taire et tout gonflé de l'orgueil de sa prouesse, déclara :

« C'est moi qui ai pris ça... elle vient de moi, cette viande. Le charcutier venait de la couper dans la grosse pièce sur l'étal et quand il a regardé de l'autre côté, je me suis faufilé sous le bras d'une vieille dame qui était venue pour l'acheter et j'ai empoigné le morceau et je me suis enfui dans une ruelle et je me suis caché dans une jarre à eau vide à une porte de derrière jusqu'à l'arrivée de Frère Aîné.

– Alors je ne mangerai certes pas de cette viande ! s'écria Wang Lung en courroux. Nous devons manger la viande que nous avons pu acheter ou mendier, mais pas celle que nous volons. Il se peut que nous soyons des mendiants, mais nous ne sommes pas des voleurs. »

Et avec le pouce et l'index il retira la viande de la marmite et la jeta par terre sans souci des hurlements du fils cadet.

Alors O-len s'approcha et de son air résigné elle ramassa la viande, la lava avec un peu d'eau et la rejeta dans le pot-au-feu en ébullition.

« De la viande, c'est de la viande », prononça-t-elle sans s'émouvoir.

Wang Lung ne dit rien sur le moment, mais en lui-même il était fâché et effrayé de voir que ses fils allaient devenir des voleurs ici dans cette ville. Et tout en s'abstenant de rien dire quand O-len divisa avec ses bâtonnets la viande tendre et bien cuite, non plus que quand elle en distribua de gros morceaux au vieux et aux garçons et en emplit même la bouche de la fillette et en mangea elle-même, il refusa quant à lui d'en prendre et se contenta du chou qu'il avait acheté. Mais le repas terminé, il emmena son fils cadet dans la rue hors de portée d'ouïe de la femme et là, derrière une maison, il prit la tête du gamin sous son bras et lui administra de solides calottes sur une joue puis sur l'autre, sans se laisser attendrir par les beuglements du gamin.

« Pan, pan, et pan ! lança-t-il. Voilà pour t'apprendre à voler. »

Mais quand il eut permis au gamin de rentrer pleurnichant au logis, il se dit en lui-même :

« Il nous faut absolument retourner à la terre. »

XIII

Par-dessous l'opulence de cette ville Wang Lung vivait au jour le jour dans les fondations de pauvreté sur lesquelles elle reposait. Malgré la nourriture qui se gaspillait dans les marchés, malgré les rues des marchands de soieries où des banderoles bariolées de soie noire, rouge et orange flottaient au vent pour annoncer les marchandises, malgré les gens riches habillés de satin et de velours, des riches à la peau douce revêtue de linge de soie, et aux mains que leur douceur et leur parfum et leur oisive beauté rendaient pareilles à des fleurs, malgré tout ce qui contribuait à la beauté royale de la ville, dans le quartier où vivait Wang Lung on n'avait pas assez de nourriture pour apaiser sa faim canine et pas assez de vêtements pour couvrir ses membres.

Des hommes peinaient tout le jour à la cuisson des pains et des pâtisseries destinés à la table des riches, et des enfants peinaient depuis l'aurore jusqu'à minuit et se couchaient encore tout sales et boueux sur leurs durs grabats à même le sol pour s'en retourner aux fours à peine éveillés le lendemain, et on ne leur donnait pas même assez d'argent pour s'acheter une miche des pains de luxe qu'ils fabriquaient pour autrui. Et des hommes et des femmes peinaient à couper et confectionner d'épaisses fourrures d'hiver et de douces et légères fourrures de printemps et de lourdes soies brochées qui servaient à faire des robes somptueuses pour ceux qui mangeaient de ce que les marchés offraient à profusion et pour eux-mêmes ils chipaient un ou deux bouts de grossière cotonnade bleue et à l'aide de quelques points de couture hâtifs les assemblaient pour en couvrir leur nudité.

En vivant parmi ceux qui peinaient à réjouir les autres, Wang Lung entendait d'étranges choses dont il tenait peu de compte. Les vieux, il est vrai, hommes et femmes, ne disaient rien, à personne. Les grisons tiraient des pousse-pousse, charriaient aux boulangeries et aux palais des brouettes de charbon de bois, tendaient leurs échines où les muscles saillaient comme des cordes en poussant et tirant les lourds chariots de marchandises sur les routes pavées de cailloux pointus, mangeaient frugalement leur maigre pitance, dormaient leurs quelques heures de sommeil sous la tente, et se taisaient. Leurs visages étaient comme celui d'O-len, muets et inexpressifs. Nul ne savait ce qu'ils pensaient. S'il leur arrivait de dire quelque chose, c'était pour parler de nourriture et de sous. Ils avaient rarement le mot d'argent à la bouche, parce qu'il était rare qu'ils eussent de l'argent dans les mains.

Leurs visages au repos semblaient contractés par la colère, mais ce n'était pas de la colère. C'étaient les années de labeur excessif qui avaient retroussé leurs lèvres supérieures en leur donnant cette apparence de rictus hargneux qui découvrait leurs dents, et ce labeur avait creusé de profonds sillons autour de leurs yeux et de leurs bouches. Ils n'avaient eux-mêmes pas idée de leur apparence physique. L'un d'eux se voyant une fois dans un miroir qui passait sur un camion de déménagement, s'était écrié : « Ce qu'il est laid ce type-là ! » Et comme les autres s'esclaffaient, il sourit avec gêne, ne sachant plus de quoi on riait, et regardant bien vite autour de lui pour voir s'il n'avait offensé personne.

Dans les petites cabanes où ils vivaient, autour de la cabane de Wang Lung, entassés les uns sur les autres, les femmes cousaient des haillons pour couvrir les enfants qu'elles étaient sans cesse à élever, elles chapardaient quelque chou dans les cultures maraîchères et volaient des poignées de riz dans les marchés aux grains, et glanaient tout le long de l'année des brindilles sur les coteaux ; et à la moisson elles suivaient les moissonneurs comme des poules, guettant d'un œil vif et perçant tous les grains et les épis tombés. Et dans ces paillotes c'était un défilé d'enfants continuel ; il en naissait et il en mourait et il en naissait encore, tant et si bien que ni père ni mère ne savaient plus combien il en était né ou mort, et à peine savaient-ils même combien il y en avait de vivants, car on ne voyait en eux que des bouches à nourrir.

Ces hommes, ces femmes et ces enfants allaient et venaient dans les marchés et les boutiques d'étoffes et rôdaient dans la campagne avoisinant la ville, les hommes travaillant pour quelques sous à une chose ou à l'autre, tandis que les femmes et les enfants volaient, mendiaient et chapardaient ; et Wang Lung et sa femme et ses enfants étaient parmi eux.

Les vieux et les vieilles prenaient la vie comme elle était. Mais il venait un temps où les enfants mâles arrivaient à un certain âge, intermédiaire entre la vieillesse et l'enfance, et ils étaient alors pleins de mécontentement. Les jeunes hommes échangeaient des propos irrités et hargneux. Et plus tard quand, hommes mûrs et mariés, le souci d'une famille nombreuse emplissait leur cœur, la colère éparse de leur jeunesse se concentrait en un farouche désespoir et en une révolte trop profonde pour s'exprimer par des mots, à voir que toute leur vie ils peinaient plus durement que des bêtes, et qu'ils n'en retiraient qu'une poignée de rebuts pour se remplir le ventre. Un soir qu'il prêtait l'oreille à des propos de ce genre, Wang Lung apprit pour la première fois ce qu'il y avait de l'autre côté du grand mur auquel s'adossaient leurs rangées de paillotes.

C'était à la fin d'une de ces journées de l'hiver qui s'achève où pour la première fois il paraît possible que le printemps puisse revenir. Le terrain alentour des paillotes était encore boueux de neige fondue et l'eau coulait dans les intérieurs, si bien que chaque famille avait ramassé de côté et d'autre quelques briques sur lesquelles on couchait. Mais avec le découragement qui montait de la terre humide il y avait ce soir-là dans l'air une molle douceur et cette douceur rendait Wang Lung excessivement nerveux, si bien qu'après avoir mangé il ne put s'endormir tout de suite comme il en avait coutume, et il ressortit pour aller au coin de la rue où il resta désœuvré.

C'était là que son vieux père s'asseyait d'habitude, accroupi sur ses cuisses et adossé contre le mur, et il s'y trouvait à cette heure, ayant emporté avec lui son bol de nourriture pour l'y absorber, vu que les enfants, quand ils devenaient turbulents, menaient dans la paillote un train d'enfer. Le vieillard tenait d'une main le bout d'une boucle d'étoffe, qu'O-len avait déchirée de sa ceinture, et retenue par cette boucle la fillette s'exerçait à marcher çà et là sans tomber. Il passait ainsi ses journées à surveiller cette enfant qui se refusait désormais à l'obligation de rester dans le sein de sa mère quand elle mendiait. De plus O-len était de nouveau grosse et elle supportait avec peine de sentir sur son ventre la pression de l'enfant déjà grande.

Wang Lung regardait la fillette tomber et se remettre debout et tomber à nouveau et le vieillard tirer sur les bouts de la boucle, et tandis qu'il restait là, il sentit sur son visage la douce caresse de la brise du soir, et il s'éleva en lui une puissante nostalgie de ses champs.

« Par un jour comme celui-ci, dit-il tout haut à son père, on devrait retourner les champs et semer le froment.

— Ah! dit tranquillement le vieillard, je sais à quoi tu penses. Par deux fois et encore par deux fois il m'a fallu de mon temps faire ce que nous avons fait cette année et quitter les champs et savoir qu'ils n'étaient pas ensemencés pour de nouvelles récoltes.

— Mais vous y êtes toujours retourné, mon père.

— Il y avait la terre, mon fils », répondit le vieillard avec simplicité.

Eh bien, eux aussi ils retourneraient, sinon cette année, du moins la suivante, dit Wang Lung en son cœur. Aussi longtemps qu'il y avait la terre! Et la pensée qu'elle était là-bas à l'attendre, riche des pluies du printemps, l'emplissait de désir. Il regagna la paillote et il dit brutalement à sa femme :

« Si j'avais quelque chose à vendre, je le vendrais et m'en retournerais à la terre. Ou s'il n'y avait pas le vieux père, nous pourrions faire le trajet à pied au risque de ne pas manger à notre faim. Mais comment feraient-ils lui et la fillette pour marcher deux cents kilomètres? Et toi-même, avec ta grossesse! »

O-len venait de passer à l'eau les écuelles à riz et elle était en train de les empiler dans un coin de la cabane. De sa position accroupie, elle leva les yeux vers lui et répondit avec lenteur :

« Il n'y a rien à vendre excepté la petite. »

Wang Lung en eut la respiration coupée.

« Voyons, je n'irais pas vendre mon enfant! dit-il avec force.

— J'ai bien été vendue, moi, répondit-elle très lentement. J'ai été vendue à une grande maison pour permettre à mes parents de retourner dans leur pays.

– Et par conséquent tu vendrais l'enfant !

– S'il ne tenait qu'à moi, je préférerais la tuer plutôt que de la vendre... j'ai été l'esclave des esclaves ! Mais une fillette morte ne rapporte rien... Je vendrais volontiers cette petite pour nous... pour vous permettre de retourner à la terre.

– Je ne voudrais jamais, reprit Wang Lung avec force, même si je devais passer ma vie dans cette misère. »

Mais quand il se retrouva dehors, la pensée qui ne lui serait jamais venue spontanément le tenta contre sa volonté. Il jeta les yeux sur la fillette piétinant avec obstination au bout de la boucle que tenait le grand-père. Elle avait beaucoup profité de la nourriture qu'on lui donnait chaque jour, et bien qu'elle persistât à ne pas savoir parler, elle n'en était pas moins aussi robuste que peut l'être un enfant dont on ne prend pas grand soin. Ses lèvres naguère pareilles à celles d'une vieille femme étaient devenues rouges et souriantes, et comme autrefois elle s'égayait quand son père la regardait et elle lui souriait.

« J'aurais peut-être pu le faire, songea-t-il, si elle n'avait pas reposé dans mon sein et souri comme cela. »

Et alors il pensa de nouveau à sa terre et il s'écria passionnément :

« Ne la reverrai-je donc jamais ! On a beau peiner et mendier, cela ne rapporte jamais assez pour faire plus que de nous nourrir chaque jour. »

Alors du fond des ténèbres une voix lui répondit, une voix grave et forte :

« Tu n'es pas le seul, camarade. Il y en a des cent et des mille comme toi dans la ville. »

Notre homme s'avança fumant une courte pipe de bambou, et Wang Lung reconnut le père d'une famille logée dans la seconde paillote à droite de la sienne. C'était un homme qu'on voyait rarement pendant le jour, car il dormait toute la journée et travaillait la nuit à traîner de lourds chariots de marchandises qui étaient trop larges pour permettre dans les rues le croisement avec d'autres voitures pendant le jour. Mais quelquefois Wang Lung le voyait rentrer chez lui à l'aube, éreinté et fourbu, et ses grandes épaules musculeuses affaissées de fatigue. Wang Lung le croisait aussi à l'aurore quand il s'en allait lui-même tirer son pousse-pousse, et parfois au crépuscule l'homme sortait avant son travail de nuit et s'arrêtait un moment avec les autres hommes qui s'apprêtaient à réinté-grer leurs tanières pour dormir.

« Et alors, ça ne changera donc jamais ? » demanda Wang Lung amèrement.

L'homme tira trois bouffées de sa pipe et cracha par terre. Puis il dit :

« Si fait, camarade, ça changera un jour. Quand les riches sont trop riches il y a des moyens, et quand les pauvres sont trop pauvres il y a des moyens. L'hiver dernier nous avons vendu deux de nos fillettes et nous nous en sommes tirés, et cet hiver, si ma femme que voici accouche d'une fille, nous la vendrons encore. J'ai gardé une esclave, la première. Les autres, il vaut mieux les vendre que de les tuer, quoiqu'il y ait des gens qui préfèrent les tuer avant qu'elles n'aient respiré. C'est là un des moyens quand les pauvres sont trop pauvres. Quand les riches sont trop riches, il y a aussi un moyen, et si je ne me trompe, ce moyen va venir bientôt. (Il hocha la tête et désigna du tuyau de sa pipe le mur derrière eux.) As-tu vu ce qu'il y a derrière ce mur ? »

Wang Lung secoua la tête négativement, d'un air ébahi. L'homme continua :

« Moi j'ai mené là-dedans une de mes esclaves pour la vendre et j'ai vu. Tu ne le croirais pas si je te disais tout l'argent qui va et vient dans cette maison. Je ne te dirai que ceci : les domestiques même mangent avec des bâtonnets d'ivoire à manche d'argent, et les femmes esclaves elles-mêmes s'accrochent aux oreilles du jade et des perles et cousent des perles sur leurs chaussures, et quand les chaussures ont reçu un peu de boue ou qu'elles attrapent une petite déchirure qui n'en serait même pas une pour toi ni moi, elles les jettent, avec les perles et tout ! »

Notre homme tira vigoureusement sur sa pipe et Wang l'écoutait bouche bée. Derrière ce mur, il y avait donc vraiment des choses pareilles !

« Il y a un moyen quand les riches sont trop riches », reprit notre homme.

Et il se tut un moment et puis, comme s'il n'avait rien dit, il ajouta d'un air indifférent :

« Allons, il faut encore travailler. »

Et il s'enfonça dans la nuit.

Mais Wang Lung ne dormit pas cette nuit-là, car il pensait à l'argent, à l'or et aux perles qui foisonnaient de l'autre côté de ce mur contre lequel, faute de couverture ouatée pour le couvrir, son corps reposait tout habillé des vêtements qu'il portait chaque jour, et séparé par une simple natte des briques au-dessous de lui. Et derechef la tentation de vendre l'enfant s'empara de lui, si bien qu'il se dit en lui-même :

« Il vaudrait peut-être mieux qu'elle soit vendue dans une riche maison où elle pourrait, qui sait ? manger finement et porter des bijoux, si elle avait la chance de devenir jolie en grandissant et de plaire à un seigneur. » Mais contre son propre gré il se répliqua et pensa encore : « Soit, mais si je m'y décide, elle ne vaut pas son pesant d'or et de rubis. Si elle rapporte assez pour nous ramener à la terre, où trouverai-je de quoi racheter un buffle, une table, un lit et des escabeaux ? Vais-je vendre mon enfant pour qu'il nous soit permis de mourir de faim là-bas au lieu d'ici ? Nous n'avons même pas de semence à mettre en terre. »

Et il ne voyait pas de quel moyen parlait son voisin lorsqu'il avait dit : « Il y a un moyen, quand les riches sont trop riches. »

XIV

Le printemps mettait en effervescence le village de paillotes. Ceux qui avaient mendié pouvaient à présent aller sur les coteaux et dans les terrains en friche déterrer les petites plantes vertes, pissenlits et bourse-à-pasteur qui pointaient timidement leurs nouvelles feuilles, et il n'était plus nécessaire comme précédemment de chaparder çà et là des légumes. Un essaim de femmes et d'enfants dégue-nillés sortaient chaque jour des paillotes, munis de bouts de fer-blanc, de cailloux tranchants ou de couteaux ébréchés, et de corbeilles en rejets de bambou tressés ou en lamelles de roseau, ils s'en allaient dans les campagnes et le long des grand-routes chercher les aliments qu'on peut se procurer gratis et sans mendier. Et chaque jour O-len sortait avec cet essaim, O-len et les deux garçons.

Mais les hommes sont faits pour travailler, et Wang Lung travaillait comme précédemment, en dépit de l'allongement des journées tièdes et de l'alternance du soleil avec les brusques averses qui emplissaient chacun d'aspirations et de mécontentements. En hiver ils avaient travaillé en silence, supportant stoïquement la neige et la glace dont le froid pénétrait leurs semelles de paille, regagnant pour la nuit leurs tanières et mangeant sans parole la nourriture que leur avaient procurée le travail et la mendicité quotidiens, s'endormant d'un lourd sommeil, hommes, femmes et enfants pêle-mêle, pour suppléer un peu à l'insuffisance de la nourriture. Il en était ainsi dans la paillote de Wang Lung, et il savait bien qu'il devait en être de même dans toutes les autres.

Mais avec la venue du printemps les propos commencèrent à sourdre de leurs cœurs et à leur remonter aux lèvres. Le soir, dans les longs crépuscules, ils se réunissaient devant leurs cabanes pour causer ensemble, et Wang Lung voyait tel et tel autre de ces hommes qui vivaient près de lui et qu'il n'avait pas aperçus de tout l'hiver. Si O-len eût été femme à lui raconter les cancans, il aurait su par exemple qu'untel battait sa femme et que tel autre avait une maladie lépreuse qui lui rongeait les joues, ou que tel autre encore était chef d'une bande de voleurs ; mais à part les rares questions et réponses qu'elle posait et fournissait, elle restait silencieuse. C'est pourquoi Wang Lung se tenait modestement sur les confins du cercle et prêtait l'oreille aux propos.

En dehors de ce que leur rapportaient le travail et la mendicité quotidiens, la plupart de ces hommes en haillons ne possédaient rien, et Wang se rendait toujours compte qu'il n'était pas véritablement des leurs. Il possédait de la terre et sa terre l'attendait. Eux ne pensaient qu'à se demander comment ils pourraient le lendemain manger un morceau de poisson ou comment ils pourraient fainéanter un peu, ou même comment ils pourraient risquer au jeu quelque chose, deux ou trois sous, puisque leurs jours étaient tous pareillement mauvais et besogneux et qu'un homme doit jouer quelquefois, fût-il au désespoir.

Mais Wang Lung pensait à sa terre et, le cœur bourrelé d'espoir déçu, réfléchissait au moyen qui lui permettrait d'y retourner. Il n'appartenait pas à cette vile tourbe qui s'accrochait aux murs de la maison d'un riche ; il n'appartenait pas non plus à la maison du riche. Il appartenait à la terre et il ne pouvait goûter vraiment la joie de vivre à moins de sentir la terre sous ses pieds, de marcher derrière une charrue à l'époque du printemps et de tenir une faucille en main à la moisson. Il prêtait l'oreille, en conséquence, à l'écart des autres, parce qu'il recelait en son cœur la conscience de posséder sa terre, la bonne terre à froment de ses pères, et la parcelle de rizière qu'il avait acquise de la grande maison.

Ils parlaient, ces hommes, toujours et sans cesse d'argent, de combien de sous ils avaient payé pour une aune d'étoffe, et de combien ils avaient payé pour un petit poisson long comme le doigt, ou de ce qu'ils pouvaient gagner par jour, et toujours finalement de ce qu'ils feraient s'ils avaient l'argent que l'homme de l'autre côté du mur détenait dans ses coffres. Chaque jour la conversation se terminait ainsi :

« Et si j'avais à ma disposition l'or qu'il a et l'argent qu'il porte chaque jour dans sa ceinture et si j'avais les perles que portent ses concubines et les rubis que porte sa femme... »

Et en prêtant l'oreille à toutes les choses qu'ils feraient s'ils avaient ces richesses, Wang Lung ne les entendait parler que de manger et de dormir démesurément ; ils mangeraient des mets délicats dont ils n'avaient jamais goûté, et ils joueraient dans telle ou telle grande maison de thé, et ils achèteraient telle jolie fille pour leur plaisir, et surtout, aucun ne travaillerait plus, tout comme le riche derrière le mur ne travaillait jamais.

Alors Wang Lung s'écria tout à coup :

« Moi, si j'avais en ma possession l'or, l'argent et les pierreries, j'achèterais de la terre avec, de la bonne terre, et je tirerais des moissons de la terre ! »

Là-dessus ils furent tous unanimes à se mettre contre lui et à l'accabler de quolibets.

« En voilà un lourdaud de campagne à queue de cheveux qui n'entend rien à la vie citadine et à ce qu'on peut faire avec de la monnaie. Il continuerait à travailler comme un esclave derrière un buffle ou un âne ! » Et chacun d'eux s'estimait plus digne que Wang Lung d'avoir les richesses, parce qu'ils savaient mieux que lui le moyen de les dépenser.

Mais ce mépris ne modifia point l'opinion de Wang Lung. Il se bornait à dire en lui-même et non plus tout haut pour être entendu des autres :

« Quand même, je placerais en bonnes terres grasses l'or, l'argent et les pierreries. »

Et à cette pensée, son impatience de revoir sa terre s'accroissait chaque jour.

Hanté continuellement par la pensée de sa terre, Wang Lung voyait comme dans un rêve les événements qui se produisaient chaque jour autour de lui dans la ville. Il acceptait toutes les étrangetés successives sans en demander le pourquoi et se contentait de savoir laquelle était l'événement du jour. Il y eut, par exemple, ces papiers que des hommes distribuaient çà et là, et parfois même à lui.

Or, Wang Lung, ni dans sa jeunesse ni plus tard, n'avait jamais appris la signification des lettres tracées sur le papier, et il ne put donc rien comprendre à des papiers de ce genre couverts de signes noirs et affichés sur les portes de la ville ou vendus par poignées ou même distribués gratis. Deux fois on lui avait donné un papier de ce genre.

La première fois il lui fut donné par une personne étrangère analogue à celle qu'il avait une fois chargée involontairement dans son pousse, mais la personne qui lui donna ce papier était un homme, très grand, et maigre comme un arbre effeuillé par les vents d'hiver. Cet homme avait les yeux d'un bleu glacial et le visage velu, et quand il donna le papier à Wang Lung, celui-ci vit que ses mains étaient velues aussi et à peau rouge. Il avait de plus un grand nez qui saillait entre ses deux joues comme une proue entre les flancs d'une jonque et, tout en craignant de recevoir quelque chose de sa main, Wang Lung, devant les yeux étranges de l'homme et son nez redoutable, craignait encore plus de refuser. Il prit donc ce qu'on lui tendait, et quand, après que l'étranger se fut éloigné, il eut le courage de regarder le papier, il vit le portrait d'un homme à peau blanche, pendu à une croix de bois. L'homme était nu à part un linge autour des reins, et selon toute apparence il était mort, car sa tête barbue retombait sur son épaule et il avait les yeux fermés. Wang Lung regarda l'homme portraituré avec horreur et avec un intérêt croissant. Il y avait des caractères tracés au-dessous, mais il n'y entendait rien.

Il emporta l'image chez lui le soir et la montra au vieux. Mais lui non plus ne savait pas lire et ils se mirent tous ensemble à chercher la signification, Wang Lung, le vieux et les deux garçons. Les deux garçons s'écrièrent avec joie et horreur :

« Et regardez le sang qui coule de son côté ! »

Et le vieux dit :

« C'était, pour sûr, un très méchant homme pour qu'on l'ait ainsi pendu. »

Mais Wang Lung avait peur de l'image et il se demandait pourquoi l'étranger la lui avait donnée ; qui sait si un frère de cet étranger n'avait pas été traité de la sorte et si les autres frères de cet étranger ne cherchaient pas à en tirer vengeance ? Il évita donc la rue dans laquelle il avait rencontré l'individu et au bout de quelques jours, quand on eut oublié le papier, O-len le prit et le cousit dans une semelle de soulier en même temps que d'autres morceaux de papier qu'elle ramassait çà et là pour renforcer les semelles.

Mais la seconde fois où l'on distribua gratis un papier à Wang Lung, c'était quelqu'un de la ville, un jeune homme bien habillé, qui parlait très haut en distribuant des feuilles de côté et d'autre parmi les badauds qui se rassemblaient dans la rue autour de tout ce qui est nouveau et extraordinaire. Ce papier portait également une image de sang et de mort, mais cette fois l'homme qui était mort n'avait pas la peau blanche et velue, c'était un homme pareil à Wang Lung lui-même, un individu du commun, jeune et maigre, aux cheveux et aux yeux noirs, et vêtu de hardes bleues en haillons. Debout sur le mort un autre personnage gris et gras le lardait de coups de couteau. C'était un pitoyable spectacle et Wang Lung en le considérant aspirait à comprendre les lettres tracées au-dessous. Il s'adressa à son voisin et lui dit :

« Connaissez-vous assez les caractères pour pouvoir me dire ce que signifie cette affreuse image ? »

Et l'homme répondit :

« Taisez-vous et écoutez le jeune lettré ; il nous explique tout. »

Wang Lung prêta l'oreille, et il entendit ce qu'il n'avait jamais entendu auparavant.

« L'homme mort, c'est vous-mêmes, proclamait le jeune lettré, et le meurtrier qui vous larde quand vous êtes morts et sans que vous le sachiez, ce sont les riches et les capitalistes, qui vous larderaient volontiers même après votre mort. Si vous êtes pauvres et opprimés, c'est parce que les riches accaparent tout. »

Or, Wang Lung savait fort bien qu'il avait jusque-là rendu responsable de sa pauvreté un ciel qui se refusait à pleuvoir en temps voulu, ou, s'il avait plu, qui refusait de continuer à pleuvoir comme si la pluie était une mauvaise habitude.

Quand il y avait de la pluie et du soleil en proportions suffisantes pour que la semence germât
dans la terre et que l'épi portât du grain, il ne se
considérait pas comme pauvre. Aussi écouta-t-il
avec intérêt pour en savoir davantage sur ce que le
riche avait affaire avec cette calamité, que le ciel
refusât de pleuvoir en temps voulu. Et à la fin quand
le jeune lettré eut parlé tout son soûl mais sans dire
quoi que ce fût de ce sujet qui intéressait particulièrement Wang Lung, celui-ci s'enhardit à demander :

« Monsieur, y a-t-il un moyen par quoi le riche
qui nous opprime puisse faire pleuvoir quand il ne
pleut pas, de sorte que je puisse travailler à la
terre ? »

A ces mots le jeune homme se tourna vers lui avec
dédain et répliqua :

« Il faut que vous soyez bien ignorant pour porter
encore cette longue queue de cheveux. Personne ne
peut faire pleuvoir quand il ne pleut pas, mais quel
rapport cela a-t-il avec la question sociale ? Si les
riches partageaient avec nous ce qu'ils ont, il
n'importerait plus à personne qu'il pleuve ou qu'il
ne pleuve pas, puisque nous aurions tous de l'argent
et de la nourriture. »

Une grande acclamation s'éleva de la foule des
auditeurs, mais Wang Lung s'éloigna insatisfait.
Oui, mais il y avait la terre. L'argent et la nourriture
se mangent et disparaissent, et s'il n'y a pas de soleil
et de pluie en proportions suffisantes, on a de nouveau faim. Malgré cela, il prit volontiers le papier
que le jeune homme lui donna, parce qu'il se rappela qu'O-len n'avait jamais assez de papier pour les
semelles de souliers, ainsi donc en rentrant au logis
il le lui donna et dit :

« Tiens, voilà de quoi mettre dans les semelles de
souliers. »

Et il travailla comme précédemment.

Mais les hommes des paillotes avec lesquels il

causait le soir écoutaient presque tous avidement ce que disait le jeune homme, d'autant plus avidement qu'ils savaient que de l'autre côté du mur habitait un riche et qu'entre ses richesses et eux l'obstacle paraissait léger de cette épaisseur de briques, que l'on pouvait défoncer et abattre avec quelques coups d'une robuste perche, comme celles dont ils se servaient quotidiennement pour transporter leurs lourds fardeaux sur leurs épaules.

Au mécontentement du printemps s'ajoutait à cette heure le nouveau mécontentement que le jeune homme et ses pareils répandaient dans les esprits des habitants des paillotes, avec le sentiment de l'injustice que constituait la possession par autrui de ces biens dont ils étaient privés. Et comme ils pensaient chaque jour à toutes ces choses et en parlaient au crépuscule, et surtout comme de jour en jour leur labeur ne leur rapportait pas un meilleur salaire, il s'élevait dans les cœurs des jeunes et des forts un flot aussi irrésistible que la crue du fleuve gonflé par les neiges d'hiver : le flot débordant du désir farouche.

Wang Lung, qui voyait cela, entendait leurs propos et sentait leur colère avec un étrange malaise, mais lui-même ne désirait rien que d'avoir à nouveau sa terre sous les pieds.

Puis dans cette ville qui le surprenait chaque jour par quelque nouveauté, Wang Lung vit une autre nouveauté qu'il ne comprit pas. Un jour que, en quête de clients, il tirait son pousse-pousse vide le long d'une rue, il vit un homme empoigné à l'improviste par une petite bande de soldats armés, et quand l'homme protesta, les soldats lui brandirent leurs couteaux à la figure. Tandis que Wang Lung considérait la scène avec ébahissement, deux autres hommes furent empoignés coup sur coup, et Wang Lung s'aperçut que ceux que l'on empoignait étaient tous des gens du commun qui travaillaient de leurs mains, et tandis qu'il restait là ébahi, un autre encore fut empoigné, et celui-ci était un homme qui logeait dans la paillote voisine de la sienne contre le mur.

Alors Wang Lung sortit de sa stupeur en comprenant soudain que tous ces hommes empoignés ne savaient pas plus que lui pourquoi on s'emparait d'eux ainsi bon gré mal gré, qu'ils le voulussent ou non. Et Wang Lung craignant d'être le suivant, jeta son pousse-pousse dans une ruelle latérale, où il l'abandonna et s'enfila comme un trait dans la boutique d'un marchand d'eau chaude et il s'y cacha, tapi derrière les grandes chaudières, jusqu'après le passage des soldats. Et alors il demanda au patron de la boutique d'eau chaude la signification de ce qu'il avait vu, et l'homme, qui était vieux et flétri par la vapeur s'élevant continuellement des chaudrons de cuivre, répondit avec indifférence :

« C'est simplement qu'il y a une nouvelle guerre quelque part. Je me demande bien à quoi servent toutes ces batailles de droite et de gauche ? Mais il en a été ainsi depuis que j'étais gamin et il en sera de même après ma mort et c'est tout ce que je sais.

– Soit, mais pourquoi s'emparent-ils de mon voisin, qui est aussi innocent que moi qui n'ai jamais entendu parler de cette nouvelle guerre ? » demanda Wang Lung tout bouleversé.

Le vieil homme fit claquer les couvercles de ses chaudrons et répondit :

« Ces soldats s'en vont à la bataille je ne sais où et ils ont besoin de porteurs pour leur couchage, leurs fusils et leurs munitions, c'est pourquoi ils forcent des travailleurs comme vous à les accompagner. Mais de quel côté êtes-vous donc ? Ce n'est pas un spectacle nouveau dans cette ville.

– Mais quoi donc ? interrogea Wang Lung qui ne respirait plus. Et le salaire... et le retour... »

Mais le vieil homme était très âgé et il n'avait plus grand espoir de rien et il ne s'intéressait plus à rien en dehors de ses chaudrons et il répondit négligemment :

« Le salaire c'est néant, on ne touche que deux morceaux de pain sec par jour et on boit à la mare, et on peut retourner chez soi quand on est arrivé à destination, si on tient encore sur ses deux jambes.

— Soit, mais on a de la famille..., dit Wang Lung effaré.

— Bah ! est-ce qu'ils s'occupent de ça ? » repartit le vieil homme avec ironie, en soulevant le couvercle de bois du chaudron le plus proche pour voir si l'eau bouillait encore.

Un nuage de vapeur l'enveloppa et son visage flétri disparut presque tandis qu'il regardait dans le chaudron. Néanmoins il était obligeant, car quand il reparut au sortir de la vapeur, il vit que Wang Lung tapi dans son coin ne pouvait pas se rendre compte que les soldats avaient fait demi-tour et se rapprochaient de nouveau, explorant les rues d'où avaient fui à présent tous les travailleurs valides.

« Cachez-vous encore, dit-il à Wang Lung. Les voilà qui reviennent. »

Et Wang Lung se fit tout petit derrière les chaudrons et les soldats passèrent en trombe sur les pavés pointus, se dirigeant vers l'occident, et lorsque le bruit de leurs bottes de cuir se fut éloigné, Wang Lung sortit d'un trait et empoignant son pousse-pousse il courut à sa paillote avec le véhicule vide.

O-len venait à peine de rentrer pour faire cuire un peu de verdure qu'elle avait cueillie au bord de la route. Il lui conta l'événement d'une voix haletante et entrecoupée et ajouta qu'il avait failli de bien près ne pas échapper. Et tout en parlant il fut pris d'une nouvelle épouvante : il s'imagina traîné de force aux champs de bataille, son vieux père et tous les siens restés à l'abandon et mourant de faim, et lui-même tué sur le champ de bataille et privé à tout jamais de revoir sa terre. Il regarda O-len d'un œil hagard et lui dit :

« Cette fois je suis vraiment tenté de vendre la petite esclave et de regagner le nord et la terre. »

Mais elle, après l'avoir écouté, resta songeuse et répondit avec sa simplicité et son manque d'émotion habituels :

« Attendez quelques jours. Il circule d'étranges bruits. »

Néanmoins il ne sortit plus de la journée, mais il envoya l'aîné des garçons rendre le pousse-pousse au garage où il le louait. La nuit venue, il se rendit aux maisons de commerce et pour la moitié de ce qu'il gagnait auparavant il traîna toute la nuit les grands camions chargés de caisses. Une douzaine d'hommes haletants peinaient à haler chaque camion, et les caisses étaient pleines de soieries, de cotonnades, et de tabac odorant, si parfumé que son odeur traversait le bois. Et il y avait aussi de grandes jarres d'huile et de vin.

Toute la nuit dans les rues noires il peinait sur les cordes, et son torse nu ruisselait de sueur, ses pieds nus glissaient sur les pavés pointus, rendus gras par l'humidité de la nuit. Un petit garçon portant une torche enflammée courait devant pour montrer le chemin, et à la lueur de cette torche les visages et les corps des hommes reluisaient comme les pavés humides. Et Wang Lung rentrait chez lui avant l'aube, hors d'haleine et trop éreinté pour manger avant d'avoir dormi. Mais en plein jour tandis que les soldats parcouraient les rues il dormait caché tout au fond de la paillote derrière un tas de paille rassemblé par O-len pour lui faire un abri.

Où se livraient les batailles et quels étaient les combattants, Wang Lung l'ignorait. Mais à mesure que le printemps s'avançait, la ville était prise d'une agitation de panique. Tous les jours des voitures traînées par des chevaux emmenaient des riches et ce qu'ils possédaient de vêtements et de literie recouverte de satin et leurs belles femmes et leurs bijoux, les déposant au bord du fleuve où des bateaux les emportaient vers d'autres lieux, et d'autres allaient à cette maison où arrivaient et d'où partaient les chars à feu. Wang Lung ne s'aventurait jamais dans les rues le jour, mais ses fils en revenaient les yeux élargis et animés, en s'écriant :

« Nous avons vu Untel et Untel, un homme aussi gras et aussi énorme qu'un dieu dans un temple, il avait autour du corps des aunes et des aunes de soie jaune et à son pouce un grand anneau d'or incrusté d'une pierre verte comme un morceau de verre, et sa peau était toute luisante d'huile et de mangeaille. »

Ou bien l'aîné s'écriait :

« Et nous avons vu des quantités de coffres et quand j'ai demandé ce qu'il y avait dedans, on m'a répondu : « Ils sont pleins d'or et d'argent, mais les riches ne peuvent pas emporter tout ce qu'ils ont, et un jour ce sera tout à nous. » Dites, mon père, qu'est-ce qu'il voulait dire par là ? »

Et le gamin adressait à son père un regard interrogateur.

Mais quand Wang Lung lui eut répondu brièvement : « Comment veux-tu que je sache ce que peut raconter un badaud de la ville ? » le gamin s'écria avec ardeur :

« Oh ! si c'est à nous, je voudrais que nous puissions aller en prendre tout de suite. J'aimerais tant manger un gâteau. Je n'ai jamais mangé de gâteau sucré avec de la graine de sésame saupoudrée dessus. »

A ces mots le vieux sortit de sa songerie, leva les yeux et dit d'une voix chevrotante :

« Quand la moisson avait été bonne, nous avions de ces gâteaux-là à la fête de l'automne, quand le sésame était battu, et avant de le vendre, on en gardait un peu pour faire de ces gâteaux-là. »

Et Wang Lung se rappela les gâteaux qu'O-len avait confectionnés jadis à la fête du Nouvel An, des gâteaux de farine de riz, de saindoux et de sucre, et l'eau lui en vint à la bouche et le regret du passé lui poignit le cœur. Il murmura :

« Si seulement nous étions de retour à notre terre ! »

Alors il lui sembla soudain qu'il serait incapable de rester un jour de plus dans cette misérable cabane qui n'était même pas assez large pour lui permettre de s'étendre tout de son long derrière le tas de paille, et de peiner encore une nuit de plus, courbé sous une corde qui lui entrait dans les chairs, à traîner le camion sur les pavés pointus. Chacun de ces pavés lui était devenu familier comme un ennemi personnel, et il connaissait chaque ornière qui lui permettait d'éviter un pavé et d'économiser un peu de ses énergies. Durant les nuits noires, en particulier quand il pleuvait et que les rues étaient mouillées plus qu'à l'ordinaire, il y avait des fois où toute la haine de son cœur se tournait vers ces maudits pavés pointus qui lui meurtrissaient les pieds, ces pavés qui semblaient s'accrocher pour le retenir aux roues de sa charge inhumaine.

« Ah ! notre belle terre ! » s'écria-t-il soudain.

Et il se mit à pleurer, si bien que les enfants étaient effrayés et que le vieux, regardant son fils avec désolation, fit grimacer spasmodiquement son visage sous sa barbe clairsemée, comme grimace le visage d'un enfant qui voit pleurer sa mère.

Et ce fut encore O-len qui dit de sa voix terne et vulgaire :

« Encore un petit moment et nous verrons quelque chose. On en parle de tous côtés à présent. »

Du fond de sa cahute où il restait caché, Wang Lung entendit pendant des heures un défilé de pas, le pas des soldats s'en allant à la bataille. En soulevant parfois un tout petit peu la natte qui le séparait d'eux, il risquait un œil à la fente et il voyait leurs pieds passer indéfiniment, bottes de cuir et bandes molletières, marchant l'un après l'autre, deux par deux, par vingtaines et par milliers. Dans la nuit, attelé à son camion, il entrevit leurs visages qui le croisaient, tirés un instant des ténèbres par la torche qui flamboyait en avant. Il n'osait rien demander à leur sujet mais il trimait farouchement, et il mangeait en hâte son bol de riz, et il dormait durant le jour d'un sommeil entrecoupé dans la cabane, derrière la paille. Personne en ces jours-là ne parlait à personne. La ville était tremblante de peur et chacun s'acquittait vivement de sa besogne, puis rentrait chez soi et fermait la porte.

On ne bavardait plus au crépuscule devant les paillotes. Dans les marchés les étaux naguère chargés de victuailles étaient à présent vides. Les marchands de soieries rentraient les bannières bariolées et fermaient les devantures de leurs grands magasins avec d'épais volets qui s'emboîtaient solidement l'un dans l'autre, si bien qu'en passant par la ville à midi on eût cru toute la population endormie.

Le bruit courait de toutes parts que l'ennemi approchait, et tous ceux qui possédaient quelque chose avaient peur. Wang Lung n'avait pas peur, non plus que les habitants des paillotes. Ils ne savaient pas, du reste, qui était cet ennemi et ils n'avaient rien à perdre puisque leur vie même ne valait pas grand-chose. Si cet ennemi approchait, libre à lui ; vu que rien ne pourrait être pire qu'il n'en était à présent pour eux. Mais chacun allait son chemin et nul ne parlait en public à personne.

Puis les directeurs des maisons de commerce visèrent les ouvriers qui charriaient les caisses jusqu'au bord du fleuve qu'ils n'avaient plus besoin de venir, puisqu'en ces jours-là il n'y avait plus personne pour acheter ni pour vendre aux comptoirs, et cela fit que Wang Lung resta dans sa cahute jour et nuit, désœuvré. Tout d'abord il en fut enchanté, car il lui semblait que son corps ne pourrait jamais prendre assez de repos et il dormait pesamment d'un sommeil de mort. Mais s'il ne travaillait plus, il ne gagnait plus rien, et en très peu de jours les quelques sous qu'ils avaient en réserve furent épuisés et de nouveau il chercha désespérément ce qu'il pourrait faire. Et pour comble de malheur, les cuisines publiques fermèrent leurs portes et les gens qui avaient de cette façon pourvu aux besoins des pauvres se réfugièrent chez eux et fermèrent les portes, et il n'y eut plus de nourriture, plus de travail, et dans les rues il ne passait plus personne à qui l'on pût demander l'aumône.

Alors Wang Lung prit la fillette dans ses bras et s'asseyant avec elle dans la cabane il la considéra et lui dit avec douceur :

« Petite innocente, aimerais-tu d'aller dans une grande maison où il y a à boire et à manger et où tu auras un vêtement qui te couvrira tout le corps ? »

Elle sourit, sans comprendre, et leva ses petites menottes pour toucher avec étonnement les yeux qui la regardaient. Il en fut ému et demanda à la femme :

« Mais dis-moi, est-ce qu'on te battait dans la grande maison ? »

Elle lui répondit d'une voix terne et sombre :

« Tous les jours on me battait. »

Et il lui demanda encore :

« Mais c'était-il simplement avec une ceinture

147

d'étoffe ou c'était-il avec un fouet ou un bambou ? »

Elle lui répondit du même ton inerte :

« On me battait avec une lanière de cuir qui avait servi de licou à une mule et qui était accrochée au mur de la cuisine. »

Il voyait bien qu'elle comprenait ce qu'il pensait, mais il recourut à sa dernière espérance et reprit :

« Notre enfant est une jolie petite fille, dès à présent. Dis-moi, on battait aussi les jolies esclaves ? »

Elle répondit avec indifférence, comme si elle se désintéressait de la question :

« Oui, on les battait, ou on les livrait à un homme, selon la fantaisie du moment, et pas seulement à un homme, mais à tous ceux qui pouvaient avoir envie d'elles ce soir-là, et les jeunes seigneurs se disputaient telle ou telle esclave, et se la repassaient, disant : « Si c'est à toi ce soir, ce sera mon tour demain », et quand ils étaient tous pareillement fatigués d'une esclave, les serviteurs se disputaient et se repassaient le laissé-pour-compte des jeunes seigneurs ; et ceci avant qu'une esclave fût sortie de l'enfance... du moment qu'elle était jolie. »

Alors Wang Lung en soupirant serra contre lui la fillette et à plusieurs reprises lui dit à mi-voix : « Ah ! petite innocente... petite innocente... » Mais en lui-même il criait éperdument comme un homme qui est pris dans un flot impétueux et qui n'a pas le temps de réfléchir : « Il n'y a pas d'autre moyen... il n'y a pas d'autre moyen... »

Il en était là quand survint tout à coup un fracas de tonnerre pareil à la chute des cieux et tous jusqu'au dernier ils tombèrent spontanément la face contre terre en se cachant le visage, car on eût dit que l'effroyable détonation allait s'emparer d'eux et les anéantir. Ignorant quel spectacle d'horreur pouvait leur apparaître dans ce vacarme effroyable, Wang Lung couvrit de sa main le visage de la fillette tandis que le vieux lui criait dans l'oreille : « Voilà ce que je n'ai pas encore entendu dans toute mon existence », et que les deux garçons hurlaient d'épouvante.

Mais le silence se rétablit aussi brusquement qu'il avait été rompu, et alors O-len releva la tête et dit : « Voilà sans doute la menace dont j'ai entendu parler qui vient de s'accomplir. L'ennemi a fait sauter les portes de la ville. » Et avant que personne eût le temps de lui répondre, une clameur s'éleva de la ville, une clameur croissante de voix humaines, d'abord faibles, comme on entend s'approcher un vent de tempête, puis rassemblées en un hurlement grave, de plus en plus fort et qui finit par emplir les rues.

Wang Lung se remit debout sur le sol de sa paillote, et sa chair fut envahie d'une peur étrange qu'il sentait frémir parmi les racines de ses cheveux, lesquels se dressèrent tous sur sa tête. On se regardait les uns les autres dans l'attente d'un événement inconnu, mais on ne percevait que le bruit d'une multitude d'êtres humains qui hurlaient tous.

Et alors par-delà le mur et non loin on entendit le bruit d'une grande porte qui grinçait sur ses gonds et qui gémissait comme si elle ne se fût ouverte qu'à regret, et soudain l'homme qui une fois au crépuscule avait parlé à Wang Lung et qui fumait une courte pipe de bambou, passa sa tête par l'ouverture de la paillote et cria :

« Comment ! vous êtes encore là ? L'heure est venue... les portes des riches nous sont ouvertes ! »

L'homme n'avait pas fini de parler que, se faufilant par-dessous son bras, O-len disparut comme par enchantement.

Wang Lung se leva, lentement et comme pris de vertige, et déposant à terre la fillette il sortit. Devant le grand portail de fer de la maison du riche une multitude d'hommes du commun se bousculaient tumultueusement, poussant ensemble le sinistre hurlement de tigre qu'il avait entendu naître et s'enfler par les rues et il comprit qu'aux portes de tous les riches se pressait une multitude hurlante d'hommes et de femmes qui, après avoir été affamés et emprisonnés, se voyaient momentanément libres de faire ce qu'ils voulaient. Et les grands vantaux étaient entrouverts et les gens se poussaient en avant si serrés qu'on se marchait sur les pieds et les corps étaient si bien coincés, l'un contre l'autre, que leur masse entière se mouvait d'un seul bloc. Une vague de nouveaux arrivants emporta Wang Lung et l'enfonça dans la foule de telle sorte que bon gré mal gré il fut contraint d'avancer avec elle, quoiqu'il ne sût pas lui-même ce qu'il voulait, tant il était abasourdi de ce qui arrivait.

Il fut ainsi balayé au-delà du seuil du grand portail. Ses pieds ne touchaient presque plus terre dans la poussée de la foule, et comme un hurlement continuel de bêtes fauves en fureur s'élevait de toutes parts le hurlement du populaire.

De cours en cours emporté par le flot, il arriva dans les cours les plus reculées, sans avoir vu trace des habitants de la maison. On se serait cru dans un palais mort depuis longtemps sans les lis précoces qui fleurissaient parmi les rocailles du jardin et sans les fleurs vermeilles des premiers arbres printaniers qui s'épanouissaient sur les branches nues. Mais dans les appartements on voyait des mets sur une table et dans les cuisines le feu brûlait encore. Cette foule d'envahisseurs connaissait bien les cours des riches, car ils avaient traversé sans s'arrêter les cours de devant, où logent les domestiques et les esclaves et où sont les cuisines, pour passer dans les cours du fond, où les seigneurs et les dames ont leurs lits moelleux et où se trouvent les coffres laqués noir, rouge et or, aux toilettes de soieries, où il y a des tables et des fauteuils sculptés, et sur les murs des panneaux peints.

150

Et la foule se ruait sur ces trésors, on empoignait et on s'arrachait les uns aux autres ce qui apparaissait dans chaque coffre ou cabinet qu'on venait d'ouvrir, si bien que vêtements, literie, tentures et plats passaient de main en main, chaque main arrachant ce que tenait l'autre, et nul n'avait le loisir de regarder ce qu'il avait pris.

Dans ce pillage Wang Lung seul ne prit rien. De toute son existence jamais il n'avait pris le bien d'autrui, et il était incapable de s'y mettre tout d'un coup. Il resta donc d'abord au milieu de la foule, tiraillé de-ci de-là, et puis se ressaisissant un peu, il s'efforça avec persévérance de se dégager de la cohue. Il parvint enfin sur ses limites et il y resta emporté à la dérive tout le long, comme les petits remous du courant sur le bord d'un tourbillon, mais il était du moins capable de se reconnaître.

Il se vit dans le fond de la cour la plus intérieure où logent les épouses des riches, et la porte de derrière était entrouverte, cette porte que les riches ont depuis des siècles réservée à leur évasion en pareil cas, et appelée en conséquence la porte de paix. C'était par cette porte sans doute que les habitants de la maison avaient tous échappé et s'étaient cachés parmi les rues voisines, d'où ils écoutaient les hurlements dans leurs cours. Seul un homme, soit à cause de son obésité, soit qu'ayant bu il dormît trop profondément, n'avait pas réussi à fuir, et à l'improviste Wang Lung se trouva nez à nez avec lui en arrivant dans une pièce intérieure déserte d'où la foule venait de refluer après une brève incursion, si bien que l'homme, qui s'était dissimulé dans une cachette, n'avait pas été découvert et maintenant, se croyant seul, il tentait subrepticement de s'évader. Et ce fut ainsi que Wang Lung, qui à force de se dégager des autres avait fini par être seul, se trouva nez à nez avec lui.

C'était un grand bonhomme obèse, ni vieux ni

jeune, et l'alerte avait dû le tirer de son lit, qu'il partageait sans doute avec une jolie femme, car on voyait son torse nu par l'entrebâillement de la robe de satin violette qu'il retenait autour de lui. Les bourrelets jaunâtres de sa chair retombaient à grands plis sur sa grasse poitrine et sur son ventre et ses petits yeux renfoncés ressemblaient à des yeux de goret. A la vue de Wang Lung il se mit à trembler de tous ses membres et à piailler comme s'il eût reçu un coup de couteau, si bien que Wang Lung, qui n'était pas armé, s'en étonna et eût ri volontiers du spectacle. Mais le bonhomme obèse se jeta à genoux et se frappa le front sur les carreaux du sol en s'écriant :

« Epargnez ma vie... ne me tuez pas. Je vous donnerai de l'argent... beaucoup d'argent. »

Au mot d'argent une clarté fulgurante se fit soudain dans l'esprit de Wang Lung. De l'argent ! Hé oui, c'était cela qu'il lui fallait ! Et la pensée lui vint aussi nette que si une voix l'eût proférée : « De l'argent... l'enfant sauvée... la terre ! »

Il s'écria tout à coup d'une voix rude qu'il ne se connaissait pas :

« Alors donne-moi de l'argent. »

Et l'homme obèse qui était à genoux se releva sanglotant et balbutiant et fouilla dans la poche de sa robe, et ses mains jaunes en ressortirent toutes débordantes d'or, et Wang Lung tendit le pan de sa blouse et l'y reçut. Et de nouveau il s'écria de cette voix étrange qui lui faisait l'effet d'appartenir à un autre :

« Donne-m'en encore ! »

Et de nouveau les mains de l'homme ressortirent toutes débordantes d'or et il geignit :

« Maintenant il ne me reste rien et je n'ai plus que ma misérable existence. »

Il se mit à pleurer, et ses larmes coulaient comme de l'huile sur ses bajoues pendantes.

A le voir ainsi grelottant et pleurant, Wang Lung le détesta soudain comme il n'avait jamais rien détesté de sa vie, et il s'écria tandis que cette aversion montait en lui :

« Disparais de ma vue, ou sinon je te tue comme un gros ver de terre. »

Wang Lung avait si bon cœur qu'il eût été incapable de tuer un buffle, mais quand même il cria cela. Et l'homme s'enfuit devant lui comme un chien et disparut.

Alors Wang Lung resta seul avec l'or. Sans s'attarder à le compter, il l'enfourna dans son sein et sortit par la porte de paix qui était ouverte, et par les petites rues de derrière il regagna sa paillote. Il serrait contre son sein l'or encore tiède du corps de l'autre homme et il se répétait sans cesse en lui-même :

« Nous retournons à la terre... demain nous retournons à la terre ! »

XV

Au bout de quelques jours à peine Wang Lung eut l'illusion qu'il n'était jamais parti de sa terre, comme en effet, dans son cœur, il ne l'avait pas quittée. Avec trois pièces d'or il acheta de bonnes semences du midi, de bonnes graines de froment, de riz et de maïs ; et par une véritable prodigalité de richesses il acheta des semences de plantes qu'il n'avait encore jamais cultivées, du céleri et du lotus pour sa mare et de gros radis rouges que l'on met au four avec du porc pour les repas de fête et de petits haricots rouges odorants.

Avec cinq pièces d'or il acheta un buffle à un fermier qui labourait dans son champ, et ceci avant même d'avoir regagné son pays. Il vit l'homme qui labourait et il s'arrêta et tous s'arrêtèrent, le vieux, les enfants et la femme, tout pressés qu'ils étaient de regagner leur maison et leur terre, et ils considéraient le buffle. Wang Lung avait été frappé de sa grande et robuste encolure et avait remarqué tout de suite la vigueur avec laquelle la tête tirait sur le joug de bois. Il interpella le laboureur :

« Vous avez là un buffle qui ne vaut rien ! Pour combien d'argent ou d'or voulez-vous me le vendre, étant donné que je n'ai pas de bête et que j'en suis réduit à me contenter de prendre n'importe quoi ? »

Le fermier répliqua :

« Je vendrais plutôt ma femme que ce buffle à peine âgé de trois ans et qui est dans toute sa vigueur. »

Et il continuait à labourer et il refusait de s'arrêter pour discuter avec Wang Lung.

Il sembla alors à Wang Lung que de tous les buffles que renfermait le monde c'était celui-là qu'il lui fallait, et il dit à O-len et à son père :

« Que vous en semble de ce buffle ? »

Et le vieux regarda attentivement et prononça :

« Ça m'a l'air d'une bête bien châtrée. »

Et O-len reprit :

« Elle a un an de plus qu'il ne le prétend. »

Mais Wang Lung ne répondit rien parce qu'il avait jeté son dévolu sur ce buffle à cause de son coup d'épaule vigoureux et à cause de sa robe d'un jaune uniforme et de son œil grand et noir. Avec ce buffle il pourrait labourer ses champs et les cultiver et avec ce buffle attelé à son moulin il pourrait moudre le grain. Et il alla au fermier et lui dit :

« Je vous donnerai de quoi acheter un autre buffle et davantage, mais je veux avoir ce buffle-ci. »

Finalement après bien des marchandages, des discussions et des faux départs, le fermier céda la bête pour une fois et demie la valeur d'un buffle dans ces parages. Mais depuis qu'il avait vu ce buffle, l'or cessait soudain de compter pour Wang Lung et il le versa dans la main du fermier et il suivit des yeux le fermier tandis qu'il dételait la bête, et Wang Lung l'emmena par une corde passée dans les naseaux, le cœur enthousiasmé de sa nouvelle acquisition.

En arrivant à la maison, ils trouvèrent la porte arrachée et le chaume du toit enlevé. A l'intérieur les hoyaux et les râteaux qu'on y avait laissés avaient disparu, il ne restait plus que les quatre murs de terre et ces murs eux-mêmes étaient dégradés par les neiges et les pluies de l'hiver et du début du printemps. Mais la première surprise passée, tout ceci ne compta plus pour Wang Lung. Il se rendit à la ville où il acheta une bonne charrue neuve en bois dur, deux râteaux, deux hoyaux et des nattes pour couvrir la toiture en attendant de pouvoir se procurer du chaume à la moisson.

Puis dans la soirée il se posta sur le seuil de sa maison et jeta les yeux sur sa terre, sa terre à lui, qui s'étalait ameublie et rajeunie par les gelées de l'hiver, et prête à recevoir de nouvelles semailles. C'était le plein printemps et dans la mare les grenouilles coassaient mollement. A l'angle de la maison les bambous se balançaient doucement à la brise du soir et dans le crépuscule se silhouettait le rideau d'arbres à la lisière du champ voisin. C'étaient des pêchers, en fleur, du rose le plus délicat, et des saules où pointaient des feuilles d'un vert tendre. Et de la terre au repos, en attente, s'élevait un brouillard léger, argenté de clair de lune, qui s'enlaçait aux troncs des arbres.

Au début et pendant longtemps Wang Lung se figura n'avoir d'autre désir que d'être seul sur sa terre sans voir aucun humain. Il ne rendit visite à aucune maison du village, et quand ses voisins vinrent chez lui, ceux qui restaient après la famine et l'hiver, il les reçut avec des paroles aigres.

« Lequel de vous a arraché ma porte, lequel de vous a pris mon râteau et mon hoyau, lequel de vous a brûlé mon chaume dans son foyer ? » C'était là ce qu'il leur braillait.

Et ils secouaient la tête, en protestant de leur innocence. Et l'un d'eux répliqua : « C'est ton oncle », et un autre : « Non, avec les bandits et les voleurs qui ont couru le pays en ces tristes temps de famine et de guerre, comment pourrait-on dire si c'est celui-ci ou celui-là qui a volé quelque chose ? La faim rend voleur n'importe qui. »

Puis Ching, son voisin, sortit subrepticement de sa maison, vint trouver Wang Lung et lui dit :

« Durant tout l'hiver une bande de voleurs a logé dans ta maison et a mis en coupe réglée le village et la ville. Ton oncle, dit-on, en sait plus qu'il ne conviendrait à un honnête homme. Mais qui sait ce qui est vrai en ces temps-ci ? Je n'oserais accuser personne. »

Le pauvre homme n'était plus que l'ombre de lui-même, il n'avait que la peau sur les os et ses cheveux avaient blanchi, bien qu'il fût à peine âgé de quarante-cinq ans. Après l'avoir considéré un moment, Wang Lung fut pris de pitié et lui dit soudain :

« Tu as donc été plus mal loti que nous ? Qu'est-ce que tu as mangé ? »

Notre homme soupira et dit dans un murmure :

« Qu'est-ce que je n'ai pas mangé ? Nous avons mangé de tout, les détritus des rues comme des chiens quand nous allions mendier en ville, et des chiens crevés, et une fois avant de mourir ma femme a trempé une soupe avec une viande dont je n'ai pas osé lui demander la provenance ; je savais heureusement qu'elle n'avait pas le courage de tuer et que si nous mangions ça, c'était qu'elle l'avait trouvé. Puis comme elle avait moins de force de résistance que moi, elle est morte, et après sa mort j'ai vendu la fillette à un soldat parce que je ne voulais pas la voir mourir de faim et mourir moi aussi. (Il se tut un moment et reprit :) Si j'avais un peu de semence, je sèmerais encore une fois, mais je n'en ai pas.

– Arrive ici ! » s'écria d'un ton bourru Wang Lung.

Il l'entraîna dans la maison par la main et lui ordonna de relever le pan de sa blouse en haillons. Wang Lung versa dedans une partie de la provision de semences qu'il avait rapportées du midi. Il lui donna du froment et du riz et de la graine de chou et il ajouta :

« J'irai demain labourer ta terre avec mon buffle. »

Alors Ching fondit soudain en larmes et Wang Lung lui-même se frotta les yeux et s'écria comme s'il eût été en colère :

« Crois-tu que j'ai oublié cette poignée de haricots que tu m'as donnée ? »

Ching ne répondit rien, mais il s'éloigna en pleurant et pleurant sans arrêt.

Ce fut une joie pour Wang Lung d'apprendre que son oncle n'était plus dans le village ; et où il était, personne ne le savait au juste. Les uns disaient qu'il s'en était allé dans une ville et les autres qu'il était parti en pays lointain avec sa femme et son fils. En tout cas dans sa maison du village il ne restait personne. Les filles, et Wang Lung fut très courroucé de l'apprendre, avaient été vendues, la plus jolie d'abord, à un bon prix, mais la dernière même, qui était marquée de la petite vérole, avait trouvé preneur pour une poignée de gros sous en un soldat qui passait, allant à la bataille.

Alors Wang Lung se mit d'arrache-pied à la culture et il regrettait même les heures qu'il lui fallait passer dans la maison pour manger et dormir. Il préférait emporter aux champs son ail et sa galette roulée et manger là debout en pensant à des projets. « Ici je mettrai les pois à œil noir et là les couches de jeune riz. » Et s'il se sentait trop fatigué pendant le jour, il se couchait dans un sillon et il y faisait un somme en sentant contre lui la bonne tiédeur de la terre.

Dans la maison O-len ne restait pas inactive. De ses propres mains elle amarra solidement les nattes aux solives et prit de la terre des champs qu'elle pétrit avec de l'eau pour réparer les murs de la maison, et elle reconstruisit le four et boucha les trous que la pluie avait creusés dans le plancher.

Puis un jour elle se rendit à la ville avec Wang Lung et ils achetèrent ensemble des lits, une table et six escabeaux et un grand chaudron de fer et ils achetèrent pour le plaisir une théière de terre rouge portant une fleur noire dessinée à l'encre, et six bols assortis. Finalement ils allèrent chez un marchand d'encens et achetèrent un dieu de la Richesse en papier pour pendre au mur au-dessus de la table dans la salle du milieu, et ils achetèrent deux chandeliers d'étain et deux chandelles rouges pour faire brûler devant le dieu, de grosses chandelles rouges en graisse de vache et qui avaient au centre un roseau mince en guise de mèche.

De plus, Wang Lung songea aux petits dieux du temple à la Terre et, avant de rentrer chez lui, il alla leur jeter un coup d'œil. Ils étaient piteux à voir, avec les traits de leurs visages délavés par la pluie et l'argile visqueuse de leurs corps laissée à nu par les haillons de leurs habits de papier. Personne ne s'était occupé d'eux en cette année terrible et Wang Lung les regarda avec une satisfaction sarcastique et il dit en haussant le ton comme on parle à un enfant mis en pénitence :

« Voilà ce que c'est pour les dieux qui font du mal aux hommes. »

Néanmoins quand la maison fut redevenue elle-même, quand il vit les chandeliers d'étain reluisants et les chandelles rouges allumées, la théière et les bols sur la table et les lits à leur place et munis de literie neuve, et du papier neuf collé au trou de la chambre où il couchait et une nouvelle porte accrochée sur ses gonds de bois, Wang Lung fut effrayé de son bonheur. O-len était grosse d'un prochain enfant ; ses enfants bronzés se bousculaient sur son seuil comme de jeunes chiens, et adossé contre le mur du midi son vieux père sommeillait et souriait en dormant ; dans ses champs le jeune riz poussait vert comme jade et les jeunes haricots sortaient de terre. Et il lui restait encore assez d'or pour nourrir toute la famille jusqu'à la moisson en mangeant économiquement. Levant les yeux vers le ciel d'azur où dérivaient de blancs nuages, sentant sur ses champs labourés comme sur sa propre chair le soleil et la pluie en juste proportion, Wang Lung murmura involontairement :

« Il faudra que j'allume un petit bâtonnet d'encens devant les deux dieux du petit temple. Après tout, ils ont de la puissance sur la terre. »

XVI

Une nuit que Wang Lung était couché avec sa femme, il s'aperçut qu'elle avait entre les seins une bosse dure de la dimension d'un poing d'homme et il lui dit :

« Mais qu'est-ce que tu as donc là sur toi ? »

Il y porta la main et trouva un paquet enveloppé de toile contenant quelque chose de dur mais qui remuait sous les doigts. Elle se recula d'abord avec vivacité, puis quand il se fut emparé de l'objet pour le lui prendre de force, elle céda et dit :

« Tenez, regardez donc, puisque vous y tenez absolument. »

Et prenant la ficelle qui retenait l'objet à son cou, elle la fit sauter et donna l'objet à son mari.

C'était enveloppé d'un bout de chiffon qu'il arracha. Une masse de pierreries lui tomba tout à coup dans la main. Wang Lung les regardait stupéfait. Jamais il n'aurait songé qu'on pût voir tant de pierres précieuses réunies, des rouges comme la pulpe intérieure des melons d'eau, des dorées comme le froment, des vertes comme les jeunes feuilles au printemps, des limpides et transparentes comme l'eau des sources. Wang qui n'avait jamais vu de pierres précieuses ignorait leurs noms. Mais en les tenant là entre ses doigts, il comprit, à les voir scintiller d'un tel éclat dans la pénombre de la chambre, qu'il tenait la richesse dans le creux de sa main basanée. Il la tenait sans bouger, s'enivrant en silence de leurs couleurs et de leurs formes, et la femme considérait avec lui le trésor. A la fin il chuchota, le souffle coupé :

« Où... où les as-tu... »

Et elle lui répondit non moins bas :

« Dans la maison du riche. Ce devait être le trésor d'une favorite. J'ai vu dans le mur une brique détachée et je me suis faufilée par là discrètement sans me laisser voir de personne pour éviter de devoir partager. J'ai retiré la brique, puis les brillants, et les ai mis dans ma manche.

« Mais comment savais-tu ? » chuchota-t-il de nouveau, rempli d'admiration.

Elle eut sur les lèvres le sourire qu'on ne voyait jamais dans ses yeux et répondit :

« Vous oubliez donc que j'ai vécu dans la maison d'un riche ? Les riches ont toujours peur. J'ai vu une fois dans une mauvaise année des voleurs enfoncer les grandes portes de la grande maison et les esclaves, les concubines et la Vieille Maîtresse elle-même couraient de tous côtés et chacune avait un trésor qu'elle cachait dans quelque lieu secret préparé d'avance. C'est pourquoi je savais ce que signifiait une brique détachée. »

Et de nouveau ils se turent, considérant les pierres merveilleuses. Puis au bout d'un temps Wang Lung respira avec force et dit résolument :

« Voyons, on ne peut pas garder un trésor comme celui-ci. Il faut le vendre et le mettre en sûreté dans la terre, car rien d'autre n'est sûr. Si quelqu'un connaissait son existence, nous serions morts avant le lendemain et un voleur emporterait les pierreries. Il faut les mettre en terre aujourd'hui même ou je ne dormirai pas la nuit prochaine. »

Il réenveloppa les pierres précieuses dans le chiffon et noua le tout solidement avec la ficelle. Comme il ouvrait sa blouse pour cacher le paquet dans son sein, il vit par hasard le visage de la femme. Elle était assise jambes croisées au pied du lit et sa physionomie opaque qui jamais n'exprimait rien ébauchait le geste d'entrouvrir les lèvres et de pencher le visage en avant.

« Eh bien, qu'est-ce qu'il y a ? demanda-t-il en la regardant avec étonnement.

– Vous allez les vendre toutes ? chuchota-t-elle d'une voix rauque.

– Et pourquoi pas ? demanda-t-il ébahi. Que ferions-nous de joyaux comme ceux-ci dans une maison de terre ?

– Je désirais pouvoir en garder deux pour moi, dit-elle avec une ardeur si désespérée, comme si elle n'attendait rien, qu'il fut ému comme il l'eût été par un de ses enfants aspirant à un jouet ou à une friandise.

– Ah ! bien, par exemple ! s'écria-t-il avec stupeur.

– Si je pouvais en avoir deux, reprit-elle humblement, rien que deux petites... les petites perles blanches unies.

– Des perles ! reprit-il ébahi.

– Je les garderais... je ne les porterais pas, dit-elle,
je les garderais seulement. »

Et elle baissa les yeux et se mit à tortiller un bout
de la couverture où un point avait cédé et elle
attendit patiemment comme quelqu'un qui n'attend
presque pas de réponse.

Alors Wang Lung, sans comprendre, regarda un
instant dans le cœur de cette morne et dévouée créature, qui avait peiné toute sa vie à des tâches qui
ne lui valaient pas de récompense, et qui dans la
grande maison avait vu d'autres femmes porter des
pierreries qu'elle n'avait même jamais soupesées
une seule fois dans sa main.

« Je pourrais les tenir dans ma main de temps en
temps » ajouta-t-elle, comme si elle parlait toute
seule.

Emu d'un sentiment incompréhensible, il tira le
sachet de son sein, déballa les pierres précieuses et
les lui tendit en silence. Elle fouilla parmi les
couleurs étincelantes, remuant délicatement les
pierreries de sa main dure et basanée, et finit par
trouver les deux perles blanches unies. Elle les mit
à part, et, reficelant le paquet, elle le tendit à son
mari. Puis elle prit les perles, arracha un bout
d'étoffe dans le coin de sa blouse et les ayant enve-
loppées les cacha entre ses seins. Elle était consolée.

Mais Wang Lung l'observait avec étonnement et
ne comprenait qu'à moitié, si bien que par la suite,
ce jour-là et les jours suivants, il lui arrivait de
s'arrêter et de la considérer avec stupeur en se
disant :

« Allons bon, ma femme elle a encore ces deux
perles entre ses seins, je suppose. » Mais il ne la vit
jamais les prendre ni les regarder, et ils n'en dirent
plus jamais un mot.

Quant aux autres pierres précieuses, après bien
des méditations, il finit par décider qu'il irait à la

grande maison voir s'il y avait encore de la terre à vendre.

Il se rendit donc à la grande maison, et il n'y avait plus à cette heure de portier se tenant à la porte, tortillant les longs poils de sa verrue, dédaigneux de répondre à ceux qui ne pouvaient pas entrer dans la maison de Hwang sans lui en demander la permission. Au contraire, la grande porte était fermée et Wang Lung tambourina des deux poings dessus et personne ne vint. Des hommes qui passaient dans la rue levèrent les yeux et lui crièrent :

« Allez-y, tapez toujours. Si le Vieux Seigneur est éveillé, il finira peut-être par venir et s'il y a une chienne d'esclave, elle vous ouvrira peut-être, si elle y est disposée. »

A la longue il entendit des pas lents qui s'approchaient du seuil, des pas lents et hésitants qui s'arrêtaient et reprenaient par à-coups, et puis il entendit le raclement de la barre de fer qui retenait la porte, la porte grinça et une voix grincheuse chuchota :

« Qui est là ? »

Alors Wang Lung, tout confondu qu'il était, répondit avec force :

« C'est moi, moi Wang Lung. »

Alors la voix reprit hargneusement :

« Wang Lung ? Et qui est ce maroufle ? »

A la qualité du juron Wang Lung comprit que c'était le Vieux Seigneur en personne, parce qu'il employait une injure qu'on a coutume d'adresser aux serviteurs et aux esclaves. Wang Lung répondit donc, plus humblement que devant :

« Monseigneur et maître, je suis venu au sujet d'une petite affaire, non pour déranger Votre Seigneurie, mais pour causer de cette affaire avec l'intendant qui est au service de Votre Honneur. » Alors le Vieux Seigneur répondit sans ouvrir davantage l'entrebâillement auquel il collait ses lèvres :

« Maudit soit-il, ce chien m'a quitté il y a bien des mois et il n'est plus ici. »

Après cette réponse, Wang Lung ne sut plus que faire. Il lui était impossible de parler achat de terre directement au Vieux Seigneur, sans un intermédiaire, et pourtant les pierreries pesaient dans son sein brûlantes comme du feu, et il souhaitait de s'en débarrasser et il souhaitait encore plus la terre. Il avait de quoi ensemencer encore autant de terre qu'il en avait, et il souhaitait la bonne terre de la maison de Hwang.

« Je suis venu au sujet d'une petite somme », dit-il avec hésitation.

Du coup le Vieux Seigneur rapprocha les battants et haussa le ton pour dire :

« Ce voleur et ce brigand d'intendant... et puissent sa mère et la mère de sa mère être maudites à cause de lui... a emporté tout ce que je possédais. Impossible de payer aucune dette.

– Non... non, lui cria bien vite Wang Lung. Je suis venu pour verser de l'argent et non pas pour réclamer une dette. »

Là-dessus une voix que Wang Lung n'avait pas encore entendue poussa un cri perçant et une femme avança brusquement la tête entre les battants.

« Tiens, tiens, voilà une parole que je n'ai plus entendue depuis longtemps », dit-elle sèchement.

Et Wang Lung vit un beau visage rusé, haut en couleur, qui l'examinait.

« Entrez », reprit la femme avec empressement.

Elle ouvrit les battants au large pour le laisser entrer, après quoi elle les rebarricada derrière son dos, tandis qu'il s'arrêtait ébahi dans la cour.

Il avait devant lui le Vieux Seigneur qui le dévisageait en toussant, vêtu d'une robe de satin gris malpropre, d'où pendait une bordure de fourrure miteuse. Cet habit, à ce qu'on pouvait voir, avait été jadis beau, car le satin était encore épais et lisse, mais il était couvert de taches et d'éclaboussures et chiffonné comme s'il eût servi de robe de nuit. Wang Lung de son côté dévisageait le Vieux Seigneur, curieux, mais encore à demi effrayé, parce que toute la vie il avait craint les gens de la grande maison ; et il lui semblait impossible que le Vieux Seigneur, dont il avait tant ouï parler, fût ce vieux bonhomme, pas plus imposant que son vieux père, et même moins, car son père était un vieillard propre et avenant, et le Vieux Seigneur, jadis obèse, était à présent maigre et il avait la peau flasque et plissée, il n'était ni lavé ni rasé et sa main jaunie tremblotait tandis qu'il se caressait le menton et tiraillait ses lèvres flétries et pendantes.

La femme était assez convenable. Elle avait un visage dur et anguleux, auquel un grand nez recourbé donnait une sorte de noblesse d'oiseau de proie, des yeux noirs vifs et brillants, une peau blafarde trop tendue sur ses os, et ses joues et ses lèvres trop rouges avaient une expression dure. Ses cheveux noirs et lustrés étaient lissés comme un miroir, mais on s'apercevait à son langage qu'elle était non une parente du Vieux Seigneur, mais une esclave, à la voix criarde et à la langue bien pendue. Et à part ces deux êtres, la femme et le Vieux Seigneur, il n'y avait personne d'autre dans cette cour remplie autrefois d'un va-et-vient continuel d'hommes, de femmes et d'enfants allant à leurs affaires ou vaquant aux soins de la maison.

« Parlons un peu de cet argent », dit la femme sèchement.

Mais Wang Lung hésita. La présence du Vieux Seigneur le gênait pour parler, ce que la femme comprit aussitôt comme elle comprenait toute chose plus vite qu'on ne pouvait l'exprimer par la parole, et elle dit aigrement au vieillard :

« Maintenant allez-vous-en. »

Et le Vieux Seigneur, sans un mot, s'éloigna en silence, toussotant, faisant claquer à ses talons ses vieilles socques de velours. Wang Lung, resté seul avec cette femme, ne savait que dire ni que faire. Il était suffoqué de ce silence universel. Il jeta un coup d'œil dans la cour voisine, où il n'y avait personne non plus, et il vit dans la cour des tas d'ordures et des détritus avec de la paille piétinée, des branches de bambou et des aiguilles de pin desséchées et des fleurs mortes comme si depuis longtemps personne n'avait pris le balai pour nettoyer.

« Et alors, tête de bois ! reprit la femme sur un ton des plus tranchants. (Et l'aigreur de cette interpellation inattendue fit sursauter Wang Lung.) Quelle est votre affaire ? Si vous apportez de l'argent, montrez-le-moi.

— Non, repartit Wang Lung avec prudence, je n'ai pas dit que j'apportais de l'argent. J'ai une affaire à proposer.

— Une affaire signifie de l'argent, répliqua la femme, soit de l'argent qui rentre, soit de l'argent qui sort, et il n'y a pas d'argent à sortir de cette maison.

— Soit, mais je ne peux tout de même pas traiter avec une femme », objecta timidement Wang Lung.

Il ne comprenait rien à la situation dans laquelle il se trouvait et il regardait sans cesse autour de lui avec étonnement.

« Tiens, et pourquoi pas ? » riposta la femme avec colère... Puis elle lui cria brusquement : « N'avez-vous pas entendu ce qu'on vous a dit, idiot, qu'il n'y a plus personne ici ? »

Wang Lung lui jeta un regard intimidé, incrédule, et la femme lui cria de nouveau :

« Moi et le Vieux Seigneur... il n'y a plus personne d'autre.

— Où sont-ils donc ? demanda Wang Lung, trop ahuri pour prononcer des paroles cohérentes.

– Eh bien, d'abord la Vieille Maîtresse est morte, repartit la femme. N'avez-vous pas entendu dire en ville que des bandits ont envahi sa maison et qu'ils ont emporté tout ce qu'ils ont voulu des esclaves et des biens ? Et ils ont battu le Vieux Seigneur après l'avoir pendu par les pouces et ils ont ficelé la Vieille Maîtresse sur un fauteuil et l'ont bâillonnée et tout le monde s'est enfui. Mais moi je suis restée. Je m'étais cachée dans un réservoir à eau à moitié vide sous un couvercle de bois. Et quand je suis sortie, ils avaient disparu et la Vieille Maîtresse était morte dans son fauteuil, non qu'on lui eût donné des coups mais de frayeur. Parce qu'elle fumait l'opium, son corps était un roseau pourri et elle n'a pas pu supporter le saisissement.

– Et les domestiques et les esclaves ? balbutia Wang Lung. Et le portier ?

– Oh ! ceux-là, répondit-elle négligemment, ils avaient déguerpi depuis longtemps déjà... tous ceux qui avaient des pieds pour les porter, car dès le milieu de l'hiver il ne restait plus ni vivres ni argent. Et même (sa voix se réduisit à un murmure) il y avait beaucoup de serviteurs parmi les bandits. J'ai vu moi-même ce chien de portier : il montrait le chemin à la bande, et il a eu beau détourner son visage en présence du Vieux Seigneur, j'ai reconnu quand même les longs poils de sa verrue. Et il y en avait d'autres, car ne fallait-il pas être familiarisé avec la grande maison pour savoir où étaient les cachettes des pierreries et les réserves secrètes des objets précieux qui ne sont pas destinés à être vendus ? Je ne voudrais même pas répondre du vieil intendant, quoiqu'il ait jugé au-dessous de sa dignité de se mêler publiquement de l'affaire, vu qu'il un parent plus ou moins éloigné de la famille. »

La femme se tut et le silence des cours était opprimant comme un silence de tombe. Puis la femme reprit :

« Mais la catastrophe n'était pas inattendue. Déjà du vivant du Vieux Seigneur et de son père on pouvait prévoir la déchéance de cette maison. Les seigneurs de la dernière génération cessèrent de surveiller la terre : ils prenaient la finance que les intendants leur donnaient et la dépensaient sans plus de souci que de l'eau. Et au cours de ces générations la force de la terre les a quittés et morceau par morceau la terre a commencé à s'en aller aussi.

– Où sont les jeunes seigneurs ? demanda Wang Lung qui ne cessait pas de promener autour de lui un regard ébahi, tant il lui était difficile de croire à ces événements.

– De-ci de-là, répondit la femme avec indifférence. Il est heureux que les deux filles se soient mariées avant que le malheur arrivât. Quand il apprit ce qui était advenu à son père et à sa mère, l'aîné des jeunes seigneurs envoya un messager pour emmener le Vieux Seigneur, son père, mais j'ai dissuadé le vieux bonhomme de partir. Je lui ai dit : « Il n'y aura plus personne dans les cours, et ce n'est pas décent pour moi, qui ne suis qu'une faible femme. » En disant ces mots, elle pinça pudiquement ses minces lèvres rouges, et baissa ses yeux effrontés. Après une courte pause, elle reprit :

« Sans compter que j'ai été pendant plusieurs années la fidèle esclave de mon seigneur et que je n'ai pas d'autre maison. »

Wang Lung lui jeta un regard scrutateur et détourna bien vite les yeux. Il commençait à voir ce qu'était cette personne, une aventurière qui se cramponnait à un vieillard mourant dans l'espoir de lui soutirer jusqu'au dernier sou. Il dit avec mépris :

« Etant donné que vous n'êtes qu'une esclave, comment puis-je faire affaire avec vous ? »

Sur quoi elle se récria :

« Il fera tout ce que je lui dirai. »

Wang Lung médita sur cette réponse. Tant pis,

après tout, il y avait la terre. Si ce n'était pas lui, c'en seraient d'autres qui l'achèteraient par l'entremise de cette femme.

« Combien de terre est-ce qu'il reste ? » demanda-t-il à contrecœur.

Elle vit tout de suite de quoi il retournait et répliqua vivement :

« Si vous êtes venu pour acheter de la terre, il y en a. Il lui reste cent arpents à l'occident et au midi deux cents qu'il veut vendre. Le tout n'est pas d'un seul tenant, mais les parcelles sont grandes. C'est à vendre jusqu'au dernier arpent. »

Elle débita ces phrases sans la moindre hésitation et Wang Lung comprit qu'elle connaissait tout ce que le vieillard avait de reste, jusqu'au dernier pied de terre. Mais néanmoins il restait incrédule et répugnait à faire affaire avec elle.

« Il n'est pas vraisemblable que le Vieux Seigneur puisse vendre toute la terre de sa famille sans le consentement de ses fils », insista-t-il.

Mais la femme lui répliqua avec vivacité :

« Quant à cela, les fils lui ont dit de vendre tout ce qu'il pourrait. La terre est située dans une région où aucun des fils ne tient à vivre et par ces temps de famine le pays est infesté de brigands. Ils ont tous dit : «Nous ne pouvons pas vivre dans un endroit pareil. Il nous faut vendre et partager l'argent. »

– Mais à qui verserais-je l'argent ? demanda Wang Lung, toujours incrédule.

– Au Vieux Seigneur, et à qui d'autre ? » répliqua la femme d'un ton patelin.

Mais Wang Lung comprit que le Vieux Seigneur lui remettrait l'argent à elle.

Il s'abstint donc de parler davantage avec elle, et se retira en disant :

« Un autre... un autre jour. »

Il gagna la grande porte et elle le suivit jusque dans la rue en lui glapissant :

« Demain à cette heure-ci... à cette heure-ci ou l'après-midi... Toutes les heures sont bonnes. »

Il s'éloigna sans répondre, grandement embarrassé et sentant le besoin de réfléchir à ce qu'il venait d'entendre. Il alla dans une petite boutique de thé fréquentée par les esclaves, commanda une tasse et quand le garçon l'eut mise devant lui et eut pris et fait voltiger avec un geste insolent le gros sou qu'il avait payé, Wang Lung tomba dans une rêverie. Et plus il rêvait plus il lui semblait incroyable et monstrueux que la grande et riche famille, qui durant toute sa vie et toute la vie de son père et celle de son grand-père avait été une puissance et une gloire de la ville, fût maintenant ruinée et dispersée.

« Cela provient de ce qu'ils ont abandonné la terre », pensa-t-il avec regret. Et il pensa à ses deux fils, qui grandissaient comme de jeunes pousses de bambou au printemps, et il résolut de les faire aujourd'hui même cesser de jouer au soleil et de les mettre à la besogne dans le champ, où ils prendraient de bonne heure dans leurs os et leur sang le sentiment du terroir qu'ils auraient sous les pieds, et le sentiment du dur hoyau qu'ils tiendraient dans leurs mains.

Oui, mais en attendant, il avait l'impression que ces pierres précieuses pesaient sur lui et le brûlaient et il craignait continuellement. Il avait l'illusion qu'on devait les voir briller à travers ses hardes et que quelqu'un allait s'écrier :

« Hé ! mais, voilà un pauvre homme qui porte sur lui le trésor d'un empereur ! »

Et il n'aurait pas de repos avant de les avoir transformées en terre. Il guetta donc le moment où le tenancier avait une minute de loisir, et l'interpellant il lui dit :

« Venez boire un bol à mes dépens et racontez-moi les nouvelles de la ville, car j'ai été absent tout l'hiver. »

Le tenancier était toujours disposé à un entretien de ce genre, en particulier s'il buvait son thé aux dépens d'autrui, et il s'assit avec empressement à la table de Wang Lung. C'était un petit homme à figure chafouine et qui louchait de l'œil gauche. Il avait sur son costume une couche de crasse noire qui lui cuirassait le devant de sa blouse et de son pantalon, car en sus du thé il vendait aussi des aliments qu'il cuisinait lui-même, et il se plaisait à répéter : « Il y a un proverbe qui dit : « Un bon cuisinier n'a jamais sa blouse propre » et il considérait donc sa saleté comme juste et nécessaire. Il s'assit et commença aussitôt :

« Eh bien, à part les gens morts de faim, ce qui n'est pas une nouvelle, la plus grande nouvelle a été le pillage de la maison de Hwang. »

C'était précisément là ce que Wang Lung espérait entendre, et l'homme continua de lui raconter l'événement avec délices. D'après sa description, les quelques esclaves restantes s'étaient mises à pousser des hurlements et on les avait emportées, et puis les concubines qui restaient avaient été violées et chassées et plusieurs même emportées, de sorte que maintenant personne ne tenait plus du tout à loger dans cette maison.

« Personne, conclut le tenancier, à part le Vieux Seigneur, qui est à cette heure entièrement inféodé à une esclave nommée Coucou, qui a couché pendant des années dans la Chambre du Vieux Seigneur, grâce à son habileté, tandis que les autres ne faisaient qu'entrer et sortir.

– C'est donc cette femme qui commande, alors ? demanda Wang Lung, qui écoutait attentivement.

– Pour le moment, elle fait tout ce qu'elle veut, repartit l'homme. Aussi elle en profite pour empoigner tout ce qui est empoignable et gober tout ce qui est gobable. Un jour ou l'autre, bien entendu, quand les jeunes seigneurs auront rétabli leurs affaires en d'autres pays, ils reviendront et elle ne pourra plus les éblouir avec ses boniments de servante fidèle et dévouée qui mérite récompense, et on la flanquera dehors. Mais elle a dès maintenant sa vie assurée, dût-elle vivre cent ans.

– Et la terre ? demanda enfin Wang Lung, qui trépignait d'impatience.

– La terre ? » fit l'homme d'un air vague.

Pour ce boutiquier la terre ne signifiait rien du tout.

« Est-elle à vendre ? reprit Wang Lung avec agacement.

– Ah ! oui, la terre ! » répondit l'homme avec indifférence... Et comme un client venait d'entrer, il se leva et dit en s'éloignant : « J'ai entendu dire qu'elle est à vendre, excepté la parcelle où on enterre les membres de la famille depuis six générations. »

Et il continua son chemin.

Alors Wang Lung se leva aussi, ayant appris ce qu'il voulait savoir et il sortit. Il alla de nouveau frapper à la grande porte et la femme vint lui ouvrir. Il attendit avant d'entrer et lui demanda :

« Dites-moi d'abord ceci : est-ce que le Vieux Seigneur voudra bien apposer son sceau personnel aux actes de vente ? »

Et la femme répondit avec élan, les yeux rivés sur les yeux de son visiteur :

« Il voudra... oui, il voudra... j'en réponds sur ma vie ! »

Alors Wang Lung lui dit tout à trac :

« Voulez-vous vendre la terre pour de l'or ou pour de l'argent ou pour des pierres précieuses ? »

Les yeux étincelants, elle répondit :

« Je veux la vendre pour des pierres précieuses. »

XVII

Wang Lung possédait à présent plus de terre qu'un homme n'en peut labourer et moissonner avec un buffle, et plus de récoltes qu'un homme n'en peut loger dans son grenier. Il construisit donc une nouvelle pièce annexée à sa maison, acheta un âne et dit à son voisin Ching :

« Vends-moi la petite parcelle de terre que tu possèdes et abandonne ta maison solitaire pour venir habiter dans ma maison et m'aider à cultiver ma terre. »

Et Ching suivit le conseil et s'en trouva bien.

Alors la pluie tomba des cieux en son temps et le jeune riz poussa, et quand le froment fut coupé et la moisson mise en lourdes javelles, les deux hommes repiquèrent le jeune riz dans les champs inondés, et Wang Lung repiqua cette année-là plus de riz qu'il n'en avait jamais repiqué, car les pluies donnèrent de l'eau en abondance, si bien que des terres qui étaient auparavant sèches convenaient cette année-là pour le riz. Mais quand vint la récolte, il fut hors d'état de la moissonner avec Ching seul, tant elle était abondante, et Wang Lung loua comme ouvriers agricoles deux autres hommes qui vivaient dans le village et ils la moissonnèrent.

Quand il travaillait sur la terre qu'il avait achetée à la grande maison de Hwang, il se rappelait aussi les oisifs jeunes seigneurs de la grande maison déchue, et chaque matin il ordonnait sèchement à ses deux fils de l'accompagner aux champs et il leur assignait une tâche appropriée à leurs petites mains, telle que de guider le buffle et l'âne, et s'ils ne pouvaient abattre grande besogne, leur faire du moins connaître l'ardeur du soleil sur leurs corps et la monotonie de marcher aller et retour le long des sillons.

Mais il ne permettait pas à O-len de travailler aux champs, car il n'était plus un homme pauvre, mais un homme qui avait de quoi louer des travailleurs s'il le voulait. Jamais la terre n'avait rendu de telles moissons que cette année-là. Il fut obligé de construire encore une autre pièce à la maison pour y emmagasiner ses récoltes, sans quoi on n'aurait plus eu la place de se retourner. Et il acheta trois cochons et un troupeau de volailles qui se nourrit des grains perdus aux moissons.

O-len travaillait dans la demeure et confectionnait de nouveaux habits pour chacun et de nouveaux souliers, et elle fit pour chaque lit des couvertures d'étoffe à fleurs rembourrées de chaud coton neuf et quand tout fut terminé, ils se trouvèrent mieux pourvus d'habillement et de literie qu'ils ne l'avaient encore jamais été. Puis elle s'étendit sur son lit pour accoucher de nouveau. Mais bien qu'il eût pu louer qui elle eût voulu, elle préféra d'être seule.

Cette fois elle fut longtemps en travail et quand Wang Lung rentra au logis le soir, il trouva sur le seuil son père qui riait et qui lui dit :

« Cette fois-ci c'est un œuf à deux jaunes. »

Et quand Wang Lung entra dans la pièce du fond, il vit O-len sur le lit avec deux nouveau-nés, un garçon et une fille aussi pareils que deux grains de riz. Il rit aux éclats de ce beau chef-d'œuvre et puis il s'avisa de dire une chose facétieuse :

« C'est donc pour cela que tu portais deux pierres précieuses dans ton sein ! » Et il rit à nouveau de sa facétie, et O-len, le voyant joyeux, eut un sourire lent et pénible.

Wang n'avait donc à ce moment aucun motif de chagrin, sauf peut-être que sa fillette aînée était en retard pour son âge. Elle ne parlait pas et se bornait toujours à sourire comme un bébé quand elle rencontrait le regard de son père. Que ce fût dû à la calamiteuse année de son existence ou à la famine ou à autre chose, toujours est-il que les mois passèrent et que Wang Lung en était encore à attendre que les premiers mots sortissent de ses lèvres, même pour lui donner ce doux nom de père que les enfants prononçaient « da-da ». Mais aucun son ne venait, rien que le doux et vide sourire, et quand il la regardait, il soupirait :

« Petite innocente... ma pauvre petite innocente. »

Et dans son cœur il se reprochait à lui-même :

« Si j'avais vendu cette pauvre petite souris, dès qu'on se serait aperçu de cela, on l'aurait tuée ! »

Et comme pour demander pardon à l'enfant, il faisait beaucoup de cas d'elle, et l'emmenait parfois aux champs avec lui et elle le suivait partout en silence, souriant quand il lui parlait et s'occupait de sa présence.

Dans cette région, où Wang Lung avait vécu toute sa vie et où son père et le père de son père avaient vécu sur la terre, il y avait famine une fois en cinq ans ou, si les dieux se montraient indulgents, une fois en sept, huit ou même dix ans. C'était parce qu'il tombait des cieux trop de pluie ou pas du tout, ou parce que le fleuve du septentrion, gonflé par les pluies ou les neiges de l'hiver dans les montagnes lointaines, débordait dans les champs par-dessus les digues élevées par les hommes depuis des siècles pour le contenir.

A chaque fois les hommes s'enfuyaient du pays et y revenaient, mais Wang Lung se mit alors à établir sa fortune si solidement que, durant les mauvaises années à venir, il n'aurait plus besoin de quitter de nouveau sa terre, mais vivrait sur les récoltes des bonnes années, qui lui permettraient de subsister jusqu'à l'année suivante. Il se mit à l'œuvre et les dieux le favorisèrent et pendant sept ans il y eut des moissons, et chaque année Wang Lung et ses valets battirent plus de grain qu'on n'en pouvait consommer. Il louait chaque année de nouveaux ouvriers agricoles et il finit par avoir six valets et il bâtit une nouvelle maison derrière l'ancienne, une grande pièce au fond d'une cour et de chaque côté de la cour deux petites pièces attenantes à la grande. Il couvrit la maison en tuile, mais les murs furent encore faits de terre battue extraite des champs, seulement il les fit passer à la chaux et ils étaient blancs et propres. Ce fut dans ces chambres-là qu'il logea avec sa famille, et les ouvriers, avec Ching à leur tête, logèrent dans la vieille maison du devant.

A ce moment Wang Lung avait entièrement éprouvé Ching, et il l'avait trouvé honnête et fidèle, et il fit de Ching son régisseur sur les valets et sur la terre et il le paya bien, deux écus d'argent par mois en sus de la nourriture. Mais malgré toutes les sollicitations de Wang Lung qui exhortait Ching à manger et à bien manger, notre homme n'engraissait pas, et restait toujours un petit homme malingre et chétif à l'air très sérieux. Il n'en travaillait pas moins avec zèle, peinant en silence de l'aurore au crépuscule, parlant de sa faible voix s'il avait quelque chose à dire, mais préférant de beaucoup n'avoir rien à dire et pouvoir rester silencieux, et durant des heures il levait et abattait son hoyau, et à l'aurore et au crépuscule il portait aux champs les seaux d'eau ou de purin destinés aux rangées de légumes.

Mais Wang Lung savait que si l'un ou l'autre des ouvriers dormait trop longtemps chaque jour sous les dattiers, ou puisait plus que sa part au plat commun de caillé de fèves, ou si en temps de moisson l'un ou l'autre invitait sa femme ou son enfant à venir en cachette chiper des poignées du grain que l'on battait sous les fléaux, à la fin de l'année quand maître et serviteurs festoient ensemble après la moisson, Ching ne manquait pas de glisser à l'oreille de Wang Lung :

« Untel et untel il ne faut plus les engager pour l'année prochaine. »

Il semblait que par l'échange d'une poignée de haricots et de semence ces deux hommes fussent devenus frères, à part que Wang Lung, qui était le plus jeune, prenait la place de l'aîné, et que Ching n'oubliait jamais complètement qu'il était salarié et qu'il vivait dans la maison d'autrui.

A la fin de la cinquième année, Wang Lung ne travaillait plus guère dans ses champs lui-même, car ses terres s'étaient si bien agrandies qu'il avait déjà de quoi s'occuper tout son temps avec la besogne de vendre au marché ses produits et de diriger ses ouvriers. Il était fort entravé par son manque de connaissance des livres et par son ignorance de la signification des caractères tracés sur le papier avec de l'encre et un pinceau en poil de chameau. De plus, quand il était chez un marchand de grains et qu'on rédigeait un contrat pour tant et tant de froment ou de riz, c'était une honte pour lui de devoir dire modestement aux hautains commerçants de la ville :

« Monsieur, voudriez-vous lire ça pour moi, car je suis trop ignorant ? »

Et quand il devait mettre son nom sur un contrat, c'était une honte pour lui d'en voir un autre, fût-ce même un vulgaire employé, lever les sourcils en signe de mépris, et trempant la pointe de son pinceau sur la tablette d'encre mouillée, tracer hâtivement les caractères du nom de Wang Lung ; et c'était encore une plus grande honte quand le freluquet demandait par plaisanterie :

« Est-ce le caractère du dragon Lung ou le caractère sourd Lung, ou quoi ? »

Wang Lung en était réduit à répondre humblement :

« Ce sera ce que vous voudrez, car je suis trop ignorant pour savoir comment s'écrit mon nom. »

Ce fut par un jour de ce genre au temps de la moisson, après avoir entendu l'éclat de rire qui s'éleva dans le magasin de grain où les employés, un tas de galopins guère plus âgés que ses fils, dans le désœuvrement de l'heure de midi, écoutaient tout ce qui se passait, qu'il s'en retourna chez lui furieux et se disant tout en cheminant sur sa propre terre :

« Voyons, pas un de ces idiots de citadins ne possède un pied de terre et cela n'empêche pas chacun d'eux de se croire autorisé à rire stupidement de moi parce que je ne connais pas le sens des coups de pinceau sur le papier. » Et puis quand son indignation se fut dissipée, il dit en son cœur : « Il est vrai que c'est une honte pour moi de ne savoir ni lire ni écrire. Je vais retirer des champs mon fils aîné et il ira à l'école en ville et il apprendra, et quand j'irai chez les marchands de grain, il lira et écrira pour moi, ce qui mettra fin à ces caquetages de rire insultants pour moi, qui suis un propriétaire foncier. »

L'idée lui parut bonne et le jour même il fit venir son fils aîné, à cette heure un beau garçon de douze ans, qui ressemblait à sa mère par son visage aux pommettes saillantes et par ses grosses mains et ses grands pieds, mais qui avait la mine éveillée de son père, et quand le garçon fut devant lui, Wang Lung lui dit :

« Tu n'iras désormais plus aux champs, car j'ai besoin d'un lettré dans la famille pour lire les contrats et pour écrire mon nom afin que je n'aie pas à être humilié en ville. »

Une forte rougeur monta au visage de l'adolescent, dont les yeux brillèrent.

« Mon père, répondit-il, c'est là tout ce que je souhaitais depuis deux ans, mais je n'osais pas vous le demander. »

Quand il apprit la nouvelle, le fils cadet à son tour entra en pleurnichant et récriminant, chose dont il était coutumier, car depuis l'époque où il avait su parler, c'était un garçon verbeux et chicaneur, toujours prêt à se plaindre que sa part était plus petite que celle des autres. Il se présenta donc à son père en pleurnichant :

« Eh bien, si c'est comme ça, moi non plus je ne travaillerai plus aux champs et ce n'est pas juste que mon frère soit assis tranquillement sur une chaise à apprendre quelque chose et que moi je doive trimer comme un rustre, moi qui suis votre fils aussi bien que lui ! »

Wang Lung était incapable de supporter son vacarme et il aurait consenti à lui accorder n'importe quoi s'il eût crié assez haut pour cela. Il s'empressa de répondre :

« Bien, bien, vous irez tous les deux, et si le Ciel par malheur me ravit l'un de vous, il m'en restera un ayant l'instruction voulue pour s'occuper de mes affaires. »

Après quoi il envoya la mère de ses fils en ville acheter de l'étoffe pour leur faire à chacun une robe longue et il alla lui-même chez un marchand de papier et d'encre acheter du papier, des pinceaux et deux tablettes d'encre, bien qu'il n'y connût rien, et que par honte de l'avouer il restât indécis devant tout ce que le marchand lui présentait à choisir. Mais finalement tout fut prêt et les dispositions prises pour envoyer les garçons à une petite école voisine de la porte de la ville et tenue par un vieil instituteur qui s'était jadis préparé aux examens du gouvernement et qui avait échoué. Dans la salle principale de sa maison il avait donc installé des bancs et des tables et, moyennant une modique redevance à chaque jour férié de l'année, il enseignait aux garçons les matières classiques, en les battant avec son gros éventail plié, s'ils étaient paresseux ou s'ils ne savaient pas lui répéter les pages sur lesquelles ils pâlissaient du matin au soir.

Les élèves n'avaient de répit que dans les journées chaudes de printemps et d'été, car alors le vieillard dodelinait la tête et s'endormait après son repas de midi, et la petite pièce sombre s'emplissait du bruit de ses ronflements. Alors les gamins chuchotaient, jouaient, dessinaient des images de vilaines choses qu'ils se montraient les uns aux autres, riaient sous cape de voir une mouche bourdonner autour de la bouche ouverte du vieux professeur, et faisaient des paris pour savoir si la mouche entrerait ou non dans la caverne de sa bouche. Mais quand le vieux professeur ouvrait les yeux brusquement (et impossible de savoir d'avance quand il les ouvrirait aussi à l'improviste que s'il n'avait pas dormi), il les prenait sur le fait, et alors il distribuait autour de lui des coups de son éventail, qui claquait sur un crâne et sur l'autre. Et en entendant les claquements de son gros éventail et les cris des élèves, les voisins disaient :

« C'est tout de même un fameux professeur, ce vieux-là. »

Et voilà pourquoi Wang Lung choisit cette école pour y envoyer ses fils.

Le premier jour où il les y mena, il marchait en avant d'eux, car il ne convient pas que père et fils marchent côte à côte, et il portait un mouchoir bleu rempli d'œufs frais qu'il donna en arrivant au vieux professeur. A la vue des grosses lunettes de cuivre du vieux lettré et de son énorme éventail, dont il ne se séparait pas même en hiver, Wang Lung fut saisi d'une crainte respectueuse et s'inclina devant lui en disant :

« Monsieur, voici mes deux vauriens de fils. Si on peut arriver à faire entrer quelque chose dans leurs épaisses caboches d'airain, ce ne sera qu'à force de les battre, et par conséquent si vous tenez à m'être agréable, battez-les pour les faire apprendre. »

Et les deux garçons qui se tenaient debout considéraient les autres élèves assis sur les bancs, et ces autres garçons de leur côté considéraient les deux nouveaux.

Mais en s'en retournant seul chez lui, après avoir laissé les deux garçons, Wang Lung se sentait le cœur gonflé de fierté, et il lui semblait que parmi tous les garçons de la salle d'école il n'y en avait pas un seul qui égalât ses deux fils pour la haute taille, la robustesse et le beau teint bronzé. En passant sous la porte de la ville, il rencontra un voisin qui arrivait du village et comme cet homme l'interrogeait, il lui répondit :

« Aujourd'hui je viens de l'école de mes fils. » (Et notre homme lui manifestant sa surprise, il répondit avec un détachement affecté :) « A présent je n'ai plus besoin d'eux aux champs et ils peuvent aussi bien apprendre des caractères et s'en donner une ventrée. »

Mais quand il eut dépassé le villageois, il se dit en lui-même :

« Cela ne m'étonnerait pas du tout si avec tant d'instruction l'aîné devenait préfet. »

Et à partir de ce jour-là on cessa d'appeler les garçons l'Aîné et le Cadet, mais on leur donna les noms d'école inventés par le vieux professeur. Après s'être informé du métier de leur père, ce vieillard institua deux noms pour les fils : pour l'aîné Nung En, et pour le second Nung Wen, et la première syllabe de chaque nom signifiait : celui dont la richesse provient de la terre.

XVIII

Ainsi donc Wang Lung établit la fortune de sa maison et quand vint la septième année, le grand fleuve du septentrion fut gonflé par d'excessives chutes de pluie et de neige dans les montagnes où il prenait sa course, et sous la surcharge de ses eaux il rompit ses liens et se répandit sur les terres de cette région où l'inondation balaya tout. Mais Wang Lung ne craignait pas. Il ne craignit pas même quand les deux cinquièmes de ses terres furent devenus un lac où un homme s'enfonçait jusqu'à hauteur des épaules et davantage.

Durant toute la fin du printemps et le début de l'été l'eau monta et elle finit par s'étaler comme une grande mer, riante et paresseuse, reflétant les nuages et la lune, les saules et les bambous aux troncs submergés. Çà et là une maison de terre, abandonnée par ses habitants, se dressait encore quelques jours au-dessus de l'eau, puis s'éboulait peu à peu et retournait à l'eau et à la terre. Et il en fut ainsi de toutes les maisons qui n'étaient pas, comme celle de Wang Lung, construites sur une éminence, et ces éminences se dressaient comme des îles. Et les gens allaient à la ville et en revenaient sur des barques et sur des radeaux, et comme toujours, il y en avait qui mouraient de faim.

Mais Wang Lung ne craignait pas. Les marchés aux grains lui devaient de l'argent et les moissons des deux années précédentes emplissaient des greniers et ses maisons étaient sur une hauteur, si bien que l'eau en était encore éloignée et il n'avait rien à craindre.

Mais comme une grande partie de ses terres ne pouvaient être ensemencées, il était plus désœuvré qu'il ne l'avait jamais été de sa vie, et étant oisif et bien nourri, il devenait nerveux quand il avait dormi tout son soûl et vaqué à ses occupations. Il y avait, en outre, les ouvriers, qu'il louait à l'année, et il eût été bien sot de travailler, quand il voyait ces gens-là manger son riz tout en restant quasi à ne rien faire en attendant de jour en jour que l'eau se retirât.

Aussi après qu'il leur eut fait réparer la toiture de chaume de la vieille maison et rajuster les tuiles du nouveau toit qui fuyait par endroits, et quand il leur eut donné ordre de raccommoder les hoyaux, les râteaux et les charrues et de nourrir le bétail et d'acheter des canards pour en élever un troupeau sur l'eau et de tresser des cordes de chancre (toutes choses qu'il faisait lui-même dans l'ancien temps où il cultivait sa terre seul), il resta lui-même désœuvré et ne sut plus que devenir.

Mais un homme ne peut pas rester assis tout le jour à considérer un lac d'eau qui recouvre ses champs et il ne peut pas manger plus qu'il n'est capable d'en contenir en une fois, et quand Wang Lung avait dormi, c'était fini de dormir. La maison, où il errait impatiemment, était silencieuse, trop silencieuse pour son sang vigoureux Le vieillard était à présent très affaibli, à demi aveugle et presque entièrement sourd, et il était inutile d'essayer de lui adresser la parole sauf pour lui demander s'il avait chaud, et s'il avait bien mangé ou s'il désirait boire du thé. Et Wang Lung se dépitait de voir que le vieux ne se rendait pas compte de la richesse de son fils, et qu'il ronchonnait toujours s'il y avait des feuilles de thé dans son bol : « C'est bien assez d'un peu d'eau et le thé vaut de l'argent. » Mais il était inutile de dire au vieux quoi que ce fût, car il l'oubliait tout aussitôt et vivait retiré dans son monde à lui, et la plupart du temps il rêvait qu'il était redevenu jeune et dans la force de l'âge ; il ne voyait plus grand-chose de ce qui se passait autour de lui.

La fille aînée, qui ne parlait toujours pas, restait continuellement à côté de son grand-père, à tortiller un chiffon d'étoffe, le pliant et le repliant et lui adressant des sourires, mais ces deux êtres n'avaient rien à dire à un homme prospère et vigoureux. Quand Wang Lung avait versé un bol de thé au vieux et qu'il avait caressé la joue de la fillette et reçu son sourire doux et vide, qui s'effaçait si vite et si tristement de son visage, laissant vides les yeux vagues et sans éclat, c'était fini. Toujours il se détournait d'elle après un moment de silence, qui témoignait de la tristesse que lui causait sa fille, et il s'occupait de ses deux plus jeunes enfants, le garçon et la fille qu'O-len avait mis au monde en même temps et qui à cette heure gambadaient gaiement aux alentours du seuil.

Mais les niaiseries des petits enfants ne peuvent suffire à contenter un homme, et après avoir ri et batifolé un petit moment avec leur père, ils retournaient à leurs jeux et Wang Lung restait seul et rempli d'agitation. Ce fut alors qu'il regarda O-len sa femme, comme un homme regarde la femme dont il connaît le corps entièrement et à satiété et qui a vécu auprès de lui si intimement qu'il la connaît à fond et qu'il ne peut plus attendre ni espérer d'elle aucune nouveauté.

Et il semblait à Wang Lung qu'il regardât O-len pour la première fois de sa vie, et il s'aperçut pour la première fois que c'était une femme sur laquelle aucun homme n'eût pu se monter l'imagination, une prosaïque et vulgaire créature, qui peinait en silence sans se soucier de son apparence extérieure. Il vit pour la première fois qu'elle avait des cheveux rugueux et roussâtres et non pommadés, une figure large et plate et à peau grenue, des traits trop grands et sans aucune espèce de beauté ou d'éclat. Ses sourcils étaient mal dessinés et trop peu fournis, ses lèvres trop grosses, ses mains et ses pieds larges ou étalés en pattes de canard. La voyant ainsi avec des yeux nouveaux, il lui cria :

« Si quelqu'un te voyait comme cela, il te prendrait pour la femme d'un vulgaire individu et jamais pour celle d'un homme qui possède de la terre et qui loue des valets pour la labourer ! »

C'était la première fois qu'il lui parlait de son apparence extérieure et elle lui répondit par un lent regard désolé. Elle était assise sur son escabeau, en train de coudre une semelle de soulier avec une longue aiguille, et elle s'arrêta, l'aiguille en l'air, et sa bouche grande ouverte laissa voir ses dents noircies. Puis comme si elle eût enfin compris qu'il l'avait regardée comme un homme regarde une femme, ses pommettes saillantes rougirent violemment et elle murmura :

« Depuis la naissance des deux jumeaux je ne me suis plus jamais bien portée. Il y a le feu dans mes entrailles. »

Il comprit que dans sa simplicité elle croyait qu'il l'accusait de n'avoir plus conçu depuis plus de sept ans. Et il répondit plus brutalement qu'il ne l'eût voulu :

« Je veux dire : ne peux-tu acheter un peu de pommade pour tes cheveux comme les autres femmes et te faire un nouveau costume de drap noir ? Et ces savates que tu traînes ne sont pas dignes de la femme d'un propriétaire foncier, comme tu l'es maintenant. »

Mais elle ne répondit rien et, tout éperdue, se borna à le regarder humblement et à cacher ses pieds l'un sous l'autre sous l'escabeau où elle était assise. Au fond, il avait honte de faire des reproches à cette femme qui durant tant d'années l'avait suivi aussi fidèlement qu'un chien, et il se rappelait que quand il était pauvre et travaillait aux champs lui-même, elle quittait son lit aussitôt après avoir accouché d'un enfant et venait l'aider à moissonner ; mais malgré tout il ne pouvait refréner l'irritation qui bouillonnait dans son sein et en dépit de sa volonté intime il reprit impitoyablement :

« Je suis devenu riche à force de travail et je voudrais que ma femme ait moins l'air d'une rustaude. Et ces pieds que tu as là... »

Il s'arrêta. Elle lui semblait totalement hideuse, mais le plus hideux de tout, c'étaient ses gros pieds chaussés de savates trop larges en cotonnade, et il les regardait avec colère, si bien qu'elle les ramena encore plus avant sous l'escabeau. A la fin elle dit dans un souffle :

« Ma mère ne me les a pas comprimés, parce que j'ai été vendue trop jeune. Mais je vais comprimer les pieds de la petite... je vais comprimer les pieds de la cadette. »

Mais il sortit furibond parce qu'il avait honte de s'être fâché contre elle et il s'encolérait parce qu'au lieu de se fâcher à son tour elle était simplement effrayée. Et il revêtit sa robe neuve, en ronchonnant :

« Bah ! j'irai à la maison de thé voir si je peux apprendre du nouveau. Chez moi il n'y a que des niaises, un radoteur et deux enfants. »

Tandis qu'il se dirigeait vers la ville, sa mauvaise humeur s'accrut parce qu'il se souvint tout à coup que ses nouvelles terres il n'aurait pu les acheter de toute la durée de son existence, si O-len ne se fût pas emparée de la poignée de pierres précieuses dans la maison du riche et si elle ne les lui eût pas données sur sa demande. En se rappelant cela il fut encore plus fâché et comme pour répondre aux reproches de son cœur il dit avec révolte :

« Oui, mais elle ne savait pas ce qu'elle faisait. Elle les a prises par plaisir comme un enfant prendrait une poignée de bonbons rouges et verts, et elle les aurait toujours tenues cachées dans son sein si je ne m'en étais pas aperçu. »

Puis il se demanda si elle cachait encore les perles entre ses seins. Mais alors que précédemment il ne voyait là-dedans qu'une bizarrerie à laquelle il repensait parfois et qu'il se représentait en imagination, à cette heure il y pensait avec mépris, car les seins d'O-len, depuis qu'elle avait eu beaucoup d'enfants, étaient devenus flasques et pendants et avaient perdu leur beauté, et loger des perles entre eux lui faisait l'effet d'une sottise et d'un gaspillage.

Mais tout cela n'aurait peut-être pas eu de conséquence, si Wang Lung eût encore été pauvre ou si l'inondation n'eût pas recouvert ses champs. Mais il avait de l'argent. Il y avait de l'argent caché dans les cours de la maison, il y avait un sac d'argent enfoui sous un carreau du pavement de sa nouvelle maison, et il y avait de l'argent enveloppé d'un linge dans le coffre de la chambre où il couchait avec sa femme et de l'argent aussi dans la natte au-dessous de leur lit, et sa ceinture était bourrée d'argent dont il n'avait que faire. Si bien qu'à cette heure, au lieu de s'écouler de lui comme le sang vital jaillit d'une blessure, l'argent de sa ceinture lui brûlait les doigts à son contact, et il n'aspirait plus qu'à le dépenser à ceci ou à cela, et il commençait à en être prodigue et à chercher ce qu'il pourrait bien faire pour jouir un peu de l'existence.

Rien ne lui semblait plus aussi bon que jadis. La boutique de thé où il avait coutume d'entrer timidement alors qu'il se sentait un simple et vulgaire paysan lui semblait à cette heure crasseuse et trop vile pour lui. Dans l'ancien temps personne ne l'y connaissait et les garçons se montraient insolents avec lui, mais à cette heure quand il entra les gens échangèrent des hochements de tête et il entendit un individu chuchoter à son voisin :

« Voilà ce nommé Wang du village Wang, c'est lui qui a acheté la terre de la maison de Hwang l'hiver où le Vieux Seigneur est mort quand il y a eu cette grande famine. Il est riche, à présent. »

En entendant cela, Wang Lung s'assit avec une désinvolture affectée, mais la bonne opinion qu'on avait de lui gonflait son cœur d'orgueil. Mais en ce jour où il venait de faire des reproches à sa femme, la déférence respectueuse qu'on lui témoignait n'eut pas le don de lui plaire. Il s'assit et but son thé d'un air sombre en se disant que dans son existence rien n'était plus aussi bon qu'il l'avait cru. Et puis il songea tout à coup :

« Mais pourquoi donc est-ce que je bois mon thé dans cette boutique, dont le patron a l'air d'une fouine qui louche et gagne moins qu'un ouvrier agricole sur mes terres, moi qui suis propriétaire foncier et dont les fils sont des lettrés ? »

Et, se levant bien vite, il jeta son argent sur la table et sortit sans laisser le temps à personne de lui adresser la parole. Il s'en alla au hasard par les rues de la ville sans savoir ce qu'il désirait. Comme il passait devant l'échoppe du conteur, il entra s'asseoir pour un petit moment sur le bout d'un banc encombré et écouta notre homme raconter une histoire du temps jadis dans les Trois Royaumes, alors que les guerriers étaient braves et rusés. Mais il était trop énervé et il ne parvenait pas à se mettre comme les autres assistants sous le charme du conteur, et le son du petit gong de cuivre dont battait celui-ci le fatiguait. Il se leva donc et s'en alla.

Or, il y avait dans la ville une grande maison de thé ouverte seulement depuis peu et tenue par un homme du midi qui s'y entendait en ce genre d'affaire. Wang Lung avait déjà passé devant l'établissement, et l'idée de tout l'argent qui s'y dépensait en paris et en jeux et en mauvaises femmes l'avait empli d'horreur. Mais cette fois, poussé par son agitation née du désœuvrement et désireux de se soustraire aux reproches de sa conscience et au ressouvenir de son injustice envers sa femme, il se dirigea vers la maison. Son agitation le poussait à voir et à entendre du nouveau. Il franchit donc le seuil de la nouvelle maison de thé et pénétra dans la grande salle étincelante toute pleine de tables et ouverte sur la rue, et il fit son entrée, d'une démarche assez hardie et s'efforçant d'autant plus à la hardiesse que son cœur était timide et qu'il se rappelait que quelques années plus tôt à peine il n'était guère qu'un pauvre hère qui n'avait jamais devant lui plus d'un écu d'argent ou deux, et qu'il avait même peiné à tirer un pousse-pousse dans les rues d'une ville du midi.

Tout d'abord il ne prononça pas un mot dans la grande salle de la maison de thé. Après avoir payé son thé en silence, il le but et regarda autour de lui avec étonnement. Cette boutique était une vaste salle au plafond orné de dorures et on voyait aux murs des panneaux de soie blanche qui représentaient des femmes en peinture. Or, ces femmes, Wang Lung les considérait furtivement et attentivement et il crut voir des femmes de rêve, car il n'en avait jamais vu de pareilles sur la terre. Et le premier jour il les regarda, but son thé rapidement et s'en alla.

Mais de jour en jour, tandis que les eaux séjournaient sur ses terres, il retourna à cette maison de thé. Il payait son thé, le buvait et contemplait les portraits des belles femmes, et de jour en jour il restait plus longtemps, car il n'avait rien à faire sur ses terres ni dans sa maison. Il aurait donc pu continuer ainsi durant bien des jours, car en dépit de son argent caché en vingt endroits c'était encore un personnage de mine rustique et il était le seul dans toute cette riche maison de thé à se vêtir de coton et non de soie et à porter une natte de cheveux dans le dos comme plus personne n'en veut porter à la ville. Mais un soir qu'il était assis à une table vers le fond de la salle en train de boire et de contempler les portraits, quelqu'un descendit par un petit escalier raide accolé au mur du fond et qui menait à l'étage.

Or, cette maison de thé était de toute la ville le seul édifice qui possédât un premier étage, excepté la pagode de l'Occident, qui avait quatre étages et qui était hors de la Porte de l'Occident. Mais cette pagode allait en se rétrécissant vers le haut, tandis que le premier étage de la maison de thé était aussi large que le rez-de-chaussée. Le soir on entendait des trémolos aigus de voix de femmes et des petits rires discrets s'échapper des fenêtres supérieures avec le doux bourdonnement des luths pincés délicatement par les mains des filles. Des flots de musique se répandaient dans les rues, surtout après minuit, mais à l'endroit où Wang Lung était assis, le cliquetis des tasses de thé, joint au bruit des voix de nombreux consommateurs et au claquement sec des dés et des dominos, noyait tout autre bruit.

C'est pourquoi ce soir-là Wang Lung n'entendit point derrière lui les pas d'une femme qui faisaient craquer le petit escalier, si bien que, ne s'attendant pas à être reconnu par personne, il sursauta violemment lorsqu'il sentit quelqu'un lui toucher l'épaule. Il leva les yeux et vit devant lui un visage de femme ovale et beau, et reconnut Coucou, la femme entre les mains de qui il avait versé les pierres précieuses lors de l'achat de la terre, et dont les doigts avaient tenu ferme la main tremblotante du Vieux Seigneur pour l'aider à apposer correctement son sceau sur l'acte de vente. Elle riait de le voir, et son rire ressemblait à un grincement de crécelle.

« Hé! mais c'est Wang le fermier, dit-elle, en appuyant avec ironie sur le mot fermier. Qui donc se serait attendu à le rencontrer ici! »

Wang Lung jugea qu'il lui fallait de toute nécessité démontrer à cette femme qu'il était autre chose qu'un simple paysan. Il rit à son tour et dit avec force :

« Est-ce que mon argent ne vaut pas celui d'un autre quand je le dépense? Et de l'argent je n'en manque pas ces temps-ci. J'ai été favorisé du sort. »

A ces mots Coucou s'arrêta. Ses petits yeux en

amande brillaient comme ceux d'un serpent, et sa voix devint onctueuse comme l'huile coulant d'un vase.

« Hé ! est-ce que ça ne se sait pas ? Et quand on a de l'argent en plus et au-delà de ses besoins, où le dépenserait-on mieux que dans une maison comme celle-ci, où les hommes riches viennent s'amuser et où les élégants seigneurs se donnent rendez-vous pour se divertir en festins et en plaisirs variés ? Nous avons du vin sans rival... En avez-vous jamais goûté, Wang Lung ?

– Je n'ai encore jamais bu que du thé, répliqua Wang Lung, à demi honteux. Je n'ai jamais touché au vin ni aux dés.

– Du thé ! reprit-elle avec un rire de crécelle. Mais nous avons du vin os-de-tigre et du vin d'aurore et du vin odorant... Qu'avez-vous besoin de boire du thé ? »

Et comme Wang Lung baissait la tête, elle lui dit avec une douceur insinuante :

« Et, je suppose, vous n'avez encore jamais jeté les yeux sur rien d'autre, dites ?... De jolies petites mains, des joues à la douce senteur ? Non ? »

Wang Lung baissa la tête encore davantage, et il sentit le rouge lui monter aux joues en s'imaginant que tous ses voisins le regardaient avec ironie et prêtaient l'oreille aux paroles de cette femme. Mais quand il reprit le courage de jeter autour de lui un regard furtif, il s'aperçut que personne ne faisait attention à lui et que le cliquetis des dés retentissait de plus belle. Tout confus, il répondit :

« Non... non... Je n'ai pas encore... rien que du thé... »

Alors la femme se remit à rire, et, désignant les panneaux de soie peinte, elle prononça :

« Les voilà, en portrait. Choisissez celle que vous désirez voir, versez-moi l'argent et je la ferai paraître devant vous.

– Celles-là ! s'écria Wang Lung, stupéfait. Je croyais que c'étaient des portraits de femmes de rêve, de déesses des monts Kouen-Lun, dont les conteurs nous font des récits !

– Si fait, ce sont des femmes de rêve, repartit Coucou, avec un enjouement railleur, mais des rêves qu'un peu d'argent suffit à transformer en réalités. »

Et elle continua son chemin, en adressant des signes de tête et des clins d'yeux aux servantes qui se trouvaient par là et leur désignant Wang Lung avec l'air de dire : « Voilà un lourdaud paysan ! »

Mais Wang Lung s'était remis à contempler les peintures avec un nouvel intérêt. En haut de ce petit escalier, donc, dans les pièces d'au-dessus, se trouvaient ces femmes-là en chair et en os, et des hommes montaient les rejoindre... d'autres hommes que lui, bien sûr, mais des hommes quand même ! Eh bien, s'il n'était pas ce qu'il était... un bon travailleur, un bon père de famille... voyons un peu quel portrait, pour faire semblant comme un enfant fait semblant qu'il pourrait faire telle chose, pour faire semblant donc, quel portrait ferait-il semblant de prendre ?

Et il passa en revue les visages peints, attentivement et avec autant d'intérêt que si chacun d'eux eût été réel. Avant cette inspection, alors qu'il n'était pas encore question de choisir, ces femmes lui avaient toutes paru également belles. Mais à cette heure il y en avait nettement quelques-unes de plus belles que les autres, et sur une vingtaine au moins il choisit les trois plus belles, puis sur ces trois il choisit de nouveau la plus belle, une mignonne et frêle petite créature ; au corps svelte comme un bambou et à la frimousse aussi futée qu'un visage de jeune chat. Elle tenait d'une main la tige d'une fleur de lotus en bouton, et cette main était aussi délicate qu'une feuille de fougère non déroulée.

Il contemplait cette femme et en la contemplant il sentit dans ses veines couler une chaleur comparable à celle d'un vin.

« Elle est pareille à une fleur de cognassier », dit-il soudain à voix haute. Et en entendant sa propre voix il s'effraya et pris de honte il se leva bien vite, mit son argent sur la table et sortit. Dehors les ténèbres étaient tombées et il regagna donc son logis.

Mais sur les champs et sur l'eau le clair de lune s'étendait comme un rets de brume argentée et dans son corps une ardeur secrète brûlait et accélérait son sang.

XIX

Si les eaux s'étaient alors retirées des terres de Wang Lung, les laissant humides et fumantes sous le soleil de façon qu'au bout de quelques jours de chaleur d'été il eût fallu labourer, herser et ensemencer, Wang Lung ne serait peut-être jamais retourné à la maison de thé. Ou encore si un enfant était tombé malade ou si le vieux était arrivé subitement au terme de ses jours, Wang Lung, accaparé par l'événement imprévu, aurait peut-être oublié le visage futé peint sur le panneau et le corps de la femme svelte comme un bambou.

Mais sauf la légère brise d'été qui se levait à la tombée du soleil, les eaux restaient paisibles et immuables, le vieillard somnolait, les deux garçons se rendaient à l'école dès l'aurore et restaient absents jusqu'au soir, et dans sa maison Wang Lung inquiet et agité fuyait le regard d'O-len qui le suivait misérablement des yeux dans ses allées et venues, lorsqu'il se jetait sur un divan et s'en relevait sans boire le thé qu'elle lui versait et sans fumer la pipe qu'il avait allumée. Au cours du septième mois, à la fin d'une longue journée, plus fastidieuse que toutes les autres, à l'heure où le crépuscule s'attardait alangui par le doux murmure du souffle du lac, il s'arrêta sur le seuil de sa maison, et tout à coup sans un mot il fit brusquement demi-tour, s'en alla dans sa chambre et revêtit son nouveau costume, cette veste de lustrine noire et luisante, presque aussi luisante que de la soie, qu'O-len lui avait confectionnée pour les jours de fête, et sans rien dire à personne il s'en alla par les étroits sentiers le long du bord de l'eau et à travers champs. Il arriva ainsi au noir tunnel de la porte de la ville, où il s'enfonça, et par les rues il arriva enfin à la nouvelle maison de thé.

Là tout était illuminé, et sous le brillant éclairage des lampes à pétrole que l'on achète dans les villes étrangères de la côte, des hommes assis buvaient et conversaient. Leurs robes étaient ouvertes à la fraîcheur du soir, de tous côtés les éventails s'agitaient et les rires savoureux s'envolaient dans la rue comme de la musique. Toute la joie que Wang Lung eût jamais obtenue de son travail à la terre était contenue ici entre les murs de cette maison où les hommes venaient se retrouver pour jouer et non pour travailler.

Sur le seuil Wang Lung eut une hésitation et il s'arrêta dans la vive clarté qui ruisselait des portes ouvertes. Et il aurait peut-être fini par repartir sans entrer, car il était encore craintif et timide en son cœur, malgré la révolte de son sang qui bondissait à faire éclater ses veines, s'il n'eût vu sortir des ombres bordant la clarté une femme qui s'était appuyée au chambranle de la porte. Il reconnut Coucou. Elle s'avançait à la vue du nouvel arrivant, car elle faisait métier de racoler des clients aux femmes de la maison, mais quand elle vit qui c'était, elle haussa les épaules et dit :

« Ah ! ce n'est que le fermier. »

Wang fut piqué au vif de la sèche insouciance de son ton, et sa colère soudaine lui donna un courage qu'il n'aurait pas eu autrement, si bien qu'il dit :

« Et alors, c'est-il que je ne suis pas libre d'entrer dans la maison et de faire comme les autres ? »

Elle haussa de nouveau les épaules, se mit à rire et dit :

« Si vous avez l'argent qu'ont les autres, vous êtes libre de faire comme eux. »

Il tint à lui montrer qu'il était suffisamment riche et généreux pour faire comme il lui plaisait. Portant la main à sa ceinture, il l'en retira pleine d'argent et dit :

« Est-ce assez ou n'est-ce pas assez ? » Elle considéra la poignée d'argent et repartit sans plus de discours :

« Venez et dites laquelle vous voulez. »

Et Wang Lung, sans savoir ce qu'il disait, balbutia :

« Ma foi, je ne sais pas trop moi-même ce dont j'ai envie. »

Et puis son désir le subjugua et il chuchota :

« Cette petite... celle qui a le menton pointu et la petite figure mignonne, une figure blanche et rose comme une fleur de cognassier, et qui tient à la main un bouton de lotus. »

La femme hocha la tête d'un air protecteur et lui montrant le chemin elle le guida parmi l'encombrement des tables, et Wang Lung la suivit à distance. Il s'imagina d'abord que tout le monde levait les yeux pour l'examiner, mais quand il eut repris le courage de regarder, il s'aperçut que personne ne faisait attention à lui, sauf un ou deux clients qui lui lancèrent : « Il est donc déjà temps d'aller voir les femmes ? » et un autre : « En voilà un veinard, qui a besoin de commencer de bonne heure. »

Mais à ce moment ils étaient déjà engagés dans le petit escalier raide, et pour Wang Lung l'ascension n'alla pas sans difficultés, car c'était la première fois qu'il gravissait des marches dans une maison. Néanmoins, lorsqu'ils furent arrivés en haut, cela ressemblait tout à fait à une maison de rez-de-chaussée, sauf qu'en passant devant une fenêtre et levant les yeux au ciel il se vit terriblement haut. La femme le fit entrer dans un couloir obscur et sans air et chemin faisant elle criait :

« Je vous amène le premier homme de la nuit. »

Tout le long du couloir des portes s'ouvraient brusquement et des têtes de filles apparaissaient çà et là en taches lumineuses, comme des fleurs surgies de leur gaine et s'épanouissant au soleil, mais Coucou leur lançait méchamment :

« Non, pas toi... ni toi... personne ne vous a demandées ni les unes ni les autres ! Ce client est pour la petite poupine, la nabote de Sou-Chou... pour Lotus ! »

Une rumeur indistincte et moqueuse ondula dans le couloir, et une fille, vermeille comme une fleur de grenadier, lança d'une grosse voix :

« Eh ! on ne le lui prendra pas, à Lotus, son type... Il fleure les champs et l'ail. »

Wang Lung entendit cela, mais encore que ces paroles l'eussent frappé comme un coup de poignard, il dédaigna de répondre, parce qu'il craignait de paraître ce qu'il était, c'est-à-dire un paysan. Il se ressouvint du bon argent qui garnissait sa ceinture, et continua d'avancer avec assurance. A la fin, la femme frappa rudement du plat de la main contre une porte close et entra sans plus attendre. Là sur un lit revêtu d'une couverture rouge, il vit assise une svelte fille.

Si on lui eût dit qu'il existait des mains aussi

mignonnes que celles-là, il ne l'aurait pas cru, des mains aussi petites aux os aussi fins et des doigts aussi effilés aux longs ongles teintés de rose foncé, couleur des boutons de lotus. Et si on lui eût dit qu'il existait des pieds comme ceux-là, de petits pieds pris dans les pantoufles de satin rose pas plus longues que le doigt médius d'un homme, et se balançant enfantinement au bord du lit... si quelqu'un le lui eût dit, il aurait refusé de le croire.

Il s'assit avec raideur sur le lit à côté d'elle, la contemplant, et il vit qu'elle était pareille au portrait peint et il l'aurait reconnue s'il l'avait rencontrée, après avoir vu la peinture. Mais sa main surtout, aux doigts retroussés, et fine et blanche comme lait, était pareille à la main en peinture. Ses deux mains entrelacées reposaient sur le pan de sa robe de soie rose, et il ne se serait pas imaginé qu'on pouvait les toucher.

Il la regarda comme il avait regardé la peinture, et il vit le torse svelte comme bambou dans sa veste courte et collante. Il vit le petit visage futé dont un col montant bordé de fourrure blanche faisait ressortir la joliesse; il vit les yeux arrondis en forme d'abricot, si bien qu'à cette heure il comprenait enfin ce que veulent dire les conteurs quand ils célèbrent les yeux d'abricot des belles d'autrefois. Et pour lui elle était non pas une femme de chair et de sang mais un portrait en peinture.

Alors elle souleva sa petite main aux doigts retroussés, et la posant sur son épaule elle la passa lentement le long de son bras, très lentement. Il n'avait jamais senti caresse aussi légère, aussi douce que cet effleurement et, s'il ne l'avait pas vu, il n'eût pas compris ce qui se passait, mais cependant il regarda et vit la petite main descendre le long de son bras, et on eût dit qu'elle suscitait un feu qui le brûlait à travers sa manche et s'enfonçait dans la chair de son bras. Il suivit la main des yeux jusqu'au bout de sa manche et alors avec une hésitation savante elle se posa sur son poignet et puis dans le creux détendu de sa rude main basanée. Et ne sachant comment la recevoir, il se mit à trembler.

Alors il perçut un rire, léger, vif, vibrant comme la cloche d'argent de la pagode quand elle est secouée par le vent, et une petite voix pareille à un rire lui dit :

« Oh ! que vous êtes donc ignorant, vous un grand gaillard ! Allez-vous rester ici toute la nuit à me contempler ? »

Là-dessus il lui prit la main entre les deux siennes, mais avec précaution parce qu'elle était pareille à une fragile feuille sèche, brûlante et sèche, et il lui dit tout éperdu, d'un ton implorant :

« Je ne sais rien... Enseignez-moi. »

Et elle lui enseigna.

Alors il fut atteint de la maladie la plus grande que puisse avoir un homme. Il avait souffert du labeur sous le soleil, il avait souffert des vents secs et glacés de l'aride désert, il avait souffert de la faim quand les champs refusaient de produire, il avait souffert du désespoir de peiner sans espoir dans les rues de la ville du midi. Mais aucun de ces maux ne l'avait fait souffrir comme il souffrait maintenant sous la main légère de cette fille.

Chaque jour il allait à la maison de thé ; chaque soir il attendait qu'elle voulût bien le recevoir, et chaque nuit il montait auprès d'elle. Et chaque nuit il était toujours le même lourdaud de campagne qui ne savait rien. Tremblant dès la porte, il s'asseyait avec raideur à côté d'elle, attendait le signal de son rire, et puis, enfiévré, empli d'une faim maladive, il suivait servilement, bribe par bribe, ses enseignements, jusqu'à l'instant suprême où, comme une fleur mûre à cueillir, elle s'offrait pour qu'il la prît tout entière.

Mais jamais il ne parvenait à la prendre tout entière, et c'était là ce qui entretenait sa fièvre et sa soif bien qu'elle le laissât user d'elle à volonté. La venue d'O-len dans sa maison lui avait procuré de la santé pour sa chair ; son désir allait vers elle robustement comme celui d'un animal vers sa femelle, et après l'étreinte il était satisfait, ne songeait plus à elle et faisait sa besogne content. Mais à cette heure il ne trouvait plus la même satisfaction dans son amour pour cette fille, et elle ne lui procurait pas la santé. La nuit, quand elle ne voulait plus de lui, elle le mettait à la porte avec mutinerie de ses mains mignonnes dont il sentait tout à coup la vigueur sur ses épaules, et lui, après avoir jeté l'argent dans son sein, il s'en allait affamé comme il était venu. C'était comme si un homme, mourant de soif, eût bu l'eau salée de la mer, qui, tout en étant de l'eau, n'en dessèche pas moins son sang et augmente sa soif de plus en plus, tant et si bien qu'il finit par mourir, dans le délire causé par sa boisson même. Chaque jour il allait à elle et il usait d'elle à sa volonté, et chaque jour il s'en retournait insatisfait.

Durant tout l'été brûlant, Wang Lung aima ainsi cette fille. Il ne savait rien d'elle, ni d'où elle venait ni ce qu'elle était. Quand ils étaient ensemble, il ne prononçait pas vingt paroles et il écoutait à peine le flux incessant de son babillage, léger et entrecoupé de rires comme celui d'un enfant. Il se bornait à contempler son visage, ses mains, les attitudes de son corps, les expressions de ses grands yeux langoureux ; il la buvait du regard. Il n'avait jamais assez d'elle, et il s'en retournait chez lui à l'aurore, ébloui et insatisfait.

Les journées étaient interminables. Prétextant la chaleur de la chambre, il avait renoncé à coucher dans son lit, et il étalait une natte sous les bambous et il y dormait d'un sommeil entrecoupé, restant éveillé des heures, le regard perdu dans les ombres effilées des feuilles de bambou, le sein rempli d'un doux mal qu'il ne parvenait pas à comprendre.

Si quelqu'un lui adressait la parole, sa femme ou ses enfants, ou si Ching venait le trouver et disait : « Les eaux vont bientôt se retirer. Quelles semences faudra-t-il qu'on prépare ? » il se mettait à brailler et répondait :

« Pourquoi me dérangez-vous ? »

Et tout le temps son cœur lui semblait prêt à éclater parce qu'il ne pouvait se rassasier de cette fille.

Tandis que le temps coulait ainsi et qu'il ne vivait plus que pour passer les jours dans l'attente jusqu'à la venue de la nuit, il n'accordait pas un regard aux visages pensifs d'O-len et des enfants, qui s'interrompaient dans leurs jeux à son approche, ni même à son vieux père qui l'examinait et lui demandait :

« Quelle est cette maladie qui te rend tellement de mauvaise humeur et te fait le teint aussi jaune qu'argile ? »

Et quand les jours étaient passés jusqu'à la nuit, la fille Lotus faisait de lui ce qu'elle voulait. Une fois, elle rit de sa natte de cheveux, encore qu'il passât de longues heures chaque jour à la natter et à la brosser, et lui dit :

« Voyons, les gens du midi n'ont pas de ces queues de singe ! »

Il s'en alla sans mot dire et la fit couper, encore que ni par moquerie ni par dédain personne n'avait été capable de l'en persuader jusque-là.

Quand O-len vit ce qu'il avait fait, elle poussa une exclamation de terreur :

« Vous avez coupé votre vie ! »

Mais il lui lança :

« Tu voudrais donc que j'aie à tout jamais l'air d'une ganache à l'ancienne mode ? Tous les jeunes gens de la ville se font couper les cheveux court. »

Mais dans son cœur il était effrayé de ce qu'il avait fait, et n'empêche qu'il aurait quand même coupé sa vie si la fille Lotus lui en eût exprimé l'ordre ou le désir, parce qu'elle possédait tous les attraits qu'il lui était jamais venu à l'esprit de désirer chez une femme.

Son brave corps basané qu'il ne lavait que rarement, l'estimant assez lavé en temps ordinaire par l'honnête sueur de son travail, son corps il se mit présentement à l'examiner comme s'il eût appartenu à un autre homme, et il se lavait tous les jours, tant et si bien que sa femme inquiète lui dit :

«Vous allez vous faire mourir avec tout ce lessivage ! »

Il s'acheta chez le marchand du savon qui sentait bon, un bloc de produit rouge et parfumé importé de l'étranger, dont il se récurait la peau, et à aucun prix il n'aurait plus mangé une seule tige d'ail, chose qu'il avait pourtant adorée jadis, de crainte de sentir mauvais devant la fille Lotus.

Et nul dans sa maison ne savait que penser de toutes ces nouveautés.

Il acheta aussi de nouvelles étoffes pour vêtements. O-len lui avait toujours coupé ses robes, qu'elle confectionnait larges et longues pour faire bonne mesure et qu'elle cousait de gros fil sans lésiner sur les points pour la solidité, mais à présent il dédaignait sa coupe et sa couture. Il porta les étoffes à un tailleur de la ville et il se fit confectionner ses habits à l'instar des gens de la ville, en soie gris tendre pour la robe, bien ajustée à son corps et sans excès d'ampleur, et par-dessus cette robe une veste de satin noir sans manches. Et il acheta des souliers les plus fins qu'il eût jamais de sa vie, non confectionnés par une femme, et c'étaient des pantoufles de velours noir pareilles à celles qu'il avait vues claquer aux talons du Vieux Seigneur.

Mais ces beaux effets, il avait honte de les exhiber de but en blanc devant O-len et ses enfants. Il les conservait pliés dans des feuilles de papier gris huilé et il les laissait à la maison de thé sous la garde d'un employé dont il avait fait la connaissance, et moyennant finance l'employé le laissait aller en cachette dans une salle du fond où il les revêtait avant de monter l'escalier. Outre cela il acheta un anneau d'argent doré pour se mettre au doigt, et comme ses cheveux repoussaient au-dessus de son front où ils avaient été rasés, il les lissait avec une huile odorante de marque étrangère contenue dans une petite fiole qu'il avait payée tout un dollar d'argent.

Mais O-len le considérait avec étonnement et ne savait que penser de tout cela. Un jour cependant, comme ils mangeaient le riz à midi, après avoir longuement fixé les yeux sur lui, elle dit pesamment :

« Il y a en vous un je ne sais quoi qui me fait penser à l'un des seigneurs de la grande maison. »

Wang Lung eut alors un gros rire et répondit :

« Voudrais-tu donc que j'aie toujours l'air d'un rustre quand nous avons autant et plus d'argent qu'il ne nous en faut ? »

Mais dans son cœur il était très flatté et pour ce jour-là il se montra plus aimable avec elle qu'il ne l'avait été depuis longtemps.

A cette heure l'argent, le bon argent, coulait de ses mains à flots. Il y avait non seulement le tarif à payer pour les heures qu'il passait avec la fille, mais il fallait satisfaire à ses petites fantaisies. Elle avait si belle manière de demander ! Elle soupirait et murmurait, comme si le cœur lui défaillait presque de désir :

« Ah ! pauvre de moi... pauvre de moi !... »

Et quand il lui murmurait, ayant appris enfin à

parler en sa présence : « Qu'est-ce qu'il y a donc, mon petit cœur ? » elle répondait : « Vous ne m'avez pas fait plaisir aujourd'hui parce que Jade Noir, celle qui loge en face de moi dans le couloir, a un amoureux qui lui a donné une épingle à cheveux en or, et moi je n'ai eu de vous que ce machin en argent, que j'ai depuis si longtemps ! »

Et alors, comme si sa vie en eût dépendu, il lui murmurait, en écartant l'onde lisse et noire de ses cheveux pour avoir le plaisir de voir ses petites oreilles aux lobes allongés :

« Eh bien donc, j'achèterai une épingle en or pour tes cheveux, mon bijou ! »

Car elle lui avait enseigné tous ces petits noms d'amour, comme on apprend de nouveaux mots à un enfant. Elle lui avait enseigné à les lui dire et il avait beau les balbutier, il n'arrivait jamais à les répéter assez souvent pour sa propre satisfaction, lui qui toute sa vie n'avait tenu d'autres propos que de semailles et de moissons et de la pluie et du beau temps.

Ainsi l'argent sortit du mur et sortit du sac, et O-len qui autrefois lui aurait sans doute dit avec assez d'aisance : « Et pourquoi prenez-vous l'argent du mur ? » à cette heure ne disait rien et se contentait de le regarder, toute malheureuse, sachant bien qu'il vivait une vie à part d'elle et à part même de la terre, mais ne sachant pas quelle vie c'était. Mais depuis le jour où il s'était nettement rendu compte qu'elle n'était pas belle de cheveux ni de corps et qu'elle avait de grands pieds, elle avait peur de lui et elle n'osait plus lui demander quoi que ce fût, parce que désormais il se mettait tout de suite en colère contre elle.

Il arriva un jour que Wang Lung s'en retourna chez lui par les champs et il la trouva en train de laver ses vêtements à la mare. Il resta un moment silencieux et puis il lui dit brutalement, et il était brutal parce que dans son cœur il avait honte et ne voulait pas le reconnaître :

« Où sont ces perles que tu avais ? »

Agenouillée au bord de la mare, elle leva les yeux de dessus les vêtements qu'elle était en train de battre sur une pierre lisse et plate, et répondit timidement :

« Les perles ? Je les ai. »

Et lui, les yeux fixés non sur elle mais sur ses mains mouillées et ridées, il bougonna :

« Ce n'est pas la peine de conserver des perles pour rien. »

Elle dit alors lentement :

« Je pensais qu'un jour peut-être j'aurais pu les faire monter en boucles d'oreilles. (Et craignant de le voir rire, elle reprit :) Je les aurais données à notre cadette quand elle se mariera. »

Endurcissant son cœur, il lui répondit avec violence :

« Pourquoi voudrais-tu que celle-là porte des perles quand elle a la peau aussi noire que de la terre ? Les perles sont faites pour les belles femmes. »

Et après un instant de silence il s'écria soudain :

« Donne-les-moi... J'en ai besoin. »

Lentement elle enfonça ses mains mouillées dans son sein et en retira le petit paquet et elle le lui donna et le suivit des yeux tandis qu'il l'ouvrait. Etalées dans sa main, les perles brillaient à la lumière du soleil d'un éclat doux et soutenu, et il leur souriait.

O-len se remit à battre ses vêtements. Des larmes lentes et sourdes tombaient de ses yeux, mais elle ne levait pas la main pour les essuyer ; elle n'en frappait qu'avec plus de vigueur avec sa baguette de bois les vêtements étalés sur la pierre.

XX

Et cela aurait pu continuer ainsi jusqu'à ce que tout l'argent y eût passé, n'eût été que l'oncle de Wang Lung s'en revint un beau jour sans donner d'explications sur l'endroit où il avait été ni sur ce qu'il y avait fait. Il apparut dans le cadre de la porte comme s'il tombait des nues, avec ses vêtements en loques non boutonnés et ficelés sur lui par une ceinture, et avec son visage habituel mais ridé et tanné par le soleil et le vent. Il adressa un sourire épanoui à toute la maisonnée qui était attablée pour le premier repas matinal et Wang Lung resta bouche bée, car il avait totalement oublié l'existence de son oncle, qui lui faisait l'effet d'un revenant. Le vieux, son père, clignotait des yeux effarés, et il ne reconnut le visiteur qu'au moment où celui-ci l'interpella :

« Et alors, Frère Aîné et son fils et ses fils et ma belle-sœur. »

Wang Lung se leva, fâché dans son cœur, mais poli selon les apparences de son visage et de son ton :

« Et alors, mon onde, avez-vous mangé ?

– Non, répondit l'oncle avec aisance, mais je vais manger avec vous. »

Il s'attabla donc, et attirant à lui une écuelle et des bâtonnets, il se servit copieusement du riz et du poisson salé et des carottes salées et des haricots secs qui étaient sur la table. Il mangeait comme s'il avait très faim et on attendit pour lui adresser la parole qu'il eût englouti bruyamment trois écuellées de bouillie de petit riz, croquant à belles dents les arêtes de poisson et les haricots. Et quand il eut mangé, il dit simplement et comme si c'était son droit :

« Maintenant je vais me coucher, car voilà trois nuits que je n'ai pas dormi. »

Wang Lung, abasourdi et ne sachant que faire d'autre, le conduisit au lit de son père. L'oncle releva les couvertures, tâta le bon drap frais de coton neuf, regarda le bois de lit et la bonne table et le grand fauteuil de bois que Wang Lung avait achetés pour la chambre de son père, et prononça :

« Allons, j'ai entendu dire que vous étiez riches, mais je ne savais pas que vous étiez aussi riches que cela. »

Et il se jeta sur le lit et rabattit la couverture sur ses épaules, malgré la chaleur de l'été, et il usait de tout comme si c'était à lui, et il s'endormit sans plus de discours.

Wang Lung regagna la salle du milieu tout consterné, car il savait fort bien que son oncle ne se laisserait jamais plus mettre dehors à présent qu'il savait que Wang Lung avait désormais de quoi le nourrir. Et Wang Lung pensait à cela et pensait à la femme de son oncle avec grand-peur parce qu'il prévoyait qu'ils viendraient tous deux loger chez lui et que rien ne pourrait les en empêcher.

Il en advint comme il le craignait. A midi passé son oncle s'étira enfin sur le lit, et après avoir bâillé bruyamment par trois fois il sortit de la chambre, en rassemblant ses vêtements sur son corps, et dit à Wang Lung :

« Maintenant je m'en vais chercher ma femme et mon fils. Nous sommes trois bouches, mais dans cette grande maison qui est la tienne on n'y verra pas la place de ce que nous mangerons et des misérables hardes que nous portons. »

Wang Lung ne lui répondit que par un regard morne, car c'est une honte pour quelqu'un qui a du superflu de chasser de chez lui le frère de son père. Et Wang Lung savait que s'il faisait cela ce serait une honte pour lui dans le village, où il était maintenant respecté à cause de sa richesse et c'est pourquoi il n'osait rien dire. Mais il ordonna aux ouvriers agricoles de s'en aller loger tous dans la vieille maison de façon à laisser libres les chambres du devant et ce fut dans celles-ci que dès le soir du même jour son oncle vint s'installer avec sa femme et son fils. Et Wang Lung était excessivement en colère et d'autant plus qu'il devait ensevelir toute sa rancune dans son cœur, et répondre à ses parents avec des sourires et leur faire bon accueil. Malgré cela, quand il vit la figure grasse et placide de la femme de son oncle, il faillit laisser éclater sa colère, et quand il vit l'insolente figure du garnement de fils, il eut peine à se retenir de le gifler. Et des trois jours où il ne décoléra pas, il s'abstint d'aller en ville.

Puis, quand ils se furent tous accoutumés à la nouvelle situation et quand O-len lui eut dit : « Cessez d'être en colère. Il faut supporter l'inévitable », et quand Wang Lung vit que son oncle et sa femme et le fils de son oncle se montraient suffisamment polis en considération du vivre et du couvert, alors ses pensées se reportèrent plus violemment que jamais vers la fille Lotus et il murmura à part lui :

« Quand la maison d'un homme est pleine de chiens sauvages, il lui faut chercher la paix ailleurs. »

Et toute la fièvre et la souffrance de naguère brûlaient à nouveau en lui et il n'était jamais satisfait de son amour.

Or, ce qu'O-len dans sa naïveté n'avait pas su voir, non plus que le vieux à cause de l'obnubilation de l'âge, non plus que Ching à cause de son amitié, la femme de l'oncle de Wang Lung le vit d'emblée et elle s'écria, les yeux pétillants d'envie de rire :

« Ah ! ah ! Wang Lung cherche à cueillir une fleur je ne sais où. »

Et comme O-len la regardait humblement, sans comprendre, elle reprit en riant :

« Il faut toujours qu'un melon soit coupé en deux pour qu'on voie ses graines, n'est-ce pas ? Eh bien, alors, c'est clair, votre homme est amoureux fou d'une autre femme ! »

Ces propos de la femme de son onde, Wang Lung les entendit, car elle les tenait dans la cour devant la fenêtre de sa chambre où il s'était couché somnolent et las un matin de bonne heure, épuisé par une nuit d'amour. Il fut vite réveillé, et il écouta la suite, ébahi de la perspicacité de cette femme. D'une voix pateline, qui coulait comme l'huile de sa gorge grasse, elle reprit :

« Oui, j'ai vu bien des hommes, et quand il y en a un qui se pommade les cheveux, s'achète des habits neufs, et se paie tout à coup des souliers de velours, c'est qu'il s'agit d'une nouvelle femme, sûr et certain. »

O-len émit quelques paroles entrecoupées, qu'il ne put comprendre, mais la femme de son oncle reprit :

« Il ne faut pas vous imaginer, pauvre innocente, qu'une femme peut suffire à un homme, et si c'est une bonne travailleuse qui s'est usée à trimer pour lui, elle lui suffit encore moins. L'imagination de cet homme l'emporte d'autant plus vite ailleurs, et vous, pauvre innocente, vous n'avez jamais été faite pour séduire l'imagination d'un homme et il ne vous estime guère mieux qu'un buffle pour le travail que vous fournissez. Et il ne vous appartient pas de vous rebiffer si, ayant de quoi, il s'achète une autre femme pour l'installer chez lui, car tous les hommes sont pareils, et ainsi ferait également mon vieux pendard de mari, n'était que le pauvre misérable n'a jamais eu assez d'argent dans sa vie même pour se nourrir. »

Elle dit cela et autre chose encore, mais ce fut tout ce que Wang Lung entendit de son lit, car sa pensée s'en tint à ce qu'elle dit. Brusquement il venait de concevoir le moyen de satisfaire sa faim et sa soif de cette fille qu'il aimait d'amour. Il allait l'acheter et l'installer chez lui et faire d'elle sa femme de sorte qu'aucun autre homme ne pourrait plus l'approcher et il pourrait ainsi manger et se rassasier, boire et se désaltérer. Se levant aussitôt de son lit, il sortit et fit signe discrètement à la femme de son oncle, et quand elle l'eut rejoint à l'extérieur de la porte et sous le dattier où personne ne pouvait entendre ce qu'il avait à dire, il lui dit :

« J'ai entendu et compris ce que vous disiez dans la cour, et vous avez raison. J'ai besoin d'une seconde femme. Et pourquoi m'en priverais-je, vu que j'ai de la terre pour nous nourrir tous ? »

Elle répondit avec un empressement volubile :

« Et pourquoi pas en effet ? Tous les hommes qui se sont enrichis en ont plusieurs. Les pauvres seuls sont tenus de boire à une seule coupe. »

Elle parlait ainsi, devinant ce qu'il allait dire, et il continua comme elle s'y attendait :

« Mais qui se chargera de négocier pour moi en qualité d'intermédiaire ? Un homme ne peut aller trouver une femme et lui dire : « Venez-vous-en chez moi. »

A quoi elle répondit aussitôt :

« Remettez-vous-en à moi de cette affaire. Vous n'avez qu'à me dire quelle femme c'est et j'arrangerai l'affaire. »

Alors Wang Lung répondit à contrecœur et timidement, car il n'avait encore jamais prononcé le nom tout haut devant quiconque.

« C'est la nommée Lotus. »

Il lui semblait que tout le monde devait avoir ouï parler de Lotus, et il oubliait que deux lunes plus tôt à peine, il ignorait jusqu'à son existence. Il s'impatienta donc, quand la femme de son oncle demanda encore :

« Et où loge-t-elle ?

– Où voulez-vous qu'elle loge sinon dans la grande maison de thé qui est dans la grande rue de la ville ?

– Celle qu'on appelle la Maison de Fleurs ?

– Laquelle voudriez-vous que ce soit ? » repartit Wang Lung.

Elle resta un moment songeuse, tapotant sa lèvre froncée, et elle dit enfin :

« Je n'y connais personne. Il va falloir que je trouve un moyen. Qui est la gardienne de cette femme ? »

Et quand il lui eut répondu que c'était Coucou, qui avait été esclave dans la grande maison, elle reprit en riant :

« Oh ! celle-là ? C'est donc le métier qu'elle a fait après que le Vieux Seigneur est mort une nuit dans son lit ? Bah ! après tout, c'est bien ce qu'elle devait faire. »

Elle poussa de nouveau son rire caquetant : « Heh, heh, heh », et reprit avec aisance :

« Celle-là ! Mais la chose est simple, alors. Cela ira tout seul. Celle-là ! Elle est toute prête à faire n'importe quoi, voire de fabriquer une montagne si elle se sentait dans la main assez d'argent pour cela. »

En entendant ces mots, Wang se sentit soudain la bouche sèche et il s'exprima d'une voix presque imperceptible :

« De l'argent, donc ! De l'argent et de l'or ! Tout ce qu'il faudra, dussé-je vendre mes terres ! »

Alors par une fièvre d'amour étrange et contradictoire, Wang Lung ne voulut pas retourner à la grande maison de thé avant la conclusion de l'affaire. Il se disait en lui-même :

« Et si elle refuse de venir chez moi et d'être à

moi seul, je veux me couper la gorge si je retourne jamais la voir. »

Mais quand il pensait les mots « si elle refuse de venir », il sentait son cœur s'arrêter d'effroi, si bien qu'il était sans cesse à harceler la femme de son oncle, lui disant :

« Ce n'est pas le manque d'argent qui nous fermera la porte. » Et il disait encore : « Avez-vous dit à Coucou que j'ai de l'argent et de l'or à discrétion ? » et il reprenait : « Dites-lui bien qu'elle ne sera astreinte chez moi à aucun travail d'aucune espèce, elle n'aura rien d'autre à faire qu'à porter des vêtements de soie et à manger des ailerons de requin tous les jours si elle le désire. » Tant et si bien qu'à la longue la grosse dondon finit par s'impatienter et lui lança, en roulant des yeux en boules de loto :

« Assez, assez ! Croyez-vous donc que je suis idiote, ou que c'est la première fois que j'ai apparié un homme et une fille ? Laissez-moi tranquille et je vous arrangerai cela. Je vous ai tout répété vingt fois. »

Il ne lui resta donc plus rien à faire qu'à se ronger les ongles et à rendre par avance la maison digne de recevoir Lotus. Il bousculait O-len, la chargeant de dix besognes à la fois, balayer, laver, changer de place les tables et chaises, si bien que la pauvre femme devenait de plus en plus terrifiée, car elle savait trop bien, quoiqu'il ne lui en eût rien dit, ce qui allait lui arriver.

A présent Wang Lung ne pouvait plus supporter de coucher avec O-len et il se disait qu'avec deux femmes dans la maison il faudrait nécessairement avoir de nouvelles chambres et une autre cour et qu'il faudrait aussi un endroit où il pourrait se retirer dans l'intimité avec sa bien-aimée. Ainsi donc, tandis qu'il attendait que la femme de son oncle eût terminé l'affaire, il appela ses ouvriers agricoles, et leur donna l'ordre de bâtir une autre cour annexée à la maison derrière la salle du milieu et autour de la cour trois chambres, une grande et deux petites sur les côtés. Et les ouvriers agricoles le considéraient avec stupeur, mais n'osaient pas répliquer et, sans leur donner aucune explication, il les dirigea lui-même, de sorte qu'il n'eut pas besoin de causer avec Ching de cette nouvelle entreprise. Et les valets creusèrent dans les champs pour prendre de la terre et ils en firent les murs qu'ils tassèrent en les battant, et Wang Lung envoya à la ville acheter des tuiles pour le toit.

Puis quand les chambres furent finies et la terre battue pour former une aire bien égale, il fit acheter des briques et les valets les posèrent en bon ordre et les ajustèrent avec de la chaux, ce qui fit un beau carrelage de brique dans les trois chambres destinées à Lotus. Et Wang Lung acheta de l'étole rouge pour suspendre aux portes en guise de tentures et il acheta une table neuve et deux fauteuils sculptés pour mettre de chaque côté et deux panneaux peints représentant des montagnes et de l'eau pour accrocher au mur derrière la table.

Et il acheta un drageoir rond en laqué rouge avec couvercle, et il disposa des gâteaux de sésame et des bonbons fourrés dans cette cassette, qu'il plaça sur la table. Puis il acheta un lit sculpté large et profond, assez grand pour occuper à lui seul une petite chambre, et il acheta des rideaux à fleurs pour suspendre alentour. Mais au cours de tous ces préparatifs il avait honte de demander quoi que ce fût à O-len, et c'est pourquoi la femme de son oncle venait dans la soirée et elle accrochait les rideaux de lit et faisait les choses qu'un homme est trop maladroit pour réussir.

Tout était terminé, il ne restait plus rien à faire et une lune de jours avait passé et la chose n'était pas encore conclue. Or, donc, comme il flânait solitaire dans la nouvelle petite cour qu'il avait bâtie pour Lotus, Wang Lung s'avisa d'installer un petit bassin au milieu de cette cour. Il fit venir un ouvrier et cet homme creusa une mare carrée de trois pieds de côté et la revêtit de tuiles, et Wang Lung alla en ville acheter cinq poissons rouges pour mettre dedans. Après quoi il fut incapable de plus rien découvrir à faire, et de nouveau il attendit avec une impatience fiévreuse.

Durant tout ce temps-là, il ne disait rien à personne si ce n'est pour gourmander les enfants s'ils s'étaient barbouillé le nez ou pour brailler à O-len qu'elle ne s'était pas démêlé les cheveux depuis au moins trois jours, tant et si bien qu'un matin O-len fondit en larmes et se mit à pleurer tout haut, comme il ne l'avait encore jamais vue pleurer, même quand ils mouraient de faim, ni à aucun autre moment. En conséquence, il lui dit rudement :

« Eh bien quoi, femme ? Je ne peux pas te dire de peigner ta tresse de cheveux sans que tu te mettes dans tous tes états ? »

Mais pour toute réponse elle se bornait à répéter, en se lamentant :

« Je vous ai engendré des fils... Je vous ai engendré des fils. »

Réduit au silence et embarrassé, il ronchonna encore un peu à part lui, car il avait honte devant elle et finit par la laisser tranquille. Il est vrai que devant la loi il n'avait aucun grief contre sa femme, car elle lui avait engendré trois fils bien constitués et qui étaient en vie, et il n'avait pas d'autre excuse que son désir amoureux.

Il en alla ainsi jusqu'au jour où la femme de son oncle vint lui dire :

« L'accord est conclu. La femme qui est sa gardienne pour le compte du maître de la maison de thé fera ça pour cent écus d'argent, versés en une fois, et la fille consent à venir pour des boucles d'oreilles de jade, un anneau de jade, un anneau d'or, deux toilettes de satin, deux toilettes de soie, une douzaine de paires de pantoufles et deux courtepointes de soie pour son lit. »

De tout ce discours Wang Lung n'avait retenu qu'une phrase : « L'accord est conclu », et il s'écria : « Qu'on en finisse, qu'on en finisse. »

Et il courut dans la chambre du fond et en rapporta l'argent qu'il versa dans les mains de sa tante, mais toujours en cachette, car il ne tenait pas à laisser voir à tout le monde que les bonnes moissons de tant d'années s'en allaient ainsi, et il dit à la femme de son oncle :

« Et pour vous-même prenez dix beaux écus d'argent. » Ebauchant un refus, elle recula son obèse personne et fit onduler sa tête de droite et de gauche en s'écriant à mi-voix :

« Non, je ne veux pas. Nous sommes en famille et vous êtes mon fils et je suis votre mère. Je fais cela pour vous et non pas pour l'argent. » Mais Wang Lung vit que tout en refusant elle tendait la main, et il y versa le bon argent qu'il estimait bien dépensé.

Puis il acheta du porc, du bœuf, du poisson mandarin et des pousses de bambou et des châtaignes, et il acheta une brochette de nids d'hirondelles séchés provenant du midi pour mettre en potage, et il acheta des ailerons de requin séchés et bref il acheta toutes les friandises qu'il put imaginer, après quoi il attendit... si l'on peut appeler attente cette impatience ardente et trépidante qui le consumait.

Par une journée radieuse et flamboyante de la huitième lune c'est-à-dire à la fin de l'été, elle arriva chez lui. Wang Lung la vit venir de loin. Elle était dans un palanquin en bambou fermé et porté à dos d'hommes et il suivit des yeux le palanquin qui s'avançait en zigzag sur les étroits sentiers à travers champs, et derrière le véhicule venait la silhouette de Coucou. Alors pour un instant il connut la crainte et se dit :

« Qu'est-ce que j'introduis là dans ma maison ? »

Et à demi éperdu il se retira vivement dans la chambre où il couchait depuis tant d'années avec sa femme et refermant la porte il resta là tout désemparé dans l'obscurité de la chambre, jusqu'au moment où il entendit la femme de son oncle lui crier bien haut de sortir, car on était au portail.

Confus et intimidé comme s'il n'avait encore jamais vu la fille, il sortit lentement, baissant la tête sur ses beaux habits, et jetant des regards furtifs de droite et de gauche. Mais Coucou le héla gaiement :

« Eh bien, vrai, je ne me doutais pas que nous aurions traité une affaire de ce genre ! »

Puis elle s'approcha du palanquin que les porteurs avaient déposé à terre et levant le rideau elle émit un clappement de langue et dit :

« Sortez, ma fleur de lotus, voici votre maison et voici votre seigneur et maître. »

Wang Lung était au supplice parce qu'il voyait sur les visages des porteurs de palanquin s'épanouir des sourires narquois et il se dit en lui-même :

« Baste, ce ne sont que des fainéants des rues de la ville, des individus sans importance. » Et il fut fâché de sentir son visage rouge et brûlant et c'est pourquoi il s'abstint de rien dire à haute voix.

Alors le rideau se souleva et dans un éblouissement il vit assise dans le creux ombreux du palanquin, fardée et fraîche comme un lis, la fille Lotus. Il oublia tout, même sa colère contre les narquois individus de la ville, tout sauf qu'il avait acheté cette femme pour son usage personnel et qu'elle était venue chez lui pour toujours, et il resta là raide et tremblant, à la suivre des yeux tandis qu'elle se levait, gracieuse comme une fleur qui ondule au souffle du zéphyr. Puis comme il la regardait sans parvenir à en détacher ses yeux, elle prit la main de Coucou et descendit. La tête inclinée et les paupières baissées, elle se mit en marche sur ses petits pieds, boitillante et avec un mouvement de roulis, en s'appuyant sur Coucou. Elle passa devant lui sans lui adresser la parole, et chuchota simplement à Coucou, d'une voix languissante :

« Où est mon appartement ? »

Alors la femme de son oncle vint la soutenir de l'autre côté et à elles deux elles conduisirent la fille dans la cour et dans les nouvelles chambres que Wang Lung avait bâties pour elle. Et de toute la maison de Wang Lung il n'y avait personne pour la voir passer, car il avait envoyé les ouvriers agricoles et Ching travailler pour la journée dans un champ éloigné, O-len était sortie sans dire où elle allait, emmenant les deux jumeaux, les garçons étaient à l'école, le vieux dormait contre le mur et n'entendait ni ne voyait rien, et quant à la pauvre innocente, elle ne voyait même pas qui allait et venait et ne reconnaissait d'autres visages que ceux de ses père et mère. Mais quand Lotus fut entrée dans ses appartements, Coucou tira les rideaux derrière elle.

Puis au bout d'un moment la femme de l'oncle de Wang Lung ressortit, avec un petit rire malicieux, et elle épousseta ses mains l'une contre l'autre comme pour les débarrasser de quelque chose qui s'y attachait.

« Elle empeste le fard et le parfum, celle-là, dit-elle toujours riant. Elle sent comme une vraie fille. (Et puis avec une malice perfide elle ajouta :) Elle n'est pas si jeune qu'elle paraît, mon neveu ! J'irai même jusqu'à dire que si elle n'avait pas été à la veille d'un âge où les hommes cesseront de la regarder, je ne sais pas trop si les pendentifs de jade, l'anneau d'or et même la soie et le satin auraient suffi à la décider à venir habiter la maison d'un fermier, et même d'un fermier riche. (Et puis voyant que Wang Lung s'irritait de ces paroles trop claires, elle s'empressa d'ajouter :) Mais elle est vraiment belle et je n'ai jamais vu de personne plus belle, et ce sera aussi délicieux pour vous qu'à un repas de fête le riz des huit pierres précieuses, après les années que vous avez passées avec l'esclave hommasse de la maison de Hwang. »

Wang Lung ne répondit rien. Il se promenait dans la maison de long en large et il prêtait l'oreille et ne pouvait rester en place. A la fin, n'y tenant plus, il souleva le rideau rouge, alla dans la cour qu'il avait bâtie pour Lotus et pénétra dans la pénombre de la chambre où elle était et il resta là auprès d'elle toute la journée jusqu'à la nuit.

De tout ce temps-là O-len ne s'était pas approchée de la maison. A l'aurore elle avait décroché du mur un hoyau, appelé les enfants et pris un petit repas froid enveloppé dans une feuille de chou et elle n'avait plus reparu. Mais à la tombée de la nuit elle rentra muette, barbouillée de terre et harassée de fatigue, suivie des enfants silencieux. Sans rien dire à personne, elle alla dans la cuisine préparer le repas, et le servit sur la table comme de coutume. Elle appela le vieux et lui mit les bâtonnets dans la main et elle fit manger la pauvre innocente, après quoi elle mangea un peu avec les enfants. Puis quand ils furent endormis, comme Wang Lung restait attablé à rêver, elle fit ses ablutions avant de se coucher et se retira enfin dans sa chambre habituelle où elle dormit seule dans son lit.

Alors Wang Lung put sans contrainte nuit et jour se rassasier et s'abreuver d'amour. Chaque jour il arrivait dans la chambre où Lotus était couchée indolemment sur son lit, et s'asseyant à côté d'elle il suivait des yeux tous ses gestes. Pas une seule fois elle ne sortit au chaud soleil des premiers jours d'automne ; elle restait couchée sans cesse et la

Coucou lotionnait son svelte corps avec de l'eau de ver luisant, malaxait sa peau avec de l'huile et des parfums et oignait ses cheveux d'huile. Car Lotus avait exigé obstinément que Coucou restât auprès d'elle en qualité de servante et elle la payait avec largesse, aussi cette femme ne demandait-elle pas mieux que d'en servir une au lieu de vingt, et elle demeurait avec Lotus sa maîtresse, à l'écart des autres, dans la nouvelle cour que Wang Lung avait fait construire.

Tout le jour la fille restait couchée dans la pénombre fraîche de sa chambre, à grignoter des pâtisseries et des confitures, en un léger déshabillé de soie vert pré, une petite veste arrêtée à la taille sur un pantalon bouffant. C'est ainsi que Wang Lung la trouvait quand il venait lui faire visite et il se rassasiait et s'abreuvait d'amour.

Puis au coucher du soleil elle le renvoyait avec sa mutinerie charmante, et Coucou la lotionnait et la parfumait à nouveau, et lui mettait des habits frais, de douce soie blanche contre sa chair et de soie fleur-de-pêcher par-dessus les toilettes de soieries que Wang Lung avait données, et Coucou lui enfilait aux pieds de petites pantoufles brodées, après quoi la fille se promenait dans la cour et examinait le petit bassin aux cinq poissons rouges, et Wang Lung restait là à la contempler comme une merveille. Elle vacillait sur ses petits pieds et pour Wang Lung rien au monde n'était d'une beauté plus merveilleuse que ses petits pieds pointus et ses débiles petites mains aux doigts retroussés.

Et il se rassasiait et s'abreuvait d'amour et il festoyait seul et il était heureux.

XXI

On ne pouvait s'attendre à voir la venue de la nommée Lotus et de sa servante Coucou dans la maison de Wang Lung s'effectuer sans aucun heurt et sans la moindre discorde, puisque la paix ne saurait loger sous un toit qui abrite plus d'une femme. Mais Wang Lung n'avait pas prévu cela. Et il avait beau s'apercevoir aux airs mornes d'O-len et à l'acrimonie de Coucou que tout n'allait pas droit, il refusait d'y faire attention et il ne prit souci de personne aussi longtemps que dura le premier feu de sa passion.

Néanmoins, quand le jour eut fait place à la nuit et quand à la nuit eut succédé l'aurore, Wang Lung dut bien se rendre compte qu'il ne rêvait pas, que le soleil se levait toujours le matin et que cette femme était bien là, que la lune se levait en son temps et qu'il avait toujours à portée de la main Lotus soumise à son bon plaisir. Sa soif d'amour en fut un peu apaisée et il constata des choses dont il ne s'était pas aperçu jusque-là.

Tout d'abord il constata qu'il y avait eu d'emblée de la bisbille entre O-len et Coucou. Ce fut pour lui un étonnement, car il s'attendait à voir O-len détester Lotus, ayant maintes fois ouï parler de situations semblables, et il arrive même souvent que des femmes se pendent par une corde aux solives quand un homme prend une seconde femme chez lui, et d'autres lui en font des querelles et s'efforcent de lui rendre la vie insupportable, et il était bien aise qu'O-len fût une femme taciturne, car du moins elle se dispenserait de l'agonir d'injures. Mais il n'avait pas prévu que tandis qu'elle se tairait sur le compte de Lotus, sa colère se tournerait contre Coucou.

Or, donc Wang Lung n'avait pensé qu'à Lotus et quand celle-ci lui demanda :

« Donnez-moi cette femme pour servante, vu que je suis toute seule au monde, car mon père et ma mère sont morts quand je ne savais pas encore marcher et mon oncle m'a vendue aussitôt que j'ai été jolie pour mener la vie que vous savez, et je n'ai personne. »

Elle accompagna cette prière de ses larmes, dont elle disposait toujours en abondance et qui brillaient dans les coins de ses jolis yeux, et Wang Lung n'aurait su rien lui refuser quand elle le lui demandait de cet air-là. D'ailleurs il fallait reconnaître que la fille n'avait personne pour la servir, et qu'elle serait seule dans la maison, car il était assez clair et il fallait s'y attendre, qu'O-len refuserait de servir la seconde femme, et qu'elle refuserait de lui adresser la parole ou de faire mine qu'elle la savait dans la maison. Il ne restait donc que l'oncle de Lotus, et Wang Lung répugnait à voir auprès de Lotus cet étranger qui l'espionnerait et parlerait de lui avec elle. Ainsi donc autant valait Coucou et Wang ne connaissait pas d'autre femme qui eût consenti à venir.

Mais O-len, à la vue de Coucou, fut prise d'une colère profonde et hargneuse que Wang Lung ne lui avait jamais connue et dont il ne la croyait pas capable. Coucou était assez désireuse de se la concilier, puisqu'elle recevait son salaire de Wang Lung, mais cependant elle ne pouvait oublier que dans la grande maison elle avait été la favorite du seigneur et O'len une esclave de cuisine, entre beaucoup d'autres. Malgré cela, quand elle rencontra O-len pour la première fois, elle s'adressa à elle d'un ton assez cordial :

« Et alors, ma vieille camarade, nous voici de nouveau ensemble dans la même maison, et vous êtes la maîtresse et la première femme... ma mère autrement dit. C'est un fameux changement! »

Mais O-len se borna à la considérer fixement et quand elle l'eut reconnue et se fut rendu compte de son présent rôle, pour toute réponse elle déposa par terre la jarre d'eau qu'elle portait, s'en alla dans la salle du milieu où Wang Lung se tenait entre ses heures d'amour, et lui dit tout net :

« Qu'est-ce que cette esclave vient faire dans notre maison ? »

Wang Lung regarda de droite et de gauche. Il aurait bien aimé parler et dire d'un ton tranchant de maître : « Ah! çà, mais je suis chez moi dans cette maison et tous ceux à qui je le permets peuvent y entrer, et de quel droit m'interroges-tu ? » Mais il en fut incapable à cause de la honte qu'il éprouvait à voir O-len là devant lui, et sa honte le mit en colère, parce qu'en la raisonnant il n'avait pas à avoir honte, et il n'en avait pas fait plus que n'importe qui est libre d'en faire quand il a de l'argent en superflu.

Cependant, il était incapable de parler, et il se bornait à regarder de droite et de gauche, et feignant d'avoir oublié sa pipe dans ses autres vêtements, il fouilla dans sa ceinture. Mais O-len, plantée sur ses grands pieds, restait là obstinément à attendre sa réponse, et comme il ne disait rien, elle redemanda tout net dans les mêmes termes :

« Qu'est-ce que cette esclave vient faire dans notre maison ? »

Voyant alors qu'il lui fallait répondre, Wang Lung dit sans assurance :

« Et qu'est-ce que cela te fait ? »

Et O-len repartit :

« J'ai supporté ses airs hautains durant toute ma jeunesse dans la grande maison; vingt fois par jour elle accourait dans la cuisine et criait : « Allons, du thé pour le seigneur »... « Allons, à manger pour le seigneur... » Et c'était toujours ceci est trop chaud et cela est trop froid, et cela est mal préparé, et j'étais trop laide et trop lente et trop ceci et trop cela... »

Mais Wang Lung ne répondait toujours pas, car il ne savait que dire.

Alors O-len attendit et comme il ne parlait pas, des larmes brûlantes et avares coulèrent lentement de ses yeux, qu'elle clignait pour s'empêcher de pleurer. A la fin elle prit le coin de son tablier bleu, s'essuya les yeux et dit :

« C'est me faire subir dans ma maison une cruelle avanie, et je n'ai nulle part de mère chez qui je puisse retourner. »

Toujours muet et sans faire mine de répondre, Wang Lung s'assit pour fumer sa pipe et l'alluma. Voyant qu'il ne dirait rien, elle le regarda piteusement et tristement de ses étranges yeux muets pareils aux yeux des bêtes privées de la parole, et puis elle s'en alla en titubant et cherchant la porte à tâtons parce que les larmes l'aveuglaient.

Wang Lung la regarda s'éloigner et il fut bien aise d'être seul, mais toujours il avait honte et il était toujours en colère d'être honteux et il se parlait à lui-même, marmottant les mots tout haut et avec agitation, comme s'il se disputait avec quelqu'un :

« Ah ! çà, mais ! je ne suis pas le seul et j'ai été assez bon pour elle, et il y a des hommes pires que moi. » Et il conclut qu'il faudrait bien qu'O-len s'en accommodât.

Mais O-len n'en avait pas fini avec cela, et elle vaquait en silence à ses occupations. Le matin elle faisait chauffer de l'eau et allait en offrir au vieux et elle offrait du thé à Wang Lung s'il n'était pas dans la cour intérieure, mais quand Coucou venait chercher de l'eau chaude pour sa maîtresse, le chaudron était vide et toutes ses réclamations véhémentes ne tiraient aucune réponse d'O-len. Alors il ne restait plus à Coucou d'autre ressource que de faire chauffer de l'eau elle-même si elle en voulait. Mais déjà il était l'heure de mettre en train la bouillie du matin et le chaudron n'était pas libre pour y mettre de l'eau et O-len continuait sa cuisine sans se presser, et sans rien répondre aux criailleries de Coucou.

« Il va donc falloir que ma pauvre maîtresse reste dans son lit toute la matinée à étouffer de soif faute d'une gorgée d'eau à avaler ? »

Mais O-len ne faisait pas mine de l'entendre. Impassible, elle bourrait le fourneau de brindilles et de paille, qu'elle étalait avec autant de soin et d'adresse qu'elle y mettait jadis au temps où une simple feuille avait son prix pour alimenter le feu sous la marmite. Alors Coucou s'en alla se plaindre bien haut à Wang Lung et il se mit en colère de ce que sa bien-aimée eût à souffrir de pareilles tracasseries et il alla trouver O-len pour lui faire des remontrances et il lui braila :

« Mais tu ne peux donc pas mettre une cruche d'eau de plus dans le chaudron le matin ? »

Mais elle lui répondit avec un air de mélancolie plus profonde que jamais :

« Je ne suis pas l'esclave des esclaves dans cette maison-ci au moins. »

Hors de lui, il empoigna O-len par l'épaule, la secoua vigoureusement et lui dit :

« Cesse donc de faire l'idiote. Ce n'est pas pour la servante mais pour la maîtresse. »

Passive sous la violence, elle le regarda en disant simplement :

« Et c'est à celle-là que vous avez donné mes deux perles ! »

Il laissa retomber sa main et resta muet. Sa colère avait disparu. Il s'en alla tout honteux et dit à Coucou :

« Nous allons bâtir un autre fourneau et je te ferai

faire une autre cuisine. Ma première femme ne connaît rien aux raffinements dont l'autre a besoin pour son corps pareil à une fleur et dont toi tu profites aussi. Tu pourras cuisiner ce qu'il te plaira. »

Il ordonna donc aux ouvriers agricoles de bâtir une petite pièce munie d'un fourneau de terre et il acheta un bon chaudron. Et Coucou fut heureuse parce qu'il avait dit : « Tu pourras cuisiner ce qu'il te plaira. »

Quant à Wang Lung, il se disait qu'enfin ses affaires étaient réglées et ses femmes en paix et qu'il allait pouvoir savourer son amour. Et il lui semblait à nouveau qu'il ne pourrait jamais se fatiguer de Lotus ni de sa façon de lui faire la moue en baissant sur ses grands yeux ses paupières comme des pétales de lis ni de la voir lever vers lui ses yeux pétillants de rire.

Mais en fin de compte cette histoire de la nouvelle cuisine devint pour lui comme une épine dans le corps, car Coucou allait chaque jour à la ville et elle achetait l'un ou l'autre des mets coûteux importés des villes du midi. Il y avait des mets dont il ignorait l'existence : des noix de lichi et des dattes au miel et des gâteaux spéciaux de farine de riz et des noisettes et du sucre rouge et du poisson cornu provenant de la mer et maintes autres choses. Et tout cela coûtait beaucoup plus cher qu'il ne tenait à donner, mais quand même pas autant, il en était sûr, que Coucou le lui disait, et pourtant il n'osait lui dire : « Vous dévorez ma chair », par crainte de l'offenser et de l'indisposer contre lui, ce qui eût déplu à Lotus, si bien qu'il n'avait d'autre ressource que de porter en rechignant sa main à sa ceinture. Et c'était chaque jour une épine pour lui, et parce qu'il n'avait personne à qui s'en plaindre, l'épine s'enfonçait sans cesse de plus en plus, ce qui refroidissait un peu l'ardeur de son amour pour Lotus.

Et il y avait encore une autre petite épine qui se branchait sur la première, et c'était que la femme de son oncle qui aimait fort la bonne nourriture, arrivait souvent aux heures des repas dans la cour, et elle y devint familière, et Wang Lung n'était pas content que Lotus eût choisi dans toute sa maisonnée cette femme-là pour amie. Dans les cours intérieures les trois femmes mangeaient bien, et elles étaient sans cesse à bavarder, avec des chuchotements et des rires. Lotus avait de la sympathie pour la femme de l'oncle et toutes trois étaient heureuses ensemble, ce qui ne plaisait pas à Wang Lung.

Mais malgré cela il n'y avait rien à faire, car quand il disait gentiment et pour l'amadouer :

« Voyons, Lotus ma fleur, ne gaspille pas sur une vieille truie obèse comme cette femme-là tes gentillesses. J'en ai besoin pour mon propre cœur. Cette grosse dondon est une créature fourbe et décevante, et je n'aime pas qu'elle soit auprès de toi du matin au soir. »

Lotus alors s'agaçait et elle répondait d'un ton piqué, en pinçant les lèvres et détournant la tête :

« Mais c'est que je n'ai personne d'autre que vous et je n'ai pas d'amies et je suis habituée à une maison gaie et dans la vôtre il n'y a personne excepté la première femme qui me déteste et vos enfants qui sont un fléau pour moi, et je n'ai personne. »

Puis elle usa de ses armes contre lui et elle refusa de l'admettre dans sa chambre cette nuit-là et elle se plaignit en disant :

« Non, vous ne m'aimez pas, car si vous m'aimiez, vous tiendriez à ce que je sois heureuse. »

Alors Wang Lung, humilié et affecté, capitula. Il lui fit des excuses et ajouta :

« Il en sera uniquement et toujours selon ton désir. »

Elle lui accorda un pardon magnanime et il n'osa plus la contrarier en aucune façon dans le moindre de ses désirs et après cela quand il allait chez elle, si elle était à causer ou prendre le thé ou manger des confitures avec la femme de son oncle, Lotus le priait d'attendre et se montrait peu empressée avec lui, et il s'éloignait, fâché de ce qu'elle ne voulût pas le recevoir quand cette autre femme était là, et son amour se refroidit un peu, sans qu'il s'en rendît compte lui-même.

Il était fâché, en outre, de voir la femme de son oncle manger des fines nourritures qu'il lui fallait acheter pour Lotus et de la voir engraisser et devenir de plus en plus pateline, mais il ne pouvait rien dire, car la femme de son oncle était maligne et elle était polie envers lui et le flattait par de bonnes paroles et se levait quand il entrait dans la chambre.

Ainsi donc son amour pour Lotus n'était plus aussi entier et parfait que naguère quand il s'y adonnait entièrement corps et âme. Il était lardé de petites colères, d'autant plus vives qu'il lui fallait se résigner à les subir sans pouvoir même désormais aller déverser sa bile sur O-len, vu que leur existence était maintenant séparée.

Alors, tel un champ d'épines nées d'une unique souche et s'étalant de toutes parts, les ennuis de Wang Lung se multiplièrent. Un beau jour son père qui semblait en tout temps ne rien voir, tant l'âge l'avait rendu somnolent, se réveilla soudain de son somme au soleil et d'un pas vacillant, appuyé sur son bâton à tête de dragon que Wang lui avait acheté pour son soixante-dixième anniversaire, se dirigea vers la porte où un simple rideau séparait la chambre principale de la cour où se promenait Lotus. Or, le vieux n'avait encore jamais remarqué cette porte, pas même quand on avait construit la cour, et il semblait ignorer qu'on en eût ajouté une

à la maison, et Wang Lung ne lui avait jamais dit :
« J'ai une autre femme », car le vieillard était trop
sourd pour rien comprendre à ce qu'on lui disait
s'il s'agissait de quelque chose de nouveau et d'inat-
tendu pour lui.

Mais ce jour-là sans motif apparent il vit cette
porte et il s'en approcha et tira le rideau. C'était
précisément à cette heure de la soirée que Wang
Lung se promenait dans la cour avec Lotus, et ils
étaient arrêtés côte à côte devant le bassin à
regarder les poissons, mais Wang Lung regardait
surtout Lotus. Alors quand le vieux vit son fils
debout à côté d'une fille fardée, il s'écria de son
aigre voix fêlée :

« Il y a une catin dans la maison ! »

Et il refusait de se taire. Craignant que Lotus ne
se fâchât (car pour peu qu'elle se mit en colère, cette
mignonne créature savait fort bien piailler, hurler
et frapper des mains), Wang Lung s'avança vers le
vieillard et l'emmena dans la cour extérieure, où il
tentait de l'apaiser, en disant :

« Voyons, mon père, calmez-vous. Ce n'est pas
une catin qu'il y a dans la maison, mais ma seconde
femme. »

Le vieillard entendait-il ou non ce qu'on lui disait ;
bien malin qui eût pu le dire. En tout cas il refusait
de se taire et s'obstinait à lancer coup sur coup :
« Il y a une catin ici ! » Et voyant Wang Lung auprès
de lui, il dit soudain : « Moi je n'avais qu'une femme
et mon père n'avait qu'une femme et nous cultivions
la terre. » Et après un silence il s'écria de nouveau :
« Je vous dis que c'est une catin ! »

C'est ainsi que le vieillard fut tiré de son sommeil
intermittent par une sorte de haine malicieuse
contre Lotus. Il s'en allait à la porte de sa cour et
criait soudain à la cantonade :

« Catin ! »

Ou bien il écartait le rideau et crachait de fureur

sur les carreaux de la cour. Il ramassait aussi de petits cailloux et les jetait de son bras débile dans le petit bassin pour effaroucher les poissons, et il exprimait sa colère par les petits moyens lâches d'un enfant méchant.

Et ceci aussi créait un tracas dans la maison de Wang Lung, car il avait honte de réprimander son père, et il craignait d'autre part la colère de Lotus depuis qu'il avait découvert qu'elle possédait un caractère joliment emporté qui se déchantait aisément. Et cette préoccupation d'empêcher son père de la courroucer lui était fastidieuse et contribuait encore à faire de son amour un fardeau pour lui.

Un jour il entendit un cri perçant s'élever des cours intérieures et, reconnaissant la voix de Lotus, il s'y précipita. Une fois là il s'aperçut que les deux plus jeunes enfants, les jumeaux garçon et fille, avaient à eux deux emmené dans la cour intérieure son aînée, sa pauvre innocente. Or, les quatre autres enfants étaient sans cesse intrigués au sujet de cette dame qui logeait dans la cour intérieure. Les deux garçons aînés, tout en ne parlant jamais d'elle qu'à eux deux en cachette, étaient déjà bien renseignés pour leur âge et savaient assez pourquoi elle était là et ce que leur père allait faire chez elle. Mais les deux plus jeunes ne se lassaient pas de l'épier en échangeant des commentaires, et de renifler le parfum dont elle usait et de plonger leurs doigts dans les assiettes de nourriture que Coucou remportait de ses appartements après qu'elle avait mangé.

Maintes fois Lotus s'était plainte à Wang Lung de ce que ses enfants la persécutaient et elle sonhaitait qu'il trouvât moyen de les tenir enfermés, ce qui la dispenserait d'être harcelée par eux. Mais ceci n'était pas du goût de Wang et il lui répondit en badinant :

« Que veux-tu ! Ils aiment tout comme leur père à voir une jolie figure. »

Et il se contenta de leur défendre d'entrer dans les cours de Lotus. Ils s'en abstenaient quand il les voyait, mais quand il ne les voyait pas, ils entraient et sortaient en cachette. Mais la fille aînée ne comprenait rien du tout, et ne savait que s'asseoir au soleil contre le mur de la cour extérieure, souriante et jouant à tortiller son bout de chiffon.

Ce jour-là, cependant, les deux fils aînés partis à l'école, les deux jumeaux s'étaient mis dans la tête d'obliger l'innocente à voir elle aussi la dame des cours intérieures. L'ayant prise par les mains, ils l'entraînèrent dans la cour et elle se trouva en face de Lotus qui ne l'avait jamais vue et qui s'arrêta pour la considérer avec surprise. Mais quand l'innocente vit briller la soie du costume de Lotus et reluire le jade de ses oreilles, elle fut prise d'une joie étrange, tendit les mains pour saisir les vives couleurs et se mit à rire tout haut, d'un rire qui n'était qu'un bruit vide de sens. Et Lotus effrayée poussa un cri perçant, si bien que Wang Lung accourut. Lotus tremblait de colère et trépignait sur ses petits pieds. Elle menaça du doigt la pauvre fillette rieuse en s'écriant :

« Je ne veux plus rester dans cette maison si celle-là m'approche. On ne m'avait pas prévenue que j'aurais à subir de maudites idiotes et si j'avais su je ne serais pas venue... Tous vos sales enfants ! »

Et elle repoussa le petit garçon qui se trouvait le plus proche d'elle et qui la regardait bouche bée, la main dans la main de sa sœur jumelle.

Une saine colère s'éveilla en Wang Lung, car il aimait ses enfants, et il répliqua brutalement :

« Je ne veux pas entendre maudire mes enfants, et pas même ma pauvre innocente, et je ne le permettrai pas à qui que ce soit, et encore moins à toi dont le sein n'a pas engendré de fils.» Et rassemblant ses enfants, il leur dit :

«Maintenant allez-vous-en, mon fils et ma fille, et ne venez plus dans la cour de cette femme, car elle ne vous aime pas et si elle ne vous aime pas, elle n'aime pas non plus votre père.»

Et à la fille aînée il dit avec grande douceur :

«Et toi, ma pauvre innocente, retourne à ta place au soleil.»

Elle lui sourit, et la prenant par la main, il l'emmena.

Car ce qui l'avait mis le plus en colère, c'était que Lotus eût osé maudire cette enfant et l'appeler idiote, et un surcroît de souffrance pour la fillette s'appesantit sur son cœur, si bien que pendant deux jours entiers il s'abstint de retourner auprès de Lotus. Il jouait avec les enfants et il alla en ville acheter une couronne de sucre d'orge pour sa pauvre innocente et il participa au plaisir enfantin que lui causait la douceâtre et gluante friandise.

Et quand il alla retrouver Lotus, elle ne fit pas plus allusion que lui à son absence de deux jours, mais elle s'efforça particulièrement de lui être agréable, car lorsqu'il arriva, la femme de son oncle était là à boire du thé, et Lotus s'excusa et dit :

«Voici mon seigneur et maître qui vient me voir et je lui dois obéissance, car c'est lui qui fait ma joie.»

Et elle resta debout jusqu'à ce que la visiteuse se fût retirée.

Alors elle s'approcha de Wang Lung, lui prit la main qu'elle attira vers son visage et le cajola. Mais lui, bien qu'il l'aimât de nouveau, ne l'aimait plus autant qu'auparavant, et il ne l'aima jamais autant que par le passé.

Vint un jour où l'été prit fin. Le ciel matinal était clair et froid et bleu comme de l'eau de mer et le vent purificateur d'automne soufflait sur la terre.

Wang Lung parut s'éveiller d'un sommeil. Il alla à la porte de sa maison jeter un coup d'œil sur ses champs. Et il vit que les eaux s'étaient retirées et que la terre s'étalait luisante sous le vent froid et sec et sous l'ardent soleil.

Alors une voix s'écria en lui, une voix plus profonde que l'amour et qui était l'appel de la terre. Elle dominait toute autre voix de sa vie. En l'entendant il dépouilla sa robe longue, enleva ses chaussons de velours et ses chaussettes blanches, et roulant son pantalon jusqu'au genou, il se retrouva robuste et actif et lança :

« Où est le hoyau et où est la charrue ? Et où est le grain pour les semailles de froment ? Allons, Ching, mon ami, allons, appelle les hommes, et je m'en vais à la terre ! »

XXII

Tout comme il était revenu de la ville du midi guéri de son découragement et réconforté par l'amertume qu'il y avait endurée, de même à cette heure Wang Lung fut guéri de son mal d'amour par la bonne terre noire de ses champs. Il sentait sous ses pieds le terreau humide, il flairait la senteur de la terre montant des sillons qu'il retournait pour les ensemencer. Il distribua des ordres à ses ouvriers et on fit une grosse journée de travail, labourant ici et labourant là. Wang Lung se tenait derrière les buffles, faisant claquer le fouet au-dessus de leurs dos ; et il voyait la lourde volute de terre se rabattre à mesure que la charrue s'avançait dans le sol, et puis il appela Ching et lui passa les guides, et lui-même prit un hoyau et brisa l'humus qui s'effritait en une fine poudre limoneuse, douce comme du sucre noir, et encore noirâtre de l'humidité de la terre superficielle. Il faisait cela simplement pour le plaisir qu'il y prenait et non par nécessité, et quand il fut fatigué, il se coucha sur sa terre et dormit et la santé de la terre se répandit dans sa chair et il fut guéri de son mal.

Le soleil resplendissant se coucha dans un ciel sans nuage, la nuit vint, et il rentra chez lui, le corps rompu, las mais triomphant, et il écarta violemment le rideau de la porte qui menait dans la cour intérieure où Lotus se promenait en toilette de soie. A son approche elle se récria de voir ses vêtements couverts de terre et elle frissonna quand il s'approcha d'elle.

Mais il se mit à rire et saisit dans ses mains terreuses les mignonnes mains aux doigts retroussés et riant de nouveau il dit :

« A cette heure tu vois que ton maître n'est qu'un paysan et toi une femme de paysan. »

Elle s'écria avec emportement :

« Soyez ce que vous voudrez, moi je ne suis pas une femme de paysan. »

Mais il rit de nouveau et s'éloigna d'elle avec désinvolture.

Il mangea son riz du soir sans même se débarrasser de la terre qui le souillait et même avant de se coucher il ne se débarbouilla qu'à regret. Et en lavant son corps il rit de nouveau, car cette fois il ne se lavait pas pour une femme, et il riait de se sentir libre.

Wang Lung eut alors l'illusion de rentrer d'un long voyage et d'avoir tout à coup une foule de choses à faire. La terre réclamait des labours et des semailles et chaque jour il labourait, et sa peau pâlie par un été d'amour redevenait d'un beau brun sous le soleil, et ses mains, que l'oisiveté de l'amour avait dépouillées de leurs cals, se durcissaient de nouveau à manier le hoyau et à tenir les mancherons de la charrue.

Quand il rentrait à midi et au soir, il mangeait avec appétit de la nourriture qu'O-len lui apprêtait, du bon riz au chou, et du caillé de fèves, et de bon ail roulé dans des galettes de froment. Quand Lotus se bouchait le nez à son approche et se récriait de sa puanteur, il se mettait à rire et ne s'en souciait, et il lui soufflait sa forte haleine au visage et bon gré mal gré elle dut se résigner à le laisser manger de ce que bon lui semblait. Et maintenant qu'il était de nouveau plein de santé et délivré du mal d'amour, il lui était possible de s'occuper d'autre chose après lui avoir fait visite et avoir usé d'elle.

Ainsi donc les deux femmes prirent chez lui leurs places respectives. Lotus était son jouet et son amusement et satisfaisait son désir de beauté ; O-len était sa femme de travail et la mère qui avait engendré ses fils et qui tenait son ménage et le nourrissait ainsi que son père et ses enfants. Et Wang Lung s'enorgueillissait de savoir que dans le village les hommes citaient avec envie la femme de la cour intérieure ; on eût dit qu'ils parlaient d'un bijou rare ou d'un jouet coûteux sans autre utilité que d'être un symbole témoignant que son propriétaire n'avait plus à se préoccuper uniquement de se nourrir et de s'habiller et qu'il pouvait consacrer son argent au plaisir s'il le désirait.

Et parmi les gens du village, le plus empressé à célébrer ses richesses était son oncle, car son oncle en ce temps-là était comme un chien qui fait le beau et s'efforce de gagner la faveur. Il disait :

« Voilà mon neveu, qui entretient pour son plaisir une beauté comme nous autres gens du commun n'en avons jamais vu. » Et il disait aussi : « Et il va chez sa femme, qui porte des robes de soie et de satin comme une dame de grande maison. » Et il disait encore : « Mon neveu, le fils de mon frère, est en train de fonder une grande maison et ses fils seront des fils de riche et ils n'auront pas besoin de travailler toute leur vie durant. »

Les hommes du village, en conséquence, regardaient Wang Lung avec un respect croissant et ils ne lui adressaient plus la parole comme à l'un des leurs mais comme à l'occupant d'une grande maison. Ils venaient lui emprunter de l'argent à intérêt et lui demander son avis sur le mariage de leurs fils et de leurs filles, et si deux voisins avaient une contestation à propos des limites d'un champ, on prenait Wang Lung comme arbitre, et l'on s'en remettait à sa décision quelle qu'elle fût.

Tandis que Wang Lung ne s'occupait, naguère, que de son amour, il en était à présent rassasié et il s'occupait de quantité de choses. Les pluies survinrent en leur temps, le froment germa et poussa et l'année s'écoula. Aux approches de l'hiver Wang Lung porta sa récolte aux marchés, car il conservait son grain jusqu'à ce que les prix fussent élevés, et cette fois il emmena son fils aîné avec lui.

Or, c'est une fierté pour un homme que de voir son fils aîné lire couramment les lettres écrites sur un papier et prendre le pinceau et l'encre pour écrire les choses qui seront lues par d'autres, et cette fierté Wang Lung l'éprouva alors. A la vue de ce bel exploit, il se redressa orgueilleusement et refusa de rire quand les commis qui l'avaient raillé auparavant, s'écrièrent :

« Il trace de jolis caractères, le jeune homme, et c'est un malin ! »

Mais Wang Lung ne voulait pas montrer qu'il jugeât extraordinaire d'avoir un fils comme celui-là. Malgré cela, quand le jeune homme tout en lisant prononça d'un ton doctoral : « Voici une lettre qui a le radical bois tandis qu'elle devrait avoir le radical eau », Wang Lung sentit son cœur prêt à éclater d'orgueil, et pour dissimuler son trouble il fut contraint de se détourner en toussotant et en crachant sur le carreau. Et tandis qu'un murmure de surprise courait parmi les commis devant la science de son fils, il lui lança simplement :

« Change-la donc ! Nous ne mettrons pas notre nom au bas d'un papier incorrectement écrit. »

Et se redressant orgueilleusement, il regarda son fils prendre le pinceau et changer les caractères fautifs.

Lorsque ce fut fait et que le fils eut écrit le nom de son père sur le contrat de vente du grain et sur le reçu des fonds, le père et le fils retournèrent au logis ensemble, et le père se disait en lui-même qu'à présent son fils était un homme et son aîné, et qu'il devait faire pour son fils ce qui était légitime ; il devait s'occuper de lui trouver une femme et la lui fiancer de telle sorte que le jouvenceau n'eût pas besoin d'aller solliciter dans une grande maison comme il l'avait fait et prendre un laissé-pour-compte dont personne ne voulait, car son fils était le fils d'un homme riche et propriétaire foncier.

Wang Lung se mit donc en quête d'une demoiselle propre à devenir la femme de son fils, et la tâche n'était pas légère, car il ne voulait pas d'une personne ordinaire et quelconque. Il en parla un soir à Ching à l'heure où tous deux, seuls dans la salle du milieu, venaient de faire le relevé de ce qu'il fallait acheter pour les semailles du printemps et de ce qu'ils avaient à eux en fait de semence. Il parla sans grande confiance d'obtenir de l'aide, car il savait Ching naïf, mais il savait aussi que cet homme lui était dévoué comme un bon chien l'est à son maître, et il éprouvait un soulagement à confier sa pensée à quelqu'un de ce genre.

Tandis que Wang Lung parlait, assis à la table, Ching se tenait respectueusement debout, car en dépit des instances de Wang, depuis que son patron était devenu riche, il ne se considérait plus comme son égal et refusait de s'asseoir en sa présence, et il écoutait avec une attention soutenue tandis que Wang Lung parlait de son fils et de la fiancée qu'il cherchait. Quand Wang Lung eut fini, Ching soupira et de sa voix hésitante qui n'était guère plus qu'un murmure il dit :

« Ah ! si ma pauvre fille était ici et bien portante, je vous la donnerais volontiers pour rien du tout et ma reconnaissance avec, mais où est-elle je l'ignore, et il se peut qu'elle soit morte sans que je le sache. »

Wang Lung le remercia mais il s'abstint de dire, ce qu'il avait dans le cœur, que pour son fils il lui fallait un parti beaucoup plus relevé que la fille de quelqu'un comme Ching, qui, tout brave homme qu'il était, n'était, à part cela, qu'un vulgaire cultivateur aux gages d'autrui.

Wang Lung ne prit donc conseil que de lui-même, et il se bornait à prêter l'oreille aux conversations dans la maison de thé quand on parlait de jeunes demoiselles ou d'hommes fortunés de la ville qui avaient des filles à marier. Mais il ne dit rien à la femme de son oncle et lui déroba son intention. Il la jugeait suffisante quand il avait besoin pour lui-même d'une femme de maison de thé. Elle était femme à arranger une affaire de ce genre. Mais pour son fils il ne voulait pas d'une femme comme elle, qui ne pouvait connaître personne qu'il jugeât digne de son fils aîné. L'année s'acheva dans la neige et le froid de l'hiver. La fête du Nouvel An arriva, l'on mangea et l'on but, et des gens vinrent faire visite à Wang Lung, non seulement de la campagne mais aussi de la ville, pour lui souhaiter du bonheur, et ils disaient :

« Nous ne pouvons pas vous souhaiter de fortune plus grande que vous n'en avez, des fils dans votre maison, et des femmes et de l'argent et des terres. »

Et Wang Lung vêtu de sa robe de soierie, voyant auprès de lui à ses côtés ses fils en belles robes de cérémonie, et sur la table des gâteaux sucrés et du melon d'eau et des noisettes, et partout sur les portes des devises de papier rouge placardées pour le Nouvel An et la prospérité à venir, Wang Lung comprit que sa fortune était bonne.

Mais l'année vira au printemps, les saules se couvrirent d'un léger voile vert et les pêchers d'une floraison rose, et Wang Lung n'avait pas encore trouvé celle qu'il cherchait pour son fils.

Le printemps ramena les longs jours tièdes et parfumés par les pruniers et les cerisiers en fleur, et les saules achevèrent de se garnir de feuilles. Les arbres étaient verts, la terre humide et fumante était grosse de moisson, et le fils aîné de Wang Lung changea brusquement et cessa d'être un enfant. Il eut des mélancolies et des emportements, refusa de manger telle et telle chose et il se dégoûta de l'étude. Wang Lung effrayé n'y comprenait rien et parlait de consulter un docteur.

Il n'y avait aucun moyen de corriger l'adolescent, car si son père, après avoir usé de la persuasion, lui disait : « Voyons, mange de ce bon riz à la viande », le garçon devenait boudeur et mélancolique, et si Wang Lung se fâchait le moins du monde, il éclatait en sanglots, et s'enfuyait de la pièce.

Wang Lung était accablé d'étonnement et ne savait que penser, si bien qu'il alla rejoindre l'adolescent et lui dit avec toute la douceur possible :

« Je suis ton père, voyons, raconte-moi ce que tu as dans le cœur ? »

Mais l'adolescent se contentait de sangloter et de secouer la tête avec violence.

Par surcroît il avait pris son vieux professeur en aversion et refusait le matin de se lever de son lit pour aller à l'école à moins que Wang Lung ne vînt brailler sur lui ou même le battre. Alors il partait d'un air morne et il passait parfois des journées entières à fainéanter par les rues de la ville, et Wang

Lung ne l'apprenait que le soir quand le fils cadet disait par jalousie :

« Frère aîné n'est pas venu à l'école aujourd'hui. »

Wang Lung se fâchait alors contre son fils aîné et lui braillait :

« Est-ce que tu crois donc que je vais dépenser du bon argent pour rien ? »

Et dans sa colère il tomba sur le garçon à coups de bambou et le rossa tant et si bien que la mère du garçon, O-len, l'entendit et accourut de la cuisine et s'interposa entre le fils et le père, de sorte que les coups grelèrent sur elle en dépit des contorsions de Wang Lung pour atteindre le gamin. Mais le plus singulier c'était que, tandis qu'il arrivait au garçon d'éclater en pleurs à la moindre réprimande, il supportait ces volées de bambou sans piper, le visage fermé et pâle comme une statue. Et Wang Lung n'y comprenait rien, bien qu'il y pensât nuit et jour.

Il y pensait ainsi un soir après le repas, parce que ce jour-là il avait battu son fils aîné pour n'être pas allé à l'école, et tandis qu'il réfléchissait, O-len entra dans la chambre. Elle s'approcha sans bruit et s'arrêta devant Wang Lung et il vit qu'elle avait envie de lui dire quelque chose. Il lui dit donc :

« Parle. Qu'est-ce que c'est, mère de mon fils ? »

Et elle répondit :

« Il est inutile de battre le garçon comme vous le faites. J'ai vu cette crise se produire chez les jeunes seigneurs de la grande maison, et il leur venait de la mélancolie, et quand cela arrivait, le Vieux Seigneur leur procurait des esclaves s'ils n'en avaient pas trouvé par eux-mêmes et la crise passait vite.

– Mais moi je ne veux pas de ça, répondit Wang Lung, buté. Quand j'étais adolescent, je n'avais pas de ces mélancolies ni de ces accès de pleurs et d'humeur, et pas d'esclaves non plus. »

O-len le laissa dire, puis elle reprit lentement :

« Je n'ai en effet jamais vu cela que chez les jeunes

seigneurs. Vous, vous travailliez à la terre. Mais lui il est comme un jeune seigneur et il est oisif dans la maison. »

Wang Lung, après un instant de réflexion, fut surpris de voir qu'il y avait du vrai dans ce qu'elle disait. Il était exact que, quand lui-même était adolescent, il n'avait pas le loisir d'être mélancolique, car il lui fallait se lever à l'aube pour atteler le buffle et sortir avec la charrue et le hoyau, et à la moisson il lui fallait s'éreinter de travail, et s'il avait pleuré, il aurait pu pleurer longtemps, car personne ne l'écoutait, il ne pouvait pas s'échapper comme son fils faisant l'école buissonnière, car si cela lui était arrivé, il n'aurait plus rien trouvé à manger en rentrant, et ainsi donc il était forcé de travailler. Il se rappela tout cela et se dit en lui-même :

« Mais mon fils n'est pas ainsi. Il est plus raffiné que je ne l'étais, et son père est riche et le mien était pauvre, il n'y a pas nécessité qu'il travaille, car j'ai de la main-d'œuvre dans mes champs, et du reste on ne saurait prendre un lettré tel que mon fils pour le mettre à la charrue. »

Et il était secrètement fier d'avoir un fils comme celui-là et c'est pourquoi il dit à O-len :

« Eh bien, s'il est comme un jeune seigneur, c'est une autre affaire. Mais je ne veux pas lui acheter une esclave. Je vais le fiancer et nous le marierons de bonne heure, et voilà ce qu'il y a à faire. »

Puis il se leva et passa dans la cour intérieure.

XXIII

Or donc, Lotus, voyant Wang Lung distrait en sa présence et pensant à autre chose que sa beauté, fit la moue et dit :

« Si j'avais su qu'en moins d'un an vous en arriveriez à me regarder sans me voir, je serais restée dans la maison de thé. »

Et elle détournait la tête en parlant et le regardait du coin de l'œil, si bien qu'il se mit à rire et lui prit la main et l'approcha de sa figure pour en flairer le parfum et il répondit :

« Oui, mais un homme ne peut pas toujours penser au bijou qu'il a cousu sur sa veste, mais si ce bijou était perdu, il en serait fort désolé. Ces jours-ci je pense à mon fils aîné. Il a le sang agité de désir et il faut le marier et je ne sais pas comment trouver celle qu'il devrait épouser. Je ne veux pas qu'il épouse l'une des filles des fermiers du village, et ce n'est pas non plus convenable, vu que nous portons tous le même nom de Wang, mais en ville je ne connais personne assez bien pour lui dire : « Voici mon fils et voilà votre fille » et je répugne à m'adresser à une entremetteuse professionnelle, de crainte qu'elle n'ait fait un marché avec un homme qui a une fille difforme ou idiote à caser. »

Or, Lotus, depuis que le fils aîné était devenu un grand et gracieux jeune homme, considérait le jouvenceau avec bienveillance et elle se réjouit de ce que Wang Lung lui disait et elle répliqua, rêveuse :

« Il y avait un homme qui avait l'habitude de venir me voir à la grande maison de thé, et il me parlait souvent de sa fille, parce qu'il disait qu'elle était comme moi, petite et fine, mais ce n'était encore qu'une enfant, et il me disait : « Et j'éprouve à t'aimer une gêne étrange, comme si tu étais ma fille. Tu lui ressembles trop et cela me trouble, car cela n'est pas légitime », et pour cette raison, encore qu'il m'aimât beaucoup, il s'adressa désormais à une grande fille rouge qu'on appelait Fleur de Grenadier.

– Quel genre d'homme c'était-il ? demanda Wang Lung.

– C'était un bonhomme qui avait l'argent facile et qui ne promettait jamais sans payer. Il nous était sympathique à toutes, car il n'était pas regardant, et si parfois une fille était indisposée, il ne se mettait pas à brailler comme certains qu'il avait été filouté, mais il disait toujours aussi poliment qu'un prince ou quelqu'un d'une maison noble et lettrée : « Allons, tiens, voici l'argent et repose-toi, ma petite, en attendant que l'amour refleurisse. » Il nous parlait très gentiment. »

Et Lotus resta songeuse. Mais Wang Lung n'aimait pas qu'elle repensât à son ancienne existence et il dit bien vite pour la ramener à la réalité :

« Quel était donc son métier, pour qu'il eût tant d'argent ? »

Et elle répondit :

« Je ne me rappelle plus au juste, mais je pense qu'il était directeur d'un marché au grain, mais je vais demander à Coucou qui sait tout ce qui concerne les hommes et leur fortune. »

Elle claqua des mains et Coucou accourut de la cuisine, les joues et le nez enluminés par l'ardeur du foyer, et Lotus lui demanda :

« Qui était donc ce grand gros bonhomme qui venait d'abord chez moi et puis qui a été chez Fleur de Grenadier tout en m'aimant toujours mieux qu'elle parce que je ressemblais à sa petite fille, de sorte que cela le troublait ? » Et Coucou répondit aussitôt « Ah ! oui, c'est Liu, le marchand de grain. Ah ! c'était un bon homme ! Il me donnait de l'argent chaque fois qu'il me voyait.

– Où est son marché ? demanda Wang Lung assez nonchalamment, parce que c'étaient là commérages de femme et qui avaient apparence de ne devoir mener à rien.

– Dans la rue du Pont de Pierre », répondit Coucou.

Elle n'avait pas achevé ces mots que Wang Lung battit les mains de joie et reprit :

« Pas possible ! C'est là où je vends mon grain, et c'est une chose de bon augure et sûrement cela peut se faire. »

Et pour la première fois son intérêt s'éveillait, car cela lui semblait une heureuse chose de marier son fils à la fille de l'homme qui lui achetait son grain.

Quand il y avait une démarche à faire, Coucou y subodorait l'argent comme une souris flaire la chandelle. Elle essuya ses mains à son tablier et dit avec empressement :

« Je suis prête à servir le maître. »

Indécis, Wang Lung considéra son visage rusé d'un air dubitatif, mais Lotus dit avec enjouement :

« Mais c'est vrai, Coucou n'a qu'à aller demander à M. Liu. Il la connaît bien et la chose peut se faire, car Coucou n'est pas bête, et si cela réussit, elle touchera sa commission d'entremetteuse.

– Oh ! je réussirai ! » dit Coucou avec élan... Et elle riait en imaginant dans le creux de sa main les beaux écus de la commission, et elle défit son tablier et elle dit en femme d'affaires : « Je vais y aller tout de suite, car la viande ne demandera plus qu'un instant de cuisson pour être à point et les légumes sont épluchés et lavés. »

Mais Wang Lung n'avait pas réfléchi suffisamment à l'affaire et il ne pouvait pas se décider aussi vite que cela. Il la rappela :

« Non, je n'ai rien décidé. Il faut que je réfléchisse à l'affaire pendant quelques jours et je te dirai ce que j'en pense. »

Les femmes étaient impatientes, Coucou pour l'argent et Lotus parce que c'était une nouveauté et qu'il lui fallait du nouveau pour l'amuser ; mais Wang Lung se retira en disant :

« Non, il s'agit de mon fils, et je veux attendre. »

Et peut-être aurait-il attendu bien des jours, en

réfléchissant à ceci et à cela, n'eût été que l'adolescent, son fils aîné, rentra un jour à l'aube, le visage brûlant et rouge d'avoir bu du vin, l'haleine fétide et la démarche mal assurée. Wang Lung l'entendit trébucher dans la cour et il courut voir qui c'était. L'adolescent était malade et vomissait sur le sol, car il n'était pas accoutumé à boire autre chose que le vin clair et léger qu'on faisait dans la maison avec du riz fermenté, et il tomba à terre et resta étendu dans son vomissement comme un chien.

Effrayé, Wang Lung appela O-len, et à eux deux ils levèrent le jouvenceau et O-len le lava et le déposa sur le lit dans sa chambre à elle, et tout aussitôt le jeune homme s'endormit d'un sommeil de mort qui l'empêcha de répondre aux questions de son père.

Alors Wang Lung entra dans la chambre où les deux garçons couchaient ensemble. Le plus jeune, tout en bâillant et s'étirant, empaquetait ses livres dans un carré d'étoffe pour les emporter à l'école. Wang Lung lui dit :

« Ton frère aîné n'a pas couché dans le lit avec toi la nuit dernière ? »

Et le garçon répondit à contrecœur :

« Non. »

Il n'avait pas l'air rassuré. Wang Lung s'en aperçut et lui cria brutalement :

« Où a-t-il été ?... » Et comme le garçon ne voulait pas répondre, il le prit par le cou et le secoua en criant : « Raconte-moi tout, petit scélérat ! »

Là-dessus le garçon prit peur, et fondant en larmes il répondit d'une voix entrecoupée de sanglots :

« Mais Frère Aîné a dit que je ne devais pas vous le dire et il a dit qu'il me pincerait et me brûlerait avec une aiguille rougie si je vous le disais et, si je ne le raconte pas, il me donnera des sapèques. »

Et là-dessus Wang Lung, hors de lui, tempêta :

« Raconter quoi ? Tu mériterais que je t'étrangle ! »

Le gamin regarda autour de lui et voyant que son père l'étranglerait s'il ne répondait pas, dit en désespoir de cause :

« Il est resté parti trois nuits entières, mais ce qu'il fait je ne le sais pas, excepté qu'il va avec le fils de votre oncle, son cousin. »

Wang Lung lâcha le cou du gamin, et le rejetant de côté il sortit à grands pas et se rendit aux appartements de l'oncle. Là il trouva le fils de son oncle, le visage rouge et congestionné d'avoir trop bu de vin, tout comme son propre fils, mais la démarche plus ferme, car le jeune homme était plus âgé et plus accoutumé aux excès. Wang Lung lui brailla :

« Où as-tu mené mon fils ? »

Le jeune homme rit au nez de Wang Lung et répondit :

« Oh ! votre fils, mon cousin, n'a pas besoin qu'on le mène. Il sait bien aller tout seul. »

Mais Wang Lung répéta la question et cette fois il avait bonne envie de tuer le fils de son oncle, cet insolent garnement, et il s'écria d'une voix formidable :

« Où mon fils a-t-il été cette nuit ? »

Epouvanté par le son de sa voix, le jeune homme baissa ses yeux arrogants et répondit hargneusement et à contrecœur :

« Il a été chez la prostituée qui loge dans la cour qui appartenait autrefois à la grande maison. »

A ces mots Wang Lung poussa un grand soupir, car cette prostituée était bien connue de la plupart des hommes et il n'allait chez celle que des pauvres et des gens du commun, car elle n'était plus jeune et elle donnait volontiers beaucoup pour peu de chose. Sans prendre le temps de manger, il sortit de son portail et partit à travers champs. Cette fois il ne vit rien des récoltes qui poussaient sur ses terres, et ne s'aperçut point des progrès de la maturité, à cause du souci que lui causait son fils. Il allait, le regard fixe et absorbé. Il entra en ville par la porte des remparts, et se rendit à la maison qui avait été grande. Les lourds battants de la porte étaient à présent ouverts au large, et personne ne les fermait jamais sur leurs gros gonds de fer, car chacun était désormais libre d'entrer et de sortir. Il entra. Les cours et les appartements étaient remplis de gens du commun, qui louaient les chambres, une famille par chambre. Il faisait une saleté innommable, on avait abattu les vieux pins et ceux qui restaient debout étaient morts, et les pièces d'eau des cours étaient comblées par les détritus.

Mais il ne vit rien de ces détails. Il s'arrêta dans la cour de la première maison et il appela :

« Où est la nommée Yang, la prostituée ? »

Il y avait là une femme assise sur un escabeau boiteux, en train de coudre une semelle de soulier. Elle releva la tête, montra d'un signe une porte latérale ouvrant sur la cour et se remit à sa couture, comme si on lui posait fréquemment cette question.

Wang Lung s'approcha de la porte et y frappa. Une voix irritée répondit :

« Non, allez-vous-en, car j'ai fini mon métier pour cette nuit et il faut que je dorme, parce que je travaille toute la nuit. » Mais il frappa de nouveau, et la voix lança :

« Qui est-ce ? »

Il ne répondit pas, mais frappa encore une fois, car il voulait entrer à toute force. A la fin il entendit un traînassement de savates et une femme ouvrit la porte, une femme plus très jeune, à l'air morne et avachi, aux grosses lèvres, aux traits empâtés de céruse et de fard rouge qu'elle n'avait pas enlevé de sa bouche et de ses joues. Elle le regarda et dit sèchement :

« Non, je ne veux pas avant ce soir, et si tu y tiens,

tu pourras venir aussitôt que tu voudras dans la soirée, mais maintenant il faut que je dorme. »

Mais Wang Lung interrompit brutalement son discours, car la vue de cette femme l'écœurait et il était révolté d'imaginer son fils auprès d'elle, et il reprit :

« Ce n'est pas pour moi... Je n'ai pas besoin d'espèces comme vous. Il s'agit de mon fils. »

Et il sentit soudain se gonfler dans sa gorge une envie de pleurer sur son fils. Alors la femme demanda :

« Eh bien, qu'est-ce qu'il a fait votre fils ? »

Et Wang Lung répondit d'une voix qui tremblait :

« Il est venu ici la nuit dernière.

– Il y a beaucoup de fils de gens qui sont venus ici la nuit dernière, répliqua la femme, et je ne sais lequel était le vôtre. »

Wang Lung reprit d'un ton suppliant :

« Réfléchissez et rappelez-vous ; c'est un petit jouvenceau mince, grand pour son âge, mais pas encore un homme fait, et je n'aurais jamais songé qu'il eût l'audace de tâter d'une femme. »

Et elle, se rappelant, répondit :

« Est-ce qu'ils n'étaient pas deux, et est-ce que l'autre n'était pas un jeune homme au nez en trompette, un air de ne douter de rien et qui a le chapeau sur l'oreille ? Et l'autre, comme vous dites, un grand fort jouvenceau, désireux de paraître un homme ? »

Et Wang Lung dit :

« Oui, oui, c'est lui... c'est mon fils !

– Et qu'est-ce que vous me voulez avec votre fils ? » reprit la femme.

Alors Wang Lung dit sérieusement :

« Ceci : si jamais il revient, mettez-le dehors... dites-lui que vous n'acceptez que des hommes, dites-lui ce que vous voulez... mais chaque fois que vous le mettrez dehors, je vous donnerai deux fois le prix du tarif. »

La femme eut un rire insoucieux et soudain mise en bonne humeur elle repartit :

« Qui est-ce qui n'accepterait pas d'être payé pour ne pas travailler ? Et comme de juste j'accepte. Il est d'ailleurs exact que je préfère les hommes, et les petits garçons ne donnent guère de plaisir. »

Et tout en parlant elle regardait Wang Lung d'un air aguichant. Mais écœuré de sa physionomie grossière il s'empressa de conclure :

« C'est donc entendu. »

Il s'éloigna rapidement, pour retourner chez lui, et tout en marchant il cracha à plusieurs reprises pour se débarrasser de l'écœurant souvenir de cette femme.

Ce jour-là, en conséquence, il dit à Coucou :

« Qu'il en soit comme tu l'as dit. Va-t'en trouver le marchand de grain et arrange l'affaire. Si sa fille est convenable et si cela peut s'arranger, que la dot soit bonne mais pas trop forte. »

Ayant dit ceci à Coucou, il retourna dans la chambre et s'assit au chevet de son fils endormi. Il resta songeur en voyant que ce garçon couché là était beau et jeune, avec un visage calme et reposé par le sommeil. Et en repensant à la prostituée avachie et fardée et à ses lèvres épaisses, il sentit son cœur se soulever de dégoût et de colère et il resta là à ronchonner tout seul.

Cependant O-len entra et s'approcha du garçon pour le regarder. Le voyant couvert d'une sueur profuse, elle alla chercher de l'eau chaude vinaigrée et lava doucement la sueur, comme on avait coutume de le faire aux jeunes seigneurs dans la grande maison quand ils avaient bu trop abondamment. Puis voyant que ce lavage même ne parvenait pas à tirer l'enfant de son sommeil d'ivrogne, Wang Lung se leva et dans sa colère se rendit à la chambre de son oncle. Il oubliait que cet homme était le frère de son père et il ne voyait plus en lui que le père de ce fainéant et insolent jeune homme qui avait corrompu son propre cher fils et il entra en braillant :

« Voilà que j'ai réchauffé dans mon sein un nœud d'ingrats serpents et ils m'ont mordu ! »

Son oncle était assis, les coudes sur la table, en train de déjeuner, car il ne se levait jamais avant midi. A ces mots il leva les yeux et dit paresseusement :

« Comment ça ? »

Suffoquant presque, Wang Lung lui raconta ce qui était arrivé, mais son oncle ne fit qu'en rire et dit :

« Bah ! est-ce qu'on peut empêcher un garçon de devenir un homme ? Et peut-on empêcher un jeune chien de suivre une chienne errante ? »

Quand Wang Lung entendit ce rire, il revit en un seul instant tout ce qu'il avait enduré à cause de son oncle : il se rappela que jadis son oncle avait tenté de le contraindre à vendre sa terre, et qu'ils vivaient ici à ses crochets, tous les trois, mangeant, buvant et paressant, et que la femme de son oncle mangeait de coûteuses victuailles que Coucou achetait pour Lotus, et enfin que le fils de son oncle avait corrompu son propre fils. Il serra les mâchoires et dit :

« Vous allez déguerpir de chez moi sur l'heure, vous et les vôtres, c'est fini désormais de vous empiffrer de mon riz, et je brûlerai ma maison plutôt que de vous y abriter encore, vous qui n'avez pas de reconnaissance, malgré la paresse où je vous entretiens ! »

L'oncle n'avait pas bronché. Il continuait à manger, tantôt d'un bol et tantôt de l'autre, et Wang Lung restait là prêt à éclater d'un coup de sang. Quand il vit que son oncle ne s'occupait pas de lui, il fit un pas en avant, le poing levé. Alors son oncle se retourna et dit :

« Chasse-moi si tu l'oses. »

Et comme Wang Lung balbutiait et tempêtait, ne comprenant pas : « Eh bien quoi... eh bien quoi ? » son oncle ouvrit sa veste et lui montra ce qui s'étalait contre sa chemise.

Alors Wang Lung resta muet et figé de stupeur, à la vue d'une fausse barbe en poil rouge et d'un lambeau d'étoffe rouge, et Wang Lung considéra fixement ces objets, et la colère s'écoula de lui comme de l'eau, et il trembla parce que tout courage l'avait abandonné.

Or donc, ces objets, la barbe rouge et le lambeau d'étoffe rouge, étaient le signe de ralliement et l'emblème d'une bande de voleurs qui vivaient de rapine vers le septentrion, où ils avaient brûlé maintes maisons et enlevé des femmes, et ils avaient garrotté de braves fermiers sur le seuil de leurs maisons et on les trouvait là le lendemain, devenus fous s'ils avaient survécu ou carbonisés comme de la viande rôtie s'ils étaient morts. Et Wang Lung restait béat devant ces insignes et les yeux lui sortaient de la tête, et il se détourna et se retira sans un mot. Et tout en se retirant il entendit son oncle qui riait sous cape en se penchant de nouveau sur son bol de riz.

Wang Lung se trouvait à présent dans un embarras tel qu'il n'en avait jamais rêvé. Son oncle allait et venait comme devant, un sourire goguenard sous les poils rares et clairsemés de sa barbe grise, plus mal ficelé que jamais dans ses robes que sa ceinture retenait autour de son corps, et à sa vue Wang Lung était pris d'une sueur froide, mais il n'osait lui adresser d'autres paroles que des mots de politesse par crainte de ce que son oncle aurait pu lui faire. Il reconnaissait que durant toutes ces années de son enrichissement et en particulier durant les années où il n'y avait eu que peu ou point de récoltes et où d'autres gens avaient souffert de la faim avec leurs enfants, jamais les bandits n'étaient venus chez lui ni sur ses terres, quoiqu'il eût maintes fois eu peur et qu'on eût barricadé solidement les portes la nuit. Jusqu'à l'été de ses amours il s'était habillé grossièrement et avait évité de montrer sa richesse, et quand parmi les villageois il entendait des récits de brigandage, il rentrait chez lui et dormait d'un sommeil entrecoupé en prêtant l'oreille aux bruits nocturnes.

Mais les voleurs ne vinrent jamais à sa maison et il devint insouciant et hardi et il se crut protégé du Ciel et favorisé du destin, et il devint indifférent à tout, même à l'encens des dieux, puisqu'ils étaient assez bons pour lui sans qu'il leur en donnât, et il ne se souciait de rien que de ses propres affaires et de ses terres. Et voici que tout à coup il comprenait pourquoi il avait été épargné et pourquoi il le serait aussi longtemps qu'il nourrirait les trois membres de la famille de son oncle. Quand il pensait à cela, il sentait une sueur froide lui envahir tout le corps et il n'osait dire à personne ce que son oncle cachait dans son sein.

Mais à son oncle il ne parlait plus de quitter la maison, et à la femme de son oncle il disait avec tout l'empressement dont il était capable :

« Mangez ce que vous voulez dans les appartements intérieurs et voici un peu d'argent pour vos menus plaisirs. »

Et au fils de son oncle il disait, quoique son cœur se soulevât, quand même il disait :

« Voici un peu d'argent, car il faut bien que jeunesse s'amuse. »

Mais Wang Lung surveillait son propre fils et ne lui permettait plus de quitter les cours après le coucher du soleil, bien que le jouvenceau se mît en colère et se jetât sur les jeunes enfants au hasard pour les calotter sans autre cause que sa mauvaise humeur. Ainsi donc Wang Lung était assiégé de désagréments.

Au début, Wang Lung ne pouvait plus travailler en pensant à tous les ennuis qui lui étaient advenus. Il pensait à tel ennui et à tel autre, et il se disait : « Je pourrais jeter dehors mon oncle et déménager pour habiter dans les murs de la ville où on ferme à clef les grandes portes chaque soir contre les voleurs », mais il se rappelait alors que chaque jour il lui faudrait venir travailler à ses champs et qui sait ce qui pouvait lui arriver tandis qu'il travaillerait sans défense même sur sa propre terre ? De plus, il s'imaginait difficilement enfermé sous clef dans une ville et dans une maison de la ville. Il mourrait, séparé de sa terre. De plus il allait sûrement arriver une mauvaise année, et la ville même ne pourrait résister aux voleurs, puisqu'elle en avait été incapable autrefois lors de la chute de la grande maison.

Il aurait pu se rendre en ville et aller au tribunal où habite le magistrat et lui dire :

« Mon oncle fait partie des Barbes-Rouges. »

Mais dans ce cas-là, qui le croirait, qui accepterait de croire un homme quand il raconte une pareille chose du frère de son propre père ? Loin que son oncle en souffrît, il était plus probable que ce serait lui qui recevrait la bastonnade pour s'être conduit en fils dénaturé, et cette démarche n'aboutirait finalement qu'à mettre sa vie en péril, car si les voleurs l'apprenaient, ils le tueraient par vengeance. Puis, pour combler la mesure, Coucou revint de chez le marchand de grain, apportant la nouvelle qu'à la vérité l'affaire des fiançailles était en bonne voie, mais le marchand Liu désirait que l'on se bornât pour l'heure à l'échange des papiers de fiançailles, car la jeune fille n'ayant que quatorze ans, il fallait attendre encore trois ans. Wang Lung fut déconcerté à la perspective de devoir subir pendant trois années de plus la colère, la paresse et les airs dolents de son fils, qui ne consentait plus désormais à aller à l'école deux jours sur dix, et le même soir au repas Wang Lung lança à O-len :

« Tu sais, nous allons fiancer le plus tôt possible ces enfants-là, et le plus tôt sera le mieux, et les marier dès qu'ils manifesteront le désir, car je ne veux pas que cette comédie dure encore trois ans. »

Et le lendemain matin, n'ayant dormi qu'à peine de toute la nuit, il dépouilla sa robe longue et rejeta ses pantoufles et, selon sa coutume quand les affaires de sa maison devenaient trop compliquées pour lui, il prit un hoyau et s'en alla aux champs. Il sortit par la cour extérieure et à la vue de sa fille aînée qui souriait en tortillant entre ses doigts et caressant son bout de chiffon, il murmura :

« Allons, c'est encore cette pauvre innocente qui m'apporte plus de consolation que tous les autres réunis. »

Et pendant nombre de jours il se rendit à sa terre chaque jour.

La bonne terre fit alors à nouveau son œuvre salutaire, le soleil darda sur lui ses rayons guérisseurs et les vents chauds de l'été l'enveloppèrent de paix. Et pour compléter la cure et déraciner l'incessante préoccupation de ses ennuis, il vit un jour s'élever du midi un léger petit nuage. Cela resta d'abord suspendu sur l'horizon comme une mince zone de brume, à part qu'au lieu d'aller de côté et d'autre comme les nuages emportés par le vent, celui-ci resta en place jusqu'au moment où il s'étala en éventail, envahissant le ciel.

Les hommes du village le surveillaient et discutaient à son sujet, pleins d'appréhensions, car ils craignait que ce ne fût un nuage de sauterelles venues du midi pour dévorer leurs récoltes. Wang Lung était là aussi, à le surveiller. Ils virent enfin tomber à leurs pieds un objet apporté par le vent, et l'on se pencha bien vite pour le ramasser. C'était une sauterelle morte, morte et donc plus légère que les hordes qu'elle précédait.

Alors Wang Lung oublia tout ce qui le préoccupait. Femmes et fils et oncle, il les oublia tous, et se précipitant parmi les villageois effrayés, il leur lança :

« En avant, pour notre bonne terre nous allons combattre ces ennemis envoyés des cieux ! »

Mais il y en eut qui hochèrent la tête, découragés d'avance, et qui dirent :

« Non, tout est inutile. Le Ciel a décrété de nous faire mourir de faim cette année. A quoi bon nous épuiser à lutter contre ce fléau, vu que finalement nous devrons mourir de faim ? »

Et les femmes s'en allaient en pleurant à la ville acheter de l'encens pour faire brûler devant les dieux de terre du petit temple, et quelques-unes allèrent au grand temple de la ville, où sont les dieux du Ciel, et ainsi la Terre et le Ciel étaient adorés.

Mais les sauterelles s'étalaient toujours de plus en plus dans l'air et sur la terre.

Alors Wang Lung, secondé par Ching, réunit ses ouvriers agricoles, et plusieurs autres jeunes fermiers se joignirent à eux et de leurs propres mains ceux-ci mirent le feu à certains champs et ils brûlèrent le froment qui était presque mûr et bon à couper et ils creusèrent de larges tranchées où l'on versa l'eau des puits, et ils travaillaient sans prendre de sommeil. O-len leur apportait à manger et les femmes apportaient à manger à leurs hommes, et les hommes mangeaient debout dans le champ avec une voracité de bêtes, car ils travaillaient nuit et jour.

Puis le ciel devint noir et l'air s'emplit du ronflement grave et continu des millions d'ailes qui s'entrechoquaient, et les sauterelles s'abattirent sur la terre, épargnant ce champ-ci dans leur vol et se jetant sur ce champ-là pour y faire place nette. Les villageois soupiraient et disaient : « Le Ciel le veut ainsi », mais Wang Lung, furieux, tapait sur les sauterelles à coups de bâton et les piétinait et ses hommes tapaient dessus avec des fléaux et les sauterelles tombaient dans les feux que l'on avait allumés ou flottaient mortes sur les eaux des tranchées que l'on avait creusées. Et il en mourut par millions, mais on n'y voyait pas la place.

Néanmoins, de toute cette lutte Wang Lung avait reçu sa récompense : les meilleurs de ses champs furent épargnés ; et quand le nuage se remit en mouvement et qu'on put enfin se reposer, il lui restait encore du froment à moissonner et ses couches de jeune riz étaient sauvées et il en était content. Beaucoup de gens mangèrent alors les sauterelles après les avoir fait rôtir, mais Wang Lung n'y voulut pas toucher, car pour lui c'étaient des êtres immondes à cause du dégât qu'ils avaient fait à sa terre. Mais il ne protesta pas quand O-len les fit frire dans l'huile. Les ouvriers les croquèrent à belles dents et les enfants les décortiquèrent délicatement et les grignotèrent, effrayés par leurs grands yeux. Mais quant à lui, il n'y voulut pas toucher.

Cependant les sauterelles lui rendirent service. Durant sept jours il ne pensa plus qu'à ses terres, et il fut guéri de ses ennuis et de ses craintes, et il se dit calmement en lui-même :

« Allons, chacun a ses ennuis et je dois m'accommoder de vivre de mon mieux avec les miens. Mon oncle est plus âgé que moi et il finira bien par mourir et en ce qui concerne mon fils ces trois ans passeront comme ils pourront et il n'y a pas de quoi me tuer. »

Et il moissonna son froment et les pluies vinrent et on repiqua le jeune riz vert dans les rizières inondées et de nouveau ce fut l'été.

XXIV

Le lendemain du jour où Wang Lung s'était dit que la paix régnait dans sa maison, comme il revenait à midi de la terre, son fils aîné l'aborda et lui dit :

« Père, si je dois devenir un lettré, ce vieux bonhomme de la ville n'a plus rien à m'enseigner. »

Wang Lung, qui se trouvait dans la cuisine, avait puisé dans le chaudron une bassine d'eau bouillante. Il trempa dans celle-ci une serviette, la tordit, se l'appliqua toute fumante sur le visage, et repartit :

« Bon et alors ? »

Après une hésitation, le jouvenceau continua :

« Eh bien, si je dois devenir un lettré, j'aimerais d'aller dans le midi à la ville et d'entrer dans une grande école où je puisse apprendre le nécessaire. »

Wang Lung se frotta la serviette autour des yeux et des oreilles et, la figure toute fumante, il répondit à son fils avec aigreur, car il était courbaturé de son travail dans les champs :

« Allons bon ! quelle est cette bêtise ? Je te dis que tu ne peux pas y aller et je ne veux pas être turlupiné avec ça, car je te dis que tu n'iras pas. Tu en as appris assez pour ce pays-ci. »

Et il trempa la serviette à nouveau et la tordit.

Mais le fils restait là et fixait sur son père un regard haineux. Il murmura quelque chose et Wang Lung se fâcha, car il n'avait pas compris et il brailla à son fils :

« Répète tout haut ce que tu as à dire. »

Au ton de voix de son père le jeune homme prit feu. Il répliqua :

« Eh bien, tant pis, j'irai quand même, car je veux aller dans le midi, et je ne veux pas rester dans cette stupide baraque où l'on me surveille comme un enfant et dans cette petite ville qui ne vaut pas mieux qu'un village ! Je veux voyager, apprendre quelque chose et voir d'autres pays. » Wang Lung regarda son fils et il se regarda lui-même. Son fils se tenait là dans une fine robe longue de lin gris argent légère et fraîche pour la chaleur de l'été, et sur ses lèvres pointaient les premiers poils noirs de la puberté, sa peau était lisse et dorée, ses mains à demi cachées par les longues manches étaient douces et soignées comme celles d'une femme. Puis Wang Lung se regarda lui-même. Boueux et plaqué de terre, il n'était vêtu que d'un pantalon de cotonnade bleue arrêté aux genoux, qui lui laissait le torse nu, et on l'aurait pris plutôt pour le domestique que pour le père de son fils. Et cette pensée le rendit plein de mépris pour la bonne mine de ce grand jeune homme, et il fut brutal et colère et il brailla :

« En voilà assez, tu vas filer aux champs et frotte-toi d'un peu de bonne terre de peur qu'on ne te prenne pour une femmelette, et travaille un peu pour gagner le riz que tu manges ! »

Et Wang Lung oublia qu'il avait jadis été fier de l'écriture de son fils et de sa science des livres, et il sortit avec violence, tapant son pied nu en marchant et crachant grossièrement sur le carreau parce que la distinction de son fils l'exaspérait pour le moment. Et le jouvenceau le suivit d'un regard de haine, mais Wang Lung ne se retourna pas et n'en vit rien.

Ce soir-là néanmoins, quand Wang Lung s'en alla dans les cours intérieures et s'assit à côté de Lotus qui était allongée sur son lit, où Coucou l'éventait, Lotus lui dit nonchalamment comme si elle parlait d'une chose sans importance, et simplement pour dire quelque chose :

« Ce grand jouvenceau votre fils languit et souhaite s'en aller d'ici. »

Wang Lung alors se rappela sa colère contre son fils, et répondit sèchement :

« Et puis après, qu'est-ce que cela te fait ? Je ne veux pas de lui dans tes appartements à son âge. »

Mais Lotus s'empressa de répondre :

« Non, non... C'est Coucou qui me l'a dit. »

Et Coucou s'empressa d'ajouter :

« La chose est visible pour n'importe qui, c'est un beau jouvenceau, trop grand pour rester à ne rien faire et à s'ennuyer. »

Leurré par ce détour, Wang Lung ne pensa plus qu'à sa colère contre son fils et il reprit :

« Non, il ne s'en ira pas, je ne vais pas dépenser mon argent bêtement. »

Il refusa d'en parler davantage et Lotus devina qu'il était aigri par la colère et elle renvoya Coucou et le supporta seule.

Pendant nombre de jours il ne fut plus question de rien. Le jouvenceau sembla tout à coup redevenu content, mais il ne voulait plus aller à l'école et Wang Lung n'insistait pas, car le garçon avait alors près de dix-huit ans et il était grand et membru comme sa mère. Quand son père rentrait à la maison, il le trouvait à lire dans sa chambre et Wang Lung était content et il pensait en lui-même :

« C'était une lubie de jeunesse et il ne sait pas lui-même ce qu'il veut, et il n'y a plus que trois ans... qui pourront se réduire à deux, ou même à un, avec un peu d'argent de plus. Un de ces jours quand les moissons seront terminées, il faudra que je voie ça. »

Puis Wang Lung oublia son fils, car les moissons, à part ce que les sauterelles avaient ravagé, étaient assez belles et dès maintenant il avait regagné ce qu'il avait dépensé pour la Lotus. Son or et son argent lui étaient redevenus précieux et il s'émerveillait parfois lui-même d'avoir pu dépenser avec tant de prodigalité pour une femme.

Cependant, il y avait des fois où elle l'émouvait doucement, sinon aussi fortement qu'au début, et il était fier de la posséder, encore qu'il vît trop bien la vérité de ce qu'avait dit la femme de son oncle ; qu'elle n'était plus très jeune en dépit de ses proportions mignonnes, et jamais elle n'avait réussi à lui donner un enfant. Mais quant à cela peu lui importait, puisqu'il avait des fils et des filles, et il ne demandait pas mieux que de la garder pour le plaisir qu'elle lui procurait.

Quant à Lotus, elle devenait encore plus adorable aux approches de la maturité, car si, auparavant, elle avait eu un défaut, c'était sa gracilité d'oiseau qui rendait trop anguleux les traits de son petit visage pointu et lui creusait trop les tempes. Mais à présent, grâce à la nourriture que Coucou cuisinait pour elle, et grâce à sa vie de loisir avec un seul homme, elle acquérait des contours moelleusement arrondis, les creux de son visage en se remplissant adoucissaient ses traits, et avec ses grands yeux et sa bouche mignonne, elle avait de plus en plus l'air d'une petite chatte dodue. Et elle dormait et mangeait et prenait ce léger et charmant embonpoint. Si elle n'était plus le bouton de lotus, elle n'avait du moins pas dépassé le plein épanouissement de la fleur, et si elle n'était plus jeune elle ne paraissait pas non plus vieille, et l'adolescence et le déclin étaient également éloignés d'elle.

Ayant recouvré la paix et voyant le jouvenceau content, Wang Lung aurait sans doute été satisfait n'eût été qu'un soir où il était resté tard et seul, à compter sur ses doigts ce qu'il pouvait vendre de son froment et de son riz, O-len entra sans bruit dans la chambre. Celle-ci, avec l'âge, était devenue maigre et décharnée, les pommettes de son visage saillaient comme des rocs et ses yeux étaient renfoncés. Si on lui demandait des nouvelles de sa santé, elle se bornait à répondre :

« Il y a le feu dans mes entrailles. »

Depuis les trois dernières années son ventre était

aussi gros que si elle eût été enceinte, à part que l'accouchement ne se produisait pas. Elle ne s'en levait pas moins à l'aube et elle faisait son ouvrage et Wang Lung la voyait à peu près comme il voyait la table ou sa chaise ou un arbre de la cour, sans même lui accorder autant d'intérêt qu'il en eût manifesté en voyant l'un des buffles pencher la tête ou un porc qui aurait refusé de manger. Elle accomplissait son travail à elle seule et n'adressait la parole à la femme de son oncle que quand elle ne pouvait pas faire autrement et elle ne disait jamais un mot à Coucou. Pas une fois O-len n'avait pénétré dans les cours intérieures, et lorsque, de loin en loin, Lotus sortait pour se promener un peu dans un autre endroit que sa cour personnelle, O-len se retirait dans sa chambre et n'en bougeait plus tant qu'on n'était pas venu lui dire : « Elle est partie. » Et sans se plaindre elle travaillait à sa cuisine et à faire la lessive à la mare même en hiver quand l'eau était prise et qu'il fallait casser la glace. Mais Wang Lung ne s'avisait jamais de lui dire :

« Mais enfin, j'ai assez d'argent disponible, pourquoi ne veux-tu pas engager une servante ou acheter une esclave ? »

Il ne voyait à cela aucune nécessité, ce qui ne l'empêchait pas d'engager des ouvriers agricoles pour travailler à ses champs et pour prendre soin des buffles et des ânes et des cochons qu'il possédait, et en été quand le fleuve débordait, il engageait des hommes au temps de l'inondation pour garder les canards et les oies qu'il élevait sur les eaux.

Ce soir-là donc, alors qu'il était seul à la clarté des chandelles rouges allumées dans les flambeaux d'étain, elle s'approcha de lui, regarda de droite et de gauche, et finit par prononcer :

« J'ai quelque chose à vous dire. »

Il la regarda tout surpris et répondit :

« Eh bien, parle. »

Et il considéra les creux d'ambre de ses tempes en songeant à nouveau qu'elle n'avait aucune beauté et que depuis nombre d'années, il n'avait pas eu envie d'elle.

Alors d'une voix basse et enrouée elle chuchota :

« Le fils aîné va trop souvent dans les cours intérieures. Dès que vous êtes parti, il y va. »

Wang Lung ne saisit pas tout de suite ce qu'elle chuchotait ainsi. La bouche béante, il se pencha en avant et demanda :

« Hein, femme ? »

Muettement elle désigna la chambre de son fils et pinça ses grosses lèvres sèches en hochant la tête vers la porte de la cour intérieure. Mais Wang Lung la considéra, d'une incrédulité inébranlable, et dit à la fin :

« Tu rêves ! »

Sur quoi elle secoua négativement la tête et comme si les paroles difficiles lui écorchaient les lèvres, elle reprit :

« Eh bien, mon maître, essayez de rentrer à l'improviste. (Et après un silence, elle ajouta :) Il vaut mieux qu'il parte, même pour le midi. »

Puis s'approchant de la table elle prit le bol de thé de son mari, le tâta et jeta le thé froid sur le carreau et remplit à nouveau le bol en versant de la théière brûlante. Après quoi elle s'en alla comme elle était venue, en silence, et le laissa là, tout ébahi, dans son fauteuil.

Allons donc, cette femme était jalouse, se dit-il en lui-même. Allons donc, il n'allait pas se tracasser avec cela, quand il voyait chaque jour son jouvenceau content et en train de lire dans sa chambre. Et se levant il se mit à rire et rejeta au loin le soupçon, riant des mesquines pensées des femmes.

Mais ce soir-là quand il fut allé se coucher à côté de Lotus et quand il se retourna dans le lit, elle se plaignit, regimbée, et le repoussa en disant :

« Il fait chaud et vous sentez mauvais. Je vous prierai de vous laver avant de venir vous coucher à côté de moi. »

Elle se dressa donc sur son séant et rejeta en arrière avec impatience ses cheveux qui lui retombaient sur la figure et, quand il tenta de l'attirer à lui, elle haussa les épaules et refusa de céder à ses sollicitations. Alors il se tint coi et il se rappela que depuis plusieurs nuits elle avait cédé de mauvaise grâce. Il avait cru à une lubie de sa part et que la température chaude de la fin de l'été l'énervait, mais à cette heure les paroles d'O-len lui revinrent avec insistance et il se dressa brutalement et dit :

« Ah ! c'est comme ça, eh bien, dors seule, et je veux me couper la gorge si je m'en préoccupe ! »

Il sortit vivement de la chambre et se dirigea à grands pas vers la salle du milieu de sa propre demeure et il rapprocha deux fauteuils pour s'allonger dessus. Mais il lui fut impossible de s'endormir et il se releva et sortant du portail il alla se promener parmi les bambous à côté du mur de la maison, et le vent de la nuit rafraîchissait sa chair brillante et on sentait dans le vent la fraîcheur de l'automne approchant.

Alors il se rappela que Lotus avait eu connaissance du désir de son fils de s'en aller au loin. Comment l'avait-elle su ? Et il se rappela aussi que depuis peu son fils ne parlait plus de partir mais paraissait content. Pourquoi était-il content ? Et Wang Lung dit en son cœur, farouchement :

« Il faut que je me rende compte par moi-même. »

Et il attendit le lever de l'aurore, qui rosissait déjà la brume au-dessus de ses terres.

Lorsque l'aurore fut venue et que le soleil montra son orbe d'or à l'horizon des champs, il rentra manger, et puis il ressortit pour surveiller ses valets selon sa coutume en temps de moisson et de semailles, et il alla de-ci de-là sur ses terres, et finalement il annonça très haut de façon que tout le monde pût l'entendre dans la maison :

« Maintenant je m'en vais à la parcelle près du fossé de la ville et je ne rentrerai pas de bonne heure. »

Et il se dirigea vers la ville.

Mais arrivé à moitié chemin, à hauteur du petit temple, il s'assit au bord de la route sur un tertre de gazon qui était une ancienne tombe, à présent oubliée, et il cueillit une herbe et la tortilla dans ses doigts en méditant. Il avait devant lui les petits dieux et à la surface de son esprit il songeait qu'ils le regardaient sévèrement et qu'autrefois il avait eu peur d'eux, mais qu'à présent il n'en avait cure, étant devenu riche et n'ayant plus besoin des dieux, de sorte qu'il les voyait à peine. Au fond il se disait en lui-même coup sur coup :

« Vais-je retourner ? »

Puis soudain il se rappela que le soir précédent Lotus l'avait repoussé et il se mit en colère à cause de tout ce qu'il avait fait pour elle et il se dit :

« Je sais pourtant bien qu'elle n'aurait pas duré beaucoup d'années de plus à la maison de thé, et chez moi elle est nourrie et habillée luxueusement. »

Et emporté par son courroux il se leva et par un autre chemin regagna sa maison où il rentra en cachette. Il s'arrêta devant le rideau qui fermait la porte de la cour intérieure, et en prêtant l'oreille, il entendit le murmure d'une voix d'homme. C'était la voix de son propre fils.

La colère qui s'éleva alors dans le cœur de Wang Lung était telle qu'il n'en avait jamais connu de pareille, et pourtant à mesure que sa prospérité grandissait et qu'on en venait à l'appeler riche, il avait perdu sa timidité primitive de campagnard et il se laissait aller à de petits accès de colère et il se montrait fier même en ville. Mais cette fois-ci c'était la colère d'un homme contre un autre homme qui lui vole la femme aimée, et en se rappelant que cet autre homme était son propre fils, Wang Lung en ressentait une nausée à vomir.

Alors donc il serra les mâchoires, et il s'en alla choisir dans le bosquet un bambou mince et flexible, qu'il dépouilla de ses rameaux, ne laissant au sommet qu'un faisceau de petites branchettes minces et dures comme des cordes, dont il arracha les feuilles. Puis il rentra sans bruit, et tout à coup il écarta violemment le rideau. Il vit son fils, debout dans la cour, et contemplant Lotus assise sur un petit tabouret au bord de la pièce d'eau. Et Lotus était habillée de sa veste de soie fleur-de-pêcher dont il ne l'avait jamais vue se revêtir à la lumière du matin.

Tous deux étaient en conversation, et la femme riait folâtrement et lorgnait le jeune homme du coin de l'œil, la tête détournée, et ils n'entendirent pas Wang Lung. Il s'arrêta et les considéra, le visage livide, les lèvres retroussées par un rictus qui découvrait ses dents et les mains contractées sur le bambou. Et les deux complices ne l'entendirent toujours pas et ne l'auraient pas entendu si Coucou n'était sortie de la maison. A la vue de son maître, elle poussa un cri perçant et ils le virent.

Wang Lung s'élança d'un bond et, se jetant sur son fils, le fustigea. Le jouvenceau était plus grand que lui, mais en revanche il était en pleine force de sa maturité et plus robuste parce qu'il travaillait aux champs, et il battit le jouvenceau tant et si bien que le sang coula. Lotus poussait des cris et se cramponnait à son bras, mais il la repoussa d'une secousse, et comme elle s'obstinait en hurlant, il la battit elle aussi, tant et si bien qu'elle prit la fuite et il battit le jeune homme si longtemps qu'il se courba jusqu'à terre, demandant grâce, et couvrit de ses mains son visage lacéré.

Alors Wang Lung s'arrêta. Il avait la respiration

sifflante, les lèvres entrouvertes, et la sueur ruisselait de son corps au point qu'il en était trempé et il se sentait faible comme pendant une maladie. Il jeta son bambou par terre et il chuchota au garçon, en haletant :

« Et maintenant file à ta chambre et n'aie pas l'audace d'en sortir avant que je me débarrasse de toi, ou bien je te tue ! »

Et le garçon se releva sans mot dire et sortit.

Wang Lung s'assit sur le tabouret où Lotus s'était assise et il se prit la tête à deux mains et ferma les yeux en respirant à grands coups haletants. Personne ne s'approcha de lui et il resta ainsi seul jusqu'au moment où il se calma et où sa colère s'évanouit.

Alors il se leva avec lassitude et s'en alla dans la chambre où Lotus était couchée sur son lit, pleurant tout haut. Il s'approcha d'elle et la retourna. Elle le regarda en pleurant et il vit sur son visage la trace gonflée et violacée de son coup de fouet.

Et il lui dit avec grande tristesse :

« Il faudra donc que tu sois toujours une catin et que tu t'adresses à mon propre fils ! »

Là-dessus elle redoubla de pleurs et protesta :

« Non, ce n'est pas vrai, le jouvenceau est entré chez moi parce qu'il se sentait seul et vous pouvez demander à Coucou s'il est venu un seul instant plus près de mon lit que quand vous l'avez vu dans la cour ! »

Puis elle lui jeta un regard craintif et désolé et lui prenant la main elle l'attira sur son visage baigné de larmes et pleurnicha :

« Voyez ce que vous avez fait à votre petite Lotus... et vous êtes pour moi le seul homme qui existe au monde, et puisque c'est votre fils, il n'est pas autre chose pour moi que votre fils ! »

Elle leva les yeux vers lui, ses jolis yeux baignés de larmes limpides, et il soupira parce que cette femme était plus belle qu'il ne l'eût souhaité et il l'aimait malgré lui. Et il lui sembla tout à coup qu'il lui serait insupportable de savoir ce qui s'était passé entre les deux complices et il souhaita l'ignorer toujours et cela en effet valait mieux pour lui. Il soupira donc de nouveau et il sortit. En passant devant la chambre de son fils, il lui cria sans entrer :

« Dis donc, tu vas emballer tes effets dans un coffre et demain tu partiras pour le midi où tu feras ce que tu voudras et défense de revenir ici avant que je t'envoie chercher. »

Un peu plus loin il vit O-len occupée à repriser un vêtement à lui. Elle le laissa passer sans rien dire et si elle avait entendu les coups et les cris, elle n'en laissa rien voir. Et il continua et partit aux champs sous le grand soleil de midi, et il était épuisé comme par le travail d'une journée entière.

XXV

Le fils aîné parti, Wang Lung sentit la maison purgée d'un excédent d'agitation et ce fut un soulagement pour lui. Il se dit en lui-même que c'était une bonne chose pour le jeune homme d'être parti et que maintenant lui-même pourrait s'occuper de ses autres enfants et voir un peu ce qu'ils valaient, car tant par suite de ses tracas personnels que des besoins de la terre qu'il fallait ensemencer et moissonner en son temps, il n'avait guère pu étudier les enfants qui venaient après son fils aîné. Il décida, en outre, de retirer bientôt le second jouvenceau de l'école et de le mettre en apprentissage à un métier sans attendre que la puberté s'emparât de lui et qu'il devînt une calamité dans la maison comme l'avait été l'aîné.

Or, le second fils de Wang Lung était aussi différent de l'aîné que peuvent l'être deux fils d'un même père. Alors que l'aîné était grand et fortement charpenté et rougeaud comme les hommes du septentrion et comme sa mère, le second était petit et mince et à peau jaune et il y avait en lui quelque chose qui rappelait à Wang Lung son propre père, un air matois, fin, railleur, et une propension à la malice, si l'occasion s'en présentait. Et Wang Lung se dit :

« Ma foi, ce garçon fera un bon marchand ; je vais le retirer de l'école et voir s'il y a moyen de le mettre en apprentissage dans le marché au grain. Ce sera pratique d'avoir un fils là où je vends mes récoltes ; il pourra surveiller les balances et donner le coup de pouce en ma faveur. »

En conséquence il dit un jour à Coucou :

« Tu vas aller dire au père de la fiancée de mon fils aîné que j'ai quelque chose à lui dire. Et nous pouvons bien en tout cas boire un coup de vin ensemble, vu que nous sommes destinés à être versés dans un même bol, son sang et le mien. »

Coucou s'en alla et revint disant :

« Il vous verra quand vous voudrez et si vous pouvez aller boire le vin ce midi chez lui c'est parfait, mais si vous le préférez il viendra au contraire ici. »

Mais Wang Lung ne tenait pas à ce que le marchand citadin vînt à sa maison parce qu'il craignait de devoir faire des cerémonies ; ainsi il se leva et mit sa veste de soie et il partit à travers champs. Il alla tout d'abord à la rue des Ponts, comme Coucou le lui avait indiqué, et s'arrêta devant une grande porte où était inscrit le nom de Liu. Non qu'il sût lire le mot lui-même, mais il devina la grande porte, deux portes sur la droite du pont, et il demanda à un passant si le caractère était bien celui de Liu. C'était une honnête grande porte construite simplement en bois. Wang Lung y heurta du plat de la main.

Elle l'ouvrit à l'instant, une servante parut et, tout en essuyant ses mains mouillées à son tablier, lui demanda qui il était. Quand il eut dit son nom, elle le considéra et le mena dans la première cour où logent les hommes et elle l'introduisit dans une chambre en le priant de s'asseoir, et elle le considéra de nouveau, comprenant qu'il était le père du fiancé de la demoiselle de la maison. Puis elle s'en alla prévenir son maître.

Wang Lung regarda autour de lui attentivement, et il se leva pour palper l'étoffe des tentures, et examiner le bois de la table, et il fut bien aise de trouver les témoignages d'une belle aisance mais non d'une extrême richesse. Il ne voulait pas d'une belle-fille riche qui eût risqué de se montrer hautaine et désobéissante et de crier pour des vétilles de nourriture et de toilette et de détourner de ses parents le cœur de son fils. Puis Wang Lung se rassit et attendit.

Soudain on entendit s'approcher un pas lourd et un gros homme d'un certain âge entra. Wang Lung se leva et s'inclina et ils se saluèrent tous deux, s'examinant réciproquement à la dérobée, et ils se plurent, chacun voyant dans l'autre un homme riche et prospère et l'estimant pour tel. Puis ils s'assirent et ils burent du vin chaud que la servante leur versa, et ils parlèrent posément de choses et d'autres, des récoltes et des prix, et de ce que serait le cours du riz cette année si la saison était bonne. Et à la fin Wang Lung dit :

«Eh bien, voilà, je suis venu vous faire une proposition et si elle n'est pas de votre goût, parlons d'autre chose. Mais si vous avez besoin d'un aide dans votre grand marché, je vous offre mon second fils et c'est un malin, mais si vous n'avez pas besoin de lui, parlons d'autre chose.»

Le marchand répondit avec beaucoup d'amabilité :

« Comme cela se trouve ! J'ai précisément besoin d'un jeune homme malin, pourvu qu'il sache lire et écrire. »

Et Wang Lung de répondre fièrement :

« Mes fils sont tous deux bons lettrés et ils savent l'un et l'autre dire quand une lettre est écrite de travers, et s'il faut mettre le radical bois ou le radical eau.

– Cela va bien, dit Liu. Qu'il vienne quand il voudra et en fait d'appointements il sera d'abord seulement nourri en attendant qu'il apprenne le métier et puis au bout d'un an s'il donne satisfaction il aura un écu d'argent à la fin de chaque lune, et au bout de trois ans trois écus, après quoi il cesse d'être apprenti, et il monte en grade selon ses capacités dans le métier. Et à part ces appointements il a toutes les commissions qu'il peut tirer de l'un et de l'autre, acheteurs et vendeurs, et cela ne me regarde pas, c'est à lui de l'obtenir. Et parce que nos deux familles sont alliées, je ne vous demanderai pas de dépôt de cautionnement pour son entrée dans la maison de commerce. »

Wang Lung se leva alors, bien content, et il rit et dit :

« Maintenant que nous sommes amis, n'auriez-vous pas un fils pour ma seconde fille ? »

Le marchand eut un rire sonore, car il était gras et bien portant, et il répondit :

« J'ai un second fils de dix ans que je n'ai pas encore fiancé. Quel âge a votre jeune fille ? »

Wang Lung rit de nouveau et répondit :

« Elle aura dix ans à son prochain anniversaire et c'est une jolie fleur. »

Alors les deux hommes rirent ensemble et le marchand dit :

« Nous allons donc nous lier par un double nœud ? »

Wang Lung n'en dit pas plus, car ce n'était pas une chose qui pût être discutée plus avant en tête-à-tête. Mais après avoir salué, il partit bien content, et se dit en lui-même : « La chose se fera. » En rentrant chez lui, il regarda sa jeune fille et c'était une jolie enfant et sa mère lui avait bien comprimé les pieds, de sorte qu'elle marchait à petits pas gracieux.

Mais en la considérant ainsi de près Wang Lung vit sur ses joues des traces de larmes. Il l'attira à lui par sa menotte et dit :

« Tiens, mais pourquoi as-tu pleuré ? »

Elle baissa la tête d'un air embarrassé, et, tourmentant un bouton de sa veste, dit, timide et à demi balbutiante :

« Parce que ma mère entortille un linge autour de mes pieds et le serre tous les jours un peu plus et cela m'empêche de dormir la nuit.

— Mais je ne t'ai pas entendue pleurer, reprit-il, étonné.

— Non, répondit-elle ingénument, et ma mère m'a dit que je ne devais pas pleurer tout haut parce que vous êtes trop bon et trop faible pour ceux qui souffrent et que vous pourriez dire de me laisser comme je suis, et alors mon mari ne m'aimerait pas, de même qu'elle vous ne l'aimez pas. »

Elle disait cela aussi ingénument qu'une enfant raconte une histoire, et Wang Lung eut le cœur poignardé d'apprendre qu'O-len avait raconté à la fillette qu'il ne l'aimait pas, elle qui était la mère de l'enfant ; il s'empressa de dire :

« A propos, je viens aujourd'hui d'entendre parler d'un gentil mari pour toi, et nous allons voir si Coucou peut arranger la chose. »

Alors l'enfant sourit et baissa pudiquement la tête, devenue soudain jouvencelle et non plus fillette. Et le même soir en arrivant dans la cour intérieure Wang Lung dit à Coucou :

« Tu iras voir si cela peut se faire. »

Mais cette nuit-là il dormit mal à côté de Lotus, et ne dormant pas il se mit à repenser à sa vie et il songea qu'O-len avait été la première femme qu'il eût connue et qu'elle l'avait secondé en fidèle servante. Et il repensa à ce que l'enfant lui avait dit et il s'attrista, parce que malgré son peu d'intelligence O-len avait vu la vérité en lui.

Peu de jours après sa visite à Liu, il envoya son second fils en ville et il signa le contrat de fiançailles de la seconde fille et on convint de la dot et on régla les cadeaux de mariage en fait de toilettes et de bijoux. Puis Wang Lung se reposa et il dit en son cœur :

« Enfin voilà maintenant tous mes enfants casés. Ma pauvre innocente est incapable de faire autre chose que de jouer au soleil avec son bout de chiffon. Quant au cadet des garçons, je le réserverai pour cultiver la terre et il n'ira plus à l'école, puisque les deux autres savent lire et écrire et c'est suffisant. »

Il était fier d'avoir trois fils : un lettré, un commerçant et un cultivateur. Il fut donc content, et il s'abstint de penser davantage à ses enfants. Mais bon gré mal gré lui revint à l'idée la pensée de la femme qui les avait mis au monde.

Pour la première fois depuis qu'il vivait avec elle, Wang Lung se mit à penser à O-len. Même au temps où elle était nouvelle venue, il ne s'était pas préoccupé d'elle pour elle-même et n'avait vu en elle qu'une femme et la première qu'il eût connue. Et il lui semblait qu'avec toutes ses occupations il n'avait jamais eu de temps disponible, et qu'à cette heure seulement où ses enfants étaient établis et ses champs soignés et au repos à l'entrée de l'hiver et où sa vie était réglée avec Lotus qui lui était soumise depuis qu'il l'avait battue, à cette heure il lui semblait qu'il avait le temps de réfléchir à ce qu'il voulait et il pensait à O-len.

Il l'envisagea donc, non plus cette fois en tant que femme, ni parce qu'elle était laide et hommasse et à peau jaune. Mais il l'envisageait avec un singulier remords, et il s'aperçut qu'elle était devenue émaciée et qu'elle avait le teint livide et flétri. Elle avait toujours eu la peau rougeaude et basanée quand elle travaillait aux champs. Mais il y avait déjà nombre d'années qu'elle n'y allait plus guère qu'au temps de la moisson, et encore pas depuis deux ans, car il n'y tenait pas de crainte de s'entendre dire :

« Et comment se fait-il que votre femme travaille encore à la terre, alors que vous êtes riche ? »

Néanmoins, il ne s'était pas demandé pourquoi elle avait finalement consenti à rester à la maison et pourquoi elle se mouvait de plus en plus lentement. Et il se rappelait, maintenant qu'il y pensait, que parfois le matin il l'entendait soupirer et geindre quand elle se levait de son lit et quand elle se baissait pour alimenter le fourneau, mais quand il lui demandait : « Eh bien, qu'est-ce que c'est ? » elle s'interrompait soudain. A cette heure, en la regardant elle et l'étrange enflure qu'elle avait sur le corps, il fut pris de remords sans trop savoir pourquoi, et il se disculpa vis-à-vis de lui-même :

« Et puis quoi, ce n'est pas ma faute si je ne l'ai pas aimée comme on aime une concubine, puisque ce n'est pas l'habitude. » Et pour se rassurer il se dit en lui-même : « Je ne l'ai pas battue et je lui ai donné de l'argent quand elle m'en demandait. »

Mais cependant il ne pouvait oublier ce que la petite avait dit et il en éprouvait du remords sans trop savoir pourquoi, vu que, à tout prendre, il avait toujours été bon mari pour elle et meilleur que beaucoup.

Parce qu'il ne pouvait se débarrasser de ce tourment à son égard, il ne cessait de la regarder quand elle lui apportait à manger ou quand elle circulait de côté et d'autre, et un jour après le repas, comme elle se baissait pour balayer le carrelage de brique, il la vit blêmir sous le lancinement d'une douleur interne. Les lèvres entrouvertes, elle haletait à petit bruit, et elle porta la main à son ventre, quoique encore baissée comme pour balayer. Il lui demanda vivement :

« Qu'est-ce que c'est ? »

Mais elle détourna le visage et répondit avec résignation :

« Ce n'est rien, c'est toujours ma vieille douleur dans les entrailles. »

Il la considéra longuement et dit à sa fille cadette :

« Prends le balai et balaie, car ta mère est malade. »

Et à O-len il dit avec plus de bonté qu'il ne lui en avait témoigné depuis nombre d'années :

« Va-t'en dans ta chambre et mets-toi au lit et j'enverrai la petite te porter de l'eau chaude. Ne reste pas levée. »

Elle lui obéit lentement et sans répondre, et elle s'en alla dans sa chambre où il l'entendit fourrager un peu, après quoi elle se coucha et se mit à geindre tout bas. Il écouta ces geignements qui ne cessaient pas, et à la longue n'y pouvant plus tenir, il se leva et se rendit à la ville où il demanda l'adresse d'une boutique de médecin.

Un employé du marché au grain où était maintenant son second fils lui en indiqua une, et il s'y rendit. Il y trouva le docteur assis désœuvré devant une théière. C'était un vieillard à longue barbe grisonnante qui avait sur le nez des lunettes de cuivre rondes et grosses comme des yeux de hibou, et il portait une robe grise malpropre dont les longues manches lui cachaient entièrement les mains. Quand Wang Lung lui eut dit quels étaient les symptômes de sa femme, il pinça les lèvres et ouvrant un tiroir de la table à laquelle il était assis, il en tira un paquet enveloppé d'une étoffe noire et dit :

« Je vais y aller tout de suite. »

Quand ils arrivèrent au chevet d'O-len, elle sommeillait à demi et la sueur perlait comme une rosée sur sa lèvre et sur son front. A cette vue le vieux docteur hocha la tête. Il avança, pour lui tâter le pouls, une main aussi jaune et aussi sèche que celle d'un singe, et puis après lui avoir tenu longtemps le poignet, il hocha derechef la tête avec gravité en disant :

« La rate est dilatée et le foie malade. Il y a dans le giron une pierre aussi grosse qu'une tête d'homme ; l'estomac est en désagrégation. Le cœur bat à peine et sans aucun doute il y a des vers dedans. »

A ces mots Wang Lung sentit son propre cœur s'arrêter. Il eut peur et s'écria coléreusement :

« Eh ! donnez-moi donc un remède, n'est-ce pas là votre métier ? »

Tandis qu'il parlait, O-len ouvrit des yeux engourdis de souffrance et les regarda sans comprendre. Le vieux docteur reprit la parole :

« C'est un cas difficile. Si vous ne tenez pas à la garantie de guérison, je demanderai pour honoraires dix écus d'argent et je vous donnerai une ordonnance d'herbes où l'on fera infuser un cœur de tigre desséché et une dent de chien, et elle boira le bouillon. Mais si vous désirez une garantie de complète guérison, alors ce sera cinq cents écus d'argent. »

Quand elle entendit ces mots : « cinq cents écus d'argent », O-len sortit soudain de sa léthargie et prononça d'une voix défaillante :

« Non, ma vie ne vaut pas si cher. Pour ce prix-là on peut acheter un bon lopin de terre. »

Quand Wang Lung l'entendit dire cela, tout son

vieux remords le poignit et il lui répondit altièrement :

« Je ne veux pas de mort dans ma maison, et je
peux payer la somme. »

Quand le vieux docteur l'entendit dire : « Je peux
payer la somme », ses yeux brillèrent de convoitise,
mais il connaissait le châtiment de la loi s'il ne
tenait pas sa parole et si la femme mourait, aussi
dit-il, bien à regret :

« Et puis non, quand je regarde la couleur du
blanc de ses yeux, je vois que je me suis trompé.
C'est cinq mille écus d'argent qu'il me faut si je
garantis la complète guérison. »

Alors Wang Lung regarda le docteur en silence et
avec tristesse. Il avait compris. Il ne possédait pas
au monde autant d'écus d'argent à moins de vendre
ses terres, mais il savait que même s'il les vendait
ce serait inutile, car c'était tout comme si le docteur
avait dit : « Cette femme va mourir. »

Il sortit donc avec le docteur et lui paya les dix
écus d'argent. Après son départ Wang Lung s'en alla
dans la cuisine obscure où O-len avait passé la plus
grande partie de son existence et où, maintenant
qu'elle n'était plus là, personne ne le verrait, et tournant son visage vers le mur enfumé, il pleura.

XXVI

Mais ce ne fut pas subitement que s'éteignit la vie
dans le corps d'O-len. Elle avait à peine dévidé la
moitié du fil de ses jours, et sa vie se refusait à
quitter son corps sans lutte, si bien qu'elle resta
mourante sur son lit pendant plusieurs mois.
Durant tous les longs mois de l'hiver elle resta couchée sur son lit et pour la première fois, Wang Lung

et ses enfants s'aperçurent de la place qu'elle avait tenue dans la maison ; c'était elle qui créait du bien-être pour eux tous et ils ne s'en étaient pas rendu compte.

A présent on eût dit que personne ne savait plus allumer l'herbe et entretenir sa combustion dans le fourneau, que personne ne savait plus retourner un poisson dans la poêle sans le casser ou sans le carboniser d'un côté sans que l'autre fût cuit, que personne ne savait plus s'il fallait employer l'huile de sésame ou l'huile de fèves pour faire frire tel ou tel légume. Les miettes et les débris de nourriture s'accumulaient sous la table et personne ne balayait la saleté ; il fallait que Wang Lung, révolté à la longue par l'odeur, appelât un chien de la cour pour la nettoyer ou qu'il ordonnât à la fille cadette de la racler et d'aller la jeter dehors.

Et le cadet des garçons faisait de son mieux pour remplir le rôle de sa mère auprès du vieux grand-père, qui était à cette heure presque retombé en enfance. Wang Lung ne parvenait pas à faire comprendre au vieux ce qui était arrivé à O-len, qu'on ne venait plus lui apporter du thé et de l'eau chaude et l'aider à se coucher et à se lever, et il se dépitait parce qu'il l'appelait et qu'elle ne venait pas, et il jetait son bol de thé par terre comme un enfant capricieux. A la fin Wang Lung le mena dans la chambre d'O-len et la lui montra couchée sur le lit, et le vieux la regarda de ses yeux troubles et à demi aveugles et il bafouilla et pleura parce qu'il voyait obscurément qu'elle n'était pas dans son état normal.

Seule la pauvre innocente ne comprenait rien, et seule elle souriait en tortillant son bout de chiffon. Il fallait pourtant penser à elle pour la rentrer coucher le soir et pour la nourrir et la mettre au soleil dans la journée et la ramener à l'intérieur s'il pleuvait. Il fallait que quelqu'un se ressouvînt de tout cela. Mais il arrivait à Wang Lung lui-même de l'oublier. Une fois on la laissa toute une nuit dehors, et le lendemain à l'aurore on trouva la pauvre malheureuse grelottante et en pleurs et Wang Lung se fâcha et maudit son fils et sa fille pour avoir oublié la pauvre innocente qui était leur sœur. Il s'aperçut alors que ces enfants faisaient de leur mieux pour remplacer leur mère, mais qu'ils en étaient incapables, et il leur pardonna. Et après cet incident il veilla lui-même soir et matin sur la pauvre innocente ; s'il pleuvait ou neigeait ou s'il soufflait un vent froid, il la menait à l'intérieur et il l'asseyait parmi les cendres chaudes qui tombaient du foyer de la cuisine.

Durant tous les sombres mois d'hiver où O-len resta couchée mourante, Wang Lung ne s'occupa plus des champs et se rabattit sur les travaux de l'hiver. Les ouvriers sous la surveillance de Ching travaillaient loyalement avec Ching lui-même ; soir et matin celui-ci venait à la porte de la chambre où était couchée O-len et de sa petite voix fluette il demandait deux fois par jour comment elle allait. A la fin Wang en fut excédé parce que chaque matin et chaque soir il ne pouvait que répondre :

« Aujourd'hui elle a bu un peu de bouillon de volaille », ou : « Aujourd'hui elle a mangé un peu de bouillie de riz légère. »

Il commanda à Ching de ne plus venir s'informer et de se contenter de bien faire son travail, il n'en demandait pas plus.

Durant tout le sombre et froid hiver Wang Lang s'asseyait souvent au chevet d'O-len, et si elle avait froid, il allumait un réchaud de charbon de bois et le mettait à côté de son lit pour la réchauffer, et chaque fois elle murmurait d'une voix défaillante :

« Mais voyons, c'est trop coûteux. »

A la fin, un jour où elle disait cela il n'y tint plus et s'écria :

« Ça c'est trop fort ! Mais je vendrais toutes mes terres si cela pouvait te guérir. »

Sur quoi elle sourit et d'une voix entrecoupée elle chuchota :

« Non, et moi je ne vous le permettrais pas. Car je dois nécessairement mourir un jour ou l'autre. Mais les terres vous resteront après moi. »

Mais il refusait de parler de sa mort et quand elle en parlait, il se levait et il sortait.

Sachant néanmoins qu'elle devait mourir et qu'il lui fallait songer à son devoir, il se rendit un jour en ville chez un fabricant de cercueils et il examina tous les cercueils qui étaient à vendre, et il en choisit un noir de bonne qualité, fait d'un bois lourd et dur. Le menuisier, qui attendait qu'il eût choisi, dit alors astucieusement :

« Si vous en prenez deux, je vous rabattrai un tiers du prix sur la paire. Pourquoi ne pas en acheter un pour vous et savoir ainsi que vous êtes pourvu ?

– Non, c'est à mes fils de faire cela pour moi, répondit Wang Lung. (Et puis il songea à son père et se dit qu'il n'avait pas encore de cercueil pour le vieux. Cette pensée le frappa et il reprit :) Mais il y a mon vieux père qui va mourir un de ces jours, car il est presque paralysé des deux jambes, sourd et à moitié aveugle. Ainsi donc je prendrai la paire. » Le marchand promit de repeindre les cercueils d'un beau noir et de les envoyer à la maison Wang Lung. Ainsi donc Wang Lung dit à O-len ce qu'il avait fait et elle fut fort aise qu'il eût fait cela pour elle et qu'il eût bien pourvu à son décès.

Or donc, il passait auprès d'elle une bonne partie du jour, et ils ne se parlaient guère, car elle était faible et en outre ils n'avaient jamais beaucoup causé. Souvent, alors qu'il restait là en silence et sans bouger, elle oubliait où elle était et il lui arrivait de murmurer des souvenirs de son enfance, et pour la première fois Wang Lung vit dans son cœur, bien que même à présent ses confidences se bornassent à des lambeaux de phrases dans ce genre-ci :

« Je porterai les plats jusqu'à la porte seulement... et je sais bien que je suis trop laide pour paraître devant le grand seigneur. » Et elle disait encore d'une voix entrecoupée : « Ne me battez pas... je ne mangerai jamais plus de ce plat »... et derechef : « Je sais bien que je suis laide... » Et elle répétait coup sur coup : « Mon père... ma mère... mon père... ma mère.. » et derechef : « Je sais bien que je suis laide et qu'on ne peut m'aimer. »

Quand elle disait cela, Wang Lung n'y tenait plus et lui prenait la main pour l'apaiser, une grosse main dure, raide comme si elle était déjà morte. Et il était étonné et fâché contre lui-même d'autant que ce qu'elle disait était vrai, et même quand il lui prenait la main, avec le ferme désir de lui témoigner son affection, il avait honte de ne se sentir capable d'éprouver aucune tendresse, ni cette effusion de cœur que Lotus provoquait en lui par une simple moue de ses lèvres. Quand il prenait cette main raide de la mourante, il ne l'aimait pas et sa pitié même était gâtée par la répulsion qu'elle lui inspirait.

Et à cause de cela il était plus attentionné pour sa femme et il lui achetait des mets plus friands et des potages raffinés faits de poisson blanc et de cœurs de jeunes choux. Par ailleurs il ne se réjouissait plus de Lotus, car quand il allait chez elle pour se distraire du désespoir où le plongeait cette longue agonie, il ne parvenait pas à oublier O-len, et alors même qu'il tenait Lotus, il relâchait son étreinte à cause d'O-len.

Il y avait des moments où O-len reprenait conscience d'elle-même et de son entourage et une fois elle demanda qu'on fît venir Coucou, et quand

Wang Lung tout étonné eut mandé cette femme, O-len se releva en tremblant sur son coude et prononça fort distinctement :

« Oui, c'est possible, vous avez logé dans les cours du Vieux Seigneur et l'on vous trouvait belle ; mais moi j'ai été l'épouse d'un homme, et je lui ai enfanté des fils, et vous, vous êtes toujours esclave. »

Coucou s'apprêtait à répondre vertement, mais Wang Lung la fit taire et l'emmena, disant :

« Elle ne sait plus ce qu'elle dit. »

Quand il rentra dans la chambre, il trouva O-len toujours la tête appuyée sur son bras et elle lui dit :

« Quand je serai morte, il ne faut pas que cette femme-là ni sa maîtresse non plus viennent dans ma chambre ou touchent à mes affaires, et si elles s'y risquent, mon fantôme reviendra leur jeter un sort. »

Puis son sommeil fiévreux la reprit et elle laissa retomber sa tête sur l'oreiller.

Mais un jour, avant la fête du Nouvel An, son état s'améliora subitement, comme une chandelle arrivée au bout jette une dernière clarté, et elle redevint tout à fait elle-même. Elle se redressa sur son séant dans son lit, se tressa les cheveux sans aide, et demanda du thé à boire. Quand Wang Lung survint, elle lui dit :

« Voilà le Nouvel An qui arrive et on n'a pas apprêté de gâteaux ni de viande » et j'ai pensé à une chose. Je ne veux pas de cette esclave dans ma cuisine, mais je voudrais que vous envoyiez chercher ma belle-fille, qui est fiancée à notre fils aîné. Je ne l'ai pas encore vue, mais quand elle viendra, je lui expliquerai ce qu'elle doit faire. »

Wang Lung fut enchanté de la voir si courageuse, quoiqu'il ne se souciât pas de réjouissances pour cette année, et il envoya Coucou solliciter Liu, le marchand de grain, étant donné la triste circonstance. Et au bout d'une minute Liu consentit en apprenant qu'O-len ne passerait sans doute pas l'hiver, et après tout sa fille avait seize ans et il y en a de plus jeunes qui vont habiter dans la maison de leur futur mari.

Mais à cause d'O-len, il n'y eut pas de réjouissances. La jeune fiancée arriva discrètement en palanquin, sans autre suite que sa mère et une vieille servante, et sa mère s'en retourna après avoir confié la fiancée à O-len, mais la servante resta pour le service de la jouvencelle.

Les enfants déménagèrent de la chambre où ils avaient couché jusque-là, et cette chambre fut donnée à la nouvelle bru, et tout se passa dans les règles. Wang Lung n'adressa pas la parole à la jouvencelle, puisque ce n'était pas convenable, mais il répondit à son salut par une grave inclination de tête et il fut content d'elle, car elle connaissait son devoir et elle entra dans la maison avec un air modeste et les yeux baissés. D'ailleurs, c'était une jeune fille fort convenable, assez jolie, mais pas belle au point d'en tirer vanité. Elle se montra correcte et attentionnée en toute sa conduite, et elle alla dans la chambre d'O-len et lui donna des soins, ce qui soulagea Wang Lung de la peine qu'il éprouvait pour sa femme, parce que désormais il y avait une femme à son chevet, et O-len était très contente.

O-len fut contente pendant trois jours et plus, après quoi elle s'avisa d'autre chose. Quand Wang Lung arriva le matin voir comment elle avait passé la nuit, elle lui dit :

« Il y a encore autre chose que je désire avant de mourir. »

A quoi il répliqua coléreusement :

« Fais-moi le plaisir de ne pas parler de mourir ! »

Elle eut alors un lent sourire, ce lent sourire qui s'achevait avant d'avoir atteint ses yeux, et elle répondit :

« Je vais inévitablement mourir, car je sens la

mort toute prête dans mes entrailles, mais je ne veux pas mourir avant que mon fils aîné soit revenu à la maison, et qu'il ait épousé cette aimable jouvencelle qui est ma belle-fille et elle me sert à souhait, tenant comme il faut le bassin d'eau chaude et sachant le moment où elle doit me lotionner la figure quand je sue de souffrance. Or donc, je veux que mon fils revienne à la maison, parce que je vais mourir, et je veux qu'il épouse d'abord cette jouvencelle, afin que je puisse mourir tranquille, sachant que votre petit-fils va venir au monde et que ce sera un arrière-petit-fils pour le vieux. »

Or, c'était là pour elle, même en bonne santé, beaucoup de paroles d'un coup et elle les prononça avec plus de fermeté qu'elle n'en avait montré depuis bien des lunes, et Wang Lung se réjouit de la force de sa voix, et de la vigueur avec laquelle elle exprimait son désir. Il eût aimé, à vrai dire, disposer de plus de temps pour faire un grand mariage pour son fils aîné, mais il ne voulut pas la contrarier. Il se borna en conséquence à lui dire affablement :

« Eh bien alors, nous allons faire cela. Je vais aujourd'hui même envoyer dans le midi un messager qui se mettra en quête de mon fils et le ramènera à la maison pour qu'il se marie. Et puis tu dois me promettre que tu vas achever de reprendre des forces, renoncer à mourir et recouvrer la santé, car sans toi la maison est pareille à une tanière à bêtes fauves. »

Il disait cela pour lui faire plaisir et elle en fut bien aise, mais elle ne reprit plus la parole, et se laissant aller en arrière elle ferma les yeux avec un petit sourire.

Wang Lung dépêcha donc le messager et lui dit :

« Tu diras à ton jeune maître que sa mère est mourante et qu'elle n'aura pas l'esprit en repos tant qu'elle ne l'aura pas vu et qu'il ne sera pas marié, et s'il nous aime, moi, sa mère et sa famille, il doit revenir sans même prendre le temps de souffler, car dans trois jours je veux que les noces soient prêtes et les hôtes invités et que son mariage ait lieu. »

Et Wang Lung le fit comme il l'avait dit. Il ordonna à Coucou de préparer un festin de son mieux, en faisant venir de la ville pour l'aider des cuisiniers de la maison de thé, et il lui versa de l'argent dans les mains et lui dit :

« Fais comme on aurait fait dans la grande maison à pareille heure, et si cet argent-là ne suffit pas, il en reste encore. »

Puis il alla dans le village et invita des hôtes, hommes et femmes, toutes ses connaissances, et il alla en ville et invita ses connaissances des maisons de thé et des marchés au grain et les autres. Et il dit à son oncle :

« Invitez tous ceux que vous voudrez pour le mariage de mon fils, qu'ils soient de vos amis ou des amis de votre fils. »

Il disait cela parce qu'il se rappelait toujours qui était son oncle et Wang Lung était courtois envers son oncle et le traitait en hôte honoré, ainsi qu'il l'avait fait depuis l'heure où il avait compris qui était son oncle.

La veille au soir du mariage, le fils aîné de Wang Lung arriva au logis, et quand il entra dans la salle d'un pas déluré, Wang Lung oublia tout ce que le jeune homme lui avait causé de tracas lorsqu'il était à la maison. Car deux ans et plus avaient passé sans qu'il eût revu ce fils, et ce n'était plus à présent un jouvenceau, mais un homme de haute taille et de bonne mine, à la large carrure, aux pommettes saillantes, au teint vermeil, et aux cheveux noirs coupés court, lustrés et cosmétiqués. Et il portait une robe longue de satin rouge foncé comme on en trouve dans les boutiques du midi, et une courte veste de velours noir sans manches, et à voir son fils Wang

Lung sentit son cœur bondir d'orgueil et il oublia tout excepté son gentil fils et il le mena auprès de sa mère.

Le jeune homme s'assit au chevet de sa mère et les larmes lui vinrent aux yeux de la voir ainsi, mais il ne voulut rien dire que des choses gaies telles que celle-ci : « Vous avez l'air deux fois mieux portante qu'on ne le dit et bien éloignée de mourir. » Mais O-len dit simplement :

« J'attends pour mourir de vous avoir vu marié. »

Or, la jeune fiancée ne devait bien entendu pas être vue du jeune homme et Lotus l'emmena dans la cour intérieure afin de l'apprêter pour le mariage. Personne n'était plus indiqué pour cela que Lotus, Coucou et la femme de l'oncle de Wang Lung. Ces trois femmes prirent la jeune fille, et le matin du jour de ses noces, elles la lavèrent à fond de la tête aux pieds, et comprimèrent ses pieds à neuf avec des bandelettes blanches neuves sous des bas neufs, et Lotus massa sa chair avec une huile d'amandes odorantes de sa composition. Puis elles l'habillèrent des vêtements qu'elle avait apportés de chez elle : une chemise de soie blanche à fleurs sur sa douce chair virginale, puis un corsage léger en laine de mouton de l'espèce la plus fine et la plus tissée, et enfin la toilette de mariage en satin rouge. Et elles lui frottèrent de la craie sur le front et à l'aide d'un cordonnet savamment noué elles ramenèrent en arrière les cheveux de sa virginité, la frange qui retombe sur le devant, et lui firent un front haut, lisse et dégagé propre à son nouvel état. Puis elles la fardèrent avec de la poudre et du rouge, et au moyen d'un pinceau elles prolongèrent ses sourcils par deux longs traits minces, et elles disposèrent sur sa tête la couronne de mariée et le voile à pois, et elles passèrent à ses pieds mignons des chaussures brodées et elles peignirent les bouts de ses doigts et parfumèrent les paumes de ses mains, et ainsi elles l'apprêtèrent pour le mariage.

La jeune fille se prêtait à tout, docile mais avec la pudique retenue que les convenances et la correction exigeaient d'elle.

Wang Lung, son oncle, son père et ses hôtes l'attendaient dans la salle du milieu, où la jeune fille fit son entrée soutenue par sa propre esclave et par la femme de l'oncle de Wang Lung. La tête baissée avec modestie, elle s'avança selon les rites et on eût dit qu'elle n'allait pas au mariage de son plein gré, et qu'il fallût la soutenir pour l'y entraîner. Elle témoignait par là d'une grande modestie et Wang Lung en fut bien aise et se dit à lui-même que c'était une jeune fille très comme il faut.

Après quoi, le fils aîné de Wang Lung fit son entrée habillé comme précédemment de sa robe rouge et de sa veste noire et il avait les cheveux plaqués et le visage rasé de frais. Derrière lui venaient les deux frères, et Wang Lung, à leur vue, faillit éclater d'orgueil à voir cette procession de ses dignes fils qui allaient continuer après lui la vie de son corps. Alors le vieillard qui n'avait pas compris ce qui se passait et ne pouvait entendre que des bribes de ce qu'on lui criait, alors soudain il comprit, et il s'exhilara d'un rire frêle et il dit à plusieurs reprises de sa vieille voix chevrotante :

« Il y a un mariage et un mariage c'est encore des enfants et des petits-enfants ! »

Et il riait de si bon cœur que les hôtes s'égayaient de le voir s'égayer et Wang Lung pensa en lui-même que si seulement O-len avait été levée, c'eût été une joyeuse journée.

Cependant Wang Lung jetait à la dérobée de rapides coups d'œil à son fils pour voir s'il lorgnait la jeune fille, et le jeune homme la lorgnait discrètement du coin de l'œil, mais c'en fut assez pour qu'il montrât son plaisir et sa joie par ses allures et Wang se dit fièrement à lui-même :

« A la bonne heure, je lui en ai choisi une qui lui plaît ! »

Puis le jeune homme et la jeune fille saluèrent ensemble le vieillard et Wang Lung, et se rendirent dans la chambre où O-len était couchée. Elle s'était fait habiller de son beau costume noir et elle se mit sur son séant quand ils entrèrent. Sur son visage brûlaient deux taches d'un rouge ardent, que Wang Lung prit pour de la santé, si bien qu'il dit à haute voix : « Allons, elle sera bientôt remise ! »

Les deux jeunes personnes s'approchèrent et lui firent la révérence et elle tapota le lit en disant :

« Asseyez-vous ici et buvez le vin et mangez le riz de votre mariage, car je voulais voir tout cela et ce lit-ci sera votre lit de mariage puisque je vais bientôt cesser de m'en servir et qu'on m'emportera ailleurs. »

Nul ne consentait à lui répondre quand elle parlait ainsi, mais les deux jeunes gens s'assirent côte à côte en silence et réciproquement intimidés, et la femme de l'oncle de Wang Lung entra, obèse et bouffie d'importance, leur apportant un bol de vin chaud. Tous deux burent à tour de rôle, puis ils mélangèrent le vin des deux bols et burent de nouveau, signifiant ainsi que tous deux ne faisaient plus qu'un, et ils mangèrent le riz puis le mélangèrent et signifièrent ainsi que leur vie était désormais une, et c'est ainsi qu'ils furent mariés. Puis ils s'inclinèrent à nouveau devant O-len et devant Wang Lung, après quoi ils sortirent et allèrent à eux deux saluer les hôtes assemblés.

Puis la fête commença. Les appartements et les cours, garnis de tables, s'emplirent d'une odeur de cuisine et d'éclats de rire, car il était venu des hôtes de près et de loin, et à ceux que Wang Lung avait invités il s'en était joint beaucoup d'autres que

Wang Lung n'avait jamais vus, parce qu'on savait qu'il était riche et que chez lui en pareille circonstance les victuailles ne manqueraient pas et seraient distribuées sans compter. Et Coucou avait amené de la ville des cuisiniers pour préparer le repas, car celui-ci devait comporter beaucoup de raffinements tels qu'on n'en saurait apprêter dans la cuisine d'un cultivateur, et les cuisiniers de la ville arrivèrent porteurs de grands paniers contenant des plats tout cuits et qu'il suffisait de réchauffer, et ils faisaient les importants et s'affairaient de tous côtés dans leur zèle parmi le voltigement de leurs tabliers sales. Et chacun mangea tant et plus et but tout son soûl, et ils étaient tous très gais.

A la prière d'O-len, on ouvrit toutes les portes et l'on tira tous les rideaux pour lui permettre d'entendre le vacarme et les rires et de sentir l'odeur des plats, et elle dit à plusieurs reprises à Wang Lung, qui venait souvent voir comment elle allait :

« Est-ce que tout le monde a du vin ? Et est-ce que le gâteau de riz d'entremets est bien chaud et a-t-on mis dedans pleine mesure de saindoux et de sucre et les huit fruits ? »

Quand il lui eut assuré que tout était selon ses désirs, elle fut tranquillisée et se remit à prêter l'oreille.

Le repas terminé, les hôtes se retirèrent et la nuit vint. Et quand le silence régna sur la maison et qu'eut cessé l'agitation joyeuse qui avait soutenu ses forces, O-len se sentit lasse et faible. Elle appela auprès d'elle les deux nouveaux mariés et leur dit :

« A présent me voilà contente et la mort qui est en moi peut agir à sa guise. Vous, mon fils, prenez soin de votre père et de votre grand-père, et vous, ma fille, prenez soin de votre mari et du père de votre mari et de son grand-père et de la pauvre innocente qui est dans la cour. Et vous n'avez de devoir envers personne d'autre. »

Par cette dernière phrase, elle faisait allusion à Lotus à qui elle n'avait jamais adressé la parole. Puis elle parut tomber dans un sommeil fiévreux, mais on attendait qu'elle parlât encore, et derechef elle se réveilla pour parler. Mais quand elle reprit la parole, on eût dit qu'elle ne savait plus qu'ils étaient là ni même où elle était, car ce fut en marmottant et tournant la tête de côté et d'autre qu'elle prononça sans ouvrir les yeux :

« Oui, je sais que je suis laide, mais je vous ai quand même engendré un fils. J'ai beau n'être qu'une esclave, il y a un fils dans ma maison. » Et elle dit encore brusquement : « Est-ce que celle-là va savoir le nourrir et prendre soin de lui comme moi ? Il ne suffit pas d'être belle pour donner des fils à un homme. »

Oubliant leur présence à tous, elle continuait à radoter. Alors Wang Lung leur fit signe de se retirer, et il s'installa à son chevet tandis qu'elle somnolait et se réveillait par intervalles, et il la considérait. Et il se détestait parce qu'alors même qu'elle était sur son lit de mort, il voyait la hideur de ses lèvres violacées qui se retroussaient en découvrant largement ses dents. Tandis qu'il la considérait, elle ouvrit tout grands ses yeux qui semblaient recouverts d'un étrange brouillard, car elle le regarda en plein visage, longuement, fixant sur lui un regard étonné, comme si elle se demandait qui c'était. Soudain sa tête retomba en s'écartant de l'oreiller rond sur lequel elle reposait, un frisson parcourut tout son corps, et elle mourut.

Dès qu'il la vit morte, Wang Lung sentit qu'il ne pourrait supporter de rester auprès d'O-len, et il fit venir la femme de son oncle pour laver le corps avant l'enterrement, et quand ce fut fait, il ne voulut plus rentrer dans la chambre, mais il autorisa la femme de son oncle, son fils aîné et sa belle-fille à enlever le corps du lit et à le déposer dans le grand cercueil qu'il avait acheté. Mais pour se consoler il s'occupa en allant à la ville chercher des artisans pour sceller le cercueil suivant le rite et il alla trouver un géomancien auquel il demanda de lui désigner un jour propice aux obsèques. L'homme de l'art découvrit un jour propice dans trois mois d'ici, et il n'en put trouver de plus proche. Wang Lung paya donc le géomancien et se rendit au temple de la ville et, après marchandage avec le père supérieur, il loua pour trois mois dans l'établissement une place pour le cercueil, et la bière d'O-len y fut transportée pour y rester jusqu'au jour des obsèques, car il semblait à Wang Lung qu'il ne pourrait jamais supporter de l'avoir sous les yeux chez lui.

Wang Lung tenait à faire scrupuleusement tout son devoir envers la défunte. Il fit donc confectionner un deuil complet pour lui et ses enfants, et leurs souliers étaient faits de grossier drap blanc, qui est couleur de deuil, et ils se serrèrent les chevilles avec des bandelettes d'étoffe blanche, et les femmes de la maison serrèrent leur chevelure avec un cordon blanc.

Après quoi Wang Lung ne supporta plus de coucher dans la chambre où O-len était morte. Il déménagea ses effets et alla s'installer complètement dans la cour intérieure où habitait Lotus et il dit à son fils aîné :

« Va-t'en avec ta femme dans cette chambre où ta mère a vécu et où elle est morte, après l'y avoir conçu et mis au monde, et engendres-y tes propres fils. »

Les deux époux s'y transportèrent donc et en furent heureux.

Puis, comme si la mort ne pouvait pas se décider à quitter une maison après y être entrée une fois, le vieux père de Wang Lung, qui n'avait plus recouvré le sens depuis qu'il avait vu mettre en bière le cadavre raidi d'O-len, s'allongea sur son lit un soir pour dormir, et quand la seconde fille entra chez lui au matin pour lui apporter son thé, elle le trouva mort sur son lit, sa barbiche blanche ébouriffée pointée en l'air, et sa tête rejetée en arrière.

A cette vue elle fondit en larmes et courut pleurante chez son père, et Wang Lung arriva et trouva le vieillard ainsi ; son vieux corps raide et léger était sec, froid et décharné comme un pin rabougri et il était mort depuis des heures, peut-être aussitôt après qu'il s'était mis au lit. Wang Lung lava lui-même le cadavre du vieux et il le déposa pieusement dans le cercueil qu'il avait acheté pour lui et il le fit sceller et dit :

« Nous enterrerons le même jour ces deux morts de notre maison et je prendrai une bonne parcelle de terre de coteau et nous les y ensevelirons ensemble et quand je mourrai, je veux être enseveli là aussi. »

Il fit donc comme il l'avait dit. Quand il eut fait sceller la bière du vieux, il l'installa sur deux tréteaux dans la salle du milieu et on l'y laissa jusqu'à la venue du jour fixé. Et il semblait à Wang Lung que ce fût une consolation pour le vieux d'être là, même mort et au cercueil, et lui-même se sentait près de son père, car Wang Lung le regrettait, mais il ne le plaignait pas d'être mort, parce que son père était très âgé et accablé par les ans, et depuis nombre d'années il n'était plus qu'à demi vivant.

Au jour fixé par le géomancien dans le milieu du printemps, Wang Lung convoqua des prêtres du temple taoïste et ils arrivèrent revêtus de leurs robes jaunes et leur longue chevelure nouée sur le sinciput, et il convoqua des prêtres des temples bouddhistes et ils arrivèrent revêtus de leurs longues robes grises, la tête rasée et décorée des neuf cicatrices rituelles, et ces prêtres battirent du tambour et chantèrent pour les deux défunts toute la nuit durant. Et chaque fois qu'ils s'arrêtaient de chanter Wang Lung versait de l'argent dans leurs mains et ils reprenaient haleine et se remettaient à chanter et ils ne cessèrent pas jusqu'à la venue de l'aurore.

Wang Lung avait choisi dans ses champs une bonne place pour creuser les tombes sous un dattier au haut d'un monticule, et Ching fit creuser les tombes et dresser un mur de terre alentour, et il y avait de la place dans l'enclos pour le corps de Wang Lung et pour chacun de ses fils et leurs femmes, et il y avait aussi de la place pour les fils de ses fils. Cette terre, Wang Lung ne la regretta pas, encore qu'elle fût terre haute et bonne pour le froment, parce que c'était un signe de l'établissement de lui et des siens sur leur terre. Aussi bien morts que vivants, ils résideraient sur leur terre à eux.

Puis, le jour fixé après la nuit que les prêtres avaient passée à chanter, Wang Lung se revêtit d'une robe de toile à sac blanche et il donna une robe pareille à son oncle et au fils de son oncle, ainsi qu'à chacun de ses fils à lui, et à la femme de son fils et à ses deux filles à lui. Il fit venir de la ville des palanquins pour les transporter, car il n'était pas décent qu'ils allassent à pied jusqu'au lieu de l'enterrement comme s'il eût été un pauvre et un homme de rien. Ainsi donc pour la première fois il fut véhiculé à bras d'homme derrière le cercueil qui contenait O-len. Mais derrière le cercueil de son père venait d'abord son oncle. Lotus même, qui du vivant d'O-len n'avait pas eu la permission de paraître devant elle, à présent qu'elle était morte, la précédait en chaise à porteurs, afin qu'aux yeux d'autrui elle parût remplir son devoir envers la première femme de son mari. De même pour la femme de son oncle, Wang Lung loua aussi des chaises, et il leur avait distribué à tous des robes de toile à sac. Il en fit même faire une également pour la pauvre innocente et loua une chaise où il la fit monter, mais elle était terriblement effarouchée et poussait des rires perçants alors qu'elle n'aurait dû que pleurer.

Alors, se lamentant et pleurant tout haut, ils se rendirent aux tombes, et Ching suivait à pied, chaussé de souliers blancs. Et Wang Lung se tint debout à côté des deux tombes. Il avait fait apporter du temple la bière d'O-len et on la déposa sur le sol pour attendre l'enterrement du vieillard qui devait se faire en premier. Et Wang Lung regardait tordu de chagrin, mais il ne pleurait pas tout haut comme les autres, et ses yeux restaient secs, parce qu'il lui semblait que ce qui était survenu était survenu, et qu'il n'y avait rien à faire de plus qu'il n'en avait fait.

Mais quand la terre eut été rejetée dans les fosses et les tombes aplanies, il se détourna en silence, et renvoya les palanquins et rentra chez lui à pied sans être accompagné. Et, chose étrange, il n'émergeait de son accablement qu'une seule pensée claire qui constituât une souffrance pour lui : il regrettait d'avoir pris les deux perles à O-len le jour où elle lavait ses habits à la mare, et il ne supporterait plus jamais de voir Lotus se les mettre aux oreilles.

Ainsi, accablé de tristesse, il s'en allait seul et se disait en lui-même :

« Là dans cette terre qui m'appartient est déjà enterrée une moitié de ma vie au moins. C'est comme si on venait d'ensevelir une moitié de moi-même, et ce sera désormais une vie nouvelle dans ma maison. »

Et soudain il versa quelques larmes, et s'essuya les yeux du revers de la main comme un enfant.

XXVII

Durant tout ce temps Wang Lung avait à peine songé à l'état des moissons, tant il avait été occupé dans sa maison par les cérémonies de mariage et de funérailles, mais un jour Ching vint le trouver et lui dit :

« A présent que la joie et le chagrin sont passés, j'ai à vous parler de la terre.

– Parle donc, répondit Wang Lung. Ces jours-ci je me suis à peine souvenu si j'avais de la terre ou non, sauf pour y enterrer mes morts. »

Par considération pour Wang Lung quand il parlait ainsi, Ching garda le silence une minute, avant de reprendre à mi-voix :

« Eh bien, puisse le Ciel détourner ce malheur, mais tout fait présager qu'il va y avoir cette année une inondation comme on n'en a jamais vu, car l'eau envahit déjà les terres, quoique ce ne soit pas encore l'été et qu'il soit trop tôt pour que cela se produise. »

Mais Wang Lung répondit avec force :

« Je n'ai encore jamais reçu aucun bien de ce vieillard du Ciel. Encens ou non, il fait toujours autant de mal. Allons voir les terres. »

Et, disant ces mots, il se leva.

Or, Ching était un homme timide et craintif, et si mauvais que fussent les temps, il n'osait pas comme Wang Lung se récrier contre le Ciel. Il se contentait de dire : « Le Ciel l'a voulu », et il acceptait avec soumission inondation et sécheresse. Wang Lung était tout autre. Il s'en alla sur ses terres, parcourut les diverses parcelles, et vit qu'il en était comme l'avait dit Ching. Toutes les pièces situées le long du fossé relié aux canaux, qu'il avait acquises du Vieux Seigneur de la maison de Hwang, étaient mouillées et boueuses par suite de l'eau qui sourdait abondamment du fond, si bien que sur cette terre le beau froment était devenu d'un jaune maladif.

Le fossé même était pareil à un lac et les canaux étaient des rivières au cours rapide bordé de remous tourbillonnants, et un idiot même aurait compris qu'avec les pluies d'été encore à venir, il y aurait cette année-là une formidable inondation et qu'hommes, femmes et enfants mourraient de faim à nouveau. Alors Wang Lung parcourut bien vite ses terres de droite et de gauche et Ching le suivait muet comme une ombre, et ils jugèrent à eux deux quelle terre l'on pourrait ensemencer de riz et quelle autre serait déjà sous l'eau avant que l'on pût y repiquer le jeune riz. Et regardant les canaux déjà pleins jusqu'aux bords de leurs talus, Wang Lung blasphéma et dit :

« A présent le vieillard du Ciel va s'amuser, car il regardera en bas et verra les gens se noyer et mourir de faim et c'est là ce qui plaît à ce maudit. »

Il prononça cette phrase très haut et avec colère. Ching en frissonna et repartit :

« Quand même, il est plus grand qu'aucun de nous. Il ne faut pas parler ainsi, mon maître. »

Mais depuis qu'il était riche Wang Lung s'en moquait, et il se mettait en colère autant qu'il lui plaisait, et il ne cessa de ronchonner sur le chemin du retour en pensant à l'eau qui débordait sur ses terres et sur ses belles moissons.

Tout se passa comme Wang Lung l'avait prévu.

Le fleuve du septentrion creva ses digues, celles d'amont en premier, et quand les gens virent ce qui était arrivé, on s'empressa d'aller de côté et d'autre recueillir des fonds pour les réparer, et chacun donna ce qu'il pouvait, car c'était l'intérêt de tous de maintenir le fleuve dans ses bornes. On confia donc l'argent au magistrat du district, un homme inconnu et nouvellement en place. Or, ce magistrat qui était pauvre et n'avait pas encore vu autant d'argent de sa vie, venait seulement de s'élever à ce poste par la libéralité de son père, qui avait consacré tout l'argent qu'il possédait et avait pu emprunter, à acheter cette charge pour son fils, grâce à quoi la famille pourrait sans doute acquérir de la richesse. Quand le fleuve rompit de nouveau ses digues, le peuple alla en hurlant et poussant des clameurs à la maison du magistrat, parce qu'il n'avait pas rempli sa promesse de réparer les digues, et il courut se cacher parce qu'il avait dépensé en famille les fonds qui se montaient à trois mille écus d'argent. Et c'est pourquoi la populace fit irruption dans sa demeure en proférant des cris de mort, et quand il vit qu'on allait le tuer, il courut se jeter à l'eau et se noya et ainsi le peuple fut apaisé.

Mais l'argent n'en avait pas moins disparu, et le fleuve creva encore une autre digue et une autre avant de se contenter de la place qu'il avait acquise. Après quoi il dispersa ces levées de terre au point que nul n'eût plus su dire où il y avait eu une digue dans toute cette étendue, et le fleuve débordé roulait des flots comme une mer par-dessus toutes les bonnes terres arables, et le froment et le jeune riz étaient au fond de cette mer.

Un à un les villages furent transformés en îles. Les gens guettaient l'ascension de l'eau et quand elle était arrivée à deux pieds de leurs seuils, ils amarraient leurs tables et lits ensemble et posaient par-dessus les portes de leurs maisons pour en faire des radeaux, sur lesquels ils entassaient ce qu'ils pouvaient de leur literie et de leurs hardes avec leurs femmes et leurs enfants. Et l'eau s'élevait dans les maisons de terre et ramollissait les murs qui se renversaient et se dissolvaient dans l'eau et il n'en restait plus trace. Et puis, comme l'eau de la terre attire l'eau du ciel, il se mit à pleuvoir comme si la terre en manquait. De jour en jour il pleuvait.

Assis sur son seuil, Wang Lung promenait son

regard sur les eaux qui étaient encore assez loin de sa maison, construite sur une large éminence. Mais il voyait l'inondation envahir ses terres, et il la surveillait de crainte qu'elle ne recouvrît les tombes récentes. Les vagues du flot jaune et chargé de limon clapotaient hargneusement autour des défunts, mais l'eau s'arrêta là.

Il n'y eut pas de moisson d'aucune sorte cette année-là et de toutes parts les gens mouraient de faim et s'irritaient de subir ce nouveau fléau. Les uns gagnaient le midi, et d'autres enhardis par la colère et se souciant peu de leurs actes se joignirent aux bandes de voleurs qui foisonnaient de tous côtés dans la région. Ceux-ci tentèrent même de s'emparer de la ville. Les citadins tenaient fermées continuellement les portes des remparts excepté une petite appelée la poterne d'eau de l'occident, qui était gardée par les soldats et fermée la nuit également. Et en sus de ceux qui volaient et de ceux qui s'en allaient dans le midi pour travailler et pour mendier, tout comme Wang Lung y était allé une fois avec son vieux père, sa femme et ses enfants, il y en avait d'autres comme Ching, qui étaient vieux, fatigués et timorés, et qui n'avaient pas de fils, et ceux-ci restaient et mouraient de faim et mangeaient de l'herbe et le peu de feuilles qu'ils pouvaient trouver sur les collines, et ils mouraient en grand nombre sur la terre et sur l'eau.

Alors Wang Lung vit qu'une famine telle qu'il n'en avait jamais vu allait s'abattre sur le pays, car l'eau ne se retirait pas à temps pour semer le froment avant l'hiver et il ne pourrait donc y avoir de moisson l'année suivante. Et il se mit à surveiller de près son menage et la dépense d'argent et de nourriture, et il eut de violentes querelles avec Coucou parce que pendant longtemps elle prétendait encore acheter de la viande en ville, et il fut bien aise à la fin, puisqu'il devait tout de même y avoir inondation, quand l'eau s'interposa entre sa maison et la ville, de sorte qu'elle ne pouvait plus aller au marché quand elle voulait, car il ne permettait pas que l'on se servît de barque sans son ordre, et Ching lui obéissait à lui et non à Coucou, malgré ses plus vertes récriminations.

Après la venue de l'hiver Wang Lung ne permit plus de rien acheter ni rien vendre en dehors de ce qu'il disait, et il ménageait soigneusement tout ce qu'on possédait. Chaque jour il distribuait à sa belle-fille les vivres dont on avait besoin dans la maison pour la journée, et il remettait à Ching ce qu'il fallait aux ouvriers agricoles, bien que cela le peinât de les nourrir à ne rien faire. Cela le chagrinait même si fort qu'à la fin, quand le froid de l'hiver arriva et que l'eau se prit en glace, il donna ordre à ces hommes de s'en aller dans le midi pour mendier et pour travailler jusqu'au retour du printemps où ils pourraient revenir chez lui. A Lotus seule il donnait en cachette du sucre et de l'huile, parce qu'elle n'était pas accoutumée aux privations. Même au Nouvel An ils ne mangèrent qu'un poisson qu'ils avaient pris eux-mêmes dans le lac et un porc de la ferme qu'ils tuèrent.

Cependant Wang Lung n'était pas si pauvre qu'il désirait le paraître, car il avait de bon argent caché dans les murs de la chambre où son fils couchait avec sa femme, mais son fils et sa bru n'en savaient rien, et il avait de bon argent caché dans une jarre au fond du lac sous son champ le plus proche, et il en avait de caché parmi les racines des bambous, et il avait du grain de l'année précédente qu'il n'avait pas vendu au marché, et il n'y avait pas à redouter la disette dans la maison.

Mais tout alentour de lui il y avait des gens qui mouraient de faim, et il se rappelait les cris des affamés à la porte de la grande maison un jour qu'il était passé par là, et il se savait haï de bien des gens parce qu'il avait encore de quoi manger et nourrir ses enfants, et c'est pourquoi il tenait ses portes barricadées et ne laissait entrer personne qu'il ne connaissait pas. Mais néanmoins il savait très bien que ces précautions mêmes n'auraient pu le sauver en ces temps de brigandage, n'eût été son oncle. Wang Lung savait bien que sans le pouvoir de son oncle, on l'aurait dévalisé et saccagé pour lui prendre ses vivres, son argent et les femmes de sa maison. Aussi était-il poli envers son oncle et envers le fils de son oncle et envers la femme de son oncle, et les trois larrons étaient chez lui comme des hôtes et ils buvaient du thé avant tout le monde et à l'heure du repas ils puisaient les premiers dans les bols de riz avec leurs bâtonnets.

Or donc, ces trois larrons voyaient fort bien que Wang Lung avait peur d'eux et ils devinrent hautains et réclamèrent ceci et cela et se plaignirent de la qualité de ce qu'ils mangeaient et buvaient. Et la femme en particulier se plaignait, car elle manquait des friandises qu'elle avait mangées naguère dans les appartements intérieurs et elle se plaignait à son mari et tous les trois se plaignaient à Wang Lung.

A vrai dire, s'il eût été seul, l'oncle lui-même, qui était devenu vieux et indolent, ne se serait pas donné la peine de se plaindre, mais le jeune homme son fils et sa mère l'aiguillonnaient, et un jour où Wang Lung se tenait devant la porte il les entendit tous deux exciter le vieillard.

« Voyons, il a de l'argent et des vivres, il nous faut lui demander de l'argent. » Et la femme dit : « Nous n'aurons jamais plus un pareil oison à plumer, car il sait bien que si vous n'étiez pas son oncle et le frère de son père, il aurait déjà été volé et saccagé et sa maison resterait vide et en ruine puisque vous êtes quasi le chef des Barbes-Rouges. »

En entendant cela, Wang Lung, qui se tenait là

en cachette, se mit en colère, si en colère qu'il sentait sa peau prête à éclater sur lui, mais il se contint à grand-peine et il s'efforça d'imaginer ce qu'il pourrait faire de ces trois larrons, mais il ne trouva rien. Quand donc son oncle vint à lui le lendemain en disant : « Allons, mon cher neveu, donne-moi cinq ou six écus pour m'acheter une pipe et de quoi fumer et ma femme est en loques et a besoin d'un nouveau costume », il fut incapable de rien dire et tendit au vieillard les cinq pièces d'argent prises dans sa ceinture, mais il grinçait des dents en cachette, et il lui semblait que jamais, dans l'ancien temps où l'argent était rare chez lui, il ne l'avait lâché aussi à contrecœur.

Puis avant que deux jours se fussent écoulés, son oncle revint le harceler pour avoir de l'argent et à la fin Wang Lung lui lança :

« Ah ! çà, mais vous voulez donc nous mettre tous sur la paille d'ici peu ? »

Son oncle se mit à rire et repartit nonchalamment :

« Tu es né sous une bonne étoile. Il y a des hommes moins riches que toi qu'on a pendus aux solives de leurs maisons incendiées. »

A ces mots Wang Lung fut pris d'une sueur froide et il donna l'argent sans mot dire. Et ainsi, tandis qu'on se passait toujours de viande dans la maison, il fallut que ces trois larrons en mangeassent et tandis que Wang Lung lui-même touchait à peine au tabac, son oncle fumait sa pipe sans arrêt.

Or, le fils aîné de Wang Lung était tout absorbé par son mariage et il s'apercevait à peine de ce qui se passait, sauf qu'il soustrayait jalousement sa femme aux œillades de son cousin, de sorte qu'à cette heure tous deux avaient cessé d'être amis pour devenir ennemis. Le fils de Wang Lung ne permettait presque plus à sa femme de quitter leur chambre si ce n'est dans la soirée quand le cousin était parti chez son père et durant le jour il l'obligeait à se tenir enfermée dans la chambre. Mais quand il vit ces trois larrons faire de son père tout ce qu'ils voulaient, il se fâcha, car il était d'humeur vive, et il lui dit :

« C'est bien étrange, mon père, que vous vous souciez de ces trois tigres plus que de votre fils et de sa femme, la mère de vos petits-fils. Si cela continue, nous ferons mieux d'aller nous établir ailleurs à notre particulier. »

Wang Lung alors lui conta tout de go ce qu'il n'avait révélé à personne :

« Je hais à mort ces trois-là et si je pouvais découvrir un moyen de me débarrasser d'eux, je l'emploierais. Mais ton oncle est maître d'une troupe de brigands farouches ; tant que je le nourris et le dorlote, nous sommes saufs, et personne ne doit montrer de la colère envers eux. »

Quand il entendit cela, le fils aîné s'écarquilla les yeux au point qu'ils lui sortaient de la tête, mais après un moment de réflexion il fut plus courroucé que jamais et il reprit :

« Vous cherchez un moyen ? Que dites-vous de celui-ci ? Jetons-les tous à l'eau un soir. Ching est capable d'expédier la femme, car elle est obèse et flasque et sans défense, et moi je me charge de mon jeune cousin, que je déteste passablement car il est toujours à faire de l'œil à ma femme, et vous pouvez vous charger du père. »

Mais Wang Lung était incapable de tuer. Il eût certes plus volontiers tué son oncle que son buffle, mais il ne pouvait pas tuer même quand il haïssait. Il déclara :

« Non, et même si j'étais capable de faire cela, de jeter à l'eau le frère de mon père, je ne le voudrais pas, car si les voleurs ses collègues venaient à l'apprendre, que deviendrions-nous ? Tant qu'il vit, nous sommes saufs, mais s'il disparaît, nous devenons comme les autres gens qui possèdent un petit quelque chose et qui sont par là en danger à une époque comme celle-ci. »

Ils se turent tous deux, l'un et l'autre se demandant tristement que faire, et le jeune homme comprenait que son père avait raison et que la mort était un mauvais moyen et qu'il fallait en chercher un autre. Finalement Wang Lung dit tout haut, songeur :

« S'il y avait un moyen qui nous permette de les rendre inoffensifs et sans désirs tout en les gardant ici, quelle bonne chose ce serait, mais la magie seule en viendrait à bout ! »

Alors le jeune homme battit des mains et s'écria :

« J'y suis ! Vous m'avez inspiré vous-même ce qu'il faut faire ! Achetons-leur de l'opium pour s'amuser, et de l'opium tant et plus, et qu'ils en usent à volonté comme les riches. Je ferai semblant d'être redevenu ami avec mon cousin et je l'entraînerai à la maison de thé en ville où il y a une fumerie d'opium et nous n'aurons qu'à en acheter pour mon oncle et sa femme. »

Mais Wang Lung, comme il n'avait pas songé le premier à la chose, restait indécis.

« Cela va coûter gros, dit-il lentement, car l'opium est aussi cher que jade.

– Soit, mais c'est plus cher que jade de les avoir chez nous comme à présent, répliqua le jeune homme, et d'avoir à subir en outre leurs airs hautains et ce jeune godelureau qui fait de l'œil à ma femme. »

Mais Wang Lung ne voulut pas tout de suite consentir, car le stratagème n'était pas des plus commodes à réaliser, et il en coûterait un bon sac d'écus.

Peut-être ne se serait-il jamais réalisé et les choses seraient restées en l'état jusqu'au retrait des eaux s'il n'était survenu un incident.

Cet incident fut que le fils de l'oncle de Wang Lung jeta son dévolu sur la seconde fille de Wang Lung, qui était sa cousine germaine et que la parenté l'obligeait à considérer comme sa sœur. Or donc, la seconde fille de Wang Lung était extrêmement jolie et elle ressemblait au second fils qui était marchand, mais tout en ayant sa mignonnerie et sa grâce, elle n'avait pas sa peau jaune. Son teint était blanc et pâle comme les fleurs d'amandier et elle avait un petit nez et de fines lèvres rouges et ses pieds étaient mignons.

Son cousin s'était emparé d'elle un soir qu'elle passait seule par la cour, venant de la cuisine. Il s'empara d'elle brutalement et porta la main à son sein et elle poussa des cris, et Wang Lung accourut et tapa sur la tête de l'individu, car il s'acharnait comme un chien sur un morceau de viande qu'il ne veut pas lâcher, tant et si bien que Wang Lung dut lui arracher sa fille de force. L'individu alors dit avec un gros rire :

« Ce n'était que pour jouer et n'est-elle pas ma sœur ? Est-ce qu'on voudrait faire le mal avec sa sœur ? »

Mais tandis qu'il parlait, ses yeux luisaient de paillardise et Wang Lung entraîna la jeune fille en ronchonnant et la renvoya dans sa chambre.

Et ce soir-là Wang Lung raconta l'aventure à son fils. Le jeune homme devint grave et répondit :

« Il faut envoyer la petite à la ville chez son fiancé. Même si le marchand Liu dit que c'est une année trop mauvaise pour se marier, nous devons l'envoyer de crainte de ne pouvoir la gager vierge avec ce tigre en chaleur dans la maison. »

Ainsi fit Wang Lung. Le lendemain il se rendit en ville, alla chez le marchand et lui dit :

« Ma fille a treize ans et ce n'est plus une enfant et elle est apte au mariage. »

Mais Liu restait hésitant et il répondit :

« Je n'ai pas assez de bénéfice cette année pour fonder un ménage dans ma maison. »

Wang Lung eut honte de dire : « Il y a chez moi le fils de mon oncle et c'est un tigre. » Il se borna donc à répondre :

« Je ne veux plus garder la responsabilité de cette jouvencelle, parce que sa mère est morte et elle est jolie et d'âge nubile et ma maison est grande et pleine de toute espèce de monde, et je ne peux pas la surveiller tout le temps. Puisqu'elle va faire partie de votre famille, vous pouvez aussi bien garder sa virginité ici, et la marier tôt ou tard, selon qu'il vous plaira. »

Alors le marchand, qui était un homme de bonne composition, répliqua :

« Eh bien, soit, puisque c'est comme ça, que la jouvencelle vienne et je parlerai à la mère de mon fils ; oui, elle n'a qu'à venir, elle sera en sûreté ici dans les cours avec sa belle-mère, et après la récolte prochaine ou environ on la mariera. »

L'affaire ainsi réglée, Wang Lung fut bien content, et il se retira.

Mais avant d'arriver à la porte des remparts où Ching l'attendait avec une barque, Wang Lung passa devant une boutique où l'on vendait du tabac et de l'opium, et il entra pour s'acheter un peu de tabac haché pour mettre dans sa pipe le soir, et comme l'employé le pesait sur la balance, il dit à cet homme sans presque le vouloir :

« Et combien coûte votre opium si vous en avez ? »

Et l'employé répondit :

« C'est actuellement défendu par la loi de le vendre sur le comptoir, et nous ne le vendons plus ainsi, mais si vous désirez en acheter et que vous ayez l'argent, on le débite dans l'arrière-boutique, une once pour un écu d'argent. »

Wang Lung ne voulut pas réfléchir davantage à ce qu'il faisait, et il dit aussitôt :

« J'en prendrai six onces. »

XXVIII

Quand la seconde fille fut partie chez ses beaux-parents et que Wang Lung fut libéré d'inquiétude à son sujet, il dit un jour à son oncle :

« Puisque vous êtes le frère de mon père, voici pour vous un peu de tabac extra. »

Et il déboucha le pot d'opium. La drogue pâteuse avait bonne odeur et l'oncle de Wang Lung la prit et la flaira, et riant d'aise il répondit :

« Ce n'est pas de refus, j'en ai fumé un peu mais pas souvent jusqu'ici, car c'est trop cher, mais j'aime assez ça. »

Et Wang Lung lui répondit, affectant le désintérêt :

« Ce n'est qu'un peu d'opium que j'ai acheté une fois pour mon père quand il était devenu vieux et qu'il ne pouvait plus dormir la nuit et je l'ai retrouvé aujourd'hui inutilisé et j'ai pensé : « Au fait, il y a le frère de mon père, et pourquoi ne l'aurait-il pas avant moi, qui suis jeune et n'en ai pas besoin encore ? » Prenez-le donc, et fumez-le quand ça vous chantera ou quand vous aurez un peu de douleur. »

L'oncle de Wang Lung prit avidement la drogue, car elle était agréable à sentir et son usage était réservé aux gens riches. Il la prit et acheta une pipe et il se mit à fumer l'opium couché tout le jour sur son lit. Alors Wang Lung prit soin de faire acheter des pipes qu'il laissa traîner de côté et d'autre et il affectait de fumer lui-même, mais il se bornait à emporter une pipe dans sa chambre où elle restait froide. Et ni à ses deux fils qui étaient à la maison ni à Lotus il ne permettait de toucher à l'opium, sous prétexte que c'était trop cher, mais il en fournissait à son oncle et à la femme et au fils de son oncle, et on sentait dans les cours l'odeur douceâtre de la fumée et Wang Lung ne regrettait pas l'argent qu'il consacrait à cet usage parce qu'il lui procurait la paix.

Quand l'hiver s'acheva et que les eaux commencèrent à se retirer au point que Wang Lung put se promener sur ses terres, il advint un jour que son fils aîné l'accompagna et lui dit fièrement :

« Vous savez, il va y avoir bientôt une bouche de plus dans la maison et ce sera la bouche de votre petit-fils. »

Quand il entendit cela, Wang Lung se retourna et il répondit en riant et se frottant les mains :

« Voilà ce qui peut s'appeler un beau jour ! »

Et il rit de nouveau, et alla trouver Ching et lui donna ordre d'aller à la ville acheter du poisson et de bonne nourriture et il fit porter le tout à la femme de son fils et lui dit :

« Mangez, donnez des forces au corps de mon petit-fils. »

Durant tout le printemps Wang Lung eut la perspective de cette naissance pour lui apporter du réconfort. Quand il était préoccupé par d'autres choses, il y repensait et quand il avait des ennuis, il y repensait et c'était pour lui un réconfort.

Et quand le printemps fit place à l'été, les gens que les inondations avaient obligés à fuir s'en revinrent, un par un et groupe par groupe, épuisés et las de l'hiver et heureux d'être de retour. A la place de leurs maisons il n'y avait plus que le jaune limon de la terre trempée d'eau, mais on pouvait de ce limon refaire des maisons, et acheter des nattes pour les couvrir.

Beaucoup de sinistrés s'adressèrent à Wang Lung pour emprunter de l'argent et il leur prêtait à gros intérêt, vu qu'ils en avaient besoin, et c'était toujours de la terre qu'il exigeait en garantie. Et avec l'argent qu'ils empruntaient, ils ensemençaient la terre engraissée par le limon de l'inondation, et quand ils avaient besoin de buffles, de semence et de charrues et qu'ils ne pouvaient plus emprunter davantage, certains vendaient de la terre et une partie de leurs champs afin de pouvoir ensemencer le reste. Et de ces derniers Wang Lung acquit de la terre tant et plus, et il l'achetait à bon compte, puisqu'on avait absolument besoin d'argent.

Mais il y en eut quelques-uns qui refusèrent de vendre leur terre, et n'ayant pas de quoi acheter de la semence, des charrues ou des buffles, ils vendaient leurs fillettes, et il y en eut qui s'adressèrent à Wang Lung pour les vendre parce qu'on le savait riche et puissant et homme de bon cœur.

Et lui, pensant constamment à l'enfant à venir et aux autres futurs enfants de ses fils quand ils seraient tous mariés, il acheta cinq esclaves, deux d'environ treize ans avec de grands pieds et des corps robustes et deux plus jeunes pour s'occuper d'eux tous et faire les commissions, et une pour s'occuper de la personne de Lotus, car Coucou devenait vieille et, depuis le départ de la seconde fille, elle restait seule pour faire le travail de la maison. Et il acheta les cinq esclaves en un jour, car il était assez riche pour faire tout de suite ce qu'il avait décidé.

Puis quelques jours plus tard un homme vint lui offrir une mignonne et délicate petite fille de sept ans ou environ, qu'il désirait vendre, et Wang Lung déclara d'abord qu'il n'en voulait pas, car elle était trop petite et trop frêle. Mais Lotus l'ayant vue s'engoua d'elle et dit par caprice :

« Oh ! mais c'est celle-ci que je veux avoir ! Elle est jolie et l'autre est grossière et sent la chèvre et elle ne me plaît pas. »

Et Wang Lung regarda la fillette et vit ses jolis yeux effarouchés et sa pitoyable minceur et il dit, tant pour satisfaire Lotus que parce qu'il se représentait déjà ce que deviendrait l'enfant nourrie et engraissée :

« Eh bien, soit, c'est entendu puisque tu le désires. »

Il acheta donc la petite pour vingt écus d'argent, et elle logea dans les cours intérieures et coucha sur le pied du lit où dormait Lotus.

Cette fois il semblait à Wang Lung qu'il allait enfin avoir la paix chez lui. Quand les eaux se furent retirées et que, l'été venu, il fallut ensemencer la terre, il se promena de côté et d'autre, examinant chaque parcelle et discutant avec Ching la qualité de chaque morceau de terrain et le changement que la fertilité du sol entraînerait dans les récoltes. Et chaque fois qu'il y allait, il emmenait avec lui son plus jeune fils, qui devait lui succéder sur sa terre, afin que l'adolescent s'instruisît. Mais Wang Lung ne se retournait jamais pour voir si l'adolescent écoutait et s'il écoutait bien, car l'adolescent marchait la tête basse d'un air morne et mélancolique, et personne ne savait ce qu'il pensait.

Mais Wang Lung ne regardait pas ce que faisait le jouvenceau, pourvu qu'il marchât en silence derrière son père. Et quand toutes les dispositions furent réglées, Wang Lung s'en retourna chez lui très content et il disait en son cœur :

« Je ne suis plus jeune et il n'est pas nécessaire que je travaille encore de mes mains, puisque j'ai des valets sur ma terre et mes fils et la paix est chez moi. »

Malgré tout, quand il rentrait chez lui, il n'avait pas la paix. Il avait donné une femme à son fils, il avait acheté des esclaves en nombre suffisant pour les servir tous, son oncle et la femme de son oncle recevaient assez d'opium pour s'amuser tout le jour, et malgré tout il n'avait pas la paix. Et c'était derechef à cause du fils de son onde et de son propre fils aîné.

Le fils aîné de Wang Lung n'avait jamais pu renoncer à haïr son cousin ou à le soupçonner de perfidie grave. Il avait trop bien vu de ses yeux dans sa jeunesse que ce dit cousin était rempli de toutes sortes de vices et les choses en étaient venues au point que le fils de Wang Lung ne consentait plus à quitter la maison pour aller à la boutique de thé que lorsque le cousin y allait aussi, et il guettait le cousin et attendait pour sortir qu'il fût sorti. Et il soupçonnait notre homme de fauter avec les esclaves et même de fauter dans la cour du fond avec Lotus, mais cette imputation était oiseuse, car Lotus engraissait et vieillissait de jour en jour et avait depuis longtemps renoncé à se préoccuper d'autre chose que de ses repas et de ses vins et ne se serait pas donné la peine de regarder notre homme s'il se fût approché d'elle, et elle était même bien aise de ce que Wang Lung s'approchait d'elle de moins en moins avec l'âge.

Or donc, quand Wang Lung rentra des champs avec son plus jeune fils, son fils aîné attira son père à l'écart et lui dit :

« Je ne supporterai pas plus longtemps dans la maison, ce godelureau, mon cousin, qui fouine et frôle partout avec ses robes débraillées et qui fait de l'œil aux esclaves. »

Il n'osa dire plus explicitement ce qu'il pensait : « Et dans les cours du fond il ose même convoiter votre femme à vous », parce qu'il se ressouvenait avec un malaise intime d'avoir lui-même jadis rôdé autour de la seconde femme de son père, et la voyant à cette heure grasse et prématurément vieillie, il avait peine à se figurer qu'il eût jamais fait pareille chose et il en était très honteux et pour rien au monde il n'eût voulu la remettre en mémoire à son père. C'est pourquoi il se tut sur ce point et ne parla que des esclaves.

Wang Lung était rentré allègrement des champs et de très bonne humeur parce que l'inondation avait quitté ses terres et qu'il faisait un temps sec et chaud et parce qu'il était bien aise que son fils cadet l'eût accompagné. Fâché de trouver chez lui ce nouveau tracas, il répondit :

« Possible, mon petit, mais tu es ridicule d'être toujours à penser à cela. Tu es devenu entiché de ta femme et plus entiché qu'il ne convient, car un homme ne doit pas se soucier de la femme que ses parents lui ont donnée plus que de tout au monde. Il n'est pas bienséant pour un homme d'aimer sa femme d'un amour ridicule et exclusif comme si c'était une catin. »

Le jeune homme fut piqué au vif de cette réprimande, car il craignait par-dessus tout d'être accusé de ne savoir pas se conduire correctement et de passer pour vulgaire et ignorant. Il répondit avec vivacité :

« Ce n'est pas pour ma femme. C'est parce que c'est inconvenant dans la maison de mon père. »

Mais absorbé par sa colère Wang Lung ne l'entendit pas. Il reprit :

« Je n'en aurai donc jamais fini chez moi avec tout ce micmac entre hommes et femmes ? Voici que je commence à être avancé en âge, mon sang se refroidit et je suis enfin libéré des passions et je comptais avoir un peu la paix. Va-t-il falloir que j'aie à subir les passions et les jalousies de mes fils ?... » Et après un petit silence, il lança de nouveau : « Allons, dis, qu'est-ce que tu veux que j'y fasse ? »

Le jeune homme avait attendu assez patiemment que la colère de son père fût passée, car il avait quelque chose à lui dire, et Wang Lung s'en aperçut après avoir lancé : « Qu'est-ce que tu veux que j'y fasse ? » Le jeune homme répondit d'un ton ferme :

« Je souhaite nous voir quitter cette maison pour aller habiter en ville. Il n'est pas convenable que nous continuions à habiter la campagne comme les rustres. Nous partirions en laissant ici mon oncle, sa femme et mon cousin et nous pourrions vivre en sécurité dans la ville à l'abri des remparts. »

En entendant cette proposition de son fils, Wang Lung eut un petit rire dédaigneux, et il rejeta le désir du jeune homme comme chose sans valeur et qui ne méritait pas considération.

« C'est ici ma maison, dit-il avec force, s'asseyant à la table et attirant à lui sa pipe qui était dessus, et tu es libre d'y habiter ou non. Ma maison, dis-je, et ma terre, et sans cette terre nous aurions tous pu mourir de faim comme les autres, et tu ne serais pas à te pavaner en robe élégante, oisif comme un lettré. C'est cette bonne terre qui a fait de toi quelque chose de mieux qu'un garçon de ferme. »

Et Wang Lung se leva et se mit à marcher de long en large à grands pas dans la salle du milieu et il se comporta grossièrement et il cracha sur le parquet et agit comme il appartient à un paysan, parce que si d'une part son cœur se glorifiait du raffinement de son fils, il lui vouait d'autre part un robuste mépris, ce qui ne l'empêchait d'ailleurs pas d'être secrètement fier de son fils, et fier de se dire que personne en voyant ce fils ne se serait figuré qu'il n'était éloigné de son origine terrienne que d'une seule génération.

Mais le fils aîné n'était pas d'humeur à capituler. Il suivit son père en disant :

« Oui, mais il y a l'ancienne grande maison des Hwang. Le quartier de devant est rempli de toute espèce de gens du commun, mais les cours intérieures sont fermées à clef et vacantes. Nous pourrions les louer et y habiter tranquillement et vous pourriez vous et mon frère cadet aller à vos terres et en revenir et je ne serais plus mis en colère par mon chien de cousin... » Et pour achever de persuader son père, il força ses yeux à verser des larmes qu'il laissa sur ses joues sans les essuyer et il reprit : « Enfin voilà, je m'efforce d'être un bon fils et je m'abstiens de jouer et de fumer l'opium, et je me contente de la femme que vous m'avez donnée et je vous demande une petite faveur et c'est tout. »

Les larmes de son fils n'auraient peut-être pas suffi à elles seules à convaincre Wang Lung, mais son fils avait prononcé ces mots magiques : « La grande maison de Hwang. »

Jamais Wang Lung n'avait oublié que jadis il était entré l'échine basse dans cette grande maison et s'était trouvé confus en la présence de ses habitants au point que le portier même lui faisait peur, et ceci était resté pour lui toute sa vie un souvenir de honte qui lui était odieux. Durant toute sa vie il avait eu conscience que les gens l'estimaient d'un degré inférieur aux citadins, et cette impression avait été portée à son plus haut point lorsqu'il s'était trouvé en face de la Vieille Maîtresse de la grande maison. Aussi quand son fils lui dit : « Nous pourrions habiter dans la grande maison », il s'y reporta en imagination et crut l'avoir effectivement sous les yeux. « Je pourrais m'asseoir sur ce trône où cette vieille était assise et du haut duquel elle m'ordonnait de me tenir debout comme un serf, et maintenant c'est moi qui m'y assoirais et qui ferais comparaître autrui en ma présence. » Et songeur, il ajouta en lui-même : « Voilà ce que je pourrais faire si je voulais. »

Cette idée le tentait. Sans répondre à son fils, il bourra sa pipe en silence, l'alluma et se mit à fumer en rêvant à ce qu'il pourrait faire s'il le désirait. Sans se préoccuper de son fils ni du fils de son oncle, il songeait qu'il pourrait habiter dans la Maison de Hwang, qui était à jamais pour lui la grande maison.

Ainsi donc, tout en ayant d'abord refusé de consentir à déménager ni à rien changer à ses habitudes, il n'en fut pas moins par la suite plus mécontent que jamais de voir le désœuvrement du fils de son oncle. Il surveilla notre homme attentivement et s'aperçut qu'en effet il poursuivait les servantes de ses assiduités et Wang Lung se dit en ronchonnant :

« Non, décidément, la vie n'est plus possible avec ce chien luxurieux dans ma maison. »

Et il examina son oncle et s'aperçut qu'il maigrissait à force de fumer l'opium, et qu'il avait le teint jaune et qu'il marchait courbé comme un vieillard et qu'il crachait le sang quand il toussait. Et il examina la femme de son oncle : elle était devenue grosse comme un potiron et tirait sans répit sur sa pipe à opium qui lui procurait une béatitude somnolente. Ces deux personnages avaient cessé d'être encombrants et l'opium avait accompli ce que Wang Lung en attendait.

Mais restait le fils de l'oncle. Ce célibataire, aux passions de bête fauve, ne cédait pas à l'opium aussi facilement que les deux autres et ne consentait pas à n'assouvir ses passions qu'en rêve. Et Wang Lung n'avait pas envie de le laisser se marier dans la maison, à cause de la progéniture qu'il élèverait ; c'était déjà bien assez d'un individu comme lui. Et notre homme ne voulait pas non plus travailler, puisque ni la nécessité ni personne ne l'y forçait, à moins d'appeler un travail ce qu'il s'en allait faire dehors la nuit. Mais ces sorties mêmes étaient devenues moins fréquentes, car quand les gens revinrent au pays, l'ordre se rétablit dans les villages et en ville et les voleurs se retirèrent dans les montagnes du septentrion-ponant, et notre homme s'abstint de les y accompagner, préférant vivre aux crochets de Wang Lung. Ainsi donc il était comme une épine dans la maison et il trôlait de tous côtés, bavardant, paressant et bâillant, et vêtu en négligé jusque passé midi.

Un jour donc que Wang Lung était allé en ville voir son second fils au marché aux grains, il lui demanda :

« Voyons, mon second fils, que dis-tu de la proposition de ton frère aîné ? Il voudrait que nous déménagions pour aller habiter en ville dans la grande maison si nous pouvons en louer une partie. »

Le second fils était à présent devenu un jeune homme policé, courtois et pareil aux autres employés de la boutique, mais il était toujours de petite taille, à peau jaune et l'air madré. Il répondit poliment :

« C'est une excellente idée et cela me conviendrait bien, car alors je pourrais me marier et emmener ma femme chez vous aussi et nous logerions tous sous un même toit comme une grande famille. »

Or, Wang Lung n'avait rien fait pour le mariage de ce fils, car c'était un jeune homme flegmatique et de tempérament froid qui n'avait jamais donné aucun signe de passion et Wang Lung avait d'autres chats à fouetter. Mais sentant néanmoins qu'il n'avait pas bien agi à l'égard de son second fils, il lui dit d'un air quelque peu confus :

« A ce propos, il y a déjà longtemps que je songe à te marier, mais il est survenu toute espèce d'événements qui m'en ont ôté le loisir, sans compter que la récente famine interdisait toute réjouissance... Mais maintenant que l'on a de nouveau à manger, ton mariage va pouvoir se faire. »

Et il nota en lui-même de chercher une fiancée au jeune homme. Le second fils repartit :

« Eh bien, je me marierai donc, car c'est une bonne chose et cela vaut mieux que de dépenser de l'argent à un jade quand le besoin s'en fait sentir, et il est bon pour un homme d'avoir des enfants.

Mais je vous en prie, ne me donnez pas une femme citadine, comme mon frère en a une, car elle parlera sans cesse de ce qu'il y avait dans la maison de son père, et me fera dépenser de l'argent, et cela me mettra en colère. »

Wang Lung l'entendit avec étonnement, car il ne savait pas que sa belle-fille fût ainsi, et il ne voyait en elle qu'une femme désireuse de paraître comme il faut et d'être fort bien mise. Mais le propos lui parut sage et il se réjouit de voir que son fils était judicieux et habile ménager de son argent. Ce jouvenceau, il l'avait, de fait, à peine connu, car il lui paraissait faible à côté de son robuste frère aîné, et pas plus enfant qu'adolescent il n'avait guère attiré sur lui l'attention par des dons particuliers, sauf pour ce qui était de chanter pouilles, si bien que, quand il fut parti en boutique, Wang Lung ne tarda pas à l'oublier quasiment, et il ne se rappelait guère son existence que pour répondre aux gens qui lui demandaient combien il avait d'enfants : « Eh bien, mais j'ai trois fils. »

Or donc, il regarda l'adolescent, son second fils, et voyant ses cheveux coupés court, pommadés et bien lissés, et sa belle robe de soie chinée grise, et voyant les gestes précis du jeune homme et son regard discret et assuré, il s'étonna et se dit en lui-même :

« Est-il possible que celui-ci aussi soit mon fils ! » Et tout haut il reprit :

« Quel genre de jeune fille te faudrait-il donc ? »

Comme s'il avait résolu la chose depuis long-temps, le jeune homme répondit sans hésitation et avec calme :

« Je désire une jeune villageoise, de bonne famille terrienne et sans parents pauvres, et qui m'apportera une bonne dot, ni laide ni belle d'aspect, et bonne cuisinière, de sorte que, même s'il y a des servantes dans la cuisine, elle soit capable de les

313

surveiller. Et il me la faut tellement économe que, si elle achète du riz, il y en aura assez et pas une poignée de trop, et que, si elle achète de l'étoffe, une fois le vêtement coupé les déchets d'étoffe restants puissent tenir dans le creux de la main. C'est une femme de ce genre que je veux. »

En entendant ce discours Wang Lung fut encore plus étonné, car il s'apercevait que, bien que ce jeune homme fût son propre fils, il avait ignoré complètement son caractère. C'était un sang tout différent qui coulait dans ses veines à lui quand il était jeune et passionné, et dans les veines de son fils aîné. Il n'en admira pas moins la sagesse du jeune homme et lui répondit en riant :

« Eh bien, alors, je vais te chercher une jeune fille de ce genre et Ching se mettra en quête d'elle parmi les villages. »

Toujours riant il s'éloigna, et descendit la rue de la grande maison. Arrivé entre les lions de pierre, il hésita, puis, comme il n'y avait personne pour l'arrêter, il entra. Les cours de devant étaient telles qu'il se les rappelait quand il était venu voir la prostituée qu'il craignait pour son fils. Aux arbres étaient pendues des loques en train de sécher et de tous côtés des femmes étaient assises à bavarder tout en passant et repassant les longues aiguilles dans les semelles des souliers qu'elles confectionnaient ; des enfants nus se roulaient dans la poussière sur le carrelage des cours et l'air était empoisonné par le relent du bas peuple qui grouille dans les cours des grands quand les grands sont partis. Et il dirigea son regard vers la porte de la chambre où avait logé la prostituée. La porte était entrouverte et quelqu'un d'autre logeait là présentement, un vieil homme. Wang Lung en fut bien aise et il continua son chemin.

Or, dans l'ancien temps où la grande famille était là, Wang Lung se serait senti avec ces gens du peuple, contre les grands qu'ils haïssaient et craignaient à la fois. Mais maintenant qu'il possédait de la terre et qu'il avait de l'argent et de l'or cachés en lieu sûr, il méprisait ces gens qui grouillaient de toutes parts, et il se dit en lui-même qu'ils étaient sales et il se fraya un chemin parmi eux en relevant le nez et se retenant de respirer à cause de la puanteur qu'ils exhalaient. Et il les méprisait et il était contre eux comme si lui-même eût appartenu à la grande maison.

Il s'enfonça plus avant parmi les cours, par simple curiosité et non qu'il eût rien décidé, mais quand même il continua et au fond il trouva une porte fermée à clef donnant sur une cour. Une vieille femme somnolait à côté de cette porte, et en la regardant il s'aperçut que c'était la femme marquée de petite vérole de l'ancien portier. Ceci l'étonna, et il la regarda mieux. L'avenante commère qu'il se rappelait de jadis était à présent une vieille à cheveux blancs, hâve et ridée, et il ne lui restait plus de sa denture que quelques crocs jaunis et branlants. En la voyant ainsi il s'aperçut en un seul instant que les années avaient passé rapides et nombreuses depuis qu'il était venu ici, jeune homme, avec son fils premier-né dans ses bras, et pour la première fois de sa vie Wang Lung sentit les approches de la vieillesse.

Alors, non sans mélancolie, il dit à la vieille femme :

« Réveillez-vous et ouvrez-moi la porte. »

La vieille femme tressaillit en battant des paupières ; elle passa sa langue sur ses lèvres desséchées et répondit :

« Je n'ai pas le droit d'ouvrir excepté à ceux qui auraient l'intention de louer la totalité des cours intérieures. »

Et Wang Lung repartit brusquement :

« C'est bien ce que je compte faire, si la maison me convient. »

Mais il ne lui révéla pas qui il était, et se contenta de la suivre dans ces autres cours où régnait le silence. Il se rappelait bien le chemin. Là, la petite chambre où il avait laissé le panier ; ici les longues vérandas soutenues par les fines colonnes laquées de rouge. Il la suivit jusque dans la fameuse grande salle, et son imagination le reporta instantanément à l'heure du lointain passé où il y avait comparu afin d'épouser une esclave de la maison. Devant lui se dressait la haute estrade à baldaquin sculpté où avait siégé la vieille dame au corps frêle et drapé de satin argent.

Poussé par un sentiment inconnu, il alla s'asseoir à la place qu'elle avait occupée, puis, la main posée sur la table, il regarda du haut de l'estrade la vieille sorcière qui levait vers lui ses yeux clignotants et attendait la suite en silence. Alors une satisfaction qu'il avait depuis toujours attendue sans le savoir se gonfla dans son cœur et, frappant la table du poing, il prononça tout à coup :

« Cette maison, il me la faut ! »

XXIX

En ce temps-là, lorsque Wang Lung avait décidé une chose, il trouvait toujours qu'elle ne se faisait pas assez vite. Depuis qu'il vieillissait, il lui tardait d'en avoir fini avec les occupations et d'arriver à la fin de la journée pour contempler en paix le soleil couchant et s'endormir peu après avoir fait un petit tour sur ses terres. Or donc, il annonça à son fils aîné son désir et donna ordre au jeune homme d'arranger l'affaire, et il envoya dire à son second fils de venir l'aider à faire le déménagement et le jour où ils furent prêts on déménagea, d'abord Lotus et Coucou avec leurs esclaves et leurs effets ; et puis le fils aîné de Wang Lung et sa femme avec leurs serviteurs et les esclaves.

Mais Wang Lung lui-même ne partit pas tout de suite, et il garda avec lui son fils cadet. Quand vint le moment de quitter la terre sur laquelle il était né, il se trouva incapable de s'y résoudre aussi aisément ni aussi vite qu'il l'avait cru et, comme ses fils le pressaient, il leur répondit :

« Eh bien, alors, préparez-moi une cour pour mon usage personnel et le jour où j'en aurai envie je viendrai, et ce sera avant la naissance de mon petit-fils et quand je le désirerai, je pourrai venir à ma terre. »

Et comme ils le pressaient encore à nouveau, il reprit :

« Oui, mais il y a ma pauvre innocente. Je ne sais pas si je vais oui ou non l'emmener avec moi, et pourtant il faut bien que je l'emmène pour veiller sur elle, car en mon absence personne ne s'inquiétera si elle a à manger ou non. »

C'était là un reproche déguisé que Wang Lung adressait à la femme de son fils aîné, car elle ne pouvait pas souffrir la pauvre innocente auprès d'elle, mais elle faisait des simagrées et disait d'un air dégoûté : « Une fille comme celle-là, on ne devrait pas la laisser vivre, et il suffirait que je la regarde pour faire avorter l'enfant qui est en moi. » Et le fils aîné de Wang Lung se rappela l'antipathie de sa femme et c'est pourquoi il se tut et n'insista pas davantage. Alors Wang Lung regretta son reproche et reprit avec affabilité :

« Je viendrai quand on aura trouvé la jeune fille à marier pour le second fils, car il m'est plus commode de rester où est Ching jusqu'à ce que l'affaire soit réglée. »

Le second fils, en conséquence, cessa de le presser.

Il ne resta donc dans la maison, outre Wang Lung, son fils cadet et l'innocente, que l'oncle et sa femme et leur fils et Ching avec des ouvriers agricoles. Et l'oncle et sa femme et leur fils transportèrent leurs pénates dans les cours de derrière où Lotus avait logé et les prirent pour leur usage personnel, mais ceci ne chagrina pas Wang Lung outre mesure, car il voyait bien qu'il ne restait pas à son oncle beaucoup de jours à vivre, et après la mort du fâcheux vieillard le devoir de Wang Lung envers son rejeton cessait et si le jeune homme ne filait pas doux, personne ne blâmerait Wang Lung de le jeter dehors. Puis Ching se transporta dans les cours extérieures et les ouvriers agricoles avec lui, et Wang Lung, son fils et l'innocente habitèrent dans les pièces intermédiaires, et Wang Lung loua une solide gaillarde pour leur servir de domestique.

Et Wang Lung dormait et se reposait et ne prenait plus souci de rien, car il se sentait brusquement très las et la maison était très tranquille. Il n'y avait personne pour le déranger, car son fils cadet était un garçon discret et taciturne qui se montrait à peine à son père et sa présence n'avait rien d'encombrant.

Mais à la fin Wang Lung se secoua pour prier Ching de trouver à son second fils une jeune fille à marier.

Or, Ching était devenu vieux et flétri et maigre comme un roseau, mais il y avait encore en lui l'énergie d'un vieux chien fidèle. Wang Lung ne lui permettait plus désormais de se servir d'un hoyau ni de conduire la charrue derrière le buffle, mais il ne s'en rendait pas moins toujours utile, car il surveillait le travail des valets et il assistait à l'opération quand on pesait et mesurait le grain. Quand donc il eut ouï ce que Wang Lung désirait de lui, il se débarbouilla, revêtit sa meilleure blouse de coton-nade bleue et il s'en alla de côté et d'autre dans divers villages où il vit nombre de jeunes filles, après quoi il s'en revint et dit :

« J'aurais préféré avoir à choisir une femme pour moi-même, plutôt que pour votre fils. Mais si c'était moi et que je sois jeune, il y a une demoiselle à trois villages d'ici, une bonne, avenante et avisée demoi-selle qui n'a d'autre défaut que de rire trop facile-ment, et son père serait désireux et bien aise de s'allier pour sa fille à votre famille. Et la dot est bonne pour notre époque et il possède des terres. Mais j'ai dit que je ne pouvais rien promettre sans vous consulter. »

L'occasion parut assez bonne à Wang Lung et il était désireux d'en finir, aussi donna-t-il sa pro-messe et quand il reçut les papiers du contrat, il y mit sa signature, et il fut soulagé et dit :

« Allons, encore un fils et j'en aurai fini avec toutes ces histoires de fiançailles et de mariages et je suis bien aise d'avoir d'ici peu la paix. »

Et quand ce fut terminé et le jour des noces fixé, il se reposa et resta au soleil à dormir tout comme son père avait fait avant lui.

Puis voyant Ching décliner avec l'âge et se sentant lui-même alourdi par les ans et pris de somnolence après les repas et son troisième fils étant trop jeune pour s'en occuper, Wang Lung jugea qu'il serait bon de louer quelques-uns de ses champs les plus éloignés à d'autres cultivateurs du village. C'est ce que fit donc Wang Lung, et beaucoup de gens des villages voisins vinrent se proposer à lui pour affermer ses terres et devenir ses tenanciers, le fer-mage stipulant que moitié des récoltes reviendraient à Wang Lung parce que propriétaire du terrain, et moitié au bailleur à cause de son travail, et il y avait en outre diverses redevances que chacun devrait fournir : Wang Lung certaines provisions de fumier, de tourteaux de fèves et de résidus de sésame provenant de son moulin à huile après la mouture du sésame ; le tenancier certains produits pour l'usage de la maison de Wang Lung.

Après quoi, sa présence ayant perdu de sa nécessité, Wang Lung s'en allait parfois à la ville et couchait dans les appartements qu'il s'était fait préparer, mais le jour venu il s'en retournait à sa terre, passant la porte des remparts de la ville dès son ouverture à l'aurore. Et il respirait la fraîche odeur des champs et il se réjouissait de se retrouver sur ses terres.

Alors, comme si les dieux pour une fois se montraient bienveillants et qu'ils eussent ménagé la paix à sa vieillesse, le fils de son oncle, qui s'énervait à présent dans la maison tranquille et sans autre femme que la robuste servante qui était femme de l'un des ouvriers agricoles, ce fils de l'oncle entendit parler d'une guerre au septentrion et il dit à Wang Lung :

« On dit qu'il y a la guerre à notre septentrion et je vais aller jusque-là pour faire quelque chose et voir du pays. C'est ce que je vais faire si vous voulez bien me donner de quoi compléter mon habillement et acheter mon couchage et un fusil américain à me mettre sur l'épaule. »

Wang Lung sentit alors son cœur bondir de plaisir, mais il cacha sa joie par prudence. Il parut hésiter et répondit :

« Mais vous êtes le fils unique de mon oncle et il n'y a personne après vous pour porter son cercueil. Qui sait ce qui peut vous arriver si vous allez à la guerre ? »

Mais notre homme repartit en riant :

« Bah ! je ne suis pas si idiot, et je ne resterai pas quelque part où ma vie est en danger. S'il doit y avoir une bataille, je m'éloignerai jusqu'à ce que ce soit fini. J'aspire à changer et à voyager un peu et à voir du pays avant d'être trop vieux pour cela. »

Ainsi donc Wang Lung lui donna l'argent volontiers et cette fois encore ce don ne lui fut pas pénible. Il versa les écus dans la main de notre homme et se dit en lui-même :

« Ma foi, puisque ça l'amuse, cela met fin dans ma maison à cette calamité, car il y a toujours une guerre quelque part dans la nation. » Et il reprit en lui-même : « Qui sait même, il sera peut-être bien tué, si ma bonne chance continue, car il y en a parfois qui meurent dans les guerres. »

Il était donc de très bonne humeur, tout en le cachant et il réconforta la femme de son oncle quand elle versa un pleur en apprenant le départ de son fils, et il lui donna une provision d'opium et il lui prépara une pipe et lui dit :

« Il parviendra sans doute au grade d'officier militaire, ce qui nous vaudra de l'honneur à tous. »

Puis il eut enfin la paix. Dans la maison des champs il ne restait plus, en dehors de lui et des siens, que les deux vieux endormis, et dans la maison de la ville l'heure approchait de la naissance du petit-fils de Wang Lung.

Or, Wang Lung, à mesure que cette heure approchait, restait de plus en plus dans la maison de la ville et il se promenait dans les cours et il n'en finissait pas de méditer sur ce qui lui était arrivé, et il ne s'émerveillait jamais trop de ceci : que là, dans ces cours où la grande famille des Hwang avait jadis habité, c'était à présent lui qui habitait avec sa femme et ses fils et leurs femmes, et à cette heure il allait lui naître un enfant de la troisième génération.

Il en était attendri au point qu'il ne trouvait rien de trop beau ni de trop cher quand il faisait des achats et il leur achetait à eux tous des aunes et des aunes de satin et de soie, car cela faisait mauvais effet de voir des robes de vulgaire cotonnade sur les fauteuils sculptés et autour des tables en ébène du midi, et il acheta des aunes et des aunes de bonne cotonnade bleue et noire pour les esclaves, de façon qu'on ne vît plus aucune d'elles en vêtement déchiré. Ces achats effectués, il fut bien aise de voir les amis que son fils aîné s'était faits en ville venir en visite dans sa demeure et en admirer toutes les magnificences.

Et Wang Lung prit à cœur des mets délicats, et lui qui jadis se contentait d'une bonne galette de froment roulée autour d'une tige d'ail, à présent qu'il dormait tard dans la matinée et ne travaillait plus de ses mains à la terre, les mets quelconques ne lui suffisaient plus et il savourait le bambou d'hiver, les œufs de crevette, le poisson du midi, les coquillages des mers septentrionales, les œufs de poisson et autres curiosités de bouche que les riches emploient pour solliciter leur appétit paresseux. Et ses fils en mangeaient et Lotus aussi, et Coucou, à la vue de toute cette transformation, disait en riant :

« Hé ! mais, c'est à se croire revenue au temps jadis quand j'étais dans ces cours, sauf qu'à présent mon corps flétri et desséché n'est même plus capable de faire envie à un vieux seigneur. »

En disant cela elle jeta un regard en coulisse à Wang Lung et sourit à nouveau. Il fit semblant de ne pas entendre la paillardise, mais il fut bien aise néanmoins d'être comparé au Vieux Seigneur.

Ainsi donc au milieu de cette vie oisive et luxueuse, où l'on se levait à son gré et dormait à loisir, il attendait son petit-fils. Or, un matin il entendit les plaintes d'une femme en gésine et il alla dans les cours de son fils aîné. Son fils vint à sa rencontre et lui annonça :

« L'heure est venue, mais Coucou dit que ce sera long, car ma femme est d'une conformation étroite et c'est une naissance difficile. »

Ainsi donc Wang Lung regagna sa cour privée où il s'assit, prêtant l'oreille aux cris, et pour la première fois depuis nombre d'années il eut peur et sentit le besoin d'une aide spirituelle. Il se leva et se rendit chez le marchand d'encens où il acheta un bâtonnet, puis il alla au temple de la ville où loge dans une niche dorée la déesse de miséricorde. S'adressant à un prêtre oisif, il lui donna de l'argent et le chargea de piquer l'encens devant la déesse, en lui disant :

« Ce n'est pas mon rôle, à moi homme, de faire cela, mais mon premier petit-fils est sur le point de naître et c'est un accouchement pénible pour la mère, qui est une femme de la ville et d'une conformation étroite, et la mère de mon fils est morte et il n'y a pas de femme pour offrir l'encens. »

Puis, tout en regardant le prêtre piquer le bâtonnet devant la déesse dans les cendres du brûle-parfum, il pensa avec un soudain effroi : « Et si ce n'était pas un petit-fils mais une fille ! » et il s'empressa d'annoncer :

« Et puis, si c'est un petit-fils, je paierai une nouvelle robe rouge à la déesse, mais si c'est une fille, je ne donne rien. »

Il sortit bouleversé de n'avoir pas songé plus tôt à la chose, que ce pourrait n'être pas un petit-fils mais une fille, et il alla acheter d'autre encens, quoique la journée fût brûlante et que dans les rues la poussière fût épaisse d'une main ; et il se rendit malgré cela au petit temple rustique où trônait le couple divin qui veillait sur les champs et sur la terre et il y piqua l'encens et il grommela au couple :

« Dites donc, nous avons eu des attentions pour vous, mon père et moi et mon fils, et maintenant voici que va naître le rejeton de mon fils, et si ce n'est pas un fils, gare à vous ! Il n'y aura plus rien pour vous deux. »

Lors donc, ayant fait tout ce qu'il pouvait, il

retourna chez lui ; et s'asseyant à sa table, il souhaita se faire apporter du thé par une esclave et par une autre une serviette trempée et tordue dans l'eau bouillante pour s'essuyer le visage. Mais il eut beau frapper des mains, personne ne vint. Personne ne s'occupait de lui, et on courait de tous côtés, mais il n'osait arrêter personne pour s'informer du sexe de l'enfant, ou même s'il en était né un. Il resta là poudreux et harassé et personne ne lui adressait la parole.

Puis enfin, comme il lui semblait que la nuit devait bientôt être proche, tant il avait attendu longtemps, Lotus arriva en vacillant sur ses petits pieds à cause de son embonpoint et appuyée sur Coucou, et en riant elle lui annonça bien haut :

« Ça y est ! Il y a un fils dans la maison de votre fils, et la mère et l'enfant se portent bien. J'ai vu l'enfant et il est beau et sain. »

Alors Wang Lung rit aussi et il se leva et battit des mains et riant à nouveau il dit :

« Et moi je suis resté ici comme un homme qui attend la venue de son premier-né et sans rien comprendre à tout ce remue-ménage, qui me faisait peur. »

Et puis, quand Lotus se fut retirée chez elle, il se rassit et tomba dans une rêverie et pensa tout haut :

« Ma parole, je n'ai pas eu peur comme cela quand ma pauvre défunte a enfanté son premier-né, mon fils. » Il se remit à rêver en silence et il évoqua en imagination ce fameux jour où elle s'était retirée seule dans la petite chambre obscure et où seule elle avait accouché de ses fils et de ses filles qu'elle mettait au monde sans bruit, et après cela elle venait aux champs le rejoindre et reprenait son travail à côté de lui. Quelle différence avec cette femme-ci, l'épouse de son fils qui dans ses douleurs poussait des cris comme un enfant, et qui faisait courir toutes les esclaves de la maison et qui avait son mari présent à la porte.

Et comme on se remémore un songe passé depuis longtemps, il se rappela qu'O-len interrompait un petit moment son travail pour donner à téter au petit et dans son abondance le lait blanc et généreux coulait de son sein et se répandait sur la terre. Et cela lui paraissait si vieux que c'en était presque irréel.

Puis son fils entra d'un air souriant et important et lui annonça bien haut :

« L'enfant mâle est né, mon père, et maintenant il nous faut trouver une nourrice pour lui donner le sein, car je ne veux pas que ma femme s'abîme le tempérament et s'épuise à l'allaiter. Aucune femme de condition ne le fait en ville. »

Et Wang Lung, attristé sans savoir pourquoi, répondit mélancoliquement :

« Eh bien, puisqu'il le faut, ainsi soit-il, puisqu'elle ne peut pas nourrir son enfant. »

Quand l'enfant fut âgé d'un mois, son père, le fils de Wang Lung, donna la fête de naissance, et il y invita des hôtes de la ville et les père et mère de sa femme, et tous les notables de la ville. Et il avait fait teindre en rouge plusieurs cents d'œufs de poule, qu'il distribua à chaque convive, et à tous les parents de convives, et il y eut fête et ripaille dans toute la maison, car l'enfant était un beau gros garçon, et il avait dépassé vivant son dixième jour, ce qui faisait une crainte de moins, et ils s'en réjouissaient tous.

La fête de naissance terminée, le fils de Wang Lung vint trouver son père et lui dit :

« Maintenant qu'il y a les trois générations dans cette maison, nous devrions avoir les tablettes des ancêtres qu'ont les grandes familles, et nous devrions exposer ces tablettes en évidence pour les révérer aux jours de fête, car nous sommes maintenant une famille qui a fait ses preuves. »

Ceci plut beaucoup à Wang Lung, et il l'ordonna donc et ce fut exécuté, et là dans la grande salle les rangées de tablettes furent exposées en évidence, le nom de son grand-père sur l'une et puis celui de son père, et des places vacantes pour les noms de Wang Lung et de son fils quand ils viendraient à mourir. Et le fils de Wang Lung acheta un brûle-parfum et le disposa devant les tablettes.

Cette installation terminée, Wang Lung se rappela la robe rouge qu'il avait promise à la déesse de miséricorde et il alla donc au temple remettre l'argent pour cet achat.

Et puis, tandis qu'il s'en revenait, comme si les dieux ne pouvaient se résoudre à donner de bonne grâce sans cacher sous le cadeau une épine, il vit accourir à sa rencontre un valet qui venait des champs de la moisson lui annoncer que Ching était subitement à la mort et qu'il avait demandé si Wang Lung voulait bien venir assister à ses derniers moments. Quand il eut entendu le coureur haletant, Wang Lung s'écria coléreusement :

« Il faut croire que ces maudits dieux du temple sont jaloux de ce que j'ai donné une robe rouge à une déesse de la ville, mais ils n'ont pas l'air de se douter qu'ils n'ont de pouvoir que sur la terre et pas sur la naissance des enfants. »

Et, bien que son repas de midi fût servi sur la table, il refusa de prendre ses bâtonnets, bien que Lotus lui criât bien haut d'attendre l'après-midi. Puis voyant qu'il ne se souciait pas d'elle, Lotus envoya une esclave à sa suite avec une ombrelle de papier huilé, mais Wang Lung courait si vite que la robuste fille avait de la peine à lui tenir l'ombrelle au-dessus de la tête.

Wang Lung alla tout droit à la chambre où l'on

avait déposé Ching et il interpella tous les assistants :

« Mais enfin, voyons, comment cela s'est-il produit ? »

La pièce était remplie d'ouvriers agricoles qui se pressaient et ils répondirent précipitamment et tous à la fois :

« Il a voulu travailler lui-même au battage... On lui avait bien dit de ne pas faire ça à son âge... Il y avait un ouvrier agricole engagé depuis peu. Il ne savait pas tenir son fléau comme il faut et Ching a voulu lui montrer... C'est un travail trop dur pour un vieux... »

Alors Wang Lung lança d'une voix terrible :

« Qu'on m'amène cet ouvrier. »

Et notre homme fut poussé en avant jusqu'en face de Wang Lung, et il resta là tremblant et ses genoux s'entrechoquaient. C'était un grand gars de la campagne rougeaud et rustaud, dont les dents s'avançaient en balcon par-dessus la lèvre inférieure et aux yeux ronds et résignés comme ceux d'un buffle. Mais Wang Lung fut impitoyable. Il appliqua sur les joues du gars deux gifles retentissantes et, prenant l'ombrelle des mains de l'esclave, il lui en administra de grands coups sur la tête, et personne n'osait l'arrêter de crainte que sa colère ne lui tournât le sang, ce qui eût pu lui être fatal à son âge. Et le manant résigné se laissait faire, en pleurant comme un veau et reniflant ses larmes.

Alors Ching se mit à vagir sur son lit de douleur, et rejetant l'ombrelle Wang Lung s'écria :

« Le pauvre ! Voilà qu'il va mourir tandis que je bats cet idiot ! »

Il s'installa au chevet de Ching et lui prit sa main qu'il garda. Elle était aussi légère, sèche et ratatinée qu'une feuille de chêne flétrie et on avait peine à croire que le sang circulât dedans, tant elle était sèche et légère et brûlante. Mais le visage de Ching, à l'ordinaire pâle et jaune, était à cette heure noirâtre et tacheté de son sang raréfié, ses yeux entrouverts et voilés d'une taie n'y voyaient plus et il respirait par saccades. Wang Lung se pencha sur lui et lui cria dans l'oreille :

« Je suis là, sois tranquille, je t'achèterai un cercueil presque aussi beau que celui de mon père ! »

Mais les yeux de Ching s'injectèrent de sang, et s'il entendit Wang Lung, il n'en laissa rien voir. Dans un dernier hoquet d'agonie il rendit le souffle et il expira.

Quand il fut mort, Wang Lung se pencha sur lui et pleura comme il n'avait pas pleuré à la mort de son propre père, et il commanda un cercueil des meilleurs et il engagea des prêtres pour les funérailles qu'il suivit en portant le deuil blanc. Il fit même porter par son fils aîné des bandelettes blanches aux chevilles, comme pour la mort d'un parent, bien que son fils protestât et dît :

« Ce n'était qu'un serviteur en chef, et il n'est pas convenable de prendre le deuil ainsi pour un serviteur. »

Mais Wang Lung l'y obligea pendant trois jours. Et si on eût laissé faire Wang Lung à sa guise, il aurait enterré Ching dans l'enclos de terre où étaient ensevelis son père et O-len. Mais ses fils ne voulurent pas le permettre et ils protestèrent en disant :

« Faudra-t-il donc que notre mère et notre grand-père reposent avec un serviteur ? Et y serons-nous contraints plus tard nous aussi ? »

Alors Wang Lung, incapable de lutter avec eux et à son âge désirant avoir la paix chez lui, enterra Ching à l'entrée de l'enclos. Cette solution le réconforta et il se dit :

« Au fait, c'est convenable, car il m'a toujours servi de gardien contre le mal. »

Et il donna ordre à ses fils quand lui-même mourrait, de l'ensevelir tout près de Ching.

Après quoi Wang Lung alla de moins en moins visiter ses terres, parce que depuis la disparition de Ching cela l'affectait d'y aller seul et il était usé de travail et il avait mal dans les articulations quand il se promenait seul sur les terres labourées. Il loua donc le plus qu'il put de sa terre et il trouva facilement preneur, car elle était réputée pour être bonne terre. Mais Wang Lung ne voulut jamais entendre parler de vendre un seul pied d'aucune parcelle, et il ne consentait à la louer qu'à un prix convenu pour un an à la fois. Ainsi il la sentait bien à lui et encore à sa disposition.

Il désigna l'un des ouvriers agricoles avec sa femme et ses enfants pour habiter dans la maison des champs et prendre soin des deux vieux fumeurs d'opium. Puis voyant l'air anxieux de son fils cadet, il lui dit :

« Et toi, tu peux venir avec moi en ville, et je prendrai mon innocente avec moi, et elle logera dans la cour où je serai. C'est trop solitaire pour moi maintenant que Ching n'est plus là, et lui disparu, je ne suis pas sûr que la pauvre innocente serait bien traitée vu qu'il n'y aura plus personne pour dire si on la bat ou si on ne lui donne pas assez à manger. Et il n'y a plus personne pour t'enseigner ce qui concerne la terre, maintenant que Ching n'est plus là. »

Ainsi donc Wang Lung emmena son fils cadet et son innocente avec lui et par la suite il resta très longtemps sans presque aller du tout à sa maison des champs.

XXX

A cette heure il semblait à Wang Lung que sa
condition ne laissait plus rien à désirer. Il pouvait
desormais s'asseoir au soleil dans son fauteuil à côté
de son innocente et fumer sa pipe à eau en paix
puisque sa terre était affermie et qu'il en recevait
les revenus sans souci de sa part.

Et il en aurait pu être ainsi n'eût été son fils aîné
qui ne savait pas se contenter de ce qui allait suffisamment bien et qui avait la rage de toujours
demander mieux. Il alla donc trouver son père pour
lui dire :

« Il y a quelques petites choses qui nous man-
quent dans cette maison et nous ne devons pas nous
figurer que nous sommes une grande famille simplement parce que nous habitons dans ces cours
intérieures. Ainsi, par exemple, voilà le mariage de
mon frère cadet qui doit avoir lieu dans six mois
au plus et nous n'avons pas assez de chaises pour
asseoir les hôtes ni assez de bols ni assez de tables
ni assez de rien dans les appartements. C'est une
honte, en outre, de devoir faire entrer les hôtes par
la grande porte et de les obliger à traverser tout ce
bas peuple avec sa puanteur et son vacarme, et avec
le mariage de mon frère et ses enfants et les miens
à venir nous aurons besoin de ces cours-là aussi. »

Wang Lung considéra son fils qui se tenait devant
lui très digne et comme il faut dans son beau costume, puis fermant les yeux il tira une forte bouffée
de sa pipe et grommela :

« Hein, quoi donc ? Qu'est-ce qu'il te faut
encore ? »

Le jeune homme rit que son père était excédé de
lui, mais il s'obstina et reprit en haussant un peu le
ton :

« Je dis que nous devrions avoir les cours de

devant aussi et que nous devrions avoir le mobilier convenable à une famille qui possède autant d'argent et de bonnes terres que nous. »

Alors Wang Lung ronchonna dans sa pipe :

« Ouais, mais la terre est à moi et tu n'y as jamais mis la main.

– Oui, mais, mon père, s'écria le jeune homme, c'est vous qui avez voulu faire de moi un lettré, et quand je tâche de me montrer le digne fils d'un propriétaire terrien, vous vous moquez de moi et vous voudriez faire des rustres de moi et de ma femme. »

Et le jeune homme s'éloigna en tempête et fit mine de vouloir se casser le crâne contre un pin rabougri qui se dressait là dans la cour.

Là-dessus Wang Lung prit peur, craignant que le jeune homme, qui avait toujours été fougueux, ne se fît une blessure et c'est pourquoi il lui cria :

« Agis à ta guise... agis à ta guise... mais, je t'en prie, ne me tracasse plus avec ça ! »

En entendant cela, le fils se retira au plus vite de crainte que son père ne se ravisât, et il partit bien aise. Sans perdre un instant, donc, il acheta des tables et des chaises de Sou-Chou, sculptées et travaillées, et il acheta des tentures de soie rouge pour suspendre aux portes, et des vases grands et petits, et des panneaux à accrocher aux murs et représentant presque tous de belles femmes, et il acheta des rochers spéciaux, pour faire des rocailles dans les cours comme il en avait vu dans le midi, et ces achats lui fournirent de l'occupation pour nombre de jours.

Avec toutes ces allées et venues il lui fallut passer quantité de fois, et voire même chaque jour, par les cours extérieures, et il ne pouvait passer au milieu du bas peuple sans relever le nez avec dédain, si bien que les gens qui logeaient là riaient de lui après son passage et disaient :

« Il a oublié l'odeur du fumier dans la cour de la ferme de son père ! »

Mais malgré cela personne n'osait parler ainsi quand il passait, car il était fils de riche. Quand vint la fête où l'on renouvelle les locations, ces gens du peuple s'aperçurent que le loyer des appartements et des cours où ils logeaient avait été beaucoup augmenté, parce que quelqu'un d'autre offrait de payer ce prix-là, et il leur fallut déménager. Ils comprirent alors que c'était le fils aîné de Wang Lung qui avait fait cela, quoiqu'il eût la prudence de ne rien dire et de faire tout par lettres adressées au fils du Vieux Seigneur Hwang qui était à l'étranger, et ce fils du Vieux Seigneur ne se souciait que d'une chose : savoir où et comment il pourrait obtenir le plus de rapport de son ancienne maison.

Les gens du peuple durent déménager, donc, et ils déménagèrent en protestant et maudissant les riches qui avaient le pouvoir de faire comme ils voulaient, et ils emballèrent leurs misérables hardes et partirent outrés de colère et murmurant qu'un jour ils reviendraient tout comme les pauvres reviennent quand les riches sont trop riches.

Mais tout ceci Wang Lung n'en sut rien puisqu'il restait dans les cours intérieures d'où il sortait rarement. A mesure que l'âge venait, il s'en tenait à manger et à dormir et prendre ses aises, et il s'en remit à son fils aîné de l'exécution de ses projets. Et son fils fit venir des menuisiers et d'habiles maçons et ils réparèrent les chambres et les portes cintrées des cours que les gens du peuple avaient dégradées par leurs brutales façons de vivre, et il fit remettre en état les pièces d'eau et se procura des poissons rouges et bariolés pour mettre dedans. Et lorsque tout fut terminé et rendu aussi beau que possible d'après son goût, il planta des lotus et des lis dans les pièces d'eau, et un bambou de l'Inde à fruits écarlates et tout ce qu'il se rappelait avoir vu dans le midi. Sa femme vint voir ce qu'il avait fait et tous deux parcoururent toutes les chambres et toutes les cours, et elle vit qu'il manquait encore quelques petites choses, et il écouta avec grande attention tout ce qu'elle disait, afin de pouvoir au besoin le faire exécuter.

Alors le public de la ville entendit parler des travaux exécutés par le fils aîné de Wang Lung, et on s'entretenait dans les rues de ce qui se faisait dans la grande maison, à présent qu'elle était de nouveau habitée par un riche. Et les gens qui avaient dit Wang le Paysan disaient à cette heure Wang Lung le Notable ou Wang Lung le Riche.

L'argent destiné à tous les embellissements était sorti de la main de Wang Lung petit à petit, si bien qu'il s'en était aperçu à peine, car son fils aîné venait lui dire :

« J'ai besoin de cent écus d'argent pour ceci » ou bien : « Il y a là une porte qui est encore bonne ; il suffit d'un peu d'argent pour la réparer et elle sera comme neuve », ou encore : « Il y a là une place où il devrait y avoir une table longue. »

Et Wang Lung assis à fumer et se reposer dans sa cour lui donnait les écus petit à petit, car l'argent provenant de ses terres rentrait facilement à chaque récolte et au fur et à mesure de ses besoins, et c'est pourquoi il le donnait facilement. Il n'aurait pas su combien il donnait si son second fils n'était arrivé dans sa cour un beau matin que le soleil avait à peine dépassé le mur et ne lui eût dit :

« Mon père, il n'y aura donc jamais de fin à tout ce coulage d'argent, et avons-nous besoin de vivre dans un palais ? Tout cet argent prêté à vingt pour cent aurait rapporté beaucoup d'écus, et à quoi servent toutes ces pièces d'eau et ces arbres à fleurs qui ne portent même pas de fruits, et tous ces vains lis d'ornement ? »

Wang Lung comprit que les deux frères allaient

encore se disputer à ce sujet-là, et crainte de n'avoir jamais la paix, il s'empressa de répondre :

« Oui, mais tout cela est en l'honneur de ton mariage. »

Le jeune homme reprit, avec un sourire en biais et sans aucune intention de gaieté :

« Drôle de mariage, qui coûte dix fois autant que la mariée. Notre héritage, qui devrait être partagé entre nous à votre mort, est en train de se dépenser pour la seule vanité de mon frère aîné. »

Wang Lung connaissait l'entêtement de son second fils et il savait qu'il n'en aurait jamais fini avec lui si on commençait à discuter. Aussi s'empressa-t-il de dire :

« Oui... oui... je vais y mettre fin... Je vais parler à ton frère et couper court aux dépenses. Cela suffit. Tu as raison ! »

Le jeune homme avait apporté un papier sur lequel était écrite une liste de tous les écus que son frère avait dépensés. En voyant la longueur de la liste, Wang Lung s'empressa de dire :

« Je n'ai pas encore mangé et à mon âge le matin je suis faible tant que je n'ai pas mangé. Tu me liras ça une autre fois. »

Et il s'éloigna pour passer dans sa chambre personnelle et força ainsi son second fils à se retirer.

Mais le soir même il s'adressa à son fils aîné, lui disant :

« Finissons-en avec toutes ces peintures et ces fioritures. Cela suffit. Nous sommes après tout des gens de la campagne. »

Mais le jeune homme répondit fièrement :

« Nous ne le sommes plus. Les gens de la ville commencent à nous appeler la grande famille de Wang. Il convient que nous soyons logés un peu conformément à ce nom, et si mon frère quant à lui ne sait pas voir plus loin que le mot d'argent, moi et ma femme nous sommes résolus à soutenir l'honneur du nom. »

Or, Wang Lung ignorait encore que l'on appelât ainsi sa maison, car en vieillissant il n'allait plus guère aux boutiques de thé et pas davantage aux marchés au grain depuis qu'il avait son second fils pour y faire ses affaires, mais il en fut secrètement bien aise et c'est pourquoi il reprit :

« Oui, les grandes familles mêmes viennent de la terre et sont enracinées dans la terre. »

Mais le jeune homme répondit avec une vivacité tranchante :

« Oui, mais elles n'y restent pas. Elles se ramifient et portent des fleurs et des fruits. »

Wang Lung ne voulait pas que son fils lui répondît sur ce ton trop vif et trop désinvolte et il répliqua donc :

« J'ai dit ce que j'ai dit. Tu vas cesser ce gaspillage. Et les racines, pour qu'elles portent des fruits, il faut les bien maintenir dans l'humus de la terre. »

Puis comme le soir venait, il pria son fils de quitter sa cour et de regagner la sienne propre. Il voulait être en paix et seul dans le crépuscule. Mais ce sien fils ne put se résoudre à le laisser en paix. Ce fils était présentement disposé à obéir à son père, car il était satisfait des appartements et des cours, au moins pour le moment, et il en avait fait ce qu'il voulait faire ; mais il recommença encore :

« Soit, j'admets que cela suffit, mais il y a autre chose. »

Alors Wang Lung jeta sa pipe par terre et brailla :

« Je n'aurai donc jamais la paix ? »

Sans se laisser démonter, le jeune homme poursuivit :

« Ce n'est pas pour moi ni pour mon fils. C'est pour mon frère cadet qui est aussi votre fils. Il n'est pas convenable qu'il soit si ignorant. On devrait lui faire apprendre quelque chose. »

Wang Lung en demeura stupide, comme si c'eût été du nouveau. Il avait depuis longtemps réglé en principe la carrière de son jeune fils. Il répondit :

« Il n'est pas utile qu'on ait un savant de plus dans cette maison. Il suffit de deux, et ton cadet doit rester attaché à la terre quand je serai mort.

– Oui, et c'est bien pour cela qu'il pleure toute la nuit, et c'est pour cela qu'il est si pâle et si fluet », répondit le fils aîné.

Or, étant donné qu'il avait décidé qu'un fils devait rester attaché à la terre, Wang Lung ne s'était jamais avisé de demander à son fils cadet ce qu'il désirait faire de sa vie. Ce que son fils aîné venait de lui dire le frappa en plein front et il resta muet. Il ramassa lentement sa pipe qu'il avait jetée par terre et médita sur son jeune fils. C'était un adolescent qui ne ressemblait à aucun de ses deux frères, un adolescent taciturne comme sa mère, et parce qu'il était taciturne, personne ne faisait attention à lui.

« C'est lui qui t'a dit cela ? demanda Wang Lung à son fils aîné, avec hésitation.

– Demandez-le-lui vous-même, répliqua le jeune homme.

– Bon, mais il faut qu'un garçon reste attaché à la terre, reprit soudain Wang Lung, discutant et haussant très fort le ton.

– Mais pourquoi, mon père ? interrogea le jeune homme. Un homme comme vous n'a pas besoin de réduire ses fils à la condition de serfs. Ce n'est pas convenable. Les gens diront que vous avez le cœur vil. « Voilà un homme qui fait de son fils un rustre tandis qu'il vit comme un prince. » Ainsi diront les gens. »

L'argument du jeune homme était habile, car son père se préoccupait beaucoup de ce que les gens disaient de lui. Il continua :

« Nous pourrions faire venir un précepteur pour

336

lui donner les leçons et nous pourrions l'envoyer dans une école du midi où il s'instruirait, et puisqu'il y a moi dans votre maison pour vous aider et que mon second frère a un bon métier, laissez ce garçon choisir ce qu'il voudra. »

Alors Wang Lung dit enfin :

« Envoie-le-moi ici. »

Au bout d'un moment le jeune fils arriva et s'arrêta devant son père et Wang Lung le considéra pour voir ce qu'il était. Et il vit un jouvenceau grand et mince, qui ne tenait ni de son père ni de sa mère, sauf qu'il avait l'air grave et taciturne de sa mère. Mais il avait plus de beauté que n'en avait eu sa mère, et quant à la beauté il en avait plus à lui seul que tous les autres enfants de Wang Lung en dehors de la seconde fille qui était partie dans la famille de son mari et n'appartenait plus à la maison de Wang. Mais barrant le front du jouvenceau et faisant presque une tare à sa beauté, s'étalaient deux noirs sourcils, trop noirs et trop touffus pour son jeune visage pâle, et quand il les fronçait, et il les fronçait souvent, ce noirs sourcils se rejoignaient, épais et droits, barrant son front.

Wang Lung regarda son fils et, quand il l'eut bien considéré, il prononça :

« Ton frère aîné me dit que tu désires apprendre à lire. »

Et le garçon répondit sans presque desserrer les lèvres :

« Oui. »

Wang Lung secoua les cendres de sa pipe et se mit à la rebourrer lentement de tabac avec son pouce.

« Bon, et je suppose que cela signifie que tu ne veux plus travailler à la terre et que je n'aurai pas un seul fils attaché à mes terres, moi qui ai des fils plus qu'il n'en faut. »

Il s'exprimait d'un ton amer, mais le garçon se tut. Il resta là droit et calme dans sa longue robe d'été en lin blanc, et à la fin Wang Lung se fâcha de son silence et lui brailla :

« Pourquoi ne parles-tu pas ? Est-ce vrai que tu ne veux plus rester à la terre ? »

Et derechef le garçon répondit par le seul mot : « Oui. »

Et Wang Lung qui le regardait finit par se dire en lui-même que ses fils étaient un trop grand souci pour sa vieillesse, un souci et un fardeau, et qu'il ne savait plus que faire avec eux. Ulcéré par les mauvais procédés de ses fils, il brailla derechef :

« Et puis je m'en moque de ce que tu feras ! Fiche-moi le camp d'ici ! »

Le garçon se retira au plus vite et Wang Lung resté seul se dit en lui-même que ses deux filles valaient mieux tout compte fait que ses fils, l'une, la pauvre innocente, bornait toutes ses exigences à un peu de nourriture et à son bout de chiffon pour jouer avec, et l'autre était mariée et partie de la maison. Et le crépuscule descendit sur la cour et l'y emprisonna dans sa solitude.

Néanmoins, comme faisait toujours Wang Lung quand sa colère était passée, il laissa ses fils agir à leur guise. Il fit venir son fils aîné et lui dit :

« Engage un précepteur pour ton jeune frère puisqu'il le veut ; et qu'on me laisse tranquille. »

Puis il fit venir son second fils et lui dit :

« Puisque aucun de mes fils ne va rester attaché à la terre, c'est ton devoir de veiller aux fermages et à l'argent qui rentre des terres à chaque récolte. Tu sais peser et mesurer et tu seras mon intendant. »

Le second fils fut assez content de cette décision, car il en résulterait que l'argent lui passerait au moins par les mains, et sachant ce qui rentrait, il pourrait se plaindre à son père si l'on dépensait dans la maison plus qu'il ne convenait.

Or, ce second fils semblait plus étranger à Wang qu'aucun de ses fils, car même au jour du mariage, qui arriva, il fut ménager de l'argent dépensé en victuailles et en vins et il répartit les services avec méthode, réservant les meilleurs plats à ses amis citadins qui connaissaient le prix des choses, et pour les tenanciers et les gens de la campagne qu'il avait fallu inviter il fit dresser des tables dans les cours, et distribuer des victuailles et des vins de seconde qualité seulement, puisqu'ils vivaient quotidiennement d'un régime grossier, et il leur suffisait que ce fût un peu meilleur pour que ce leur parût très bon.

Et le second fils surveilla l'argent et les cadeaux qui arrivaient, et il donna aux esclaves et aux domestiques le moins qu'on pouvait leur donner, si bien que Coucou ricana quand il lui mit en main deux piteux écus d'argent et elle dit en présence de beaucoup de monde :

« Une vraiment grande famille n'est pas si ménagère de son argent. On voit bien que cette famille-ci n'appartient pas de droit à ces cours. »

Le fils aîné entendit cela, et il fut humilié, et craignant la mauvaise langue de Coucou, il lui donna d'autres écus en cachette et il fut fâché avec son second frère. Ainsi donc il y eut de la zizanie entre eux le jour même du mariage, alors que les hôtes étaient à table et que le palanquin de la mariée entrait dans les cours.

Et de ses propres amis, le fils aîné n'invita à la noce que quelques-uns des moins distingués, parce qu'il était honteux de la ladrerie de son frère et parce que la jeune mariée n'était qu'une campagnarde. Il se tenait dédaigneusement à l'écart et il disait :

« Peuh ! mon frère a choisi un pot de terre quand

il aurait pu, avec la situation de mon père, avoir une coupe de jade. »

Et il fut dédaigneux et salua d'une sèche inclination quand le couple arriva devant lui et sa femme et les salua du nom de frère et sœur aînés. Et la femme du fils aîné fut correcte et hautaine et ne s'inclina que le moins possible et juste assez pour satisfaire les convenances.

De tous ceux de la famille qui habitaient dans ces cours, le fils du fils aîné de Wang Lung était le seul qui eût l'air de se sentir tout à fait chez lui. Wang Lung lui-même, en se réveillant dans les ombres du grand lit sculpté de sa chambre à coucher personnelle, attenante à la cour où logeait Lotus, lui-même, à son réveil, songeait parfois avec envie à l'obscure petite maison aux murs de terre où l'on pouvait jeter son thé froid n'importe où sans risquer d'éclabousser un morceau de bois sculpté et où d'un pas on était dans ses champs.

Quant aux fils de Wang Lung, c'était une inquiétude perpétuelle : le fils aîné, crainte de ne pas dépenser assez et d'être avili aux yeux des gens et crainte que les villageois franchissent la grande porte pendant qu'on introduisait un citadin, et qu'on eût ainsi à rougir devant lui ; le second fils, crainte qu'il n'y eût du gaspillage et que l'argent disparût, et le fils cadet s'efforçant de rattraper les années qu'il avait perdues comme fils de cultivateur.

Mais il y en avait un qui courait çà et là trébuchant et joyeux de vivre et c'était le fils du fils aîné. Ce petit marmouset se sentait vraiment chez lui dans cette grande maison qui pour lui n'était ni grande ni petite, et il y était entouré de sa mère et de son père et de son grand-père et de tous ceux qui ne vivaient que pour le servir. C'était ce petit qui procurait la paix à Wang Lung et celui-ci ne se rassasiait jamais de le suivre des yeux et de rire et de le ramasser quand il tombait. Il se rappela aussi l'intervention de son propre père et il s'amusa à passer une ceinture autour de l'enfant pour l'empêcher de tomber en marchant. Ils allaient de cour en cour, et l'enfant montrait du doigt les poissons filant dans les bassins, jargonnait quelques mots, décapitait une fleur au passage et se trouvait tout à fait dans son élément. Ce n'était qu'ainsi que Wang Lung se procurait la paix.

Et ce petit-là n'était pas le seul. La femme du fils aîné était fidèle et dévouée et elle concevait et engendrait coup sur coup avec une régularité infaillible, et chaque enfant aussitôt né avait son esclave. Ainsi Wang Lung voyait chaque année les enfants et les esclaves se multiplier dans les cours, si bien que quand quelqu'un lui disait : « Il va y avoir une bouche de plus dans la cour du fils aîné », il ne faisait qu'en rire et répondait :

« Eh... eh... Bah ! il y a du riz assez pour tous grâce à la bonne terre. »

Et il fut ravi quand la femme de son second fils devint grosse elle aussi en son temps, et elle donna naissance d'abord à une fille, comme il était convenable de par le respect qu'elle devait à sa belle-sœur. Wang Lung, donc, en l'espace de cinq ans, eut quatre petit-fils et trois petites-filles et les cours s'emplissaient de leurs rires et de leurs pleurs.

Or, cinq ans ce n'est rien dans la vie d'un homme excepté quand il est très jeune ou très vieux, et si ce laps de temps donna à Wang Lung ces rejetons, il lui ravit par contre le vieil intoxiqué son oncle, dont il avait presque oublié l'existence si ce n'est pour veiller à ce que lui et sa femme fussent nourris et vêtus et eussent leur content d'opium.

L'hiver de la cinquième année fut très rude, plus rude qu'aucun autre depuis trente ans, si bien que pour la première fois au souvenir de Wang Lung le fossé gela autour des remparts de la ville et on le

traversait à pied sec. Un vent glacé continuel soufflait aussi du septentrion-levant et ni les vêtements
de peau de chèvre ni les fourrures n'étaient plus
capables de conserver la chaleur humaine. Dans
toutes les pièces de la grande maison brûlaient des
réchauds de charbon de bois et malgré cela il faisait
encore si froid que, quand on respirait, l'haleine
faisait un brouillard visible.

Or donc, à force de fumer l'opium, l'oncle de
Wang Lung et sa femme étaient depuis longtemps
devenus d'une maigreur squelettique, et ils étaient
couchés nuit et jour sur leurs lits comme deux vieux
sarments desséchés et ils avaient perdu leur chaleur
vitale. Et Wang Lung apprit que son oncle ne pouvait même plus se dresser sur son séant et qu'il
crachait le sang chaque fois qu'il faisait un mouvement, et il alla le voir, et il vit que le vieillard n'en
avait plus que pour quelques heures.

Alors Wang Lung acheta deux cercueils en bois
d'assez bonne qualité mais sans luxe, et il les fit
porter dans la chambre où son oncle était couché,
afin que le vieillard pût les voir et mourir tranquille,
sachant qu'il avait où reposer ses os. Et son oncle,
d'une voix qui n'était plus qu'un murmure chevro-
tant, lui dit :

« Ah ! tu es un fils pour moi et plus que mon
vagabond de fils. »

Et la vieille dit, mais elle était encore plus gaillarde que l'homme :

« Si je meurs avant que ce fils ne revienne, pro-
mettez-moi que vous lui chercherez une bonne
fiancée afin qu'il puisse encore avoir des fils pour
perpétuer notre culte. »

Et Wang Lung le lui promit.

A quelle heure mourut son oncle, Wang Lung
l'ignora ; il sut seulement qu'on l'avait trouvé mort
un soir quand la servante entra pour lui apporter
un bol de soupe, et Wang Lung l'enterra par un jour

de froid cinglant où le vent faisait tourbillonner la neige en nuées par-dessus la campagne, et il mit le cercueil dans l'enclos de famille auprès de son père, un peu plus bas que la tombe de son père mais au-dessus de la place qu'il s'était réservée à lui-même.

Puis Wang Lung fit prendre le deuil à tous les membres de la famille, et ils portèrent l'emblème du deuil pendant un an, non pas qu'aucun d'eux regrettât réellement la disparition de ce vieillard qui n'avait jamais été qu'un souci pour eux, mais parce qu'il est convenable d'agir ainsi dans une grande famille au décès d'un parent.

Puis Wang Lung fit déménager la femme de son oncle pour la transporter en ville où elle ne serait pas seule, et il lui attribua une chambre au fond d'une cour éloignée, et il ordonna à Coucou de mettre une esclave à son service. La vieille femme restait couchée sur son lit très heureuse, tétant sa pipe à opium et dormant tout le temps, et son cercueil était auprès d'elle bien en vue pour son réconfort.

Et Wang Lung s'émerveilla de penser que jadis il l'avait crainte quand elle était une grosse dondon campagnarde, fainéante et criarde, elle qu'il voyait à cette heure couchée là, jaune et ratatinée et muette, aussi jaune et ratatinée que la Vieille Maîtresse dans la maison déchue de Hwang.

XXXI

Toute sa vie durant, Wang Lung avait ouï parler de guerre çà et là, mais il n'avait jamais vu la chose de près ; excepté la fois où il avait hiverné dans la ville du midi quand il était jeune. Il ne l'avait jamais vue de plus près que cela, mais du temps qu'il était petit il avait souvent ouï des gens dire : « Il y a une guerre à l'occident cette année », ou bien on disait : « La guerre est au levant ou au septentrion-levant. »

Et pour lui la guerre était une chose comme le ciel, la terre et l'eau, un élément dont personne ne connaît la raison d'être et dont on sait seulement qu'il existe. De temps à autre il entendait des gens dire : « Nous allons partir à la guerre. » Ils disaient cela quand ils étaient sur le point de mourir de faim et préféraient se faire soldats que mendiants. Parfois aussi des gens disaient cela quand ils s'impatientaient de rester au logis, comme le fils de son oncle l'avait dit, mais quoi qu'il en fût, la guerre était toujours au loin et dans une autre province. Puis soudain, comme un vent insensé sorti des cieux la chose se rapprocha.

Wang Lung en eut la première nouvelle par son second fils. Un jour qu'il rentrait du marché pour son repas de midi, il dit à son père :

« Le prix du grain a monté tout à coup, car la guerre est maintenant au midi de nous et se rapproche chaque jour. Il nous faut garder nos réserves de grain jusqu'à plus tard, car le prix va encore augmenter lorsque les armées se rapprocheront et nous pourrons vendre à un bon prix. »

Wang Lung, qui l'écoutait tout en mangeant, repartit :

« Tiens, c'est curieux. Je serais bien aise de voir une guerre pour savoir ce que c'est, car j'en ai ouï parler toute ma vie sans jamais en voir une. »

En lui-même alors il se souvint que jadis il avait eu peur d'être empoigné contre sa volonté, mais maintenant il était trop vieux pour servir et de plus il était riche et les riches n'ont rien à craindre. Ainsi donc il ne fit guère plus attention que cela à la nouvelle et n'en éprouva que de la curiosité. Il dit à son second fils :

« Fais comme tu juges bon pour le grain. Je m'en rapporte à toi. »

Et les jours suivants il jouait comme de coutume avec ses petits-enfants quand il y était disposé, et il dormait et mangeait et fumait et allait parfois voir sa pauvre innocente qui était dans le coin au fond de sa cour.

Puis un jour du début de printemps, comme une invasion de sauterelles qui dévale du septentrion-ponant, arriva une horde d'hommes. Le mignon petit-fils de Wang Lung était à la grande porte avec un domestique à regarder les passants par ce beau matin ensoleillé. Quand il vit le long défilé d'hommes vêtus de gris, il courut à son grand-père et s'écria :

« Venez voir ce qui arrive, ô Vieux ! »

Alors Wang Lung retourna à la porte avec lui pour lui faire plaisir, et les hommes emplissaient la rue, emplissaient la ville, et Wang Lung eut l'impression que l'air et le soleil étaient soudain obstrués par la multitude d'hommes en gris s'avançant par la ville d'un pas lourd et cadencé. Puis en les regardant mieux, Wang Lung vit que chaque homme tenait un outil inconnu avec un couteau dépassant d'un bout, et ils avaient tous des visages hargneux et grossiers ; encore que certains ne fussent que des jouvenceaux, ils étaient pareils. En voyant leurs visages, Wang Lung attira bien vite à lui l'enfant et lui murmura :

« Allons-nous-en et fermons la porte à clef. Ce sont des vilains hommes, mon petit cœur. »

Mais il n'avait pas encore eu le temps de se retourner, que du milieu des rangs un soldat l'aperçut tout à coup et lui cria :

« Hé ! là-bas, le neveu de mon vieux père ! »

A cette interpellation, Wang Lung leva les yeux, et reconnut le fils de son oncle. Il était vêtu comme les autres, gris de poussière, mais son visage était plus farouche et plus hargneux que n'importe lequel. Avec un rire canaille, il lança à ses compagnons :

« Nous pouvons nous arrêter ici, les gars, car c'est un riche et un parent à moi. »

Sans laisser à Wang Lung, terrifié, le temps de faire un mouvement, la horde s'engouffra par sa propre grand-porte et l'entraîna dans la bousculade, réduit à l'impuissance. Cette inondation de soldats se déversa dans les cours comme un flot d'eau sale, emplissant tous les coins et toutes les fissures, et ils se couchaient sur les planchers et ils puisaient avec leurs mains dans les pièces d'eau pour boire, et ils jetaient à grand bruit leurs couteaux sur les tables sculptées, et ils crachaient n'importe où et ils braillaient entre eux.

Alors Wang Lung, au désespoir de ce qui était arrivé, courut avec l'enfant à la recherche de son fils aîné, qu'il trouva dans ses cours en train de lire un livre. Le fils se leva en voyant entrer son père et quand il eut entendu le récit entrecoupé de son père, il se mit à gémir et sortit.

Mais quand il vit son cousin, il ne sut plus s'il devait l'accabler d'injures ou le traiter poliment. Il jeta un regard à son père qui l'avait suivi et gémit :

« Ils ont tous des couteaux ! »

C'est pourquoi il se montra poli et dit :

« Salut, mon cousin, vous êtes le bienvenu dans votre ancienne demeure. »

Avec un rictus hilare, le cousin repartit :

« J'ai amené quelques invités.

– Ils sont les bienvenus, étant vos amis, répondit le fils aîné de Wang Lung, et nous allons leur préparer un repas pour qu'ils puissent manger avant de se remettre en route. »

Toujours ricanant, le cousin repartit :

« Allez-y, mais inutile de vous presser ensuite, car nous resterons une vingtaine de jours, ou un mois ou un an ou deux, car nous allons être cantonnés dans la ville jusqu'à ce que la guerre nous réclame. »

En entendant cela, Wang Lung et son fils eurent peine à cacher leur désarroi, mais pourtant il fallait bien le cacher à cause des couteaux qui flamboyaient de toutes parts dans les cours, c'est pourquoi ils s'efforcèrent de sourire tant bien que mal et répondirent :

« Nous sommes heureux... trop heureux... »

Prétextant des ordres à donner pour les préparatifs, le fils aîné prit son père par la main et tous deux se précipitèrent dans la cour extérieure dont le fils barricada la porte, et puis tous deux, le père et le fils, s'entre-regardèrent consternés. Ni l'un ni l'autre ne savait que faire.

Alors le second fils arriva affolé et frappa à la porte à coups redoublés. Quand on lui ouvrit, il se jeta à l'intérieur si précipitamment qu'il faillit tomber. Il haleta :

« Il y a des soldats partout dans toutes les maisons... même dans les maisons des pauvres... et je suis venu en courant vous dire de ne pas protester, car aujourd'hui un employé de ma boutique, que je connais bien... il était tous les jours mon voisin au comptoir... en apprenant cela il est allé chez lui, et il y avait des soldats dans la chambre où sa femme était au lit malade, et il a protesté et ils lui ont enfoncé dans le corps un couteau qui l'a traversé tout outre comme s'il était en saindoux... aussi facilement que ça... et qui est ressorti de l'autre côté. N'importe ce qu'ils désirent, nous devons le leur donner, mais prions seulement que la guerre s'éloigne d'ici au plus vite ! »

Ils échangèrent tous les trois un regard accablé, en pensant à leurs femmes et à ces hommes affamés de luxure. Et le fils aîné, pensant à sa digne et honnête épouse, déclara :

« Il nous faut rassembler les femmes dans la cour

la plus reculée et il nous faut veiller sur elles jour et nuit et tenir les portes barricadées et la poterne de paix prête à être déverrouillée et ouverte. »

Et ainsi fut fait. On emmena les femmes avec les enfants et on les mit toutes dans la cour du fond où Lotus avait logé seule avec Coucou et ses servantes et elles y vécurent dans les transes, entassées l'une sur l'autre. Le fils aîné et Wang Lung faisaient le guet à la porte jour et nuit et le second fils venait quand il pouvait, et ils veillaient aussi soigneusement de nuit que de jour.

Mais il y avait ce maudit cousin, et vu sa qualité de parent, personne ne pouvait légitimement le tenir dehors et il frappa à la porte et il entra et il se promena partout à sa guise en tenant tout ouvert dans sa main son couteau luisant et étincelant. Le fils aîné le suivit partout mais sans jamais rien oser dire, à cause de ce couteau ouvert et étincelant, et le cousin regarda l'une après l'autre toutes les femmes et donna son appréciation sur chacune.

En regardant la femme du fils aîné, il rit de son rire canaille et prononça :

« Hé, hé ! mon cousin, c'est un joli morceau que tu as là, une dame de la ville et des pieds aussi petits que des boutons de lotus. »

Et il dit à la femme du second fils :

« Ah ! celle-ci c'est un bon gros radis rouge de la campagne... un copieux morceau de viande fraîche. »

Il disait cela parce que cette femme était grasse et vermeille et fortement charpentée mais quand même assez ragoûtante. Et tandis que la femme du fils aîné s'était détournée avec répugnance sous son examen, en se cachant la face derrière sa manche, celle-ci se mit à rire, car elle était de bonne composition et gaillarde, et elle répondit du tac au tac :

« Oui, il y a des hommes qui aiment croquer un

radis tout chaud ou mordre une bouchée de viande fraîche. »

Et le cousin de répliquer aussitôt :

« Moi, j'en suis ! »

Et il alla pour lui saisir la main.

Cependant, le fils aîné n'en pouvait plus de honte, à ouïr ce batifolage entre homme et femme qui ne devaient même pas échanger un mot, et il jeta un coup d'œil à sa femme parce qu'il avait honte de son cousin et de sa belle-sœur devant elle qui avait été élevée avec plus de distinction que lui.

Voyant sa timidité devant sa femme, le cousin reprit avec malice :

« Ma foi, j'aimerais mieux manger de la viande fraîche tous les jours plutôt qu'une tranche de poisson froid et sans goût comme cet autre échantillon-là. »

Là-dessus la femme du fils aîné se drapa dans sa dignité et se retira dans une pièce intérieure. Le cousin eut un rire gras et dit à Lotus qui était là fumant sa pipe à eau :

« Ces femmes de la ville sont par trop pimbêches, n'est-ce pas, Vieille Maîtresse ?... » Puis regardant Lotus de plus près il ajouta : « Eh oui, Vieille Maîtresse en vérité, et si je n'avais pas su que mon cousin Wang Lung était si riche, je l'aurais compris rien qu'à voir la montagne de chair que vous êtes devenue à force de bien manger et du meilleur ! Il n'y a que les femmes de riches pour avoir l'air comme vous ! »

Lotus fut extrêmement flattée de s'entendre appeler Vieille Maîtresse, parce que c'est un titre qu'on donne seulement aux dames des grandes maisons, et elle eut un rire de gorge roucoulant, qui secoua sa gorge grasse, et soufflant la cendre de sa pipe, elle tendit celle-ci à une esclave pour la remplir, puis elle dit en s'adressant à Coucou :

« Ma foi, ce grossier personnage s'entend à la plaisanterie ! »

Et en disant cela elle lorgnait le cousin d'un œil
aguichant, quoique de telles œillades fussent moins
séduisantes qu'autrefois, depuis qu'avec ses joues
empotées elle n'avait plus ses grands yeux en forme
d'abricot. Voyant la mine qu'elle lui faisait, le cousin
rit aux éclats et s'écria :

« Hé ! mais elle est toujours coquine, la vieille
ribaude ! »

Et il rit de nouveau aux éclats.

Et le fils aîné assistait à toute cette scène, furieux
et muet.

Puis, quand le cousin eut tout vu, il s'en alla faire
visite à sa mère et Wang Lung l'accompagna pour
lui montrer le chemin de ses appartements. Elle
était sur son lit, si bien endormie que son fils eut
peine à la réveiller, mais il y réussit enfin, en tapant
le gros bout de son fusil sur les carreaux du sol au
chevet de son lit. Alors elle s'éveilla et le considéra
comme au sortir d'un songe, et il dit avec impatience :

« Ah ! çà, mais votre fils est là et vous continuez
quand même à dormir ! »

Elle se redressa sur son lit et, le considérant de
nouveau, elle dit tout étonnée :

« Mon fils... c'est mon fils... »

Elle le regarda longuement et à la fin, comme si
elle ne savait que faire d'autre, elle lui tendit sa pipe
à opium, qui apparemment représentait pour elle le
souverain bien, et elle dit à l'esclave qui la soignait :

« Fais-lui-en fumer quelques-unes. »

Le fils à son tour la considéra fixement et lui dit :

« Non, je n'en veux pas. »

Wang Lung, qui se tenait là au chevet du lit, eut
soudainement peur que notre homme ne lui fît des
reproches et ne lui dît :

« Qu'avez-vous fait à ma mère pour qu'elle ait ce

teint jaune et bilieux et qu'elle ait perdu tout son embonpoint ? »

C'est pourquoi Wang Lung s'empressa de dire :

« Je voudrais qu'elle se contentât d'une moindre dose, car elle fume pour cinq écus d'opium par jour, mais à son âge on n'ose pas la contrarier et elle ne veut pas faire à moins. »

Et il soupirait en parlant, et il jeta un coup d'œil à la dérobée au fils de son oncle, mais notre homme ne dit rien, il paraissait seulement surpris de voir sa mère si changée, et quand elle se laissa retomber sur son oreiller, endormie à nouveau, il se leva et s'en alla en faisant claquer son fusil qu'il maniait comme une canne.

De toute la horde d'individus qui fainéantaient dans les cours extérieures, Wang Lung et sa famille n'en haïssaient et n'en craignaient aucun à l'égal de leur cousin ; et pourtant les soldats arrachaient les arbres et les buissons fleuris de pruniers et d'amandiers et les cassaient à plaisir ; ils broyaient les sculptures fragiles des fauteuils avec leurs grosses bottes de cuir, et ils souillaient de leurs excréments les pièces d'eau où nageaient les poissons bariolés et dorés, si bien que les poissons moururent et flottèrent sur l'eau et y pourrirent, le ventre en l'air.

Car le cousin entrait et sortait comme il voulait et il faisait de l'œil aux esclaves, et Wang Lung et ses fils s'entre-regardaient de leurs yeux devenus hagards et caves parce qu'ils n'osaient plus dormir. Coucou s'en aperçut et leur dit :

« Il n'y a plus qu'une chose à faire : il faut, tandis qu'il est ici, lui donner une esclave pour son plaisir, ou bien il s'en prendra où il ne faut pas. »

Et Wang Lung sauta avec empressement sur la proposition parce qu'il lui semblait qu'il ne pourrait supporter de vivre plus longtemps avec tout le tracas qu'il avait dans sa maison, et ainsi donc il répondit :

« C'est une bonne idée. »

Et il ordonna à Coucou d'aller demander au cousin quelle esclave il voulait, puisqu'il les avait vues toutes.

Ainsi fit donc Coucou, et elle revint annoncer :

« Il dit qu'il veut la petite pâle qui couche aux pieds de sa maîtresse. »

Or, cette esclave pâle, qui s'appelait Fleur-de-Poirier, était celle que Wang Lung avait achetée en une année de famine quand elle était petite et pitoyable et à demi affamée, et parce qu'elle était toujours restée frêle, on l'avait choyée et on ne lui permettait pas de faire autre chose que d'aider Coucou et de rendre de menus services à Lotus, tels que de lui bourrer sa pipe et de lui verser son thé, et c'était ainsi que le cousin l'avait vue.

Fleur-de-Poirier était en train de verser du thé à Lotus quand Coucou dit cela tout haut devant elle, dans la cour intérieure où elles étaient assises, et la pauvrette en entendant cela poussa un cri et laissa tomber la théière bouillante. Sans souci du dégât qu'elle avait fait, elle se jeta aux genoux de Lotus et, se frappant le front sur les carreaux, elle se lamenta :

« Oh ! ma maîtresse, pas moi... pas moi... j'ai trop peur de lui... »

Cela déplut à Lotus, qui répondit, agacée :

« Mais ce n'est qu'un homme, et avec une fille un homme n'est jamais qu'un homme et ils sont tous pareils, et pourquoi donc tout ce fracas ? » Et s'adressant à Coucou, elle ajouta : « Emmène-moi cette esclave et donne-la-lui. »

Alors la jouvencelle joignit les mains pitoyablement et poussa des cris comme si elle allait mourir de pleurer et son petit corps tremblait tout entier de peur, et elle regardait les assistants l'un après l'autre, les implorant de ses larmes.

Les fils de Wang Lung ne pouvaient décemment pas prendre parti contre la femme de leur père, et leurs femmes ne le pouvaient pas davantage, non plus que le fils cadet. Il restait là, ses mains crispées sur son sein, à la regarder fixement, mais sans prononcer une parole. Les enfants et les esclaves regardaient en silence, et on n'entendait que le bruit de ces pleurs affreux et effrayants de la jeune fille.

Mais Wang Lung en était affecté. Il regardait la jeune fille d'un air indécis, ne se souciant pas de fâcher Lotus, mais quand même ému, parce qu'il avait toujours eu bon cœur. La jouvencelle vit ses sentiments sur son visage et elle courut se jeter à ses pieds, les enlaçant de ses mains, courbant la tête dessus et les arrosant de ses sanglots. Et il baissa les yeux sur elle et à la vue de ses frêles épaules secouées d'un tremblement, il se représenta le grand corps grossier et farouche de son cousin, qui avait depuis longtemps dépassé l'adolescence. Le dégoût de cette évocation s'empara de lui, et il dit à Coucou, d'une voix douce :

« Mais voyons, c'est mal de forcer comme cela cette petite jeune fille. »

Il avait dit ces mots avec assez de douceur, mais Lotus s'écria aigrement :

« Elle doit obéir et je dis que c'est ridicule, toutes ces larmes pour une bagatelle qui doit arriver tôt ou tard à toutes les femmes. »

Mais Wang Lung était indulgent et il repartit à Lotus :

« Voyons d'abord ce qu'on peut faire d'autre. Je t'achèterai si tu veux une autre esclave, ou ce que tu préféreras, mais je veux voir ce qu'on peut faire. »

Lotus, qui avait depuis longtemps jeté son dévolu sur une pendule de fabrication étrangère, et sur une nouvelle bague de rubis, se tut soudain, et Wang Lung dit à Coucou :

« Va dire à mon cousin que la fille a une vile et incurable maladie. S'il veut l'avoir quand même, alors tant pis elle ira le trouver, mais s'il redoute comme nous cet inconvénient, alors dis-lui que nous en avons une autre et une saine. »

Il jeta les yeux sur les esclaves qui se trouvaient là et elles détournèrent le visage en riant sous cape et affectant d'avoir honte toutes excepté une forte luronne, qui avait déjà quelque vingt ans, et qui dit, le visage rouge et rieur :

« Ma foi, j'en ai entendu assez et j'ai envie d'essayer ça, s'il veut de moi, et il n'est pas plus vilain homme que d'autres. »

Wang Lung lui répondit, soulagé :

« Eh bien, vas-y donc ! »

Et Coucou lui dit :

« Suis-moi de près, car il ne manquera pas, j'en suis sûre, de s'emparer du fruit le plus proche. »

Et elles sortirent.

La petite jouvencelle embrassait toujours les pieds de Wang Lung, mais à cette heure elle avait cessé de pleurer et prêtait l'oreille à ce qui se passait. Et Lotus, qui était encore fâchée contre elle, se leva et regagna sa chambre sans un mot. Alors Wang Lung releva la jouvencelle avec douceur et elle se tint devant lui, pâle et défaite, et il s'aperçut qu'elle avait un gentil visage ovale, excessivement fin et pâle, et une petite bouche rose. Il lui dit avec bonté :

« Maintenant, mon enfant, gare-toi de ta maîtresse pour un jour ou deux, jusqu'à ce qu'elle ait passé sa colère, et quand l'autre individu viendra ici dedans, cache-toi, de crainte qu'il ne te désire à nouveau. »

Levant les yeux, elle le regarda en plein visage,

passionnément, puis elle s'éloigna, muette comme une ombre, et disparut.

Le cousin vécut là pendant une lune et demie et il usa de la luronne à son gré et elle conçut de lui et s'en vanta dans les cours. Puis brusquement la guerre réclama les soldats et leur horde décampa aussi promptement que paille prise et emportée par le vent, et il n'en resta rien d'autre que la saleté et le dégât qu'ils avaient commis. Et le cousin de Wang Lung ceignit son couteau à son ceinturon et, se postant devant la famille, son fusil sur l'épaule, il dit d'un air goguenard :

« Et puis, si vous ne me revoyez pas, je vous ai du moins laissé un autre moi, le petit-fils de ma mère, et il n'est pas donné à tout le monde de laisser un fils quand on s'arrête pour une lune ou deux, et c'est un des bénéfices de la vie du militaire... sa graine pousse après son passage et il laisse à d'autres le soin de s'en occuper ! »

Et, les narguant tous, il se mit en route avec les autres.

XXXII

Après le départ des soldats Wang Lung et ses deux fils aînés furent pour une fois du même avis et résolurent de faire disparaître toute trace de ce qui venait de se passer. On fit de nouveau venir menuisiers et maçons, et les serviteurs nettoyèrent les cours, et les menuisiers réparèrent savamment les sculptures et les tables cassées, et les pièces d'eau furent vidées de leurs immondices et remplies de belle eau fraîche et pure, et le fils aîné racheta des poissons dorés et bariolés et remplaça les arbres à fleurs et tailla les branches cassées des arbres qui restaient. Et en moins d'un an la demeure fut remise à neuf et fleurie à nouveau et chaque fils était retourné dans sa cour et l'ordre régnait à nouveau partout.

L'esclave qui avait conçu par le fils de l'oncle fut préposée par Wang Lung à veiller sur la femme de son oncle aussi longtemps qu'elle vivrait, ce qui ne pouvait plus durer bien longtemps à présent, et de la mettre en bière quand elle serait morte. Et Wang Lung eut sujet de se réjouir car cette esclave ne donna naissance qu'à une fille. Si c'eût été un garçon, elle s'en serait enorgueillie et aurait réclamé sa place dans la famille, mais étant une fille ce n'était qu'une esclave de plus, et l'esclave sa mère ne changeait pas de condition.

Néanmoins Wang Lung se montra juste en tout pour elle, et il lui dit qu'elle pourrait si elle le voulait, quand la vieille serait morte, avoir la chambre de la vieille pour son usage personnel, ainsi que le lit, et d'ailleurs une chambre et un lit de moins on n'y verrait pas la place sur les soixante chambres de la maison. Et il donna à l'esclave un peu d'argent, et cette femme était assez contente excepté sur un point, et elle s'en ouvrit à Wang Lung lorsqu'il lui remit l'argent.

« Gardez cet argent pour qu'il me serve de dot, mon maître, dit-elle, et si ce n'est pas un dérangement pour vous, mariez-moi à un paysan ou à un homme pauvre mais honnête. Vous, cela vous vaudra des mérites, et moi, ayant vécu avec un homme, il m'est pénible de coucher de nouveau seule. »

Wang Lung promit volontiers, et quand il eut promis il fut frappé d'une idée qui était celle-ci. Il allait marier une femme à un pauvre homme, et jadis il avait lui-même été un pauvre homme et il était venu chercher sa femme dans cette demeure.

Et lui qui n'avait jamais repensé à O-len depuis la moitié de son existence, il y repensait à cette heure avec une tristesse qui n'était pas du chagrin mais seulement la mélancolie du souvenir et d'un passé lointain, tant il se sentait loin d'elle à présent. Et il répondit mélancoliquement à l'esclave :

« Quand la vieille fumeuse d'opium mourra, je te trouverai donc un homme, et cela ne tardera plus longtemps. »

Wang Lung fit comme il l'avait dit. Cette femme l'aborda un matin et lui dit :

« Le moment est venu de remplir votre promesse, mon maître, car la vieille est morte ce matin de bonne heure sans se réveiller, et je l'ai mise en bière. »

Et Wang Lung, songeant aux valets qui travaillaient présentement sur sa terre, se rappela le gars pleurard qui avait causé la mort de Ching, celui dont les dents s'avançaient en balcon par-dessus sa lèvre inférieure, et il se dit :

« Après tout, il ne l'a pas fait exprès et il en vaut un autre et c'est le seul que je connaisse actuellement. »

Ainsi donc il envoya quérir le gars, qui arriva. C'était maintenant un homme fait, mais il était resté fruste et ses dents étaient toujours pareilles. Et il prit fantaisie à Wang Lung de s'asseoir sur l'estrade élevée dans la grande salle et de faire comparaître le couple devant lui et il prononça lentement, pour se mieux pénétrer de l'étrange saveur de cette minute solennelle :

« L'ami, voici ta femme, et elle sera tienne si tu veux bien d'elle, et personne ne l'a connue excepté le fils de mon oncle. »

Et notre homme la prit avec gratitude, car c'était une forte luronne et d'un bon caractère, et il était trop pauvre pour se marier sinon à une espèce de ce genre.

Et Wang Lung descendit de l'estrade et il lui sembla qu'à cette heure le cycle de sa vie était révolu et qu'il avait accompli tout ce qu'il ambitionnait d'accomplir et bien au-delà de ce qu'il aurait jamais cru possible et il ne savait pas lui-même comment c'était arrivé. Mais à cette heure il lui sembla qu'il allait vraiment connaître la paix et pouvoir dormir au soleil. Il n'était que temps, d'ailleurs, car il avait près de soixante-cinq ans et ses petits-fils poussaient autour de lui comme de jeunes bambous, trois qui étaient les fils de son fils aîné, et dont l'aîné avait près de dix ans, et deux, les fils de son second fils. Allons, il ne lui restait plus que le troisième fils à marier un de ces jours, et après cela il en aurait fini avec tous les tracas de sa vie, et il serait enfin en paix.

Mais il n'avait pas la paix. La venue des soldats semblait avoir été comparable à celle d'un essaim d'abeilles sauvages, qui laissent derrière elles partout où elles peuvent des aiguillons venimeux. La femme du fils aîné et la femme du second fils, dont les relations avaient été assez courtoises jusqu'au jour où elles avaient cohabité dans la même cour, en étaient venues à se détester cordialement. Cette haine était née de cent petites disputes, les disputes de femmes dont les enfants sont obligés de vivre et de jouer ensemble et se battent ensemble comme chiens et chats. Chaque mère volait à la défense de son petit, et giflait l'enfant de l'autre à tour de bras mais épargnait le sien, qui avait toujours raison dans les disputes, et c'est pourquoi les deux femmes étaient ennemies.

Et puis ce qui s'était passé le jour où le cousin avait louangé la campagnarde et moqué la citadine, était impardonnable. Quand elle croisait sa belle-sœur, la femme du fils aîné relevait la tête altièrement et même un jour où elle la croisait, elle dit tout haut à son mari :

« C'est tout de même malheureux d'avoir dans la famille une femme hardie et mal élevée au point qu'un homme peut l'appeler viande fraîche, et elle lui rit au nez. »

Et du tac au tac la femme du second fils répliqua, bien haut :

« Voilà que ma belle-sœur est jalouse parce qu'un homme l'a appelée seulement tranche de poisson froid ! »

Et ainsi toutes deux en vinrent à échanger des regards de colère et de haine, encore que la plus âgée, fière de sa bonne éducation, affectât d'ignorer la présence de l'autre et se bornât à un silence méprisant. Mais quand ses enfants sortaient de leur cour particulière, elle ne manquait pas de leur crier :

« Je vous prie de ne pas fréquenter des enfants mal élevés ! »

Elle criait cela en la présence de sa belle-sœur dont les appartements donnaient sur la cour voisine et qui à son tour ne manquait pas de crier à ses propres enfants :

« Tâchez de ne pas jouer avec des serpents ou vous vous ferez mordre ! »

Les deux femmes se haïssaient de plus en plus, et c'etait d'autant plus fâcheux que les deux frères ne s'aimaient déjà pas trop l'un l'autre, l'aîné ayant toujours peur de paraître de basse extraction aux yeux de sa femme qui était citadine et mieux née que lui, et le cadet craignant que le goût de son frère pour la dépense et la construction ne les entraînât à gaspiller leur héritage avant qu'il fût partagé. De plus, c'était une honte pour le frère aîné que le second sût tout l'argent que possédait son père et ce que l'on dépensait, car l'argent passait par ses mains, et quoique Wang Lung reçût tous les fonds provenant de ses terres et en fût le dispensateur, le second frère n'en était pas moins au courant, et l'aîné pas, et devait aller comme un enfant demander à son père de quoi payer ceci et cela. Aussi quand les deux femmes se furent mises à se détester, leur haine s'étendit aussi aux deux maris et les cours des deux frères retentissaient d'éclats de colère et Wang Lung soupirait de n'avoir pas la paix dans sa maison.

Wang Lung avait aussi ses ennuis secrets avec Lotus depuis le jour où il avait protégé l'esclave de sa femme contre le fils de son oncle. Sans cesse depuis lors la jeune jouvencelle avait été en disgrâce auprès de Lotus, et bien que la fille la servît en silence et en parfaite esclave, et fût tout le jour à ses côtés, lui remplissant sa pipe et lui faisant ses commissions, et se levant dans la nuit si elle se plaignait de ne pas dormir et lui frictionnant les jambes et le corps pour l'apaiser, malgré tout Lotus n'était pas satisfaite.

Elle était jalouse de la jouvencelle et quand Wang Lung arrivait, elle la renvoyait dans sa chambre et accusait son mari de lorgner l'esclave. Or, Wang Lung n'avait vu en cette fille qu'une pauvre petite qui avait peur et il se souciait d'elle tout autant que de sa pauvre innocente et pas davantage. Mais quand Lotus l'eut accusé, il s'avisa de regarder la fille et il vit que celle-ci était en vérité fort jolie et pâle comme une fleur de poirier, et voyant cela, il sentit s'émouvoir sa vieille chair qui était restée paisible depuis dix ans et plus.

Aussi tout en riant de Lotus et lui disant : « Quoi ! tu te figures que je suis encore paillard, alors que je ne viens pas dans ta chambre trois fois par an ? » il n'en jetait pas moins à la fille des regards en coulisse et il était excité.

Or, bien qu'elle fût ignorante en toutes choses sauf une, Lotus s'y connaissait dans les rapports des hommes avec les femmes et elle savait que les hommes quand ils sont vieux se réveillent parfois encore à une brève jeunesse, et c'est pourquoi elle était fâchée avec la jouvencelle et parlait de la vendre à la maison de thé. Mais quand même Lotus tenait à son bien-être et Coucou devenait vieille et indolente et la jouvencelle était prompte et habituée au service de Lotus et allait au-devant des désirs de sa maîtresse, et c'est pourquoi Lotus répugnait à se séparer d'elle tout en désirant ne plus la voir, et l'embarras où ce conflit insolite mettait Lotus la fâchait encore davantage et elle était plus difficile à vivre que de coutume. Rebuté par son humeur trop acariâtre, Wang Lung resta plusieurs jours d'affilée sans venir chez elle. Croyant que cela passerait, il se disait en lui-même qu'il fallait attendre, mais en attendant il pensait à la jolie petite jouvencelle pâle plus qu'il ne l'aurait cru lui-même.

Puis, comme s'il n'avait pas assez d'ennuis avec les femmes de sa maison, toutes de travers, il y avait le fils cadet de Wang Lung. Ce fils cadet avait été un jouvenceau si paisible, si assidu sur ses livres, que personne ne se l'imaginait autrement que comme un svelte adolescent avec des livres toujours sous le bras et un vieux professeur le suivant partout comme un chien.

Mais le jouvenceau avait vécu parmi les soldats quand ils étaient là et il avait prêté l'oreille à leurs récits de guerre, de butin et de bataille, et il écoutait tout cela sans rien dire, en extase. Puis, il pria son vieux précepteur de lui faire lire des romans traitant des guerres des trois royaumes et des bandits qui vivaient au temps jadis du côté du lac Swaï, et il eut la tête farcie de rêves. C'est pourquoi présentement il alla trouver son père et lui dit :

« Je sais ce que je veux faire. Je veux être soldat et je veux partir à la guerre. »

Quand il entendit cela, Wang Lung fut consterné

et se dit que c'était la pire chose qui pût encore lui arriver. Il s'écria en faisant la grosse voix :

« Ah ! çà, mais tu es fou ! Je n'aurai donc jamais la paix avec mes fils ! »

Et quand il vit les noirs sourcils du jouvenceau se rejoindre en une barre, il tenta de le convaincre en usant de la douceur et de la persuasion et lui dit :

« Mon fils, il paraît que nos aïeux de l'ancien temps ne prenaient pas de bon fer pour fabriquer un clou ni un bon homme pour faire un soldat, et tu es mon petit garçon, mon gentil petit garçon cadet, et comment dormirais-je la nuit sachant que tu es à la guerre en train de vagabonder de droite et de gauche sur la terre ? »

Mais le garçon était résolu. Il regarda son père en rabattant ses noirs sourcils et se borna à répondre :

« Je veux y aller. »

Alors Wang Lung le cajola et lui dit :

« Voyons, tu es libre d'aller à n'importe quelle école et, si tu veux, je t'enverrai aux grandes écoles du midi ou même à une école étrangère pour apprendre des choses curieuses, et tu iras étudier partout où tu voudras si tu consens à ne pas être soldat. C'est un déshonneur pour un homme comme moi, un homme riche et un propriétaire foncier, que d'avoir un fils soldat. (Et comme le jouvenceau restait toujours muet, il le cajola derechef et reprit :) Raconte à ton vieux père pourquoi tu veux être soldat. »

Et le jouvenceau, dont les yeux s'illuminaient sous ses sourcils, dit brusquement :

« Il va y avoir une guerre telle qu'on n'en a jamais ouï parler... Il va y avoir une révolution avec bataille et guerre telles qu'il n'y en eut jamais, et notre pays va être libre. »

Wang Lung écouta cela dans le plus grand éton-

362

nement que lui eussent jamais encore procuré ses trois fils.

« Mais voyons, interrogea-t-il, qu'est-ce que c'est que tout ce charabia ? je n'y comprends rien. Notre terre est déjà libre... toute notre bonne terre est libre d'hypothèques. Je la loue à qui bon me semble et elle rapporte de l'argent et de bon grain et tu es vêtu et nourri grâce à elle, et je ne sais vraiment pas quelle liberté tu veux de plus que tu n'en as. »

Mais le garçon ne fit que murmurer sarcastiquement :

« Vous ne comprenez pas... vous êtes trop vieux.. vous ne comprenez rien. »

Wang Lung réfléchit, regarda son fils, vit son air de victime, et se dit en lui-même :

« Voilà un garçon à qui j'ai tout donné, même la vie. Il me doit tout. Je lui ai permis d'abandonner la terre, au point que je n'ai pas un seul fils pour veiller sur ma terre après moi, et je lui ai permis d'apprendre à lire et à écrire, encore qu'il n'y ait aucune nécessité pour cela dans ma famille où il y a déjà deux lettrés. » Et, toujours sans quitter des yeux le jouvenceau, il conclut en lui-même : « Tout, j'ai tout fait pour lui. »

Puis il examina son fils, qui malgré la sveltesse de l'adolescence était déjà grand et fort comme un homme et il ronchonna à mi-voix, en hésitant, car il ne voyait chez ce garçon aucun indice d'un tempérament paillard :

« Qui sait après tout, il n'a peut-être besoin que d'une chose. » Et il reprit tout haut et posément : « Et tu sais, mon fils, nous allons te marier bientôt. »

Mais le garçon, de dessous la barre de ses épais sourcils, décocha un regard foudroyant à son père, et lui dit méprisamment :

« C'est bien alors que je m'enfuirai, car pour moi une femme n'est pas réponse à tout comme pour mon frère aîné. »

Wang Lung vit tout de suite qu'il se fourvoyait, et afin de rattraper sa maladresse, il s'empressa de dire :

« Non... non... nous ne te marierons pas... mais je veux dire s'il y a une esclave qui te tente... »

Le garçon, se croisant les bras sur la poitrine, répondit du haut de sa grandeur :

« Je ne suis pas un jeune homme ordinaire. J'ai mon idéal. J'aspire à la gloire. On trouve des femmes partout. (Et puis soudain, comme s'il se rappelait quelque chose qu'il avait oublié, il se départit de sa dignité, laissa retomber ses bras et reprit de sa voix normale :) Du reste, il n'y a jamais eu plus laide collection d'esclaves que les vôtres. Si je m'en souciais... mais je ne m'en soucie pas... eh bien, il n'y en a pas une qui soit bien dans les cours à part la petite servante pâle qui sert la dame des cours de derrière. »

Wang Lung comprit qu'il parlait de Fleur-de-Poirier et il fut mordu d'une jalousie étrange. Il se sentit soudain plus vieux que son âge... avec sa bedaine et ses cheveux grisonnants, comparé à cet homme mince et jeune qu'était son fils, et il y eut là pour un instant, non plus père et fils mais deux hommes, un vieux et un jeune. Wang Lung repartit coléreusement :

« Tâche un peu de laisser les esclaves tranquilles... Je ne veux pas chez moi des mœurs dissolues des jeunes seigneurs. Nous sommes des braves gens de la campagne et des gens aux mœurs convenables, pas de ça chez moi ! »

Le garçon ouvrit de grands yeux en élevant ses noirs sourcils, et haussant les épaules il dit à son père :

« C'est vous qui en avez parlé le premier. »

Puis il fit une pirouette et sortit.

Wang Lung resta seul dans sa chambre, assis à

sa table et il se sentit morne et solitaire. Il gronda en lui-même :

« Vraiment, je n'ai la paix nulle part dans ma maison. »

De multiples colères s'agitaient en lui, mais de leur confusion, sans qu'il sût pourquoi, se dégageait une colère plus nette : son fils avait jeté les yeux sur une petite jouvencelle pâle de sa maison et l'avait trouvée belle.

XXXIII

Wang Lung ne cessait plus de repenser à ce que son fils cadet lui avait dit de Fleur-de-Poirier. Il suivait sans cesse des yeux tous les mouvements de la jouvencelle et, sans qu'il s'en rendît compte, elle emplissait sa pensée et il était féru d'elle. Mais il n'en disait rien à personne.

Une nuit au début du printemps de cette année-là, à l'heure où l'air nocturne est chargé de moiteur et de parfums tièdes, il s'assit dans sa cour seul sous une cassie en fleur et le doux parfum entêtant des fleurs de cassie emplit ses narines et il restait là et il sentait son sang battre fort et ardent comme celui d'un jeune homme. Durant tout le jour il l'avait senti battre ainsi et il avait eu presque envie de s'en aller se promener sur sa terre pour sentir la bonne terre sous ses pieds et d'enlever ses souliers et ses chaussettes pour la sentir sur sa peau.

Il l'aurait fait mais il avait craint qu'on ne le vît, lui que chez les citadins on ne tenait plus pour un paysan mais pour un riche propriétaire foncier. C'est pourquoi il erra sans répit dans les cours et il n'approcha pas de celle où Lotus était assise à l'ombre et fumait sa pipe à eau, parce qu'elle reconnaissait trop bien quand un homme était énervé et elle devinait tout de suite ce qui clochait. Il resta donc seul et il ne tenait pas non plus à voir aucune de ses deux querelleuses belles-filles, ni même ses petits-enfants, qui faisaient si souvent son délice.

Il avait ainsi passé une journée interminable et solitaire et son sang était fort et galopait sous sa peau. Il ne parvenait pas à oublier son fils cadet, qu'il revoyait debout, grand et cambré et ses noirs sourcils barrant son jeune visage, et il ne parvenait pas à oublier la jouvencelle. Et il se disait en lui-même :

« Ils sont apparemment du même âge... Le garçon doit aller sur ses dix-huit ans et elle n'en a pas plus de dix-huit. »

Puis il se rappela que d'ici peu d'années lui-même en aurait soixante-dix et il eut honte de son sang galopant et il pensa :

« Ce serait une bonne chose de donner la jouvencelle au jouvenceau », et ceci il se le répéta coup sur coup, et à chaque fois qu'il disait cela la chose le frappait comme un coup de poing sur une chair déjà meurtrie, et il ne pouvait s'empêcher de frapper et il ne pouvait s'empêcher non plus de sentir la douleur.

Et ainsi la journée s'écoula pour lui interminable et solitaire.

Quand la nuit vint, il était toujours seul. Il était assis dans la cour seul et il n'y avait personne dans toute la maison à qui il pût s'adresser en ami. Et l'air nocturne était tiède et amollissant et chargé de la senteur des fleurs de cassie.

Et comme il était assis dans les ténèbres sous l'arbre voisin de la porte de sa cour, quelqu'un vint à passer devant la porte. Il regarda bien vite et reconnut Fleur-de-Poirier.

« Fleur-de-Poirier ! » l'appela-t-il, à mi-voix.

Elle s'arrêta court, la tête penchée, aux écoutes.

Alors il l'appela de nouveau, et sa voix avait peine à sortir de sa gorge :

« Viens ici près de moi ! »

Reconnaissant la voix de son maître, elle franchit peureusement la porte et s'arrêta en face de lui. Il l'entrevoyait à peine, debout dans les ténèbres, mais il la sentait là et allongeant la main il la prit par sa petite veste et dit, d'une voix étranglée :

« Enfant !... »

Il n'alla pas plus loin que ce mot. Il se dit en lui-même qu'il était un vieillard et que c'était une chose déshonorante pour un homme ayant des petits-fils et des petits-fils plus voisins que lui de l'âge de cette enfant ; et il tourmentait du doigt la petite veste de la jouvencelle en attente.

Alors elle fut gagnée par l'ardeur de son sang et elle pencha en avant et, telle une fleur se rabat sur sa tige, s'effondra jusqu'au sol, et elle lui embrassa les pieds et resta là prosternée. Et il lui dit avec lenteur :

« Enfant... je suis vieux... très, très vieux... »

Et elle dit d'une voix qui sortait des ténèbres comme la senteur même de la cassie :

« J'aime les vieux... j'aime les vieux... ils sont si bons... »

Il reprit tendrement, se penchant un peu vers elle :

« Une petite jouvencelle comme toi devrait avoir un grand beau jeune homme... une petite jouvencelle comme toi. »

Et en son cœur il ajouta : « comme mon fils »... mais il n'osa pas le dire tout haut, par crainte de lui en inspirer l'idée, et cette perspective lui était odieuse.

Mais elle reprit :

« Les jeunes gens ne sont pas bons... ils sont seulement fougueux. »

En entendant cette petite voix frémissante de

l'enfant prosternée à ses pieds, il sentit son cœur inondé d'amour pour cette jouvencelle. Il la releva doucement et, la soulevant dans ses bras, l'emmena dans ses appartements privés.

Quand ce fut un fait accompli, cet amour de sa vieillesse l'étonna plus qu'aucune autre de ses aventures de jadis, car malgré tout son amour pour Fleur-de-Poirier, il ne s'empara pas d'elle comme il s'était emparé des autres femmes qu'il avait connues.

Non, il la tint doucement et se satisfit de sentir son alerte jeunesse contre sa triste vieille chair, et il se satisfaisait uniquement de la voir pendant le jour et de frôler de la main sa petite veste et de sentir son corps reposer paisiblement auprès de lui pendant la nuit. Et il s'émerveillait de voir que l'amour de la vieillesse est si tendre et si aisément satisfait.

Quant à la jouvencelle, c'était un tempérament sans passion et elle se blottissait contre lui comme auprès d'un père, et elle était aussi pour lui en effet beaucoup plus enfant que femme.

Or donc, la chose que Wang Lung avait accomplie ne se sut pas tout de suite, car il n'en dit rien à personne, et il n'avait aucune raison de parler, étant le maître chez lui.

Coucou fut la première à s'en apercevoir. Voyant la jouvencelle sortir furtivement à l'aurore de la cour de son maître, elle arrêta la petite et elle rit, et ses yeux de vieil oiseau de proie pétillèrent.

« Allons bon ! Ça, c'est tout à fait le Vieux Seigneur qui recommence. »

Et Wang Lung qui l'avait entendue de sa chambre ceignit promptement sa ceinture et il sortit et, avec un sourire mi-confus et mi-fier, il lui dit d'un ton grondeur :

« Que veux-tu ? Je lui ai dit qu'elle ferait mieux de

prendre le jeune jouvenceau et elle a préféré le vieux !

– Ce sera du joli quand la maîtresse apprendra cela, dit alors Coucou, les yeux pétillants de malice.

– Je ne sais pas moi-même comment la chose est arrivée, reprit Wang Lung avec lenteur. Je n'avais pas l'intention de prendre une nouvelle femme à mon foyer et la chose est venue d'elle-même. »

Et quand Coucou lui repartit : « Oui, mais il faudra bien que la maîtresse l'apprenne », Wang Lung, craignant le courroux de Lotus plus que n'importe quoi, adressa à Coucou cette prière :

« Raconte-le-lui, toi, veux-tu bien, et si tu peux faire en sorte que cela se passe sans colère en ma présence, je te donnerai pour ta peine cinq écus. »

Coucou, toujours riant, et hochant la tête, promit, et Wang Lung regagna sa chambre et attendit pour en ressortir que Coucou fût revenue lui annoncer :

« Eh bien, la chose est dite. Elle a d'abord été très fâchée, jusqu'au moment où je lui ai rappelé le désir qu'elle a depuis longtemps de la pendule américaine que vous lui avez promise, et il lui faut aussi une bague en rubis et elle en veut une seconde pour avoir la pareille à chaque main, et elle veut encore autre chose, qu'elle vous dira plus tard, et une esclave pour remplacer Fleur-de-Poirier, et Fleur-de-Poirier ne doit plus jamais revenir auprès d'elle et il ne faut pas non plus que vous y alliez trop tôt, parce que votre vue l'écœurerait. »

Wang Lung promit volontiers. Il répondit :

« Procure-lui ce qu'elle veut et je ne te chicanerai sur rien. »

Et il fut bien aise de n'être pas obligé de voir Lotus trop tôt et avant que sa colère fût refroidie par l'accomplissement de ses souhaits.

Restaient encore ses trois fils, et vis-à-vis d'eux il avait étrangement honte de ce qu'il avait fait. Et il se répétait en lui-même :

« Ne suis-je pas le maître dans ma maison et ne puis-je pas adopter ma propre esclave que j'ai achetée de mon argent ? »

Mais il était honteux, et pourtant à demi fier aussi, comme se sent quelqu'un qui est encore amoureux et viril, alors que les autres ne voient plus en lui qu'un vieux. Et il attendit dans sa cour la visite de ses fils.

Ils arrivèrent un par un, séparément, et le premier qui parut fut le second fils. Celui-ci parla d'abord de la terre et de la moisson et de la sécheresse d'été qui réduirait cette année la récolte d'un tiers. Mais Wang Lung en ce temps-là ne se préoccupait ni de pluie ni de sécheresse, car si la récolte de l'année lui rapportait peu, il lui restait de l'argent de l'année précédente et il avait ses cours truffées d'argent, et on lui devait de l'argent au marché au grain et il avait beaucoup d'argent placé au-dehors à de gros intérêts que son second fils recevait pour lui et il ne s'inquiétait pas de l'état des cieux sur sa terre. Mais le second fils continuait à parler ainsi, et tout en parlant il jetait par les chambres de droite et de gauche des coups d'œil voilés et discrets. Wang Lung comprit qu'il cherchait du regard la jouvencelle pour voir si ce qu'il avait entendu dire était vrai. C'est pourquoi il interpella Fleur-de-Poirier qui se cachait dans la chambre à coucher, et il lui cria :

« Apporte-moi du thé, mon enfant, et du thé pour mon fils ! »

Elle parut. Son fin visage était rose comme une pêche, et, la tête baissée, elle trottinait sans bruit sur ses petits pieds, et le second fils la regardait fixement comme s'il n'avait pu croire jusqu'à maintenant ce qu'il avait entendu dire.

Mais il s'abstint de toute allusion, parlant toujours de la terre qui était ci et ça, et de tel et tel tenancier qu'il faudrait changer à la fin de l'année et tel autre encore, parce qu'il fumait l'opium et ne tirait pas de la terre ce qu'elle pouvait produire. Et Wang Lung demanda à son fils comment allaient ses enfants, et il lui répondit qu'ils avaient la coqueluche, mais que ce n'était plus grand-chose depuis que le temps s'était mis au chaud.

Ils ressassèrent ces sujets en long et en large, en buvant du thé, et le second fils ne laissait rien perdre de ce qu'il voyait. Puis il se retira, et Wang Lung fut débarrassé de son second fils.

Puis le fils aîné arriva le même jour dès avant midi. Devant ce grand bel homme qui faisait son entrée dans l'orgueil de sa maturité, Wang Lung eut peur de sa morgue et au lieu d'appeler tout de suite Fleur-de-Poirier, il attendit en fumant sa pipe. Le fils aîné s'assit donc, raide de morgue et de dignité, et il s'informa suivant les convenances de la santé de son père et de son bien-être. Wang Lung répondit brièvement et tranquillement qu'il se portait bien, et tandis qu'il regardait son fils sa crainte l'abandonna.

Car il voyait son fils aîné pour ce qu'il était : un homme grand de corps mais qui avait peur de son épouse citadine et qui craignait par-dessus tout de ne pas lui paraître de noble extraction. Et la robustesse de la terre qui fortifiait Wang Lung même à son insu se gonfla en lui, et il redevint comme auparavant insoucieux de son fils aîné et de ses airs gourmés. Avec aisance il appela soudain Fleur-de-Poirier :

« Arrive, mon enfant, et verse encore du thé pour un autre de mes fils ! »

Cette fois elle s'avança très calme et de sang-froid et son petit visage ovale était blanc comme la fleur de son nom. Elle entra les yeux baissés et elle circulait sans bruit et dès qu'elle eut exécuté les ordres de son maître, elle ressortit rapidement.

Tandis qu'elle versait le thé, les deux hommes étaient restés silencieux, mais quand elle fut partie, alors qu'ils soulevaient leurs bols, Wang Lung regarda son fils en plein dans les yeux et il y surprit un regard d'admiration ingénue, et c'était le regard d'un homme qui en envie un autre en secret. Puis ils burent leur thé et le fils dit enfin d'une voix sourde et hésitante :

« Je ne croyais pas que ce fût vrai.

– Pourquoi pas ? repartit tranquillement Wang Lung. Je suis ici chez moi. » Le fils soupira et après une pause répondit :

« Vous êtes riche et vous êtes libre de faire comme il vous plaît. (Et soupirant de nouveau il reprit :) Enfin, je suppose qu'une femme ne suffit pas toujours à un homme et qu'il vient un jour... »

Il s'interrompit, mais il y avait dans son regard l'expression d'un homme qui en envie un autre malgré lui. Wang Lung s'en aperçut et rit en lui-même, car il savait qu'avec le tempérament paillard de son fils aîné l'épouse citadine qu'il avait ne le tiendrait pas toujours en laisse et qu'un jour le naturel reparaîtrait.

Le fils aîné n'en dit pas plus, mais en se retirant il avait l'air d'un homme à qui on a mis une nouvelle idée en tête. Et Wang resta à fumer sa pipe et il était fier de se dire qu'étant un vieillard il avait fait ce qu'il désirait.

Mais le fils cadet n'arriva qu'après la tombée de la nuit et lui aussi vint seul. A cette heure Wang Lung était dans sa salle du milieu, assis en train de fumer devant sa table où les chandelles rouges étaient allumées, et de l'autre côté de la table, Fleur-de-Poirier silencieuse était assise en face de lui, les mains croisées sur ses genoux. Parfois elle regardait Wang Lung en plein visage et sans plus de coquetterie qu'une enfant, et il la contemplait, fier de ce qu'il avait fait.

Puis soudain il vit debout devant lui son fils cadet, surgi des ténèbres de la cour, sans que personne l'eût vu entrer. Il était debout mais donnait l'impression singulière de se ramasser sur lui-même et, dans une fugitive évocation involontaire, Wang Lung se ressouvint d'une panthère qu'il avait vue une fois : les hommes du village la ramenaient des montagnes où ils l'avaient prise, et la bête était garrottée mais se ramassait sur elle-même prête à bondir, et ses yeux reluisaient tels les yeux que le jouvenceau fixait sur le visage de son père. Et il contractait ses noirs sourcils, trop épais et trop noirs pour sa jeunesse, d'un air farouche et sombre. Il resta ainsi une minute, et finit par dire d'une voix basse et ténébreuse :

« Oui, je partirai pour être soldat... je partirai pour être soldat ! »

Il ne regardait pas la jeune fille, mais seulement son père, et Wang Lung, qui n'avait pas eu peur de son fils aîné ni de son second fils, eut soudain peur de celui-ci, qu'il avait secrètement estimé depuis sa naissance.

Et Wang Lung balbutia des syllabes indistinctes, et afin de parler, il retira sa pipe de sa bouche, mais aucun son n'en sortit, et il regardait fixement son fils. Et son fils répétait coup sur coup :

« Oui, je partirai... je partirai. »

Soudain il se tourna vers la jeune fille et la regarda une seule fois. Elle lui rendit son regard, eut un mouvement de terreur, et se cacha le visage à deux mains pour ne plus le voir. Alors le jeune homme s'arracha à sa contemplation et s'élança d'un bond hors de la chambre. Wang Lung regarda au-dehors par le rectangle noir de la porte, ouverte sur les ténèbres de la nuit d'été, mais il avait disparu et le silence régnait de toutes parts.

A la fin Wang Lung se tourna vers la jeune fille. Il était très triste et toute fierté s'était évanouie et il lui dit avec douceur et humilité :

«Je suis trop vieux pour toi, mon cœur, et je le sais bien. Je suis un vieux, un vieux.»

Mais la jeune fille laissa retomber ses mains qui lui cachaient le visage et s'écria du ton le plus passionné :

«Les jeunes gens sont si cruels... J'aime bien mieux les vieux!»

Quand le matin du lendemain fut venu, le fils cadet de Wang Lung avait disparu et nul ne savait où il s'en était allé.

XXXIV

Puis, de même que l'automne resplendit d'un chaud simulacre d'été avant de mourir pour faire place à l'hiver, ainsi en fut-il de l'amour subit que Wang Lung avait eu pour Fleur-de-Poirier. Sa brève ardeur déclina et s'évanouit; il continuait de la chérir, mais sans passion.

Quand la flamme se fut éteinte en lui, il se sentit soudain vieux et glacé par l'âge. Néanmoins, il la chérissait, et c'était un bonheur pour lui de l'avoir dans sa demeure. Elle le servait fidèlement et avec une patience au-dessus de son âge, et il était toujours avec elle d'une parfaite bonté, et son amour devenait de plus en plus celui d'un père pour sa fille.

Et à cause de lui elle se montra bonne également pour sa pauvre innocente et c'était une consolation pour lui, si bien qu'un jour il lui décela ce qu'il avait depuis longtemps dans l'esprit. Or donc, Wang Lung avait maintes fois réfléchi à ce qu'il adviendrait de sa pauvre innocente quand il serait mort et qu'il n'y aurait plus personne qui se préoccupât de la voir vivre ou mourir de faim, et c'est pourquoi il avait acheté chez l'apothicaire un petit paquet de poison, et il s'était dit en lui-même qu'il l'administrerait à son innocente quand il se verrait lui-même près de mourir. Mais quand même il redoutait ce moment-là plus que l'heure de sa propre mort, et ce fut alors un soulagement pour lui quand il vit que Fleur-de-Poirier lui était fidèle et dévouée.

Il la fit donc venir un jour et lui dit :

« Tu es la seule à qui je puisse léguer ma pauvre innocente quand je serai disparu, et elle vivra encore longtemps après moi, vu qu'elle ne s'est pas tracassé l'esprit comme moi et qu'elle n'a pas de soucis tuants. Je sais bien que quand j'aurai disparu, personne ne s'inquiétera de la nourrir et de l'emmener à l'abri de la pluie et du froid en hiver ni de la mettre au soleil en été. On la chassera même, peut-être, et elle sera réduite à vagabonder dans la rue... cette pauvre petite qui a reçu toute sa vie les soins vigilants de sa mère et de moi. Voici donc dans ce paquet une porte de salut pour elle. Quand je mourrai, après mon décès, tu en mêleras le contenu à son riz et le lui feras manger afin qu'elle vienne me rejoindre. Et ainsi je serai en repos. » Mais Fleur-de-Poirier, au lieu de prendre l'objet qu'il lui tendait, se recula avec horreur et dit avec sa douceur habituelle :

« C'est à peine si je suis capable de tuer un insecte, comment voulez-vous que je ravisse cette existence ? Non, mon seigneur, je ne ferai pas cela, mais je prendrai avec moi cette pauvre innocente à cause que vous avez été bon pour moi... meilleur que qui que ce soit dans toute ma vie, et le seul même qui ait été bon. »

Pour un peu Wang Lung aurait pleuré de ce qu'elle avait dit, parce que personne ne l'avait jamais récompensé comme cela. Il sentit son cœur la chérir, et lui dit :

« Malgré tout, prends-le, mon enfant, car je n'ai

confiance en personne comme en toi, et toi-même tu devras mourir un jour... aussi triste à dire que ce soit... et les femmes de mes fils sont trop occupées avec leurs enfants et leurs disputes et mes fils sont des hommes et ne sauraient penser à des choses pareilles. »

Eclairée sur son intention, Fleur-de-Poirier prit le paquet sans plus rien dire et Wang Lung s'en remit à elle et fut rassuré sur le sort de sa pauvre innocente.

Par la suite Wang Lung se retira de plus en plus en lui-même et ne vit presque plus personne en dehors de sa pauvre innocente et de Fleur-de-Poirier. Parfois, il se réveillait un peu, regardait Fleur-de-Poirier et lui disait ému :

« C'est une existence trop calme pour toi, mon enfant. »

Mais elle lui répondait toujours avec douceur et gratitude :

« Elle est calme et sûre. »

Et parfois il reprenait :

« Je suis trop vieux pour toi, et mes feux ne sont plus que cendre. »

Et elle répondait toujours avec grande reconnaissance :

« Vous êtes bon pour moi et je n'en désire pas davantage de qui que ce soit. »

Un jour où elle disait cela, Wang Lung eut la curiosité de lui demander :

« Qu'y a-t-il eu dans ton jeune âge qui t'ait fait ainsi redouter les hommes ? »

Et comme il la regardait pour savoir sa réponse, il vit un grand effroi paraître dans ses yeux et elle les couvrit de ses mains en chuchotant :

« Tous les hommes, je les déteste excepté vous... J'ai détesté tous les hommes, jusqu'à mon père qui m'a vendue. Je n'ai reçu d'eux que du mal... et je les déteste tous. »

Il reprit, étonné :

« Mais j'aurais cru que tu vivais chez moi tranquille et sans ennui.

– Je suis remplie de dégoût, dit-elle en détournant les yeux. Je suis remplie de dégoût et je les déteste tous. Je déteste tous les jeunes gens. »

Et elle se refusa à rien dire de plus. Songeur, il se demandait si Lotus lui avait bourré la cervelle de récits de sa vie et l'avait menacée de lui en faire mener une pareille, ou bien si Coucou l'avait effrayée par méchanceté, ou s'il lui était arrivé en secret une aventure qu'elle ne voulait pas dire, ou autre chose encore.

Mais il soupira et renonça aux questions, parce que désormais il voulait avant tout avoir la paix, et il ne souhaitait que rester dans sa demeure auprès de ces deux compagnes habituelles.

Il y restait donc, et de jour en jour et d'année en année la vieillesse s'appesantissait sur lui davantage. Il dormait par intermittence au soleil comme son père jadis, et il se disait en lui-même que sa vie était finie et il en était satisfait.

Quelquefois, mais rarement, il allait dans les autres cours, et quelquefois mais plus rarement encore, il rendait visite à Lotus. Elle l'accueillait fort bien, sans jamais faire allusion à la jouvencelle qu'il lui avait prise, car elle était vieille aussi et satisfaite de la nourriture et du vin qu'elle aimait beaucoup et de l'argent qu'elle obtenait en le demandant. Elle et Coucou étaient ensemble depuis tant d'années qu'elles se considéraient comme amies et non plus comme maîtresse et servante, et elles s'entretenaient de choses et d'autres, et surtout de l'ancien temps passé avec des hommes et elles se chuchotaient des choses qu'elles ne voulaient pas dire tout haut, et elles mangeaient, buvaient et dormaient et, sitôt réveillées, recommençaient à commérer avant de manger et boire.

Et quand Wang Lung allait, ce qui était fort rare, dans les demeures de ses fils, on le traitait courtoisement et on courait lui chercher du thé et il exprimait le désir de voir le petit dernier et demandait à plusieurs reprises, car il oubliait facilement :

« Combien ai-je à présent de petits-enfants ? »

Et on lui répondait aussitôt :

« Vos fils à eux tous ont onze fils et huit filles. »

Et lui, ricanant d'aise, repartait :

« Il n'y a qu'à en ajouter deux chaque année, pour savoir le compte, n'est-ce pas ? »

Alors il s'asseyait un petit moment et regardait les enfants se rassembler autour de lui pour l'examiner. Ses petits-fils étaient à présent de grands garçons, et il les regardait, les scrutant pour voir ce qu'ils étaient, et il marmottait, à part lui :

« Tiens, celui-ci ressemble à son arrière-grand-père et voilà un petit marchand Liu et me voici moi-même quand j'étais jeune. »

Et il leur demandait :

« Est-ce que vous allez à l'école ?

– Oui, grand-père » répondaient-ils en chœur.

Il reprenait :

« Est-ce que vous étudiez les Quatre Livres ? »

Et leur rire juvénile le raillait ouvertement d'être si retardataire et ils disaient :

« Non, grand-père, et plus personne n'étudie les Quatre Livres depuis la Révolution. »

Et il répondait, songeur :

« Ah ! j'ai ouï parler d'une révolution, mais j'ai eu trop à faire dans ma vie pour m'en préoccuper. La terre me réclamait toujours. »

Sur quoi les garçons ricanaient et à la fin Wang Lung se levait, ne se sentant, tout compte fait, qu'un hôte dans les cours de ses fils.

Puis au bout d'un certain temps il cessa d'aller voir ses fils, mais parfois il demandait à Coucou :

« Et est-ce que mes deux belles-filles s'accordent un peu mieux, après tant d'années ? »

Et Coucou, crachant par terre, répondait :

« Celles-là ? Elles s'accordent comme deux chattes qui se surveillent l'une l'autre. Mais le fils aîné se lasse des plaintes de sa femme à propos de ceci et de cela... C'est une femme par trop convenable pour son mari, et toujours à parler de ce qu'elle faisait dans la maison de son père, et elle assomme son mari. Le bruit court qu'il va en prendre une autre. Il va souvent dans les maisons de thé.

– Ah ! » fit Wang Lung.

Mais quand il essaya d'y réfléchir, il avait déjà cessé de s'intéresser à la chose et sans s'en rendre compte il s'était mis à penser à son thé, et que le vent printanier lui faisait froid aux épaules.

Une autre fois il dit à Coucou :

« Est-ce que mon fils cadet n'a jamais fait savoir à personne où il était parti depuis si longtemps ? »

Et Coucou répondit, car elle était au courant de tout ce qui se passait dans la maison :

« Au vrai, il n'a jamais écrit, mais de temps en temps quelqu'un revient du midi, et il paraît qu'il est officier militaire et qu'il occupe un grade assez élevé dans ce qu'on appelle là-bas la révolution, mais je ne sais pas ce que c'est... peut-être un commerce quelconque. »

Et derechef Wang Lung fit : « Ah ! »

Et il essaya d'y réfléchir, mais le soir tombait et l'air devenu cru et frisquet après la disparition du soleil lui donnait des douleurs dans les articulations. Et son esprit à présent vagabondait à sa guise et il ne parvenait plus à fixer son attention longtemps sur quelque chose. Et les exigences de son vieux corps en fait de nourriture et de thé bien chaud étaient plus tyranniques que tout le reste.

Mais la nuit quand il avait froid, Fleur-de-Poirier mettait sa jeune tiédeur contre lui, et sa vieillesse se réconfortait d'avoir cette tiédeur dans son lit.

Ainsi les printemps se succédaient, et à mesure que les années passaient, il les sentait venir de plus en plus vaguement. Mais pourtant une chose lui restait : son amour pour sa terre. Il l'avait quittée pour établir sa demeure dans une ville, et il était riche. Mais il restait enraciné dans sa terre, et bien qu'il l'oubliât pendant de nombreux mois d'affilée, chaque année à la venue du printemps il éprouvait le besoin de se rendre à sa terre. Il ne savait plus tenir la charrue ni rien faire d'autre que de regarder un valet conduire la charrue parmi la terre, mais quand même il éprouvait la nécessité d'y aller, et il y allait. Parfois il amenait un domestique et son lit et il couchait de nouveau dans la vieille masure de terre et dans le vieux lit où il avait engendré ses enfants et où O-len était morte. Réveillé à l'aurore, il sortait et de ses mains tremblotantes cueillait une baguette de saule en bourgeon et un rameau de pêcher fleuri qu'il tenait tout le jour à la main.

Un jour qu'il vaguait ainsi à la fin du printemps, presque en été, il alla sur ses champs un petit bout et il arriva au terrain enclos sur le petit monticule où il avait enterré ses morts. Il s'arrêta, tremblotant sur son bâton, et considéra leurs tombes et se ressouvint d'eux tous. Il les revoyait plus nettement à cette heure que les fils qui vivaient dans sa maison, plus nettement que n'importe qui excepté sa pauvre innocente et Fleur-de-Poirier. Et son esprit se reporta de nombre d'années en arrière et il revit clairement tous les disparus, jusqu'à sa seconde petite fille dont il ne savait plus rien depuis des temps infinis. Il la revoyait telle qu'elle avait été jadis dans sa maison sous l'aspect d'une gentille petite fille aux lèvres aussi rouges et aussi fines qu'un liséré de soie... et elle était pour lui comme ces deux morts qui gisaient là dans la terre. Alors il songea et il se dit en son cœur :

« Allons, ça va bientôt être à mon tour. »

Puis il pénétra dans l'enclos et regarda attentivement. Il vit l'endroit où il reposerait : au-dessous de son père et de son oncle et au-dessus de Ching, non loin d'O-len. Il considéra fixement le lambeau de terre où il allait reposer et se vit lui-même dedans, retourné pour toujours à sa terre. Et il marmotta :

« Il faut que je m'occupe du cercueil ! »

Cette pensée, il la retint dans son esprit par un effort d'attention pénible et s'en retourna à la ville et fit venir son fils aîné et lui dit :

« J'ai quelque chose à te dire.

– Parlez donc, répondit le fils. Je vous écoute. »

Wang Lung s'apprêtait à parler, mais il ne se ressouvint tout à coup plus de ce qu'il souhaitait dire et il eut les larmes aux yeux en songeant qu'il s'était donné tant de mal pour retenir la chose et qu'à présent elle venait de lui échapper. Il fit donc venir Fleur-de-Poirier et lui dit :

« Enfant, qu'est-ce que je voulais dire ? »

Et Fleur-de-Poirier répondit avec douceur :

« Où étiez-vous aujourd'hui ?

– J'étais sur ma terre », répliqua Wang Lung, en attente, les yeux fixés sur son visage.

Et elle demanda encore avec douceur :

« Sur quelle parcelle de terre ? »

Alors brusquement la chose lui revint à l'esprit et il s'écria, souriant de ses yeux humides :

« Ah ! ça y est ! je me rappelle. Mon fils, j'ai choisi ma place dans la terre. C'est au-dessous de mon père et de son frère, et au-dessus de votre mère et à côté de Ching et je voudrais voir mon cercueil avant de mourir. » Le fils aîné de Wang Lung se récria comme il le devait d'après les convenances.

« Ne dites pas ce mot-là, mon père, mais je vais faire comme vous le dites. »

Puis le fils acheta un cercueil sculpté, taillé dans une grande bille d'un bois odorant qui sert exclusivement à enterrer les morts dedans, parce que ce bois est aussi durable que du fer, et plus durable que les ossements humains, et Wang Lung en fut réconforté.

Et il fit porter le cercueil dans sa chambre, où il le regardait chaque jour.

Puis tout d'un coup il lui vint une idée. Il se dit : « Tiens ! Je vais le faire transporter à la maison de terre. C'est là que je veux vivre mes quelques derniers jours et c'est là que je veux mourir. »

Quand on le vit résolu pour de bon, l'on fit ce qu'il désirait, et il retourna à la maison des champs, accompagné de Fleur-de-Poirier et de l'innocente et des domestiques dont il avait besoin. Et Wang Lung prit à nouveau résidence sur sa terre et laissa la maison de ville à la famille qu'il avait fondée.

Le printemps passa et l'été ; il y eut la moisson. Au chaud soleil d'automne qui précède la venue de l'hiver, Wang Lung était assis contre le mur où son père s'asseyait jadis. Il ne pensait plus à rien désormais si ce n'est à sa nourriture et à sa boisson et à sa terre. Mais en pensant à sa terre il ne songeait plus aux récoltes qu'elle donnerait ni aux grains qu'il fallait semer ni à rien excepté à la terre elle-même. Il se baissait pour ramasser un peu de terre dans sa main, où il la gardait longtemps et elle lui semblait pleine de vie entre ses doigts. Et il était heureux de la tenir ainsi, et il pensait par moments à elle et à son beau cercueil qui était là ; et la bienveillante terre attendait sans hâte qu'il vînt à elle.

Ses fils étaient fort convenables et ils venaient le voir chaque jour ou au moins tous les deux jours, et ils lui envoyaient de fines victuailles appropriées à son grand âge, mais il préférait un repas impromptu fait de farine délayée dans l'eau chaude, et il buvait cette mixture au bol comme son père avait fait jadis.

Parfois, si ses fils ne venaient pas chaque jour, il se plaignait un peu et disait à Fleur-de-Poirier, qui était sans cesse auprès de lui :

« Mais enfin, qu'est-ce qui peut bien les occuper tellement ? »

Et si Fleur-de-Poirier lui disait : « Ils sont dans la fleur de l'âge et à présent ils ont beaucoup d'affaires. Votre fils aîné a été choisi parmi les riches comme conseiller municipal, et il a de plus une nouvelle femme et votre second fils est en train de monter un grand marché au grain pour son compte personnel », Wang Lung l'écoutait, mais il ne parvenait pas à comprendre tout cela et il l'oubliait dès qu'il jetait les yeux sur sa terre.

Mais un jour il redevint lucide pour un petit moment. C'était un jour où ses deux fils étaient venus. Après l'avoir salué courtoisement, ils allèrent dehors et se promenèrent devant la maison et sur les terres. Wang Lung les suivait en silence, et quand ils s'arrêtèrent, il arriva lentement jusqu'à eux sans qu'ils entendissent le bruit de ses pas ni le bruit de son bâton, amortis par la terre molle, et Wang Lung entendit son second fils dire de sa voix prétentieuse :

« Ce champ-ci, nous le vendrons, et cet autre, et nous partagerons l'argent entre nous à égalité. Ta part, je te l'emprunterai à bon intérêt, car maintenant que le chemin de fer est direct jusqu'à la côte je puis embarquer du riz sans transbordement et je... »

Mais le vieux n'avait entendu que ces mots, « vendre la terre », et il s'écria, d'une voix qui malgré ses efforts se cassait et tremblait de colère :

« Qu'est-ce que vous dites, mauvais fainéants de fils ! Vendre la terre ! »

Il étouffait, et il faillit tomber, mais ils le rattrapèrent et le soutinrent et il se mit à pleurer.

Alors ils s'efforcèrent de l'apaiser et lui dirent :

« Non... non... nous ne vendrons jamais la terre...

– C'est la fin d'une famille... quand on commence à vendre la terre, dit-il d'une voix incohérente. C'est de la terre que nous sommes sortis et c'est en son sein que nous devons rentrer... et si vous gardez votre terre, vous avez de quoi vivre... personne ne peut vous dépouiller de votre terre... »

Et le vieillard laissa ses larmes clairsemées sécher sur ses joues où elles firent des taches salines. Et se baissant, il prit à terre une poignée de glèbe qu'il serra en marmottant :

« Si vous vendez la terre, c'est la fin de tout. »

Et ses deux fils le soutenaient, un de chaque côté, par les deux bras et il serrait dans son poing la terre tiède et friable. Et ils l'apaisèrent en lui répétant à plusieurs reprises, le fils aîné et le second fils :

« Rassurez-vous, notre père, rassurez-vous, la terre ne sera pas vendue. »

Mais par-dessus la tête du vieux, ils échangèrent un regard et sourirent.

PAPIER À BASE DE FIBRES CERTIFIÉES

Le Livre de Poche s'engage pour l'environnement en réduisant l'empreinte carbone de ses livres. Celle de cet exemplaire est de : 550 g éq. CO_2 Rendez-vous sur www.livredepoche-durable.fr

Composition réalisée par COMPOFAC – PARIS

Achevé d'imprimer en juin 2020 par
La Nouvelle Imprimerie Laballery - 58500 Clamecy
N° d'impression : 006192
Dépôt légal 1re publication : août 1974
Édition 29 – juillet 2020
LIBRAIRIE GÉNÉRALE FRANÇAISE – 21, rue du Montparnasse – 75298 Paris Cedex 06